Petra Hammesfahr

Der stille Herr Genardy

Roman

BASTEI LÜBBE TASCHENBUCH
Band 15 527

1. Auflage: Juli 2006

Vollständige Taschenbuchausgabe der im Gustav Lübbe Verlag
erschienenen Hardcover-Ausgabe

Bastei Lübbe Taschenbücher in der Verlagsgruppe Lübbe

Lektorat: Helmut W. Pesch
Einbandgestaltung: Bianca Sebastian
Titelbild: Photo Alto / Laurence Mouton
Satz: hanseatenSatz-bremen, Bremen
Druck und Verarbeitung: Ebner & Spiegel, Ulm
Printed in Germany
ISBN-13: 978-3-404-15527-9 (ab 01.01.2007)
ISBN-10: 3-404-15527-0

Sie finden uns im Internet unter
www.luebbe.de

Der Preis dieses Bandes versteht sich einschließlich
der gesetzlichen Mehrwertsteuer.

Erster Teil

1 Es war an einem Tag im Dezember, als der Mann das Kind zum ersten Mal sah. Als er kurz nach fünf von der Arbeit kam, stand es vor dem Schaufenster, direkt unter der Leuchtschrift »Tierhandlung Wolfgang Weber«. Beide Hände hatte es gegen das Glas gelegt und das Gesicht so nahe an die Scheibe gebracht, dass sie unter dem Atem beschlagen und sogar ein wenig vereist war. Es war sehr kalt an dem Tag, dunkel war es auch bereits.

Hinter der Scheibe hockten ein paar Zwergkaninchen in einem Käfig, gleich daneben war ein Hamster untergebracht. Weiter hinten im Laden, aber dennoch von der Straße aus gut zu sehen, standen etliche Vogelbauer in unterschiedlichen Größen und ein Aquarium von gut einem Meter Seitenlänge. Der Mann kannte das alles. Seit zwei Jahren lebte er im ersten Stock des Hauses, direkt über den Räumen der Tierhandlung.

Er kam täglich an dem Schaufenster vorbei, ohne die Tiere darin zu beachten, weil gleich neben dem Fenster die Haustür lag. Und wenn er vorbeiging, zog er meist gerade den Schlüssel aus der Tasche, hatte nur einen Gedanken, ins Haus zu kommen, hinauf in seine Wohnung zu steigen, sich hinzusetzen und ein wenig auszuruhen.

Auch dem Kind schenkte er an diesem Dezembertag noch keine besondere Beachtung. Es hatte nichts an sich, was ihn auf den ersten Blick angesprochen hätte. Ein Mädchen von mindestens elf, vielleicht sogar zwölf Jahren, nicht einmal hübsch zu nennen. Zu groß für seinen Geschmack und zu mager. Die weichen Formen, die ihn bei Kindern so magisch anzogen, hatte es bereits verloren. Aber vielleicht wurden die Formen auch nur von der dicken Kleidung verschluckt.

Brust, Rücken und Arme des Kindes waren in eine unförmige Jacke gehüllt, dazu trug es eine Hose aus derbem Stoff. Sie passte nicht richtig, war über den Füßen mehrfach umgeschlagen, sodass sich ein dicker Wulst um die Knöchel bildete. Beide Knie und der Hosenboden waren dreckig, auch die Jacke wies ein paar Flecken auf. Und die Finger, mit denen das Kind gegen die Scheibe klopfte, hatten unter den teilweise abgebrochenen Nägeln breite, schwarze Ränder.

Kleinigkeiten, die der Mann im Vorbeigehen registrierte, ohne sich dessen bewusst zu werden. Was sich ihm einprägte, war lediglich der Ausdruck auf dem Gesicht des Kindes. Er machte dem Mann mehr als alles andere deutlich, dass das Mädchen die meiste Zeit sich selbst überlassen war.

Es sprach mit den Tieren hinter der Scheibe, das hörte er, als er die Haustür aufschloss, mit welchen genau, war nicht ersichtlich. Es interessierte ihn auch nicht. Er trat ins Haus, ging durch den schmalen Flur zur Treppe. Der widerliche Geruch von Fischfutter stach ihm in die Nase. Jedes Mal, wenn er von draußen hereinkam, bemerkte er diesen Gestank, und jedes Mal schien er ihm ein bisschen stärker. Seit er hier eingezogen war, ärgerte er sich darüber. Und seit dem ersten Tag war er fest entschlossen, bei der nächstbesten Gelegenheit wieder auszuziehen.

An jedem Freitag und jedem Samstag kaufte er eine Zeitung und suchte den Anzeigenteil ab. Bisher hatte er nicht gefunden, was ihm vorschwebte; eine hübsche Wohnung in einem gepflegten Haus, in einer besseren Gegend, zu einem erschwinglichen Mietpreis. So eine, wie er sie früher gehabt hatte.

Sie war nicht zu groß, nicht zu klein und nicht zu teuer gewesen, hatte einen Balkon vor dem Wohnzimmer gehabt, und die Umgebung war friedlich und sauber. Kaum Verkehr auf den Straßen, ein Spielplatz in unmittelbarer Nähe, in Grün eingebettet. Da hatte er im Frühjahr, im Sommer und im Herbst oft am Spätnachmittag auf einer Bank am Rand des Platzes gesessen, die Sonne genossen und den Kindern zugeschaut. Nur zugeschaut. Und sich an seine Tochter erinnert. Ein harmloses, manchmal sogar schmerzliches Vergnügen. Bei schlechtem Wetter hatten oft ein paar Kinder im Hausflur gespielt. Es hatte ihn nie gestört, wenn sie Lärm vor seiner Tür machten.

Fast zwanzig Jahre hatte er dort gelebt, war zufrieden gewesen und gut mit den Nachbarn zurechtgekommen. Aber er kam mit allen Leuten gut zurecht, schaffte es meist innerhalb von Sekunden, sein Gegenüber einzuschätzen, und wusste dann genau, wie er sich geben musste.

Trotzdem war es in den letzten Jahren ein Stück bergab gegangen mit ihm. Zuerst hatte er seine Arbeit verloren. Durch eine dumme Sache, genau genommen nur eine Unvorsichtigkeit. Es war eine Beschwerde gegen ihn eingegangen, und man bat ihn um seine Stellungnahme. Hinauswerfen konnte man ihn nicht so einfach. Man legte ihm jedoch eindringlich nahe, von sich aus zu gehen. Dann würde man der Angelegenheit in seinem Interesse nicht zu viel Bedeutung beimessen und ihr auch nicht weiter nachgehen. In Wahrheit war es wohl eher so, dass sie den Skandal scheuten. Dafür musste er ihnen vermutlich auch noch dankbar sein. Das war vor fünf Jahren gewesen.

Monatelang hielt ihn der Schock in Atem, vielleicht war es auch Trauer. Er hatte seine Arbeit geliebt, ein geregeltes Einkommen, die Sicherheit im Alter, viel Bewegung an frischer Luft, Sommer wie Winter im Freien, den Kontakt mit Menschen, viele bekannte Gesichter, auch wenn sie mit den Jahren häufig gewechselt hatten.

Aber es hätte schlimmer kommen können, viel schlimmer, das wusste er. Wenn er darüber nachdachte – in der ersten Zeit tat er nichts anderes –, wurde ihm übel. Er verfluchte sich für den Leichtsinn, für den einen Moment, in dem er sich hatte hinreißen lassen. Er schwor sich, dass es nie wieder vorkommen sollte, dass er sich von nun an eiserne Selbstdisziplin auferlegen würde. Dann lenkten ihn andere Dinge vorübergehend ab.

Das Geld wurde knapp; eine Weile lebte er von seinen Ersparnissen. Als die aufgezehrt waren, verkaufte er die kleinen Kostbarkeiten, die sich in langen Jahren angesammelt hatten. Er hatte immer sparsam gelebt und sich so ein wenig Luxus leisten können. Schöne Stücke! Von einigen Teilen konnte er sich jedoch nicht trennen. Eine Krawattennadel aus Gold mit einem eingefassten Diamanten und ein Paar Manschettenknöpfe, die dazu gehörten. Diese herzugeben brachte er nicht über sich, obwohl sie ihm gewiss eine hübsche Summe gebracht hätten.

Stattdessen trennte er sich von einer Sammlung auserlesener Zeichnungen; einige davon waren handsigniert. In ihren schlichten Rahmen hatten sie ganz besonders gewirkt und jahrelang eine Wand in seinem Wohnzimmer geschmückt. Sie zum Kauf anzubieten war für ihn eine Art persönlicher Untergang. Das war vor vier Jahren gewesen.

Später war er sogar gezwungen, einen Großteil seiner Möbelstücke zu veräußern, um ein paar weitere Monate zu überbrücken. Die Nachbarn wurden stutzig. Er erzählte ihnen, dass er dabei sei, seine Wohnung aufzulösen. Es war ja abzusehen, dass er sie nicht mehr lange halten konnte.

Er würde jetzt bald zu seiner Tochter ziehen, sagte er jedem, der ihn danach fragte. Und dann kündigte er beizeiten, um sich nicht auch noch die Blöße geben zu müssen, dass er die Miete schuldig blieb.

Vorübergehend kam er in einer schäbigen Pension unter, hielt sich mit Botengängen mühsam über Wasser, saß den halben Tag in einem muffigen Zimmer, grübelte und wusste nicht, wie es weitergehen sollte. Seine restliche Habe war in einem Lagerraum untergebracht, und gezwungenermaßen musste er sich auch davon noch trennen. Das war vor drei Jahren gewesen.

Natürlich gab es Gründe für seinen Abstieg, Gründe für die Beschwerde, die gegen ihn vorgebracht worden war, einen Grund hauptsächlich. Er rauchte nicht, trank nicht, lungerte nicht in Kneipen herum und pöbelte nicht die jungen Frauen auf der Straße an. Er war höflich, geduldig, zuverlässig, freundlich, zurückhaltend und hilfsbereit, ein unauffälliger Mann Mitte fünfzig.

Der Grund waren die Spielplätze und die spielenden Kinder in den Hausfluren. Er liebte Kinder, die kleinen Mädchen mit ihren prallen Beinen und den kurzen Röckchen. Immer trug er ein paar kleine Aufmerksamkeiten für sie in seinen Taschen. Sie waren so leicht zufrieden zu stellen, konnten sich wirklich noch über Kleinigkeiten freuen. Über Schokoladeneier, die innen hohl und mit irgendeinem Krimskrams gefüllt waren. Die kleineren waren ganz wild darauf. Mit größeren hatte er sich nie abgegeben, jedenfalls nicht in seiner unmittelbaren Umgebung; sie redeten ihm zu viel.

Auch mit den kleinen war er vorsichtig gewesen, hatte sie sorgfältig ausgesucht. Er hatte ihnen so ein Ei in die Hände gedrückt, ihnen über das Haar gestreichelt und, wenn sich die Gelegenheit dazu bot, auch einmal über die Beinchen. Aber viel weiter war er nicht gegangen, nicht bei Kindern, denen er häufig begegnete, die ihn kannten, seinen Namen wussten, jederzeit mit dem Finger auf ihn hätten zeigen können.

Nur einmal hatte er sich hinreißen lassen, hatte sich völlig sicher dabei gefühlt, hatte geglaubt, es sei eine einmalige Chance, was sich ihm da bot. Zwei kleine Mädchen, nur zu Besuch und unbeaufsichtigt in einer Wohnung. Und ihm öffneten sie ganz arglos die Tür. Er hatte sie auf den Schoß genommen, hatte Fingerspiele mit ihnen gemacht, gelacht dabei, sie ein wenig gekitzelt, damit sie ebenfalls lachten. Damit sie das Ganze für einen Spaß hielten.

Zwei kleine Mädchen, vier und fünf Jahre alt. So naiv noch, und trotzdem hatten sie begriffen, hatten darüber geredet. Man hatte ihnen zum Glück nicht alles geglaubt, vielleicht hatten sie es auch nicht richtig schildern können. Aber es hatte ausgereicht, ihn in den Ruin zu treiben. Allein der Schatten des Verdachts, hatte er sich von seinen Vorgesetzten anhören müssen, genüge schon. Und dann saß er in der schäbigen Pension, ohne feste Arbeit, ohne Wagen, den hatte er zuletzt auch noch verkaufen müssen.

Früher war er damit oft losgefahren, hunderte von Kilometern weit. Den Nachbarn hatte er immer erzählt, dass er seine Tochter besuche, den Schwiegersohn, die Enkelkinder. Dann hatte er sich irgendwo, wo ihn niemand kannte, ein Kind gesucht. Es war für ihn ohne Risiko. Er kannte die Fehler zur Genüge, die anderen unterliefen, weil sie sich nur von der Situation leiten ließen, nicht über den Augenblick hinaus dachten. Er dachte immer weiter und handelte danach.

Niemals hatte er ein Kind in seinen Wagen steigen lassen. Er stellte ihn auch nie so ab, dass sich später jemand an das Fahrzeug oder das Kennzeichen erinnern konnte. Er veränderte sein Äußeres, soweit das mit geringfügigen Mitteln möglich war, trug mal eine Brille, mal einen kleinen Schnurrbart. Und die Süßigkeiten in seinen Taschen machten erst müde, schläferten dann ein.

Den Wagen verkaufen zu müssen war für ihn das Schlimmste. Er vermisste die Fahrten so sehr. Da hatte er sich nicht auf die Finger beschränkt. Und anschließend war er wochenlang ruhig gewesen, völlig ausgeglichen und zufrieden mit sich und allem anderen.

Wenn das Wetter es erlaubte, machte er lange Spaziergänge, um nicht immer in dem muffigen Pensionszimmer über den Fehler grübeln zu müssen, den er gemacht hatte, den er niemals wiederholen wollte. Nie wieder ein Kind aus der näheren Umgebung!

Oft saß er stundenlang auf einer Bank am Rand eines Spielplatzes. Und dort lernte er eines Tages ein Kind kennen, das alle guten Vorsätze zunichte machte. Es spielte immer alleine und blieb sehr lange.

Da war es so leicht, mit ein paar freundlichen Worten, später dann ein paar kleinen Geschenken, eine grundsolide Basis für eine herzliche Beziehung zu schaffen. Da war es manchmal so gewesen, als habe er mit seiner eigenen Tochter zu tun. Das Kind war schon neun Jahre alt, aber ein wenig zurückgeblieben. Es war sehr zutraulich und folgte ihm bald aufs Wort. Fast zwei Monate lang war er mit ihm befreundet. Eine schöne Zeit, er musste sich kaum einen Zwang auferlegen.

Anfangs war er überzeugt, dass das Kind nicht reden würde, weil es einfach nicht begriff. Später allerdings kamen ihm Zweifel. Und zu seiner eigenen Sicherheit entschloss er sich dann, dafür zu sorgen, dass nichts bekannt werden konnte. Das war vor zweieinhalb Jahren gewesen.

2

Es wird jemand sterben. Das weiß ich ganz sicher. Und ich kann mit niemandem darüber reden. In all den Jahren hat mir niemals ein Mensch geglaubt. Wenn ich früher nur eine Andeutung machte, dass ich wieder von der Uhr geträumt hatte, bekam meine Mutter Anfälle. Manchmal hat sie mich sogar verprügelt dafür, als ob es meine Schuld gewesen wäre.

Kein Mensch kann etwas für seine Träume. Und bei meiner Mutter hatte ich immer das Gefühl, dass sie mich nur schlug, um mit ihrer eigenen Angst fertig zu werden. Ich hatte auch Angst, entsetzliche Angst. Wenn ich von der Uhr träume, bedeutet das den Tod für einen Menschen, den ich kenne oder liebe. Es ist kein Aberglaube, kein Blödsinn, auch keine Einbildung. Es ist seit mehr als zwanzig Jahren so, ich kann es beweisen.

Vor zweiundzwanzig Jahren hing die Uhr im Wohnzimmer meiner Großeltern. Sie passte gar nicht dorthin mit ihrem kreisrunden schwarzen Zifferblatt, den messingfarbenen Stundenstrichen und den spitzen Zeigern. Aber sie hing an der Wand über dem Sofa, gleich neben einem Bild, auf dem ein Waldstück und eine tiefe Schlucht dargestellt waren, und jeden Abend zog Großvater sie mit einem Schlüssel auf. Das habe ich oft genug gesehen.

Ich war damals zwölf und hundertmal lieber bei den Großeltern als daheim. Schon damals kam ich nicht sonderlich gut mit meiner Mutter zurecht. Daran hat sich in all den Jahren nichts geändert, nur war es damals eben schlimmer. Mutter beschwerte sich unentwegt. Ich sei ein unmögliches Kind; wie oft ich diesen Satz gehört habe, weiß ich gar nicht mehr. Ständig hielt Mutter mir meine Schwester Anke als gutes Beispiel vor.

Anke war vier Jahre jünger als ich. Anke war immer fröhlich. Unkompliziert, sagte Mutter, mit mir dagegen habe es von Anfang an nur Schwierigkeiten gegeben. Keine Nacht habe sie durchschlafen können. Ich hatte wohl auch als kleines Kind oft Albträume und schrie dann, fürchtete mich vor der Dunkelheit, wollte nicht in meinem Bett bleiben, nicht allein sein.

Und tagsüber kamen mir oft ganz verrückte Gedanken in den Sinn. Da musste nur eine Autotür schlagen, ein Hund bellen, ein dicker Stein auf der Straße liegen, dann sah ich Blut, zerrissene Glieder und eingeschlagene Köpfe. Eigentlich hatte ich immer Angst. Aber wenn ich etwas sagte, hielt Mutter mir einen ellenlangen Vortrag, in dem ein Dutzend Mal der Ausdruck »unmögliches Kind« fiel.

Irgendwann war ich es leid, mir Mutters Vorwürfe anzuhören, und die Großeltern wohnten nur zwei Straßen von uns entfernt. Jeden Tag ging ich gleich nach der Schule hin, blieb meist bis zum Abend, bis ich sicher sein konnte, dass mein Vater zu Hause war. Er liebte mich, das wusste ich ganz sicher. Er kam jedes Mal, wenn ich nicht schlafen konnte, saß auf der Bettkante, sprach mit mir über böse Träume und dass sie keinen Sinn hätten, gar keinen Sinn und keine Bedeutung, bis ich dann wieder einschlafen konnte.

Und wenn ich ihm erzählte, was mir tagsüber durch den Kopf gegangen war, fragte er manchmal: »Hat Oma dir wieder vom Krieg erzählt?« Oder er sagte: »Es geht vorbei, wenn du älter wirst, Siggi. Warte nur ab, wenn du erwachsen bist, kannst du darüber lachen. Vielleicht ist es nur die Pubertät, da hat man mit vielen Dingen zu kämpfen.«

Die Großeltern mochte ich sehr gerne. Mein Vater jedoch war damals fast ein Heiliger für mich. Ein Mensch, der alles erklären konnte, und der einzige Mensch, den ich wirklich liebte. Wenn er daheim war, fühlte ich mich sicher. Leider kam er immer erst kurz nach sieben von der Arbeit. Er war auf dem Bau beschäftigt, und Mutter sah es gern, wenn er Überstunden machte.

An dem Nachmittag, als das mit der Uhr passierte, saß ich mit Großmutter im Wohnzimmer. Ich war noch mit den Aufgaben für die Schule beschäftigt, als es plötzlich ganz still wurde. Es war auch vorher nicht gerade laut im Zimmer gewesen, nur das Klappern von Großmutters Stricknadeln, hin und wieder ein Seufzer, wenn sie sich bei den Maschen verzählt hatte und wieder von vorne beginnen musste, und das Ticken der Uhr. Und dann die Stille.

Sie hatte für mich im ersten Augenblick überhaupt keine Bedeutung. Doch Großmutter machte ein Gesicht, als habe der Blitz eingeschlagen, bekreuzigte sich und flehte murmelnd ein paar Heilige im Himmel an, dass sie uns beistehen möchten. Dann behauptete sie immer noch flüsternd, es sei das Zeichen für Tod, wenn eine Uhr so plötzlich stehen bleibe.

Ich weiß noch, dass ich vor Verlegenheit und Unbehagen gelacht habe. Und Großmutter sagte: »Über solche Dinge lacht man nicht, Sigrid. Habe ich dir nicht mal erzählt, wie das im Krieg war, als bei meiner Schwester die Uhr stehen blieb? Und drei Tage später waren sie alle tot, im Keller verschüttet und erstickt: meine Schwester, mein Schwager, die zwei kleinen Kinder. Warte ab, dann wirst du sehen, dass ich dir keinen Unsinn erzähle. Es wird etwas Schreckliches passieren, ich kann es fühlen.«

Abends sprach ich mit meinem Vater darüber. Und ich war so erleichtert, als er ebenfalls lachte. Die Geschichte von ihrer Schwester, meinte er, habe Großmutter schon hundertmal erzählt und jedes Mal ein bisschen anders. Seiner Meinung nach hatte Großvater schlicht und einfach vergessen, die Uhr aufzuziehen.

Ich höre Papa heute noch sagen: »Manchmal habe ich nicht übel Lust, Oma das Maul zu stopfen. Bei dem Unsinn, den sie dir immer auftischt, muss man sich über gar nichts wundern. Es fehlt nur noch, dass sie morgen behauptet, der Kapuzenmann persönlich hätte die Uhr angehalten, um ihr ein Zeichen zu geben.«

Das hätte er besser verschwiegen, denn in der Nacht träumte ich zum ersten Mal davon. Aber im Traum blieb die Uhr nicht einfach nur stehen. Da kam ein Mann in einem dunkelbraunen Umhang ins Wohnzimmer. Kopf und Gesicht waren von einer Kapuze verdeckt, in einer Hand hielt er einen kleinen Hammer. Er nahm die Uhr von der Wand und trug sie hinaus, stieg mit ihr eine Leiter hinauf und legte sie irgendwo da oben auf ein paar Bretter.

Dann holte er aus und schlug die Stundenstriche vom Zifferblatt, mit dem letzten verschwanden auch die Zeiger. Nur die schwarze Scheibe blieb übrig, wurde größer und immer größer, begann sich zu drehen. Der Braune tanzte darauf, drehte sich wie ein Wahnsinniger im Kreis, griff nach mir und riss mich mit. Ich konnte mich nicht so schnell drehen, stürzte und fiel in ein Loch, fiel tiefer und tiefer, bis ich davon erwachte. Und drei Tage später war mein Vater tot. Arbeitsunfall.

Ich hatte plötzlich das Gefühl, dass ich ganz allein auf der Welt war. Bei der Beerdigung bekam ich Schreikrämpfe. Da wurde mir erst klar, dass der Braune mir ein Baugerüst gezeigt hatte, dass ich meinen Vater hätte warnen können, wenn ich nur rechtzeitig begriffen hätte. Ich wollte mich bei ihm entschuldigen, ihn um Verzeihung bitten. Ich wollte ihm noch so viel sagen. Sie mussten mich mit Gewalt vom Sarg wegziehen.

Das war im Sommer vor zweiundzwanzig Jahren. Im Herbst des gleichen Jahres, nur knapp drei Monate nach Vaters Tod hatte ich den Traum wieder. Da bekam ich auch zum ersten Mal eine Tracht Prügel dafür, weil ich meiner Mutter davon erzählte. Weil ich glaubte, ich würde verrückt werden, wenn ich den Mund hielt.

Drei Tage später war Großvater tot. Er wachte morgens einfach nicht mehr auf. Großmutter wurde ganz wunderlich. Ich ging ja immer noch jeden Tag zu ihr, gleich von der Schule aus, aber manchmal war sie mir richtig unheimlich. Sie sprach mit sich selbst oder mit ihrer Schwester, mit Großvater und allen möglichen Leuten, die schon lange nicht mehr lebten. Immerzu murmelte sie vor sich hin. Nur selten verstand ich, was sie sagte, und wenn ich sie etwas fragte, schaute sie mich an, als sei ich überhaupt nicht da.

Es waren ein paar schlimme Jahre damals. Ich weiß gar nicht mehr, wie oft ich von der Uhr geträumt habe. Immer nahm der Braune sie von der Wand, trug sie irgendwo hin, schlug ihr die Stundenstriche aus. Und jedes Mal war drei Tage später ein Mensch tot. Meist waren es alte Leute, Nachbarn und Bekannte von Großmutter, die ich sehr gern gemocht hatte. Aber die Letzte damals war ein Mädchen aus meiner Schulklasse, mit dem ich mich manchmal nachmittags getroffen hatte, seit Großvater tot war. Sie wurde auf dem Nachhauseweg von einem Auto überfahren. Da war ich schon fünfzehn.

Natürlich kann man sagen, Unfälle passieren eben und dass es normal ist, wenn alte Menschen sterben. Nur kann mir niemand erzählen, dass es normal ist, drei Tage vorher solch einen Traum zu haben. Ich dachte damals oft, ich sei vielleicht verflucht, verhext oder besessen, dass die Menschen nur sterben mussten, weil ich träumte, dass sie alle noch leben würden, wenn es mich nicht gäbe.

Dann wieder dachte ich, dass ich nur zu dumm sei. Der Braune zeigte mir doch jedes Mal die Stelle, an der jemand sterben musste. Aber ich erkannte sie nie und hielt mich einfach für zu blöd und unfähig. In dem Alter stellt man sich ja alles Mögliche vor.

Nach dem Tod des Mädchens aus meiner Schulklasse war es lange Zeit still. Das hatte aber nichts zu bedeuten, es lagen manchmal größere und manchmal kleinere Zeiträume zwischen den Träumen. Dass es aufgehört hatte, glaubte ich nicht, obwohl mir oft einfiel, was mein Vater mir einmal gesagt hatte, mit der Pubertät und so. Na ja, ich war sechzehn, seit einem Jahr in der Lehre. Nichts Besonderes, nur ein kleiner Lebensmittelladen.

Mutter hatte die erstbeste Lehrstelle genommen, die sich bot, ohne lange nach meinen Wünschen oder Neigungen zu fragen. Aber ich hatte ja auch keine Neigungen, ich hatte nur schlimme Träume und Gedanken. Und keinen Menschen, mit dem ich darüber reden konnte, ohne ausgelacht oder verprügelt zu werden, keinen einzigen.

Großmutter lebte inzwischen in einem Pflegeheim. Da war sie ein Jahr nach Großvaters Tod eingezogen. Es hatte keinen Sinn, sie zu besuchen. Zuerst hatte sie Angst vor mir. Wenn ich kam, dann schrie sie, beschimpfte mich und schlug nach mir, bis ich wieder vor der Tür stand.

Einmal brüllte sie die halbe Etage zusammen: »Du hast den Braunen ins Haus geholt. Habe ich dir nicht immer gesagt, er bringt uns nur Unglück? Jetzt sieh zu, dass du ihn wieder loswirst, bevor er uns alle ins Unglück reißt!«

Später kannte sie mich gar nicht mehr. Mit meiner Mutter zu reden war sinnlos, und Anke war noch zu klein, um etwas zu verstehen.

In dem Geschäft, in dem ich lernte, war noch ein älteres Lehrmädchen, Hedwig hieß sie. Sie versuchte immerzu, meine Freundin zu werden. Sie gab sich wirklich große Mühe, nur hatte ich damals entsetzliche Angst, einen Menschen gern zu haben. Wenn ich jemanden wirklich gern hatte, dann kam unweigerlich der Braune und schlug die Uhr kaputt.

Bei Hedwig habe ich mir oft gewünscht, sie zu hassen, weil sie so nett war und weil ich nicht wollte, dass ihr etwas passierte. Ich erzählte ihr einmal von meinem Traum und all den Toten. Ich dachte, dann lässt sie mich vielleicht in Ruhe.

Aber Hedwig lachte nur und meinte: »Du kannst mir ja Bescheid sagen, wenn der Braune das nächste Mal kommt. Wenn er die Uhr auf die Straße legt, lasse ich mich für eine Woche krankschreiben. Und wenn er sie in ein Schlafzimmer trägt, schlafe ich halt ein paar Nächte lang im Keller. Auf Baugerüste steige ich nie.«

Geglaubt hat sie mir nicht. Und nachdem sie wusste, warum ich ihr gegenüber so zurückhaltend war – komisch, sagte Hedwig dazu –, gab sie sich noch mehr Mühe. Ich habe ihr Leid getan, das konnte ich deutlich spüren.

»Das kommt alles nur davon«, sagte sie einmal, »weil du immer zu Hause hockst. Da würde ich auch verrückt werden. Du musst raus, Sigrid, du musst unter Leute, dich amüsieren, das lenkt ab. Du brauchst einfach einen Freund, der bringt dich schon auf andere Gedanken.«

Eines Tages drängte Hedwig darauf, dass ich sonntags mal mit ihr ausgehen sollte. Sie hatte bereits einen Freund. Ich kannte ihn, weil er sie oft abends mit seinem Wagen vom Geschäft abholte. Sie würden mich gerne einmal mitnehmen, sagte Hedwig. Und es würde doch höchste Zeit, dass ich mal was anderes sähe als immer nur das muffelige Gesicht meiner Mutter, meine grinsende kleine Schwester und die Kundschaft im Laden.

Zuerst wollte ich nicht, da hoffte ich sogar, meine Mutter würde es mir verbieten. Aber die hatte nichts dagegen, und dann fuhr ich eben sonntags nach Horrem ins Kino, zur Nachmittagsvorstellung. Um neun sollte ich wieder zu Hause sein.

Ich fuhr mit dem Bus, rechnete fest damit, dass Hedwig mich am Bahnhof abholte, so hatten wir es verabredet. Am Bahnhof war sie nicht, doch das Kino war gleich gegenüber. Und da wartete ich dann. Hedwig und ihr Freund kamen nicht. Am nächsten Tag erzählte sie mir, sie hätten sich gestritten. Aber das war am nächsten Tag, und zuerst glaubte ich natürlich, ihr wäre etwas zugestoßen.

Ihr Freund fuhr ganz schön wild, das hatte sie mir so oft erzählt. Im Geist sah ich sie auf der Straße liegen, aus dem Wagen geschleudert, zugedeckt, tot. Ich konnte mich nicht erinnern, dass ich drei Tage vorher geträumt hatte. Vielleicht hatte ich einmal zu fest geschlafen. Wenn ich von einem Traum nicht aufwachte, dachte ich morgens immer, es wäre keiner da gewesen. Doch ich hatte gelesen, dass man jede Nacht träumt.

Ich stand da vor dem Kino und hätte am liebsten geheult. Zur Kasse ging ich gar nicht erst. Ich ging nur an den Schaukästen vorbei, sah mir die Bilder an, obwohl ich kaum eins davon richtig sah.

Und dann legte mir plötzlich einer die Hand auf die Schulter. Ich erschrak fürchterlich, drehte mich um und sah zuerst nur etwas Braunes. Es war wie ein Albtraum am hellen Tag. Ich wollte schreien und bekam keinen Ton heraus. Jetzt kommt er schon persönlich, dachte ich. Jetzt sagt er mir ins Gesicht, wer diesmal dran glauben musste.

Und dann hörte ich die Stimme, ganz ruhig und bedächtig. »Na, was ist denn los mit dir? Wollen sie dir keine Karte verkaufen? Deshalb brauchst du doch nicht zu weinen. Ich kenne den Film. Der ist nichts für kleine Mädchen.«

Es war nicht der Braune persönlich, es war nur Franz. Er trug einen braunen Anzug und ein weißes Hemd dazu mit Krawatte. »Habe ich dich erschreckt?«, fragte er und entschuldigte sich gleich. »Tut mir Leid, das wollte ich nicht.«

Dann gab er mir die Hand und stellte sich ganz förmlich vor. »Franz Pelzer.«

Er war zwölf Jahre älter als ich und einen Kopf größer. Er war genauso, wie ich damals einen Menschen brauchte, ein bisschen Vater und ein bisschen Freund. Er war ruhig, vernünftig, richtig erwachsen. Anfangs habe ich geglaubt, der Himmel hat ihn mir geschickt, mein Schutzengel vielleicht, mein Vater oder mein Großvater. Irgendeiner da oben, der es gut mit mir meinte. Der nicht wollte, dass ich noch länger allein war.

3 Nachdem der Mann sich vor zweieinhalb Jahren von dem kleinen Mädchen getrennt hatte – in den Zeitungsberichten war von einem kaltblütigen und brutalen Mord die Rede gewesen, aber so mochte er das nicht sehen, und die Presse liebte es ja, mit derartigen Ausdrücken zu schockieren –, ging es langsam wieder ein wenig bergauf mit ihm.

Er fand Arbeit in einer Lagerhalle, eine schmutzige Arbeit, und er hasste Schmutz. Die Arbeit wurde auch nicht sonderlich gut bezahlt, doch den Lohn brauchte er dringend. Er sparte ein paar Monate lang eisern jeden Pfennig, den er nicht unbedingt für seinen kargen Lebensunterhalt brauchte. Dann fand er die Wohnung über der Tierhandlung, die er spärlich und preiswert einrichtete. Die Umgebung war nicht eben sauber, aber ruhig. Eine stille Seitenstraße, nur wenige Nachbarn. Außer ihm wohnten noch drei weitere Mietparteien im Haus.

Ganz oben in einer kleinen Mansarde, die vom übrigen Dachboden abgetrennt war, ein junger Mann, der von sich behauptete, er sei Student, obwohl er aus diesem Alter bereits heraus war. Spätabends hörte er oft laute Musik, und er ließ ganze Horden junger Mädchen bei sich übernachten. Manche davon ließ er tagelang bei sich wohnen, und einige sahen aus, als gehörten sie noch auf die Schulbank.

Im Haus wurde gemunkelt, dass sich hin und wieder die Polizei für den jungen Mann interessiere. Es waren wohl einmal ein paar Uniformierte im Treppenhaus gesehen worden, die sogar einen Hund bei sich gehabt haben sollten, wahrscheinlich nur Kunden der Tierhandlung. Um solch ein Gerede kümmerte er sich nie. Er selbst kam mit dem jungen Mann gut aus.

Im zweiten Stock wohnte neben dem Hausbesitzer, der auch die Tierhandlung betrieb, ein älteres Ehepaar, das sich häufig über den jungen Mann beschwerte, sich ansonsten jedoch um gar nichts kümmerte, nicht einmal grüßte, wenn man sich im Hausflur oder auf der Treppe begegnete. Im ersten Stock, gleich neben seiner Wohnung, lebte eine alleinstehende Frau, die etwa in seinem Alter sein mochte.

Neben dem penetranten Fischfuttergeruch im Treppenhaus war sie ein weiterer Grund, dem Haus bei nächstbester Gelegenheit den Rücken zu kehren. Er mochte Frauen nicht, hatte in seiner kurzen Ehe genügend trübe Erfahrungen sammeln müssen. Und seine Nachbarin war sehr aufdringlich. Sooft sich ihr die Gelegenheit bot, ließ sie durchblicken, dass sie einer näheren Bekanntschaft nicht abgeneigt war.

Anfangs lud sie ihn ein paar Mal für den Sonntagnachmittag zum Kaffee ein. Er kam den Einladungen nach, erzählte jedoch gleich beim ersten Besuch, dass er erst kürzlich seine Frau verloren und ihren Tod noch nicht überwunden habe. Er hoffte, sie sich damit vom Leib zu halten.

Als das nicht half, erzählte er, dass er seit dem Tod seiner Frau gewisse Medikamente einnehmen müsse, um mit der Trauer leben zu können. Und dass er aufgrund dieser Medikamente zwar einen ruhigen Schlaf finde, sich auch tagsüber gut auf seine Arbeit konzentrieren, wegen der Nebenwirkungen jedoch nicht mehr daran denken könne, noch einmal eine Beziehung zu einer Frau aufzunehmen. Das reichte dann, sie ein wenig auf Distanz zu halten. Ganz locker ließ sie nicht, sie hoffte vermutlich darauf, dass er seine Medikamente irgendwann absetzte.

Er lebte sparsam, konnte sich bald wieder einen Wagen leisten, nur ein älteres Modell, für seine Bedürfnisse jedoch völlig ausreichend. Dann nahm er die Fahrten wieder auf. Einmal im Monat trug er einen kleinen Koffer aus der Wohnung, manchmal auch zusätzlich ein hübsch eingewickeltes Päckchen unter dem Arm.

Und wenn er im Hausflur zufällig den jungen Mann aus dem Dachgeschoss, den Hausbesitzer oder die alleinstehende Nachbarin traf, erzählte er wie früher den Nachbarn in dem anderen Haus, dass er jetzt auf Besuch zu seiner Tochter fahre, zu Schwiegersohn und den beiden Enkelkindern, dass er sich schon sehr auf die Zeit freue, die er mit den Kindern verbringen konnte. Leider immer nur so kurz. Das entsprach sogar den Tatsachen.

Für die Momente, wo es ihn in seiner Wohnung überkam, hielt er einen Packen Fotografien bereit. Einige davon hatte er kaufen müssen, und billig waren sie wahrhaftig nicht gewesen. Die meisten hatte er deshalb selbst aufgenommen. Wenn er sie nur anschaute, konnte er sich damit in eine angenehme Stimmung versetzen. Das hielt ihn davon ab, ein unnötiges Risiko einzugehen. Und das Mädchen, das er im Dezember vor dem Schaufenster der Tierhandlung stehen sah, wäre ein großes Risiko gewesen. Es war entschieden zu alt, nicht für ihn, nur für seine Sicherheit.

Aber das Kind hatte etwas an sich, was ihn nicht zur Ruhe kommen ließ. Vielleicht war es nur der Ausdruck auf dem Gesicht, der ihm signalisierte, dass es auf einen Menschen wartete, der sich ein wenig Zeit nahm. Dass es sich nach Zärtlichkeiten sehnte, nach Liebe und Verständnis. Jedes Mal, wenn er diesen Ausdruck sah, musste er an seine eigene Tochter denken.

Die hatte er hergeben müssen wie später die saubere Arbeit und die hübsche Wohnung, gerade in einem Alter, in dem Kinder ihm am liebsten waren. Seitdem träumte er davon, dass es eines Tages mit einem Kind wieder so werden könnte, wie es damals gewesen war. Da hatte er sich nicht den Kopf zerbrechen müssen über irgendwelche Risiken. Da war er glücklich gewesen, einfach nur glücklich und zufrieden.

Meist schlief er schlecht, wenn er sich zu lange mit den Erinnerungen an diese Zeit beschäftigt hatte, schreckte aus wüsten Träumen auf. Oft war es die Stimme seiner Frau, die ihn gellend und keifend an das Bett seiner Tochter rief. Doch wenn er sich über das Bett und das weinende Kind beugen wollte, gab sie ihm einen Stoß vor die Brust. Heulte, brüllte, fauchte wie ein Tier: »Hau bloß ab, du Schwein. Was hast du mit ihr gemacht? Ich bring dich um, wenn du sie noch einmal anrührst!«

Manchmal war es auch ein junger Kerl. Onkel hatte seine Tochter den genannt, Onkel! Und sie hatte auf dessen Schoß gesessen, sich vertrauensvoll an dessen Brust geschmiegt, hatte für ihn nur noch einen ängstlichen Blick.

Aufgehetzt! Natürlich, aufgehetzt, gegen den eigenen Vater. Keine Erinnerung mehr an die Liebe, die Fürsorge, die Nächte in seinem Bett, die zahllosen Windeln, die er gewechselt hatte. Und der Kerl schüttelte die Faust gegen ihn, während er mit einem Arm das Kind an sich presste. »Mach bloß, dass du rauskommst, ehe ich mich vergesse.«

Das waren Dinge, die ihn verfolgten und zur Vorsicht mahnten, dagegen nahm sich die Auseinandersetzung mit Vorgesetzten noch harmlos aus. Was seine Frau anging, da hatte er niemals ernstliche Befürchtungen gehabt. Mochte sie ihn auch beschimpft haben, wenn sie alleine waren. Einem Fremden gegenüber hätte sie die Zähne nicht auseinander bekommen, hätte sich geschämt.

Aber der Kerl damals, jung und kräftig, vor dem hatte er einen Heidenrespekt gehabt. Und nicht nur vor dem. Es war schon gut fünfzehn Jahre her, da hatte ihn so einer geschlagen, sogar noch mit Füßen nach ihm getreten, als er schon am Boden lag. Seitdem plagten ihn gewisse Ängste.

Das Kind vor dem Schaufenster hatte schließlich Eltern, eine Mutter. Und einen Vater! Vielleicht auch einen, der nicht lange fackelte, der zuschlug und mit Füßen trat, ohne erst nach der Polizei zu rufen.

Wenn es nicht ausgerechnet vor der Tierhandlung gestanden, wenn er es stattdessen auf einem Spielplatz getroffen hätte, da hätte er vielleicht versuchen können, es einmal so zu machen wie mit dem kleinen Mädchen, das er gekannt hatte, als er noch in der schäbigen Pension lebte.

Ein so rührend anhängliches Kind. Bereitwillig und folgsam, ahnungslos und zärtlich, fast wie seine Tochter damals. Nachdem er sich ein paar Mal mit ihm unterhalten hatte, war es immer ohne Zögern mit ihm gegangen. Er hatte nur am Rand des Spielplatzes erscheinen müssen. Nicht winken, nicht rufen, was andere hätte aufmerksam machen können. Einfach nur dastehen für einen Moment, sich dann umdrehen und langsam weggehen.

Dann war es ihm auch schon gefolgt, war eine Weile hinter ihm hergelaufen, weil er ihm erklärt hatte, es gehöre zu ihrem Spiel, dass es eine Weile hinter ihm herlief. Und er hatte ihm auch gesagt, wenn es nur einmal, nur ein einziges Mal, seiner Mutter gegenüber ein Wort erwähne, dann käme er nie mehr, dann gäbe es nie wieder ein Geschenk, nie wieder ein Spiel. Das Kind hatte sich an all das gehalten.

Erst wenn sie weit genug von anderen Menschen und bewohnten Häusern gewesen waren, wenn nicht mehr die Gefahr bestand, dass ihnen jemand begegnete oder zuschaute, hatte er gewartet, bis es neben ihm war, nach seiner Hand griff und daran zog.

Es hatte immer genau gewusst, dass er ein kleines Mitbringsel in der Tasche trug. Und irgendwo hatte er es dann auf seinen Schoß genommen. Es hatte immer gekichert, wenn er es kitzelte. Und es hatte auch gekichert, wenn es ihn dann kitzeln sollte. Anfangs musste er ihm dabei die Hände noch führen, ehe es begriff, dass es fester zupacken musste. Schöne

Wochen, bis es dann eines Tages weinte, sogar schrie, weil er sich nicht länger mit den Spielereien begnügen konnte.

Mit dem Mädchen vor dem Schaufenster musste es zwangsläufig anders sein. Das sagte ihm sein Verstand jedes Mal, wenn er sich länger mit der Vorstellung beschäftigte. Das Kind war nicht zurückgeblieben, es war garantiert schon eingeweiht; in den Schulen begannen sie heutzutage so früh damit. Und da war noch mehr zu bedenken. Die Nachbarn im Haus, Passanten auf der Straße, Kunden der Tierhandlung. Mehr als genug Leute, die zufällig einmal Zeuge werden konnten, wenn er sich vor der Haustür mit dem Kind unterhielt. Und das wäre der erste Schritt gewesen.

Auch wenn er sich das nicht eingestehen wollte, er dachte unentwegt darüber nach, wie er vorgehen könnte, es unbemerkt ins Haus zu bringen, hinauf in seine Wohnung. Wie er es dazu veranlassen konnte, nicht laut zu sprechen, damit die Nachbarin nichts von diesem Besuch bemerkte. Und wie er bestimmte Regeln mit ihm vereinbarte, damit es ihn häufiger besuchen konnte.

4

Bei Franz habe ich mich vom ersten Augenblick an wohl gefühlt. Er lud mich ein. Und die Art, wie er das tat, ließ erst gar nicht die Vermutung aufkommen, dass er irgendwelche Hintergedanken haben könnte. Wir fuhren zuerst in eine Eisdiele, dann noch in eine Diskothek. Wir tanzten ein paar Mal. Ich konnte nicht tanzen, aber Franz war geduldig. Nicht einmal hat er mich ausgelacht.

Abends brachte er mich mit seinem Wagen heim. Pünktlich um neun ließ er mich vor unserem Haus aussteigen. Er machte nicht einmal den Versuch, mich zu küssen.

Meine Mutter hatte vom Fenster aus gesehen, dass ich

heimgebracht worden war. Sie empfing mich gleich bei der Tür mit einem Haufen Fragen. Wer war das und so weiter.

Ich sagte, was ich wusste: seinen Namen, wie alt er war, dass er von Beruf Fliesenleger war und sehr gut verdiente. Das hatte er mir erzählt, als ich mein Eis selbst bezahlen wollte. Ich dachte, Mutter würde toben oder mir zumindest verbieten, ihn wiederzusehen. Aber seltsamerweise hatte sie nichts dagegen, im Gegenteil. Sie schien irgendwie erleichtert und nickte augenblicklich, als ich fragte, ob ich mich am nächsten Sonntag wieder mit ihm treffen dürfe.

Franz sagte später: »Für deine Mutter bist du ein Buch mit sieben Siegeln. Du hast was an dir, Siggi. Ich weiß nicht genau, was es ist, und mich stört es auch nicht. Aber sie wird damit nicht fertig.«

Franz konnte immer alles erklären. Und außer meinem Vater war er der Einzige, der mich Siggi nannte. Ich mochte das. Es gab mir das Gefühl, dass ich noch viel Zeit hatte mit dem Erwachsenwerden.

Drei Wochen nach meinem achtzehnten Geburtstag haben wir geheiratet. »Der schönste Tag in meinem Leben.« Das war er tatsächlich, obwohl ich ein bisschen Angst hatte. Nicht vor dem Leben mit Franz, nur vor der Hochzeitsnacht.

Meine Mutter hatte mir in den Wochen davor so oft gepredigt, ich solle mir nur nicht einbilden, es sei so schön, wie es immer in den Zeitungen geschrieben wäre. Es sei fürchterlich, sie selbst habe damals entsetzliche Schmerzen gehabt.

Und sie sei auch später immer froh gewesen, wenn mein Vater sie nicht zu oft belästigt habe.

Und Hedwig erzählte mir jeden Montag, wie toll es mit ihrem Freund war. Das Einzige, was sie dabei störte, war die enge Rückbank im Auto. Irgendwie glaubte ich Hedwig damals mehr als meiner Mutter.

Ich hatte nicht Angst vor Schmerzen. Nur Angst, dass ich

Franz gar nicht gefallen würde, dass ich mich zu dumm anstellte. Ich hatte doch keine Ahnung, was ich tun musste, damit es wirklich schön für ihn wurde.

Bis dahin hatte Franz noch nicht einmal mit mir geschlafen. Obwohl er nun wirklich alt genug dafür war und wir uns schon zwei Jahre kannten. Er hatte mich auch nicht angefasst, war nie mit der Hand unter meinen Pullover gegangen, hatte mir nie den Rock hochgeschoben, geschweige denn das Höschen ausgezogen.

Einmal, das weiß ich noch genau, da fuhren wir sonntags noch spazieren, ehe er mich heimbrachte. Da fuhr er dann ein Stück in den Wald hinein, stellte den Motor ab, drehte sich zu mir. Ich dachte schon, jetzt kommt es. Aber er wollte nur ein bisschen reden. Ich rutschte auf dem Sitz hin und her, rutschte so lange, bis mein Rock sich von selbst in die Höhe schob.

Franz zog ihn mir wieder über die Knie, lächelte und meinte: »Das heben wir uns für später auf, Siggi.«

Hedwig erzählte mir immer, was sie mit ihrem Freund gemacht hatte, fragte dann auch, wie es bei mir gewesen wäre, und sie glaubte mir nie.

»Entweder du lügst«, sagte sie jedes Mal, »oder der Typ ist nicht normal.« Dann lachte sie meist. »Ich an deiner Stelle würde mal nachsehen, vielleicht hat er gar keinen.«

Hedwig mochte Franz nicht, meinte, er sei zu alt für mich. Und er sei spießig, weil er jeden Samstag zum Beichten und jeden Sonntagmorgen in die Kirche ging. Wenn Franz mich abends vom Geschäft abholte und sie ihn draußen im Wagen sitzen sah, lästerte sie oft.

»Wo fahrt ihr denn jetzt hin? Bringt er dich gleich heim, oder wollt ihr noch ein bisschen Händchenhalten? Vielleicht hast du heute Glück, und er greift dir wenigstens mal ans Knie. Das wäre doch schon ein Fortschritt.« Dann schüttelte sie den Kopf. »Ich versteh das nicht, Sigrid. Wer kauft denn heute noch die Katze im Sack?«

Natürlich sprach ich mit Franz darüber, nicht so direkt, nur in Andeutungen. Es war doch sonst keiner da, mit dem ich darüber hätte sprechen können. Und manchmal war ich doch verunsichert. Da wünschte ich mir schon, er würde mir zumindest einmal die Bluse aufknöpfen.

Wenn ich nur daran dachte, wurde mir ganz warm im Bauch. Manchmal, wenn ich nachts nicht einschlafen konnte, stellte ich mir vor, wie das sein würde. Da strich ich auch schon mal selbst mit den Fingerspitzen über meine Brust. Nachher habe ich mich dafür geschämt, und mein Busen kam mir auch viel zu klein vor.

Über das, was Hedwig sagte, lachte Franz nur. »Lass sie doch reden«, meinte er. »Wenn wir jetzt noch damit warten, wird es später umso schöner.«

Wahrscheinlich hatte er Recht, was ihn selbst betraf. Aber bei mir hatte sich da eine Menge aufgestaut, so eine Erwartungshaltung, dass die Hochzeitsnacht ein einmaliges Erlebnis sein würde, und eben die Angst, dass Franz anschließend enttäuscht von mir wäre.

Zur Hochzeit schenkte Hedwig mir ein Nachthemd. Es war sehr kurz und ganz aus Spitze, fast durchsichtig. »Jetzt wollen wir doch mal sehen, ob wir den Kerl damit auf Touren kriegen«, sagte sie und grinste dabei. »Sonst gibt das am Ende wieder nichts.«

Ich musste ihr versprechen, das Nachthemd auch anzuziehen. Versprochen habe ich es, nur angezogen habe ich es nicht. Als Franz das Ding auf dem Bett liegen sah, fragte er, von wem ich es hätte. Und als ich es ihm sagte, wurde er richtig wütend.

»Das sieht ihr ähnlich«, sagte er, »soll sie das Ding doch selbst anziehen, wenn ihr so ein Fummel gefällt. Ich brauche so was nicht. Ich mag dich so, wie du bist, Siggi. Zieh einfach eins von deinen Nachthemden an.«

Das tat ich dann auch. Franz ging solange aus dem Zimmer. Er meinte, ich würde mich vielleicht schämen, wenn er mir beim Ausziehen zuschaue. Dann kam er zurück, setzte sich zu mir aufs Bett, so wie Vater sich früher immer zu mir gesetzt hatte. Mir war ganz weich im Bauch, und Franz zitterte ein wenig vor Aufregung.

Er beugte sich über mich und flüsterte: »Mein kleines Mädchen, ich muss dir jetzt ein bisschen wehtun, aber ich bin ganz vorsichtig.«

Dann schob er mir das Nachthemd hoch, nicht sehr weit, nur bis zum Nabel. Er war sehr lieb und geduldig, streichelte mich lange, ich hatte trotzdem starke Schmerzen.

Die hatte ich auch später oft, vielleicht hat es mir deshalb nie Spaß gemacht, mit Franz zu schlafen. Ich dachte lange Zeit, dass ich auch in der Hinsicht nicht normal war. Franz gab sich doch immer so viel Mühe. Nie hat er etwas von mir verlangt, was ich nicht konnte. Und bei mir krampfte sich schon alles zusammen, wenn er nur ins Bad reinkam, während ich in der Wanne saß. Richtig übel wurde mir dann oft.

In den ersten beiden Jahren schlief er jeden Samstag mit mir. Später nicht mehr so oft. Er hat wohl schnell gemerkt, dass es mir lieber war, wenn er mich in Ruhe ließ. Er war oft traurig deswegen.

Und ich musste immer an meine Mutter denken, dass ich genauso kalt und herzlos war wie sie. Dass ich gar nicht zärtlich sein konnte. Ich war auch nur froh, nicht öfter belästigt zu werden. Manchmal habe ich mich selbst dafür gehasst. Ich liebte Franz doch, ich liebte ihn mehr als sonst einen Menschen. Er war alles, was ich hatte. Und ich hätte ihm so gern alles gegeben, was er brauchte.

Die ganze Woche über nahm ich mir vor, es am Samstag

anders zu machen. Ihm einmal zu sagen, dass ich es gern mochte, wenn er mit mir schlief, dass ich mich schon darauf gefreut hatte. Und wenn es dann so weit war, brachte ich die Zähne nicht auseinander, fühlte nur das Würgen im Hals und die Krämpfe im Bauch.

Und Franz machte Überstunden, arbeitete auch samstags oft bis weit in die Nacht, damit er selbst müde war, wenn er dann heimkam. Beschwert hat er sich nie. Wenn ich etwas sagen wollte, weil ich dachte, dass wir einmal darüber reden müssten, winkte er immer ab.

»Lass nur, Siggi, es ist schon in Ordnung. Ich weiß ja, dass du mich liebst und dass du dir Mühe gibst. Es kann eben kein Mensch aus seiner Haut heraus. Man soll das vielleicht gar nicht so wichtig nehmen, und sonst ist ja alles in Ordnung.«

Ja, das war es. Franz war ein Mensch, mit dem einfach jeder gut auskommen musste, so lieb und fürsorglich, immer freundlich und hilfsbereit. Er konnte keinem Menschen einen Gefallen abschlagen. Und er war immer so darum bemüht, dass es mir gut ging.

Wir hatten anfangs eine nette kleine Wohnung, ein richtiges Zuhause. In den ersten Jahren habe ich noch mitgearbeitet. Das Geld hat Franz gespart. Er wollte, dass wir ein Haus bauen, ein Kind haben, selbstständig machen wollte er sich auch. Er plante alles sehr sorgfältig, rechnete oft bis weit in die Nacht hinein. Und es kam eines zum anderen, zuerst das Haus, dann das Kind.

Wir waren acht Jahre verheiratet, als Nicole geboren wurde. Franz war so glücklich. Ich sehe das noch vor mir, wie er an meinem Bett saß, einen großen Rosenstrauß aus lauter Verlegenheit in den Händen drehte, statt ihn mir zu geben. Wie er mich anschaute und den Kopf schüttelte. Ich höre ihn noch flüstern: »Ich kann es noch gar nicht glauben. Jetzt habe ich zwei kleine Mädchen.«

5 Auch im Januar sah der Mann das Kind häufig vor dem Schaufenster stehen. Die Tiere hinter dem Glas wechselten, und der Ausdruck auf dem Gesicht des Kindes wechselte ebenfalls. An manchen Tagen wirkte es missmutig wie ein nörglerisches altes Weib. Dann wieder lächelte es ihm entgegen, wenn es ihn kommen sah, hatte so ein Funkeln im Blick, Koketterie vielleicht.

Manchmal grüßte es sogar. Dann grüßte er zurück, jedoch nur mit einem Kopfnicken. Zwar spielte er unentwegt mit dem Gedanken, das Kind anzusprechen. Doch jedes Mal meldete sich augenblicklich der scharfe Verstand und hielt ihn davon ab, ein unnötiges Risiko einzugehen.

Um allem vorzubeugen, plante er für Ende Januar eine Fahrt. Er freute sich darauf, fieberte dem entsprechenden Wochenende förmlich entgegen. Aufgrund der feuchtkalten Witterung jedoch fuhr er vergebens, kam deprimiert und nervös zurück. Und montags stand das Kind wieder vor dem Fenster.

Da grüßte er zum ersten Mal mit ein paar belanglosen Worten, erwiderte das Lächeln. Und ein paar Tage später sprach er das Kind an. Es war sonst niemand in der Nähe, darauf achtete er.

An dem Tag saß das Kind auf der Stufe vor dem Hauseingang; neben sich hatte es einen Beutel, der etwa zur Hälfte mit Spielzeug und Schulsachen gefüllt war. Es spielte mit einer von diesen grässlichen Puppen, die nur aus Beinen und Haaren bestanden. Die, mit Brüsten und Wespentaille, mit ihren abnorm langen Schenkeln, nur dem Schönheitsideal ihres Schöpfers entsprechen konnten.

Das Kind schälte mit wahrer Hingabe den unnatürlich geformten Puppenkörper aus einer Wolke blauen Tülls, um ihn gleich darauf in einen schwarzen Badeanzug zu zwängen. Dann fuhr es mit einem winzigen Kamm durch die gelb gelockten Plastikfäden, die den Puppenkopf wie ein verfilztes Strohbündel umgaben.

Das alles hatte er schon von weitem gesehen. Und während er näher kam, schielte das Kind ihm mit einem Auge entgegen. Er wusste genau, es wartete nur darauf, dass er sich endlich ein paar Minuten Zeit nahm. Es kam längst nicht mehr nur wegen der Tiere im Fenster.

»Sie wird sich im Badeanzug einen Schnupfen holen«, sagte er und zog dabei den Schlüssel aus seiner Manteltasche. Das Mädchen richtete sich auf und trat einen Schritt zur Seite, um ihm Platz zu machen. Die Puppe blieb achtlos am Boden liegen.

»Ich spiele doch Sommer«, erwiderte es. »Mit der kann man auch nichts anderes spielen. Das ist eine Malibu-Barbie. Die liegt immer nur am Strand in der Sonne.«

Es bückte sich, hob die Puppe auf und streckte sie ihm entgegen, wobei es mit der Hand den gesamten Rumpf umschloss. Sie war schmutzig, die Hand.

Ihm fiel auch auf, wie ärmlich und abgetragen die Kleidung des Kindes war. Die Jacke war zu knapp, spannte über der flachen Brust. Dazu trug es eine Hose aus dünnem, flattrigem und sehr buntem Stoff. Sie war zu eng in den Hüften. Deutlich konnte der Mann die Abschlusskanten eines Unterhöschens erkennen.

Er blieb ein paar Minuten vor der bereits geöffneten Haustür stehen, bereit, sofort in den Flur zu treten, falls sich ein Passant nähern sollte oder jemand die Treppen herunterkam. Dabei musterte er das Kind aufmerksam, lächelte und ließ den Blick über die mageren Oberschenkel streifen.

»Wohnst du hier in der Nähe?«, fragte er.

Das Kind schüttelte nur den Kopf.

»Und warum spielst du dann ausgerechnet hier vor der Tür?«, fragte er weiter. »Ich sehe dich so oft hier.«

Das Kind schaute ihn an und zuckte mit den Schultern. »Ich warte hier auf meinen Freund«, erwiderte es.

Eine glatte Lüge, das wusste er sofort. Es gab keine Kinder im Haus und auch in der Nachbarschaft keine, die altersmäßig zu dem Mädchen gepasst hätten.

Er lächelte immer noch, aber seiner Stimme gab er einen Ton von Strenge. »Warum wartest du dann nicht vor der Tür deines Freundes?«

Das Kind kaute auf seinen Lippen herum, senkte den Kopf, wie ihm schien vor Verlegenheit, weil er es bei einer Lüge ertappt hatte. Doch dann hob es das Gesicht wieder, schaute ihm mit einem Ausdruck von Trotz direkt in die Augen.

»Mein Freund wohnt doch hier.«

Da ging ihm endlich ein Licht auf. Für einen Moment wurde er wütend, dass ihm anscheinend schon jemand zuvorgekommen war. Er verfluchte sich selbst für sein Zögern, für die übergroße Vorsicht.

»Ah, jetzt weiß ich, wen du meinst«, sagte er, »da wäre ich an deiner Stelle aber ein bisschen vorsichtig. Sonst hat dich eines Tages die Polizei beim Kragen. Die war schon oft bei ihm. Und einmal haben sie auch ein Mädchen mitgenommen, das habe ich selbst gesehen.«

Das Kind starrte ihn an, anstelle von Trotz jetzt deutliches Erschrecken im Blick. Er wusste genau, es würde sich nicht trauen, den jungen Mann aus dem Dachgeschoss nach der Polizei zu fragen. Er lächelte wieder, ganz gütig diesmal und voller Verständnis. »Davon hat er dir wohl noch nichts erzählt, was?«

Als das Kind daraufhin erneut den Kopf schüttelte, fragte er: »Hat deine Mutter dir denn nie gesagt, dass es gefährlich ist, wenn man so einfach zu einem Mann in die Wohnung geht?«

Das Kind schluckte nur heftig. Er ließ es stehen, trat endlich in den Flur, ging zur Treppe und hinauf in seine Wohnung. Und den ganzen Abend verfolgten ihn die mageren Schenkel und die Dreckränder unter den Fingernägeln des Kindes.

Er stellte sich vor, er hätte es mit hinaufgenommen. Hätte ein Bad eingelassen. Seine Tochter hatte er in den ersten Jahren oft gebadet. Es war immer ein Vergnügen gewesen, für sie beide! Auch wenn später von seiner Frau und dem Kerl, den sie sich aufgabelte, nachdem sie ihn vor die Tür gesetzt hatte, das Gegenteil behauptet wurde.

Von da an ging er ganz systematisch vor. Dass das Haus in einer stillen Seitenstraße lag, kam ihm dabei sehr gelegen. Und er hatte das Kind ganz richtig eingeschätzt, es kam trotz der deutlichen Warnung. Mindestens dreimal die Woche sah er es vor dem Fenster stehen. Wenn sonst niemand in der Nähe war, blieb er ein paar Minuten und sprach mit ihm.

Er erfuhr auf diese Weise, dass es täglich einen weiten Weg auf sich nahm. Angeblich kam es jetzt nur noch, um nach den Kaninchen im Schaufenster zu sehen. Es liebe Kaninchen, das sagte es wiederholt. Früher, so behauptete es, habe es selbst welche gehabt, sogar sehr viele.

Er ging nicht davon aus, dass es ihm grundsätzlich nur die Wahrheit erzählte. Es neigte ein wenig zu Übertreibungen, das fand er sehr schnell heraus. Aber er konnte doch recht gut abschätzen, wann es ihn belog und wie es um die Wirklichkeit bestellt war. Danach zeigte sich ihm bald ein deutliches Bild.

Das Kind war erst Ende des vergangenen Jahres und nur mit seiner Mutter in die Stadt gezogen. Bis dahin hatte es bei den Großeltern in einem Dorf gelebt, und jetzt tat es sich sehr schwer mit der neuen Umgebung. Es hatte die ersten Wochen genutzt, um sie zu erkunden, Kreise gezogen, weiter und weiter, bis es eben von diesem Schaufenster angezogen wurde.

Dann hatte der junge Mann aus dem Dachgeschoss es einmal angesprochen und mit zu sich hinauf genommen. Er hatte ihm ein paar Aufgaben für die Schule erklärt, jedoch auch gleich dazu gesagt, dass er nicht immer umsonst helfen könne.

Das Kind erzählte gerne. Und anscheinend war es schon froh, dass ihm jemand zuhörte.

Alles in allem gefiel ihm, was er hörte. Es war allein, immer nur allein. Die Mutter arbeitete den ganzen Tag, kam am Abend erst lange nach sieben heim und donnerstags noch später. Und wenn sie einen freien Tag hatte, waren andere Dinge zu erledigen, der Haushalt und Behördengänge. Für das Kind war auch dann keine Zeit. Da gab es nur Ermahnungen.

Manchmal dachte er daran, mit dem Kind einen Treffpunkt weitab von seiner Wohnung zu vereinbaren. Sie hätten in seinem Wagen spazieren fahren können. Es wäre die beste Lösung gewesen. Er hätte beim geringsten Anlass zur Besorgnis die Konsequenzen ziehen können.

Doch was ihm vorschwebte, war nicht so eine kurze Beziehung. Der alte Traum hatte ihn wieder gepackt, ein Kind um sich zu haben wie seine Tochter. Tag für Tag! Und nachts immer in erreichbarer Nähe. Ein Kind, das ihm vertraute, das genau wusste, er wollte ihm nichts Böses. Für die Nächte musste es ein Traum bleiben, das war ihm durchaus bewusst, aber für die Tage …

Wenn es auf ein Wochenende zuging, nahm er sich fest vor, diesmal ganz gewiss zu einer Fahrt aufzubrechen. Immer sagte er sich, dass es ihn für einige Zeit beruhigen würde, dass er mit dem Mädchen ja ohnehin nichts im Sinn habe. Weil da die Nachbarn waren, die leicht etwas hören oder sehen konnten, weil es selbst wahrscheinlich noch das größere Risiko darstellte.

Doch wenn dann der Samstag kam, konnte er sich nicht

aufraffen, fand alle möglichen Ausreden. Dass es noch zu kalt war, zu feucht, dass er wieder vergebens fahren würde, weil bei solchem Wetter ohnehin keine Kinder im Freien spielten. Er machte sich selbst etwas vor und ahnte das auch. In Wahrheit saß ihm das Mädchen bereits tief in den Knochen.

Und montags war es dann wieder da. Und mittwochs, donnerstags, freitags. Wenn er von der Arbeit kam, schaute es ihm entgegen, wartete jedes Mal darauf, dass er stehen blieb und ein paar Worte mit ihm sprach. Und eines Tages fragte er dann. Das war schon Ende Februar.

Er wollte es gar nicht, hatte den Tag über in der zugigen Lagerhalle gearbeitet, war durchgefroren und steif von der Kälte. Der Rücken tat ihm weh vom ständigen Bücken und dem Heben der schweren Kartons. Auf dem Heimweg hatte er noch rasch ein paar Einkäufe erledigt und dabei die alleinstehende Frau aus der Nachbarwohnung getroffen. Daher wusste er, dass sie jetzt nicht daheim war, folglich auch nicht hören konnte, wenn er zusammen mit dem Kind die Treppen heraufkam.

»Ist dir eigentlich nie kalt?«, fragte er im Vorbeigehen und zog bereits den Schlüssel aus der Tasche. »Wenn ich stundenlang auf der Straße stehen müsste, wäre ich völlig durchgefroren.«

»Ein bisschen schon«, erklärte das Kind, und wie zum Beweis zog es die Schultern enger zusammen.

Er lächelte, neigte den Kopf zur Seite, ehe er sich erkundigte: »Du wartest wohl wieder auf deinen Freund, was?«

Das Kind schüttelte heftig den Kopf, erklärte gleichzeitig: »Nein, zu dem gehe ich doch nicht mehr.«

Da war ihm klar, dass es nur noch auf ihn wartete. »Möchtest du vielleicht für eine halbe Stunde mit mir hinaufkommen?«, fragte er, während er endlich den Schlüssel einsteckte.

Und lächelnd fügte er hinzu: »Ich habe aber kein Kaninchen in der Wohnung.«

Das Kind lachte, warf dem Schaufenster noch einen Blick zu, nickte dabei bereits. »Das ist doch auch nicht so wichtig«, sagte es und folgte ihm dann ins Haus.

6

Über den Traum von der Uhr und seine Bedeutung habe ich in all den Jahren nur einmal mit Franz gesprochen; kurz nach unserem zehnten Hochzeitstag war das. Franz hat nicht gelacht, nicht einmal gelächelt, nur zugehört und dann genickt.

»Warum soll es das nicht geben«, meinte er, »ich hab dir ja schon mal gesagt, du hast was an dir, Siggi.«

Er hat mir vermutlich kein Wort geglaubt. Er hat auch nicht begriffen, warum ich ihm von der Uhr erzählte. Weil ich nach dreizehn Jahren wieder davon geträumt hatte, von dem erbarmungslosen Braunen in seinem Kapuzenmantel, der Großmutters Uhr so lange mit einem Hämmerchen bearbeitete, bis nichts mehr davon übrig blieb. Der mir nie einen Namen nannte, nie ein Gesicht zeigte, der mir nur drei Tage vorher einen Tod ankündigte. Der vielleicht versuchte, mich zu warnen. Aber die Art, wie er es tat, ließ nicht zu, dass ich etwas verhindern konnte.

Es war nicht so, dass ich in Panik geraten wäre, jedenfalls nicht gleich. Ich hatte nicht einmal richtige Angst, es könnte jemand sterben, nicht mehr nach all den ruhigen Jahren.

Am ersten Tag dachte ich nur, vergiss es, Siggi, vergiss es einfach, es hat keine Bedeutung mehr. Am zweiten Tag überlegte ich mir, dass ich vielleicht doch besser mit Franz darüber reden und mir einmal anhören sollte, wie er darüber dachte.

Und am dritten Tag raste Franz mit seinem Wagen gegen

einen Baum. Er sei auf der Stelle tot gewesen, sagte die Polizei. Das war an einem Samstag im April vor sechs Jahren. Und in der vergangenen Nacht habe ich wieder geträumt.

Als Franz starb, war ich danach selbst ein bisschen tot. Es war wie ein Loch im Innern, das die Polizei mir geschaufelt hatte, ganz finster und so groß, dass es sich mit nichts wieder auffüllen ließ.

Dabei glaubte ich zuerst gar nicht, was sie mir gesagt hatten. Wie hätte ich das auch glauben können? Franz war mein Halt, er war ein Mensch, der mit beiden Beinen auf der Erde stand. Der zwölf Jahre lang plante, rechnete, Entscheidungen traf. Der wusste, wann die Rechnungen bezahlt und der Rasen geschnitten werden musste, wie man einen tropfenden Wasserhahn repariert und wann der Gummibaum einen größeren Topf brauchte.

Und auf das, was er sagte, hatte ich mich immer hundertprozentig verlassen können. Er war an dem Samstagabend nur weggefahren, um sich einen Neubau anzusehen, den er übernehmen wollte. Bad, Keller, Küche, Terrasse, Arbeit für etliche Wochen, ein schönes Stück Geld für seine Familie.

Bevor er losfuhr, hatte er gesagt, dass es spät würde. Ich ließ die Polizisten reden und dachte nur, es wird spät werden. Ich ging ins Bett, nachdem sie wieder fort waren. Ich schlief auch gleich ein, das weiß ich noch. Am nächsten Morgen weckte Nicole mich, da war das Bett neben meinem immer noch leer, und ich dachte wieder, es wird spät werden.

Kurz vor Mittag kam dann meine Schwiegermutter, ganz rot geweint. Zuerst beschwerte sie sich, dass sie es von der Polizei hatte erfahren müssen, dass ich es nicht einmal für nötig befunden hatte, seine Familie zu informieren. Ich wusste gar nicht, wovon sie sprach. Sie saß mir gegenüber und schaute mich an, sehr genau und sehr lange.

Dann sagte sie: »So ist das, wenn ein Mann gar nicht mehr

weiterweiß. Wenn er jahrelang hofft und wartet und am Ende begreifen muss, dass sich für ihn nie etwas ändert.«

Meine Schwiegermutter stemmte sich aus dem Sessel hoch und ging auf die Tür zu. Dort drehte sie sich noch einmal um.

»Wie oft hat er bei mir gesessen«, sagte sie, »wie oft habe ich ihm gesagt, Junge, du siehst nicht sehr glücklich aus. Dann sagte er immer, lass nur, Mutter, es liegt nicht an Siggi, es liegt an mir. Ich geb mir ja Mühe, ich versuch immer, mich zurückzuhalten.«

Meine Schwiegermutter lachte und weinte in einem. »Zurückzuhalten! Hat er deshalb geheiratet, damit er sich zurückhalten musste? Was hat er denn Schlimmes von dir verlangt? Selbst wenn es dir nicht passte, konntest du nicht einmal eine Faust in der Tasche machen für ihn? Hat er nicht alles getan, um es dir recht zu machen? Und was hast du getan?«

Da begriff ich endlich. Und ich fiel in die sich drehende schwarze Scheibe, auf der der Braune immer zum Abschluss mit mir tanzte. Ich muss ein paar Wochen damit zugebracht haben, mich von dem Ding im Kreis herumwirbeln zu lassen.

Wenn ich an diese Wochen zurückdenke, sehe ich immer nur das Gesicht meiner Mutter. Sie sitzt mir gegenüber in unserem neuen, großen, hellen Wohnzimmer. Die Möbel hatte Franz ausgesucht, er hatte einen guten Geschmack. Und er meinte, für so ein großes Haus braucht man eine gediegene Einrichtung. Meine Mutter schaut sich im Zimmer um. Die Möbel sind noch nicht ganz bezahlt. Meine Mutter hält Papiere in der Hand. Eine Mahnung, weil ich die fällige Rate für die Möbel vergessen habe. Ein Erinnerungsschreiben von der Bank, weil ich nicht daran gedacht habe, die Hypothekenzinsen für das Haus pünktlich zu überweisen. Und meine Mutter fragt mich: »Was willst du denn jetzt machen, Sigrid?«

Ich erinnere mich nicht an die Beerdigung. Ich weiß nicht

einmal, wie der Sarg aussah oder ob ich Franz ein paar Blumen ins Grab geworfen habe. Ob es danach Kaffee gab, ob ich tatsächlich das schwarze Kostüm trug, das seit damals in meinem Schrank hängt. Ob meine Schwiegermutter dabei war und wirklich gesagt hat: »Neben der kann ich nicht mehr atmen, hier friert man ja innerlich ein.«

Aber diesen einen Satz von meiner Mutter, den höre ich immer noch. Er war voller Abwehr. Ebenso gut hätte Mutter sagen können: »Komm nur nicht auf die Idee, du könntest jetzt wieder bei mir unterkriechen.«

Was ich ihr geantwortet habe, weiß ich auch noch ganz genau. »Was soll ich schon machen? Das Gleiche wie du damals. Ich sehe zu, dass ich das Haus irgendwie halten kann. Das war sein großer Traum. Dafür hat er sich krumm gelegt. Er wollte, dass wir hier leben. Also werde ich nicht zulassen, dass es andere tun. Und dann kümmere ich mich um mein Kind.«

Mein Kind! Komisch, immer habe ich nur gesagt: »Mein Kind!« Nicole war für mich nie unser Kind gewesen. Und ich konnte es gar nicht so machen wie meine Mutter.

Die hatte nach Vaters Tod eine gute Rente bekommen. Und Franz hatte sich selbstständig gemacht, ein knappes Jahr vor dem Unfall. Die eigene Existenz, auf die er so stolz gewesen war. Die anfangs noch nicht genug einbrachte, um davon einen ausreichenden Versicherungsschutz zu finanzieren. Als er starb, blieben für mich ein paar unerledigte Aufträge und etliche Kartons mit Wand- und Bodenfliesen in der Garage zurück.

Und das Schuldgefühl. Wenn ich mir mehr Mühe gegeben hätte, wenn ich ihm nur einmal gezeigt hätte, dass es mich gar nicht ekelte. Wenn ich an dem Samstagabend gesagt hätte: »Sieh zu, dass es nicht zu spät wird. Du hast seit Wochen nicht mehr mit mir geschlafen. Heute brauche ich dich.«

Wenn ich ihn dabei angelächelt hätte, mit ein bisschen Sehnsucht im Blick. Wenn …

Ich hatte ihn nicht angelächelt. Ich hatte gesagt: »Es macht nichts. Ich schaue mir den Film im zweiten Programm an, und danach gehe ich ins Bett. Ich bin auch ziemlich müde.« Und in meinem Blick war wohl nur Erleichterung gewesen.

Und dann saß ich eben da, achtundzwanzig Jahre alt, mit einem Haufen Schulden, einem Haus, einer zweijährigen Tochter, allein. Keiner hat geglaubt, dass ich es schaffe. Ich selbst auch nicht. Aber ich habe es geschafft, ich habe es irgendwie überlebt.

In den ersten Jahren nur für Nicole und das Haus. Es ist ein prachtvolles Haus. Franz hat es damals zusammen mit seinen Brüdern gebaut, sonst wäre der Schuldenberg noch größer gewesen. Hundertsechzig Quadratmeter Wohnfläche, achtzig unten, achtzig oben, der ganze Keller gefliest und eine große Terrasse mit Garten dahinter.

Rein vom Grundriss her war das alles für eine Familie mit Kindern gedacht. Im Erdgeschoss die Diele, der große Wohnraum, die Küche, gleich neben der Haustür das Büro, in dem Franz spätabends noch den Papierkram erledigt hatte, gegenüber dem Büro die Gästetoilette. Und im Obergeschoss das Schlafzimmer mit einem windgeschützten Balkon davor, das Kinderzimmer, das Bad und ein freier Raum, vielleicht das zweite Kinderzimmer.

Kurz vor dem Unfall hatte Franz oft von einem zweiten Kind gesprochen. »Wenn wir aus dem Gröbsten raus sind«, hatte er immer gesagt. Und dann ließ er mich mitsamt dem Kind in einem Chaos zurück, das gröber gar nicht sein konnte.

Ich wusste oft nicht, wo mir der Kopf stand. Es konnte nicht so sein, wie meine Schwiegermutter angedeutet hatte. Es war ein Unfall gewesen, das hatte die Polizei eindeutig festgestellt. Überhöhte Geschwindigkeit, eine regennasse Fahrbahn, eine scharfe Kurve und der Baum. Franz war nicht mit Absicht dagegen gefahren. Das hätte ich wirklich nicht überlebt.

Nach seinem Tod verging keine Nacht ohne Albtraum. Es waren grässliche Träume. Einmal lag ich darin in meinem Bett an einem Samstagabend. Es war ganz dunkel im Zimmer, dann kam Franz herein. Er flüsterte: »Jetzt muss ich dir ein bisschen wehtun.« Und dann stieß er mir ein Messer in den Bauch.

Oder ich lag in der Badewanne, hörte Musik aus einem Kofferradio. Hinter mir auf der Ablage lag die große Bürste, die für den Rücken gedacht war. Und plötzlich schwebte die Bürste über mir, wie von einer unsichtbaren Hand gehalten. Ihre Borsten waren ziemlich rau, und sie fuhr mir über den Bauch nach unten, bohrte sich zwischen meine Beine, dass ich das Gefühl hatte, innerlich zu zerreißen.

Manchmal sah ich nur das runde und gutmütige Gesicht von Franz, wie es über mir schwebte. Er schaute mich an, so traurig und hilflos. Dann fragte er: »Was hast du denn, Siggi, gefällt es dir nicht? Ich bin doch ganz vorsichtig. Ich tu dir nicht weh. Ich will dir doch nicht wehtun, du bist doch mein kleines Mädchen.«

Und noch während er das sagte, zog sich in mir alles zusammen, wurde alles ganz starr und steif. Verspannungen, hatte mir der Arzt mal gesagt. Und dann kamen die Krämpfe. Die spürte ich sogar, wenn ich nur davon träumte.

Dann gab es noch einen Traum, der sich mehrfach wiederholte, in dem ich einen verschneiten Bahndamm entlanglief, schneller und immer schneller, obwohl ich kaum vom Fleck kam. Weit vor mir war ein Licht und hinter mir ein Keuchen. Ich wusste genau, dass Franz hinter mir war. Ein anderer Franz als der, den ich gekannt hatte. Er hatte Rasierklingen in seiner Tasche. Er rief: »Bleib doch stehen, ich will dir doch nichts tun. Ich will nur alles schön glatt machen. Ich mag es schön glatt, so glatt wie eine geflieste Wand.«

Ich rannte weiter, und mitten im Laufen wurde mir plötzlich bewusst, dass ich das Kind irgendwo hinter mir zurückgelassen hatte. Dann hörte ich den Mann rufen: »Wo ist denn mein kleines Mädchen?« Und dann hörte ich das Kind schreien. An der Stelle erwachte ich jedes Mal.

Und jedes Mal wusste ich, es war ein gewöhnlicher Albtraum. Nur die Uhr zählte, wenn der Braune sie irgendwohin trug, wenn er sein Hämmerchen hob und die Stundenstriche abschlug. In der vergangenen Nacht hat er es wieder getan. In drei Tagen wird er seinen Bruder zu mir schicken, den Mann mit der Sense. Ich weiß es ganz sicher.

7

Es ging alles besser, als der Mann erwartet hatte. Beim ersten Besuch blieb das Kind ungefähr eine halbe Stunde bei ihm; es trank eine Limonade, aß ein paar Kekse dazu, bewunderte die Krawattennadel und die Manschettenknöpfe, die er aus besseren Zeiten herübergerettet hatte und gerne offen auf der Anrichte liegen ließ.

Es fragte ihn, ob er reich sei, weil er doch richtiges Gold besitze. Dann erzählte es ihm von der Mutter. Sie war in einem der großen Kaufhäuser beschäftigt. Und sie sagte immer, dass sie nicht so viel verdiene, um es ihm hinten und vorne beistecken zu können.

Es erzählte von den Kindern in seiner Klasse, von denen viele schon Armbanduhren trugen, teure Jacken und Schuhe, und dass es auch gerne solch schicke Sachen haben würde. Es erzählte von dem Umzug in die Stadt; sie waren erst im

November hergekommen, und anfangs hatte ihm die Stadt gar nicht gefallen.

Es erzählte auch von dem jungen Mann aus dem Dachgeschoss, als er danach fragte. Aber es wiederholte nur, was es schon einmal gesagt hatte, und schloss in fast trotziger Weise, dass es zu dem nicht mehr hingehe. Und als es sich verabschiedete, fragte es, ob es denn wiederkommen dürfe.

»Wenn es nur nach mir ginge«, erwiderte der Mann, »ich habe gegen ein bisschen Gesellschaft nichts einzuwenden. Aber ich muss auch an die Nachbarn denken. Was, meinst du wohl, würden sie von mir denken, wenn sie sehen, dass bei mir ein Kind ein und aus geht? Über den jungen Mann da oben zerreißen sie sich auch die Mäuler.«

»Und wenn ich ganz vorsichtig bin?«, fragte das Kind.

Er gab sich erst noch unentschlossen, machte jedoch zögernd ein paar Vorschläge, die das Kind begeistert aufgriff. Sie vereinbarten, dass es niemals auf seine Klingel drücken dürfe. Wenn die anschlug, war das in der Nebenwohnung zu hören. Es musste also auf der Straße warten, aber nicht schon, wenn er von der Arbeit kam. Wenn es so zwischen halb sechs und sechs vor der Tierhandlung erschien, war das günstiger. Er würde dann das Fenster öffnen, sich vergewissern, ob es da war, und es ins Haus lassen.

Es schien ganz so, als sei das Kind fasziniert von dieser Heimlichtuerei; misstrauisch wurde es auf gar keinen Fall. Es kicherte leise, als er es zur Tür brachte, und versprach, auf Strümpfen die Treppen hinabzuschleichen. Der Mann war zufrieden, saß den ganzen Abend da und malte sich die Zukunft in rosigen Farben aus.

Nachdem es erst einmal bei ihm gewesen war, kam das Mädchen häufig zu ihm in die Wohnung. Und niemand im Haus bemerkte etwas davon, auch die Nachbarin nicht. Davon überzeugte er sich, indem er sich regelmäßig auf längere

Gespräche mit ihr einließ, wenn er von der Arbeit kam. Das war immer so gegen fünf. Und wenn das Kind kam, dann mindestens eine halbe Stunde später.

Bei einem der nächsten Besuche brachte das Kind ihm ein Schulheft mit. Es machte einen sehr zerknirschten und ratlosen Eindruck. Eine Unterschrift der Mutter sollte es am nächsten Tag in die Schule mitbringen. Aber es wagte nicht, der Mutter das Heft zu zeigen.

»Die brüllt immer gleich los«, flüsterte es. Es sprach immer so leise, wenn es bei ihm war, flüsterte oder wisperte nur. »Sie sagt, wenn ich mir in der Schule nicht ein bisschen mehr Mühe gebe und immer nur in der Gegend herumstreune, dann geht sie zum Jugendamt.«

Ihm war klar, was das Kind von ihm erwartete, und er zögerte auch nicht lange. Ganz am Anfang im Heft stand einmal der Name der Mutter unter einer Notiz des Lehrers. Natürlich ging er davon aus, dass die Mutter selbst ihren Namen da hingeschrieben hatte.

Er setzte sich an den Tisch, übte ein wenig, bis er diese Unterschrift täuschend echt unter die Notiz des Lehrers setzen konnte. Als er das Heft wieder zuklappte, sagte er ernst: »Das muss aber unter uns bleiben, sonst bekommen wir beide eine Menge Ärger.«

Das Kind war dankbar, nickte eifrig. Und für ihn war es leicht, ein paar kleine Geheimnisse zu schaffen, angefangen bei dem Schulheft, die das Kind am Sprechen hinderten, die es nur enger an ihn banden.

Er fand rasch heraus, wie er mit ihm umgehen musste, um ihm die Unbefangenheit nicht zu früh zu nehmen. Er selbst redete viel, erklärte alle möglichen Dinge und Zusammenhänge und ließ das Kind reden. Hin und wieder ertappte er es zwar bei einer Lüge, aber er sprach es niemals darauf an, tat immer so, als glaube er alles, was es ihm erzählte.

Dass das Kind anfangs nur aus einer Form von Berechnung heraus zu ihm kam, der Gedanke kam ihm nie in den Sinn. Er ging davon aus, dass es einfach nur nach einem Menschen gesucht hatte, der sich ein wenig kümmerte, der Zeit hatte und Verständnis. Und in ihm hatte es so einen gefunden, jedenfalls für eine kurze Zeit.

Dass sie nicht zu lang werden konnte, die Zeit, war dem Mann bewusst. Man durfte einfach das Alter des Kindes nicht übersehen. Wenn es erst argwöhnisch wurde, war es vielleicht schon zu spät.

Anfangs hielt er sich eisern unter Kontrolle, begnügte sich mit versteckten Zärtlichkeiten, denen er auch noch den Anschein von Besorgnis gab. Wie unbeabsichtigt berührte er einmal die Schenkel des Kindes, ganz so, als wolle er nur den Stoff der Hose prüfen. Gleich nachdem er sie berührt hatte, steckte er die Hand hinter den Rücken, um das Zittern zu verbergen, und er sagte: »Die Hose ist zu eng für dich. Das muss deine Mutter doch sehen, dass die nicht mehr passt. Es ist gar nicht gut, wenn man so enge Hosen trägt. Da kann das Blut nicht richtig zirkulieren. Ich möchte wetten, du hast oft kalte Füße.«

Das Kind trug an dem Tag keine Strümpfe und nickte erstaunt. Und als er ihm dann empfahl, die Hose auszuziehen, wenigstens solange es bei ihm in der Wärme war, folgte es seinem Rat fast augenblicklich. Anschließend überließ es ihm die nackten Beine, damit er die Haut reiben und die Blutzirkulation wieder in Gang bringen konnte. Es lachte ein paar Mal, weil er es kitzelte, wenn er mit den Fingerspitzen den Saum des Unterhöschens berührte. Aber es blieb ganz arglos.

Nach diesem Tag sorgte der Mann dafür, dass er stets einen Vorrat an Süßigkeiten in der Wohnung hatte, brachte jeden Tag von seinen Einkäufen etwas mit. Einmal kaufte er sogar ein Kleid für die widerliche Puppe. Meist jedoch beschränkte er sich auf Schokoladenriegel und Bonbons. Und manchmal steckte er dem Kind einen Geldschein zu, damit es sich selbst etwas kaufen konnte.

Es naschte gerne, anscheinend bekam es von seiner Mutter nur selten etwas. Und bei ihm bedankte es sich für jeden Geldschein und jeden Schokoladenriegel mit einem Kuss. Einmal setzte es sich auf seinen Schoß, drückte sich an ihn und legte die mageren Arme in seinen Nacken. Es sei so froh, sagte es, dass es jetzt wieder einen Menschen habe, fast so einen wie den Großvater.

Es erzählte ihm von seinem Großvater, von der Großmutter und dem Vater, die es alle nicht mehr zu Gesicht bekam. Und ihn machte es fast krank, als ihm der süße Geruch der Schokolade in die Nase stieg. Er zog das Kind ein wenig fester an sich. Konnte das Zittern kaum noch unter Kontrolle halten. Er strich über den derben Hosenstoff hinauf und hinunter, und er wusste, dass er nicht mehr lange so weitermachen konnte.

Minutenlang dachte er darüber nach, zwei von den kleinen Tabletten in die Limonade zu tun. Ihn selbst machten sie müde, wenn er nur eine nahm, das Kind hätte garantiert tief und fest geschlafen davon. Und wenn es danach wieder aufwachte …

Wäre das Mädchen jünger gewesen, hätte er es versucht. Vielleicht hätte er sich noch eine Weile begnügen können. Aber das Kind war einfach schon zu alt.

8

Vergessen habe ich den Braunen nie. Es gab in den vergangenen sechs Jahren nicht eine Nacht, in der ich nicht mindestens einmal an ihn gedacht habe. Tagsüber geriet er ein bisschen in den Hintergrund. Da waren so viele andere Dinge. Dinge, die Franz mir bis dahin abgenommen hatte. Und plötzlich stand ich allein mit ihnen.

Ich musste mich entscheiden, immerzu entscheiden. Resignieren und alles der Bank überlassen, vielleicht doch bei meiner Mutter unterkriechen, obwohl die mir deutlich zu verstehen gegeben hatte, dass es unmöglich war, oder kämpfen. Für Nicole und für mich, für das Haus, um wenigstens ein Dach über dem Kopf zu haben. Kämpfen, ausgerechnet ich! Nein, ich habe nicht wirklich um etwas gekämpft. Ich habe auch nicht einmal eine wirkliche Entscheidung getroffen. Es ergab sich immer irgendwie irgendwas. Und dann sah es eben so aus, als sei es mein Verdienst gewesen.

Zuerst gab es ein paar Mark von einer Sterbekasse, ziemlich schnell sogar, damit ließen sich die Beerdigung und die restlichen Möbelraten bezahlen. Es reichte dann noch für ein paar Wochen. Danach sprang meine Schwester ein, so gut sie eben konnte. Anke verdiente schon, doch sie lebte noch bei Mutter, und sie musste nichts abgeben.

Eine Rente bekam ich nicht. Natürlich war Franz versichert gewesen, solange er noch nicht selbstständig war. Aber er hatte irgendwas gemacht mit dieser Versicherung. Jedenfalls konnten keine Ansprüche mehr geltend gemacht werden. Und die Rechnungen stapelten sich, die Erinnerungsschreiben der Bank wurden immer massiver und bedrohlicher in ihrem Ton.

Ich hoffte, die Brüder von Franz würden mir helfen. Solange er gelebt hatte, waren sie wie eine verschworene Gemeinschaft gewesen. Und nachdem er tot war, merkte ich, wie sie sich von mir zurückzogen. Meine Schwiegermutter wollte gar nichts mehr mit mir zu tun haben. Auch die Brüder kamen nur noch ein paar Mal auf einen kurzen Besuch. Der Älteste gab mir ein paar gute Ratschläge, Geld zu viel hatte er auch nicht. Aber er hatte eine Idee.

Und ein paar Wochen nach der Beerdigung zogen sie eine Mauer ins Obergeschoss, genau an die Stelle, an der sich zuvor das Treppengeländer befunden hatte. Am Treppenabsatz wurde eine Tür eingesetzt. Sie verlegten Wasserrohre vom Bad ins zweite Kinderzimmer und elektrische Leitungen, an die man einen Herd anschließen konnte. Dann gab ich die Annonce auf.

»Zwei Zimmer, Küche, Diele, Bad, Balkon an alleinstehende, ältere Dame zu vermieten.«

Und dann hatte ich Glück. Auf die Annonce meldete sich Frau Humperts. Sie war Anfang sechzig, ein paar Jahre älter als meine Mutter, aber ein ganz anderer Frauentyp.

»Sie können doch nicht bis an Ihr Lebensende in Ihrer Küche sitzen und grübeln, Kindchen«, sagte Frau Humperts zu mir, kaum dass sie eingezogen war. »Ich mache Ihnen einen Vorschlag. Suchen Sie sich eine Arbeit, das lenkt ab, und Sie brauchen das Geld doch. Mit der Miete allein können Sie das Haus nicht halten. Ich passe auf das Kind auf. Ich tu es gern, wirklich, es ist doch ein liebes Kind.«

Ein liebes Kind, das war Nicole tatsächlich. Sie war schon sauber damals und sehr verständig für ihr Alter. Man konnte sich richtig mit ihr unterhalten. Meine Mutter sagte »altklug« dazu, und das klang immer nach einem Tadel. Aber Frau Humperts kam sehr gut mit Nicole zurecht.

Auf Frau Humperts Rat hin bewarb ich mich damals um eine Stelle als Verkäuferin, immerhin hatte ich das einmal gelernt. Ich bekam eine Anstellung in der Lebensmittelabteilung eines Kaufhauses in Köln. Damit schienen die finanziellen Probleme erst einmal gelöst.

Ich verdiente anfangs etwa so viel, wie das Haus jeden Monat verschlang. Von der Miete für das Obergeschoss konnten wir leben, Nicole und ich. Wir konnten den elektrischen Strom bezahlen und das Wasser, die Müllabfuhr und die

Grundsteuern, die Gebäudeversicherung und die Gebühr fürs Fernsehen. Es war nicht üppig, aber wir kamen zurecht.

Wir kamen auch sonst zurecht. Ich lernte, mich damit abzufinden, dass Franz nicht mehr da war, jedenfalls nicht so, dass ich ihn sehen konnte. Ich ging jeden Sonntagnachmittag zum Friedhof und erzählte ihm, was mir so durch den Kopf ging. Und an seinem Grab konnte ich irgendwie freier reden.

Da konnte ich ihm sagen, dass ich ein schlechtes Gewissen hatte. Dass ich mir wünschte, es wäre anders gewesen zwischen uns. Dass ich sehr glücklich gewesen war mit ihm, von sonntags bis freitags. Und dass ich mich für die Samstage verfluchte. Dass es vielleicht nur an dem gelegen hatte, was Hedwig mir früher immer vorgeschwärmt hatte.

Von dem Freund, der sie auf der Rückbank im Wagen liebte. Der sie auszog, zuerst die Bluse und den Büstenhalter, der sie anschaute dabei, der ihre Brüste anfasste und küsste und ihr sagte, dass er ganz verrückt nach ihr sei.

Und dass ich mich manchmal gefragt hatte, wie es wohl wäre mit einem Mann, der mir zuerst die Bluse und den Büstenhalter auszog, der mich anschaute und anfasste, der mir nicht nur das Nachthemd bis zum Nabel schob oder mir den Rücken waschen wollte. Dass ich mich manchmal so danach gesehnt hatte, dass es wie ein ziehender Schmerz hinter den Rippen gewesen war. Aber dass ich es jetzt gar nicht mehr wissen, dass ich nie wieder einen Mann wollte.

Wenn ich dann vom Friedhof zurückkam, war ich immer ganz ruhig. Ich konnte fühlen, dass Franz mir verziehen hatte. Die grässlichen Albträume klangen allmählich ab.

Vor dem ersten Arbeitstag hatte ich sogar einen richtig schönen Traum von Hedwig. Da stand ich wieder vor dem Kino in Horrem und wartete auf sie. Sie kam nicht. Wir trafen uns erst am nächsten Tag bei der Arbeit. Und das war nicht das kleine Geschäft, in dem wir damals gelernt hatten, sondern die Lebensmittelabteilung des Kaufhauses in Köln.

Hedwig entschuldigte sich, sie hätte sich mit ihrem Freund verkracht und wäre nur deshalb nicht gekommen. Ich erzählte ihr, ich hätte einen Mann kennen gelernt, als ich auf sie wartete, aber er hätte mich schon wieder verlassen. Und Hedwig sagte: »Mach dir nichts draus, eines Tages komme ich zu dir, und dann machen wir uns ein richtig schönes Leben.«

Und dann stand Hedwig mir am ersten Arbeitstag tatsächlich gegenüber. Ich hatte sie nicht mehr gesehen, seit sie damals ein Jahr nach ihrer Lehre das kleine Geschäft verlassen hatte. Im ersten Augenblick habe ich sie gar nicht erkannt. Der Name Otten sagte mir nichts. Aber Hedwig erinnerte sich an den Namen Pelzer und auch an mein Gesicht. Sie meinte, ich hätte mich kaum verändert.

In den Mittagspausen hatten wir Gelegenheit, über die vergangenen Jahre zu reden, erst nur in groben Zügen. Hedwig war verheiratet, logisch, aber nicht mit ihrem damaligen Freund. Das hätte nicht mehr lange gehalten, sagte sie, zuletzt hätten sie nur noch gestritten. Mit ihrem Mann schien sie sich auch nicht sonderlich gut zu verstehen. Sie lebten bei den Schwiegereltern, lebten praktisch von dem, was Hedwig verdiente.

»Und die Hälfte davon versäuft er«, sagte sie. »Er arbeitet nicht. Wenn er wirklich mal eine Stelle findet, fliegt er nach ein paar Wochen wieder raus. Eine eigene Wohnung könnten wir uns gar nicht leisten.«

Hedwig hatte ein Kind, auch ein Mädchen, drei Jahre älter als Nicole. Hedwigs Tochter hieß Nadine und wurde tagsüber von der Schwiegermutter betreut.

Ich hatte oft das Gefühl, dass alles von vorne begonnen hatte. Tagsüber erschienen mir die Jahre mit Franz nur wie ein schöner Traum. Das kam schon, wenn ich morgens aus dem Haus ging. Die Hetze zum Bus, in Horrem umsteigen, den ganzen Tag zwischen den Regalen, Ware auffüllen, Ware auszeichnen, manchmal hinter der Käsetheke, ab und zu ein paar Worte mit einer Kundin. Frühstückspause, Mittagspause, mit Hedwig zusammensitzen, über die Kinder reden, über Männer.

Hedwig glaubte mir wieder einmal nicht, als ich sagte, dass ich keinen mehr wollte, dass ich auch keinen brauchte, fürs Bett ganz bestimmt nicht. Und für den Rest hatte ich Frau Humperts.

»Wenn ich das sagen würde«, meinte Hedwig, »könnte ich es verstehen. Du kannst dir nicht vorstellen, wie das ist, wenn er besoffen heimkommt und über mich herfällt. Meist kann er gar nicht richtig, dann wird er stinksauer und lässt seine Wut an mir aus. Ich habe mich mal eingeschlossen, da hat er Nadine verprügelt, bis ich die Tür eben wieder aufgemacht habe. Aber du warst doch glücklich mit deinem Franz. Du hast doch keine schlechten Erfahrungen gemacht.«

Manchmal war ich nahe daran, ihr von den Samstagen zu erzählen. Dass ich mit den Schuldgefühlen nicht fertig wurde. Dass ich Angst hatte, es würde mir mit einem anderen Mann ebenso ergehen. Oder dem Mann mit mir. Dass ich immer an das denken musste, was meine Schwiegermutter gesagt hatte. Und dass es letztlich bedeutete, ich hatte Franz getötet, nicht mit meinen Händen, nur mit meinem Gesicht. Mit dem Widerwillen darauf, mit der Kälte, der Abwehr. Aber ich tat es nie. Und Hedwig fragte nicht nach Einzelheiten.

Und abends wieder die Hetze. Frau Humperts hatte meist gekocht, wenn ich heimkam. Es war fast so, als würde ich bei meiner Mutter am Tisch sitzen, so wie ich früher gerne bei ihr am Tisch gesessen hätte.

Nachts lag ich oft lange wach. Mir ging so viel durch den Kopf: Die zwölf Jahre mit Franz, von der Minute vor dem

Kino bis zu dem Augenblick, wo ich ihn vor dem Haus in seinen Wagen steigen sah. Meine Schwiegermutter, die neben mir nicht mehr atmen konnte. Meine Großmutter, die plötzlich Angst vor mir bekam und zu schreien anfing, wenn sie mich sah. Dann hörte ich Franz sagen: »Warum soll es das nicht geben? Ich hab dir ja schon mal gesagt, du hast was an dir.«

Und dann hatte ich Angst vor mir selbst und noch mehr Angst davor, einzuschlafen und zu träumen. Natürlich schlief ich immer irgendwann ein, und ich träumte auch irgendwas. Aber nicht von der Uhr, nicht einmal in den vergangenen sechs Jahren von der Uhr, bis zu diesem Freitagmorgen.

Ich wachte auf, da saß ich schon aufrecht, hatte beide Arme ausgestreckt, als ob ich mich noch irgendwo hätte festhalten wollen. Ich war ganz taub im Innern. Wer war jetzt gemeint? Es gab nicht mehr viele, die mir wirklich etwas bedeuteten. Da war im Grunde nur Nicole. Seit ihrer Geburt hatte ich Angst gehabt, dass ihr etwas Furchtbares zustoßen könnte. Seit Franz die Rosen in den Händen gedreht und geflüstert hatte: »Jetzt habe ich zwei kleine Mädchen.«

Franz hatte ihr nie etwas getan, das hätte er gar nicht gekonnt. Er hatte nicht einmal mit ihr geschimpft, wenn sie etwas angestellt hatte. Es war nur so ein Gefühl gewesen. Die verrückten Gedanken eben, die mir schon als Kind urplötzlich durch den Kopf schossen und grauenhafte Bilder hervorriefen. Ein kleines, wehrloses Kind, verletzt und blutig, vielleicht sogar tot, immer wieder hatte ich das vor mir gesehen, solange Franz noch lebte.

Es hatte sich mit der Zeit ganz verloren. Seit Frau Humperts vor knapp sechs Jahren ins Haus gekommen war, wusste ich Nicole bestens aufgehoben. Sie wurde gut versorgt und geliebt, zur Selbstständigkeit erzogen, dass ich manchmal das Gefühl hatte, sie sei mir bereits über den Kopf gewachsen. Sie gab nicht viel auf das, was ich ihr sagte. Frau Humperts folgte sie allerdings aufs Wort.

Und am nächsten Tag, dem Samstag, wollte Frau Humperts ausziehen. Ins Haus ihrer eigenen Tochter, zu den eigenen Enkelkindern. Sie hatte es mir schon vor Monaten angekündigt, und am Donnerstagabend hatte sie noch zu mir gesagt: »Obwohl ich mich so darauf freue, tut es mir fast schon Leid.«

Ein Freitagmorgen Ende April, kurz nach fünf. Der Wecker hatte noch nicht angeschlagen. Es war still im Haus. Frau Humperts schlief oben, im ehemaligen Kinderzimmer. Nicole schlief seit dem Umbau im Nebenraum, dem ehemaligen Büro, gleich neben der Haustür. Ich schlief seitdem auf einer Klappcouch im Wohnraum. Es war enger geworden, aber das hatte mich nie gestört.

Wer war jetzt an der Reihe? Nicole? Allein der Gedanke machte mich verrückt. Und ich redete mir ein, dass es nicht immer nur die getroffen hatte, die ich liebte; manchmal kannte und mochte ich sie nur wie die alten Leute damals. Man kann so schnell denken, so schnell ein paar Namen und Gesichter abhaken.

Meine Mutter? Nein, die nicht. Ich war mir sicher, dass ich nicht träumen würde, wenn es um sie ginge. Aber Anke vielleicht! Ich hing sehr an meiner Schwester. Sie war auch so ein praktischer Mensch, den man jederzeit um einen Rat fragen konnte. Wir sahen uns nicht oft, obwohl sie ganz in meiner Nähe wohnte. Aber wir verstanden uns sehr gut, und wenn ich sie brauchte, war sie immer da.

Anke hatte vor fünf Jahren geheiratet. Ihr Mann war ein netter Kerl. Wir kamen gut miteinander aus. Und seit der Kontakt zur Familie Pelzer völlig abgebrochen war, war Norbert Meurer mein einziger Schwager. Und der einzige Mann, den ich fragen konnte, wenn irgendwas am Haus gemacht werden musste.

Viertel nach fünf. Zeit zum Aufstehen, zum Duschen. Das Letzte, was die Brüder von Franz für mich taten, war, eine Dusche in der Waschküche zu installieren. Manchmal sehnte ich mich nach einer Badewanne und wünschte mir, ich könnte wieder einmal lang ausgestreckt im warmen Wasser liegen. Vielleicht Musik hören, ein bisschen träumen dabei und genau wissen, dass ich nicht gestört wurde, höchstens von Nicole. Aber ich hatte mich daran gewöhnt, in den Keller zu gehen. Man gewöhnt sich an alles, nur nicht an solch einen Traum.

Anke? Oh nein, tu mir das nicht an! Vor zwei Jahren hatte Anke das erste Kind bekommen, ein Mädchen, Mara hieß sie. Jetzt war Anke wieder schwanger, hochschwanger, in ein paar Wochen sollte es so weit sein. Ich konnte doch jetzt nicht zu ihr sagen: »Pass auf dich auf, ich habe wieder geträumt.«

Ich musste aufstehen. Licht machen. Alte, vertraute Gewohnheiten halfen vielleicht ein bisschen gegen die Panik. Der Griff nach dem Zugschalter der Wandlampe, mit den Füßen nach den Pantoffeln angeln, in den Morgenrock schlüpfen und hinunter in den Keller steigen.

Von der Wäsche, die ich am Vorabend aufgehängt hatte, waren nur ein paar dünne Teile getrocknet. Ich nahm sie mit hinauf, ließ den Rest hängen. In der Waschküche trocknete die Wäsche nicht so schnell wie an der frischen Luft, und das Fenster mochte ich über Nacht nicht offen lassen. Keines der Kellerfenster war vergittert. Franz hatte das damals noch tun wollen, aber er hatte so vieles noch tun wollen.

Viertel vor sechs. Zeit zum Frühstück, Nicole zu wecken, zu versorgen, zu ermahnen, zur Schule zu schicken und anschließend selbst zum Bus zu hetzen, im Bahnhof Horrem den Stadtanzeiger zu kaufen.

An dem Freitagmorgen sollte die Annonce noch einmal erscheinen, die gleiche wie damals. Am Abend vorher hatte ich noch gehofft, dass sich daraufhin eine zweite Frau Humperts melden würde. Ich brauchte eine zweite Frau Humperts, eine liebevolle, ältere Frau, die sich nachmittags um Nicole kümmerte. Die ihr mittags eine warme Mahlzeit vorsetzte und in den Schulferien auch vormittags für sie da war.

Am Abend vorher hatte ich an gar nichts anderes denken können. Und plötzlich war es so nebensächlich wie eine kleine Wolke, die bei Neumond über den Himmel schleicht.

9

An einem Montag im April kam das Kind direkt vom Spielen zu ihm. Bis dahin hatte der Mann sich mit den Fotografien notdürftig über Wasser gehalten und dabei vor sich hin geträumt. Es war nur ein billiger Ersatz, und an dem Tag wurde ihm das so deutlich bewusst.

Das Kind wollte sich an den Tisch setzen, da sagte der Mann: »Sieh dir mal deine Hose an, die ist ganz schmutzig. Du wirst mir den Sessel damit verderben.«

Die Idee mit den kleinen Tabletten in der Limonade hatte er gründlich durchdacht und endgültig verworfen. Es wäre möglich gewesen, hätte das Kind einmal bei ihm übernachten können. In solch einem Fall hätte er am nächsten Morgen genügend Argumente gefunden, die Benommenheit zu erklären. Doch an eine Übernachtung war nicht zu denken. Und so weitermachen wie bisher konnte er auch nicht. Es sollte schon eine kleine Steigerung geben.

Deshalb lachte er gleich nach seinen Worten gutmütig auf, sprach weiter in harmlosem Ton. »Wenn ich dich so ansehe, nicht nur deine Hose ist schmutzig. Wäschst du dich eigentlich nie?«

Das Mädchen wurde ganz verlegen, senkte den Kopf und behauptete, es würde sich regelmäßig waschen.

»So siehst du aber nicht aus«, sagte er. »Aber du brauchst dich deshalb nicht zu schämen. In deinem Alter wäre es eigentlich noch Sache deiner Mutter, dafür zu sorgen, dass du sauber und ordentlich herumläufst.«

Dann ging er ins Bad, ließ Wasser in die Wanne laufen, lachte wieder dabei, ganz leicht und unverfänglich. »Na los«, sagte er, und es klang immer noch harmlos, »ab mit dir ins Wasser! Jetzt wäschst du dich erst mal gründlich, dann bist wenigstens du schon einmal sauber. Ich lege ein Tuch auf den Sessel, damit du ihn mir mit der Hose nicht verdirbst.«

Er ließ es eine Weile planschen, erzählte dabei von seiner Tochter, von den ersten Jahren und dass seine Tochter jetzt schon erwachsen sei und eigene Kinder habe, die er regelmäßig besuche. Dass seine Enkelkinder vor Freude immer ganz närrisch würden, wenn er kam. Dass sie ihm all ihre Geheimnisse anvertrauten. Und dass er deshalb verstehen könne, wie ein Kind sich fühle.

Während er sprach, stand er bei der Tür und schaute nur zu, wie es sich in der Wanne rekelte, hier und dort mit den Händen über die Haut nibbelte. Erst als er das Zittern im Innern kaum noch ertragen konnte, sagte er: »So geht das aber nicht, das macht man mit Seife.«

Und noch bevor das Kind dagegen protestieren konnte, war er neben der Wanne, zog es an einem Arm in die Höhe. Als es dann vor ihm stand, griff er nach dem Seifenstück. Während er das Kind wusch, erklärte er, dass man bestimmte Stellen besonders gründlich und regelmäßig säubern müsse, mindestens zweimal am Tag, weil es dort leicht zu Entzündungen kommen könne. Und dass man es am besten mit den

Fingern mache, weil man damit einfach besser in alle Winkel käme als mit einem Lappen oder mit dem Schwamm. Das gelte für Jungen ebenso wie für Mädchen.

Dem Kind war ganz offenbar peinlich, was er da trieb. Es verzog voller Abwehr sein Gesicht, wollte wohl auch ein paar Mal mit den Händen nach ihm schlagen. Aber irgendwie blieben die Bewegungen im Ansatz stecken, nur steif machte es sich, ganz steif.

Und er erklärte weiter. Dass es das alles ja nicht wissen könne, weil seine Mutter mit ihm nicht über solche Dinge spreche. Und weil es auch keinen Vater mehr habe, der, falls die Mutter sich nicht dazu aufraffen oder überwinden konnte, mit ihm über solche Dinge sprach und ihm etwas zeigte. Aber eigentlich sei es die Pflicht der Eltern.

Und als Ersatz zeigte er dem Kind auch noch, worauf ein Junge bei der Sauberkeit zu achten hatte. Zuerst schaute es mit einem Ausdruck offensichtlichen Ekels und Schreckens zu Boden. Doch er gab sich ganz ruhig, obwohl es in seinem Innern fast überkochte, sprach in harmlosem Ton weiter, bis das Kind begann, wenigstens mit einem Auge zu seinen Händen hinüberzuschielen.

Danach ließ er es in Ruhe, sprach mit ihm nur noch über Menschen. Über gute und schlechte, über solche, die es gut mit Kindern meinten, und solche, die für ein Kind nur Unverständnis hatten und keine Zeit. Solche, die es schlugen, nur weil es ihren Erwartungen nicht entsprach. Und solche, die es streichelten, weil sie mit ihm fühlten, weil sie es bedauerten, weil sie es liebten. Über junge wie den Mann aus dem Dachgeschoss, bei denen man vorsichtig sein musste, und ältere so wie ihn, denen man vertrauen konnte.

Zuerst war das Kind noch merklich zurückhaltend. Es saß auf der Couch und schaute mit unsicherem Blick durch das Zimmer, wobei es darauf bedacht schien, seinem Blick nicht zu begegnen. Doch ganz allmählich taute es wieder auf und erzählte ihm von dem Großvater, der es immer mit in den Garten genommen, der es anschließend auch in die Wanne gesetzt und gewaschen hatte. Und von seinem Vater, der es oft geschlagen hatte. Von der Mutter, die es beschimpfte, nur weil sie das Puppenkleid und eine Uhr gefunden hatte, die es sich von den zusammengesparten Geldscheinen gekauft hatte.

»Dreimal habe ich ihr gesagt, ich habe die Sachen geschenkt bekommen«, sagte es, »aber sie hat es mir nicht geglaubt.«

Der Mann presste die Lippen aufeinander, aber dann lächelte er gleich wieder. »Du hast ihr doch hoffentlich nicht gesagt, wer dir die Sachen geschenkt hat. Nicht, dass sie eines Tages vor meiner Tür steht und hier Theater macht. Ich glaube nicht, dass ich viel mit ihr zu tun haben möchte, wenn sie solch ein Drache ist, wie du immer sagst. Oder übertreibst du da ein bisschen?«

Das Kind schüttelte heftig den Kopf und behauptete, es würde nie übertreiben und seiner Mutter nie etwas sagen. Dann erzählte es von der Großmutter, der es immer alles hatte sagen können, die es jedoch nicht mehr sehen durfte. Weil der Vater dort war, weil die Mutter Angst hatte. Den Vater wollte es auch gar nicht sehen. Aber es war immer so schön gewesen bei der Großmutter, sie hatte auch immer Süßigkeiten im Schrank gehabt. Und der Großvater hielt Kaninchen im Stall. Und wenn sie Junge geworfen hatten und wenn die nicht mehr nackt und blind waren, hatte es manchmal eins davon mit ins Haus nehmen dürfen, sogar mit ins Bett. Es hätte so gern wieder ein Kaninchen gehabt, aber die Mutter erlaubte es nicht.

10

Meine Gedanken drehten sich unentwegt um Namen und Gesichter, nur die Hände beschäftigten sich sinnvoll. Ein Pausenbrot für Nicole bestreichen, die wenigen Wäscheteile falten und wegräumen, das Bettzeug verstauen, die Couch herrichten, jeden Morgen die gleichen Handgriffe.

Noch einen Blick in Nicoles Zimmer. Sie hatte ihr Bettzeug bereits weggeräumt. Auf dem Fußboden lag ein Buch, an der Wand hing ein Poster. Buch und Poster zeigten das gleiche Motiv, Pferde. Nicole liebte Pferde, träumte davon, irgendwann Reitstunden zu nehmen. Es war unmöglich, viel zu teuer. Aber später, irgendwann einmal. »Wenn ich groß bin und viel Geld verdiene, Mama«, sagte sie immer.

Ich verstand nie, woher sie ihre Energie nahm. Nicole war ganz anders als ich, vielleicht der Einfluss von Frau Humperts und das Blut von Franz. Immer selbstbewusst, immer zielstrebig, manchmal war sie mir gegenüber sogar ein wenig gönnerhaft und manchmal ein wenig ungeduldig. So wie an dem Morgen. Sie stand bereits an der Haustür, den Ranzen auf dem Rücken, die Sporttasche mit den Badesachen in der Hand. Seit sie ins dritte Schuljahr gekommen war, fand der Sportunterricht freitags im Hallenbad statt.

»Sorg dafür, dass deine Haare richtig trocken sind, bevor du ins Freie gehst«, rief ich aus der Küche hinter ihr her. Das tat sie nie, ich wusste es.

»Mach ich doch immer.« Das war noch gönnerhaft.

»Und denk daran, dass du nach der Schule zu Oma gehst. Frau Humperts muss packen. Sie hat heute keine Zeit für dich.«

»Ich soll ihr beim Packen helfen, hat sie gestern extra gesagt.« Das klang schon leicht gereizt.

»Pass auf der Straße auf!«, rief ich noch. Da fiel die Haustür hinter ihr zu.

Ich war immer noch ganz lahm vor Angst, nahm meine Tasche, zog den Mantel über und verließ das Haus ebenfalls. Das Gefühl von Ohnmacht hielt sich während der Busfahrt. Die Beklemmung lockerte sich nicht einmal, als ich im Bahnhof eine Zeitung kaufen und in den Zug steigen konnte.

Ein paar bekannte Gesichter um mich herum, hier ein flüchtiger Gruß, dort ein Kopfnicken, da ein Lächeln, ein paar belanglose Worte. Über Kinder oder das nasskalte Wetter, über die steigenden Preise für Kinderbekleidung und Lebensmittel. Dann nahm ich mir die Zeitung vor. Die Annonce fand ich sehr schnell.

»Zwei Zimmer …«

Das größere davon war unser Schlafzimmer gewesen. Franz hatte es eingerichtet, ganz in Weiß und Blau. Über dem Bett war sogar ein Himmel aus Tüll angebracht.

»Kleine Mädchen sollten in einem Himmelbett schlafen«, hatte er damals zu mir gesagt.

Und dem Fußende gegenüber stand der Schrank mit seinen verspiegelten Türen. Zwischen Bett und Schrank stand noch ein Sessel. Manchmal hatte Franz gebettelt, dass ich mich auf seinen Schoß setzte. Ein paarmal hatte ich das auch getan, mit dem Rücken zum Spiegel. Wenn wir im Bett lagen, musste ich immer in den Spiegel schauen. Es ging gar nicht anders, ich schaffte es nie, die Augen zu schließen, musste immer hinsehen.

Immer hinsehen, wie er auf mir lag. Meine angewinkelten Knie neben seinem Rücken. Ein brauner Rücken, er wurde so schnell braun, am Rücken, an Beinen und Armen, nur sein Gesicht war eher rot.

Und wenn ich auf seinem Schoß saß, musste ich ihm ins Gesicht sehen. Es war nicht gutmütig in solchen Augenblicken. Es verzerrte sich. Überall bildeten sich Schweißperlen auf der Haut. Manchmal hatte ich mir vorgestellt, es sei gar nicht Franz, der mir da zwischen den Beinen herumfummelte. Es sei irgendeiner, den ich nicht kannte, den ich danach nie wieder zu Gesicht bekommen würde. Dann war es erträglich gewesen.

Ich hatte die Möbel verkauft, auch den Sessel, für einen Bruchteil des ursprünglichen Preises, um einen Monat damit zu überleben. Und ich war ein bisschen glücklich darüber gewesen.

Franz, hilf mir jetzt! Wer ist es diesmal?

Ich wusste in all den Jahren genau, dass er mir von irgendwoher zuschaute. Nicht nur das, dass er immer noch in der Lage war, für uns zu sorgen. Dass er mir Frau Humperts geschickt hatte, dass er die Stelle im Kaufhaus für mich freigehalten und auch darauf geachtet hatte, dass ich wieder mit Hedwig zusammenkam.

Franz, Frau Humperts zieht aus, morgen schon. Und ich habe wieder von der Uhr geträumt. Was soll ich jetzt tun?

»... Küche, Diele, Bad, Balkon, an alleinstehende, ältere Dame.« Aber eine zweite Frau Humperts würde es kaum geben. Um alles hatte sie sich gekümmert, nicht nur um Nicole. Um die Fenster und die Bügelwäsche, den Garten und den Mülleimer, oft genug um den Papierkram. Na, lassen Sie mal sehen, Kindchen, was schreiben die denn? Ach, das ist doch kein Drama. Keine Sorge, das kriegen wir schon hin.

In der Annonce waren nur der Samstag, die Uhrzeit und die Telefonnummer angegeben. Das Telefon gehörte Frau Humperts. Im Erdgeschoss gab es zwar noch einen Anschluss, aber keinen Apparat mehr. Nach dem Begräbnis hatte der älteste Bruder von Franz mir geraten, alles, was Kosten verursachte und nicht unmittelbar notwendig war, abzuschaffen. Ab zwanzig Uhr. Nicole würde dann in ihrem Bett liegen, und ich würde in der leeren Wohnung neben dem Telefon sitzen und warten. Auf wen? Wer war diesmal an der Reihe?

Es konnte nur Nicole gemeint sein. Oder Anke, Norbert, die kleine Mara, vielleicht das ungeborene Baby. Oder Günther?

Ja, richtig, ich hatte es versprochen, sogar am Grab geschworen: keinen Mann mehr nach Franz. Fünfeinhalb Jahre lang hatte es auch funktioniert. Da hatte ich mir immer wieder gesagt, dass es gar keinen Mann gab, der so war, wie ich ihn brauchte. Von sonntags bis freitags wie Franz und samstags ganz anders. Trotzdem war seit sechs Monaten einer da, Günther Schrade. Ich hatte ihn im Hallenbad kennen gelernt. Zufällig, aber es sind doch immer die Zufälle, die ein Leben verändern.

Als für Nicole der Schwimmunterricht begann, machte ich es mir zur Regel, mindestens jeden zweiten Sonntagmorgen mit ihr ins Hallenbad zu gehen. Und während Nicole sich mit Tauchübungen vergnügte, literweise Wasser schluckte und, allen meinen Ängsten zum Trotz, doch immer wieder an die Oberfläche zurückkam, stand ich mitten im Nichtschwimmerbecken. Mit einem Auge beim Bademeister, der im Notfall hätte eingreifen müssen, weil ich selbst mich auch nur mit knapper Not über Wasser halten konnte, mit dem anderen Auge bei der vom Wasser verzerrten Gestalt, die mir um die Beine herumpaddelte.

Beim vierten oder fünften Besuch behauptete Nicole, sie könne jetzt schwimmen, und tauchte, ohne mein Einverständnis abzuwarten, unter dem Trennseil durch. Es blieb mir gar nichts anderes übrig, als die Tiefe unter dem Bauch zu vergessen und mit krampfhaft hochgehaltenem Kopf hinterherzuschwimmen. Möglichst in Griffnähe des Randes, schwamm ich direkt auf das kleine Sprungbrett zu. Den Blick auf Nicole gerichtet, die ein Stück vor mir prustend und hüpfend wie ein Frosch durchs Wasser zog, übersah ich den Mann auf dem Brett völlig.

Und als der sprang, kam diese riesige Welle, schwappte mir über Mund und Nase, spritzte mir in die Augen. Meine Arme kamen augenblicklich aus dem Rhythmus, und der Rand war etwas mehr als zehn Zentimeter von meiner linken Hand entfernt.

Ich sackte ab wie ein Stein, obwohl ich ziemlich wild um mich schlug. Zum Glück war jemand in meiner Nähe, der auf Anhieb erkannte, was los war. Ich habe mich fürchterlich geschämt, als Günther mich endlich wieder mit dem Kopf über Wasser gebracht hatte.

Tauchen hatte ich nie gelernt. Und als Günther mich später fragte, warum ich denn der Welle nicht ausgewichen sei, konnte ich nur lachen. Ausweichen hatte ich auch nie gelernt, immer geradewegs auf die Katastrophen zu, immer mitten hinein in die riesigen Wellen oder die schwarzen Scheiben.

Günther lud uns ein, mich zu einem Kaffee, Nicole zu einem Milchshake. Er kam auf Anhieb gut mit ihr zurecht, fand genau den richtigen Ton. Bis dahin hatte Nicole fast ausschließlich mit Frauen zu tun gehabt, der einzig wichtige Mann in ihrem Leben war Norbert gewesen.

Norbert, der die Tür ihres Kleiderschrankes reparierte, der ihr die Schaukel im Garten herrichtete und zerbrochenes Spielzeug zusammenklebte. Norbert, der ihr nach solchen Hilfsaktionen kameradschaftlich zunickte und sagte: »Jetzt funktioniert es wieder.« Und mehr erwartete sie von ihm auch nicht.

Mit Günther war das vom ersten Tag an etwas anderes. Sie war ganz verrückt nach ihm, Günther hinten, Günther vorne, kommt Günther am Samstag? Und was Günther sagte, war das Amen in der Kirche.

Auch wir verstanden uns, oberflächlich betrachtet, recht gut. Trotzdem war es ein paar Monate lang eine Beziehung, die ich nirgendwo richtig einordnen konnte. Wir trafen uns regelmäßig, unterhielten uns, er besuchte mich häufig. Nein, nicht mich, uns. Nur hielt er mich mehr auf Distanz als Nicole. Erst vor ein paar Wochen war daraus mehr geworden als eine Bekanntschaft. Aber ich wusste immer noch nicht, woran ich mit ihm war.

Günther strahlte diese besondere Art von Ruhe aus, die ich seit Jahren vermisste. Dieses Stück Geborgenheit, das einen die dunklen Seiten des Lebens vergessen lässt. Und so war er gar nicht. Er war auch nur einer, der eine Fassade aufrechterhielt. Er sprach mit mir ausführlich über Gott und die Welt, über sich selbst nur das Allernötigste.

Ich wusste von ihm, dass er geschieden war. Dass er sich jeden zweiten Samstag seine beiden Kinder holte und den Tag mit ihnen verbrachte. Der Junge war zehn und das Mädchen acht Jahre alt. Ich hatte mir manchmal vorgestellt, dass seine Tochter und Nicole sich anfreunden würden. Aber er war noch nie zusammen mit den Kindern bei mir gewesen.

Von Beruf war er Redakteur beim Stadtanzeiger, arbeitete im Schichtdienst. Deshalb sahen wir uns in der Woche fast nie. Er kam samstags, meist erst am Abend, und sonntags kurz nach Mittag. Und jeden zweiten Sonntag musste er am Nachmittag in die Redaktion.

Es hatte deshalb schon mehr als einmal ein pikiertes Gesicht bei meiner Mutter gegeben. Sie kam jeden zweiten Sonntag zum Kaffee und meinte immer, Günther ginge nur, weil sie gerade gekommen sei. Man konnte es ihr hundertmal erklären, sie wollte es einfach nicht verstehen. Immer diese spitzen Bemerkungen. »Ich finde es nicht sehr höflich von deinem Bekannten, Sigrid, dass er jedes Mal aufbricht, wenn ich zur Tür hereinkomme.«

Dein Bekannter! Wenn sie wenigstens gesagt hätte, dein Freund. Aber war er mein Freund? Wollte ich überhaupt, dass er mein Freund war? Wir hatten in den letzten Wochen ein paar Mal miteinander geschlafen. Jedes Mal hatte ich dabei an Hedwig denken müssen. An die Hedwig, die mir früher von ihrem Freund vorschwärmte.

Hedwig. Während ich im Zug saß, dachte ich daran, in der Mittagspause mit Hedwig zu reden. Sie war mir gegenüber längst nicht mehr so gönnerhaft wie zu der Zeit, als wir beide noch in der Lehre waren. Sie hatte selbst eine Menge Probleme. Und obwohl sie damit gut alleine fertig wurde, war sie dankbar, wenn ihr jemand zuhörte.

Im vergangenen November hatte sie sich endlich von ihrem Mann getrennt. Es war mit den Jahren immer schlimmer geworden mit ihm. Er schlug sie, wenn er betrunken war. Und wenn sie ihm kein Geld geben wollte, um auf diese Weise zu verhindern, dass er sich betrank, dann schlug er sie erst recht. Und nicht nur sie. Manchmal war sie abends von der Arbeit heimgekommen und hatte ihre Tochter grün und blau geschlagen vorgefunden.

»Kannst du dir das vorstellen?«, hatte sie mich am nächsten Tag gefragt. »Da gebe ich ihr zwei Mark Taschengeld oder eine Mark für ein neues Schulheft, und er prügelt sie windelweich, bis sie das Geld rausrückt.«

Hedwigs Schwiegereltern waren machtlos gewesen. »Man kann von zwei alten Leuten auch nicht verlangen, dass sie sich ihm in den Weg stellen«, hatte Hedwig gesagt. »Meine Schwiegermutter ist herzkrank, die weint sich nur die Augen aus dem Kopf. Und mein Schwiegervater ist so ein schmächtiges Kerlchen, dem kannst du das Vaterunser durch die Backen blasen. Da müsste er nur einmal zulangen, und sie würden beide nie mehr aufstehen.«

Hedwig hatte lange nach einer Wohnung gesucht, möglichst eine Wohnung in der Stadt, damit Nadine im Notfall mit der Straßenbahn ins Geschäft kommen konnte. Seit Ende November lebte sie nun allein mit ihrer Tochter in einem Hochhaus in Köln-Chorweiler. Aber damit waren ihre Probleme nicht gelöst, es waren sogar noch ein paar neue hinzugekommen. Wir sprachen fast regelmäßig in der Mittagspause darüber.

»Zuerst schien Nadine wirklich erleichtert, als ich ihr sagte, dass wir ausziehen«, hatte Hedwig mir im Dezember erzählt. Sie hatte ihrer Tochter die Situation erklärt, und das Kind schien mit dem Umzug einverstanden.

Aber dann war es plötzlich wie umgedreht. Nadine Otten hing wohl sehr an ihren Großeltern, kein Wunder. Sie war bei denen aufgewachsen, und die hatten sie nach Strich und Faden verwöhnt. Als Nadine bemerkte, dass sie von Hedwig nicht jeden Willen bekam, wollte sie zurück. Sie wollte die Großeltern zumindest regelmäßig besuchen, sprach von gar nichts anderem mehr.

Hedwig sagte: »Das kann ich nicht riskieren. Der schlägt uns tot, wenn wir da auftauchen. Ich habe ihr gesagt, wir können die Großeltern erst besuchen, wenn sie den Kerl rausgeworfen haben. Bis dahin müssen sie eben uns besuchen. Die kommen natürlich nicht. Setz mal zwei so alte Leute in den Zug, die haben doch Angst, dass sie in Honolulu auskommen. Und jetzt bin ich die Böse.«

Anfang des Jahres hatte Hedwig mir erzählt, dass ein Lehrer ihrer Tochter sie abends noch angerufen hatte. »Ich dachte, ich falle aus allen Wolken. Da hält der mir einen Vortrag, er würde das Jugendamt einschalten, wenn ich meinem Kind noch einmal Beruhigungsmittel gebe.«

Nadine war im Unterricht eingeschlafen, dem Lehrer hatte sie erzählt, Hedwig würde ihr immer Tabletten geben. Sie hatte ihm angeblich sogar zwei Pillen gezeigt.

Hedwig sagte: »Wenn sie wirklich welche hatte, von mir hatte sie die bestimmt nicht. Bei mir gibt es keine Beruhigungsmittel; wenn ich mich abends ins Bett lege, schlafe ich auf der Stelle ein. Ich habe versucht, das klarzustellen, aber ich fürchte, der hat mir kein Wort geglaubt. Vielleicht sollte ich mal zum Jugendamt gehen. Die haben doch da bestimmt einen Psychologen, der mal mit ihr reden könnte und sie vielleicht zur Vernunft bringt. Ich möchte zu gerne wissen, woher sie das Zeug hatte.«

Und im März sagte Hedwig: »Jetzt ging es ein paar Wochen gut. Ich hatte mit ihr geredet, weißt du noch, dass ich vielleicht mal mit einem vom Jugendamt sprechen sollte. Da war sie plötzlich sanft wie ein Lamm. Das brauchst du nicht, Mama, ich gebe mir jetzt ein bisschen mehr Mühe. Ich räume auch mein Zimmer auf und mache die Schularbeiten ordentlich. Ich habe ihr gesagt, sie soll herkommen, wenn etwas nicht in Ordnung ist, wenn sie irgendwas nicht kann oder so. Ich habe sogar mit dem Abteilungsleiter geredet, damit der nicht rummeckert, wenn sie mal auftauchen sollte. Aber hast du sie bisher mal hier gesehen? Nein! Ich halte jede Wette, sie treibt sich in der Gegend rum. Jeden Abend frage ich sie, was sie den ganzen Tag über gemacht hat. Denk nicht, dass sie mir mal eine vernünftige Antwort gibt. Sie hat ihren eigenen Kopf. Sie tut, was sie will. Und ich kriege nicht einmal etwas davon mit.«

Vor allem in den letzten Wochen hatte Hedwig sich große Sorgen gemacht. Kaum dass wir uns mittags in den Aufenthaltsraum gesetzt hatten, begann sie: »Ich weiß nicht, was mit Nadine los ist. Irgendwas stimmt nicht mit ihr, ich komme gar nicht mehr an sie ran. Weißt du, was ich glaube? Ich glaube, sie stiehlt. Mir ist jetzt schon ein paar Mal aufgefallen, dass sie irgendwelche Sachen hat. Neue Sachen wohlgemerkt. Sie hat auch oft das Papier von Süßigkeiten in den Hosentaschen. Und so viel Taschengeld bekommt sie nicht, dass sie sich jeden Tag was kaufen kann. Neulich hatte sie so ein Puppenkleid, die Dinger kosten um die acht Mark. Und sie behauptete, sie hätte es geschenkt bekommen. Ich meine, wer soll ihr denn was schenken? Sie kennt doch hier keinen Menschen. Ich habe mal vorsichtig in der Nachbarschaft rumgefragt. Da sieht man sie kaum.«

Und donnerstags hatte Hedwig gesagt: »Wenn ich nächsten Dienstag freihabe, gehe ich zum Jugendamt. Ich gehe erst mal alleine hin. So kann es ja nicht weitergehen. Ich will nicht warten, bis eines Tages die Polizei vor der Tür steht, weil man sie in einem Geschäft erwischt hat. Gestern hatte sie eine Armbanduhr, so ein billiges Plastikding, aber trotzdem. Angeblich hat ihr ein Kind aus ihrer Klasse die Uhr geliehen. Das kann sie erzählen, wem sie will, mir nicht.«

Ich war überzeugt, dass Hedwig meine Angst verstehen würde, wenn ich ihr von Frau Humperts Auszug erzählte. Und dann erst von meinem Traum.

11

Als das Mädchen ihn an dem Badetag verließ, hatte der Mann noch den Eindruck, dass alles in Ordnung war. Zuletzt war es doch wieder ganz zutraulich gewesen. Aber als es dann am nächsten Tag und am übernächsten nicht erschien, da wusste er, dass er einen Schritt zu weit gegangen war und sich selbst alles verdorben hatte.

Er rechnete fest damit, dass die Mutter bei ihm auftauchen und ihn zur Rede stellen, dass sie ihn beschimpfen würde. »Was hast du mit ihr gemacht, du Schwein? Wenn du sie noch einmal anrührst, bringe ich dich um.«

Im Geist versuchte er bereits, sich darauf einzustellen, was er ihr alles sagen wollte. Was das denn für eine Art sei? Nur zu brüllen und zu toben, gar noch zu schlagen, statt sich einmal ein bisschen Zeit zu nehmen.

Er war sicher, dass er sie damit kleinmachen konnte. Aber

die Mutter kam nicht. Es kam auch sonst niemand, um ihn abzuholen. Und dann, es war der Donnerstag, klopfte das Kind kurz nach sechs vorsichtig gegen seine Tür.

Wie es ins Haus gekommen war, danach fragte er nicht, dachte gar nicht darüber nach in dem Moment. Er war so ungeheuer erleichtert. In den beiden Tagen hatte er unentwegt darüber nachgedacht, was er tun konnte und musste, wenn das Kind wider Erwarten doch noch einmal kommen sollte.

Das wusste er inzwischen. Er ließ es herein, erklärte jedoch gleich, dass er heute nicht viel Zeit habe. Da sei ein großer Garten, sagte er, um den müsse er sich kümmern. Es werde allmählich höchste Zeit. Er erwähnte auch beiläufig, dass in dem Garten Kaninchen herumliefen, ganz frei und zahm.

Das Kind schien enttäuscht und fragte, ob er es mitnehmen könne. Er gab sich unentschlossen. Wie erwartet, bettelte das Kind, versprach sogar, ihm bei der Arbeit im Garten zu helfen. Dem Großvater habe es auch immer bei der Gartenarbeit geholfen, behauptete es. Es bettelte so lange, bis er schließlich zustimmte.

An dem Tag trug das Kind eine neue Jacke und meinte, die sollte es dann wohl besser ausziehen, damit sie von der Gartenarbeit nicht schmutzig würde. Es ging wohl nur darum, dass er die Jacke beachtete. Nachdem er eine entsprechende Bemerkung gemacht hatte, fragte das Kind, wie lange sie denn im Garten bleiben würden.

»Nicht sehr lange«, sagte er, »da ist eine kleine Laube. Ich will da nur ein bisschen aufräumen. Irgendwo muss man ja einen Anfang machen. Es ist wahrscheinlich etwas staubig in der Laube. Du kannst deine neue Jacke ja ausziehen, und wenn dir zu kalt wird, kannst du meine Jacke umhängen.«

Dann schickte er das Kind schon einmal voraus, vereinbarte mit ihm einen Treffpunkt. Erklärte, er müsse noch rasch einen Sack und eine Taschenlampe aus seinem Keller holen, in der Laube sei kein Licht. Da wurde das Kind ein wenig skeptisch. Ja, wenn es so lange dauern würde, bis es dunkel war, dann wollte es doch lieber ein andermal mitfahren.

»Da mach dir nur keine Sorgen«, sagte er, »ich brauche die Lampe nur, weil die Laube kein Fenster hat. Bevor es dunkel wird, sind wir längst wieder zurück.«

Daraufhin verließ das Kind seine Wohnung. Er traf es wenig später draußen auf der Straße, wo niemand ihn kannte und niemand beachtete, dass es in seinen Wagen stieg.

Es sorgte sich wieder, ob es auch rechtzeitig daheim wäre. Er schaffte es jedoch, es noch einmal zu beruhigen. Um neun seien sie bestimmt zurück. Und sollte es doch ein wenig später werden, sollte die Mutter versuchen, es zu schlagen, weil es nicht pünktlich daheim war, da würde er schon ein ernstes Wort mit der Mutter reden. Das habe er sich in den letzten beiden Tagen ohnehin vorgenommen, dass er einmal mit der Mutter reden solle, damit sich endlich etwas zum Besseren ändere. Er wisse auch schon genau, was er sagen müsse, um sie zur Einsicht zu bringen.

Bei der Gelegenheit vergewisserte er sich gleich noch einmal, dass das Kind bisher nicht mit seiner Mutter gesprochen hatte. Nicht über die Unterschriften im Schulheft – es war nicht bei einer geblieben. Dreimal insgesamt hatte er den Namen Hedwig Otten unter eine Notiz des Lehrers gesetzt. Beim letzten Mal nur noch zögernd, da war ihm plötzlich bewusst geworden, dass es irgendwann auffallen könnte – nicht über die Süßigkeiten und die Geldscheine, nicht über die warmen Füße und das Bad. Bei allem, was er aufzählte, lachte das Kind leise. Nein, es hatte nicht geredet, kein Wort gesagt.

»Ich bin ja nicht blöd«, erklärte es. Er war zufrieden.

Dann stellte er den Wagen in einer stillen Straße ab. Er wollte es erneut so machen wie zuvor, dass sie getrennt gingen, dass sie sich dann hinter den letzten Häusern trafen.

Aber das Kind verstand nicht, warum, und griff nach seiner Hand.

Es machte ihn nervös, aber auch ein wenig glücklich. Er schaute sich aufmerksam um, doch es war niemand sonst auf der Straße, und sie erreichten die letzten Häuser rasch. Er musste das Kind nicht einmal zur Eile drängen. Es lief mit ausholenden Schritten neben ihm her einen schmalen Feldweg entlang und weiter auf ein paar Lauben zu.

Zweimal fragte es: »Ist es noch weit?«

Es sorgte sich wieder, dass seine Mutter vor ihm daheim sein könnte, dass sie Fragen stellte, wo es sich denn bis jetzt herumgetrieben habe.

»Jetzt mach dir doch nicht solche Sorgen«, sagte der Mann, »heute ist Donnerstag, da kommt sie doch immer sehr spät heim. Das schaffen wir leicht. Und wenn nicht, dann rede ich einmal mit ihr. Sie muss endlich begreifen, dass sie dich nicht für jede Kleinigkeit schlagen darf. Sonst könnte ich nämlich einmal mit dem Jugendamt reden, da bekäme sie aber mächtigen Ärger. Dich den ganzen Tag allein lassen und dann auch noch verprügeln, in solchen Fällen kennen die vom Jugendamt keinen Spaß. Wer weiß, vielleicht würden sie dich sogar wieder zu deinen Großeltern bringen.«

Sekundenlang war das Kind ganz sprachlos; er spürte deutlich, dass es seine Hand fester packte. Aber dann meinte es: »Lieber nicht, vielleicht stecken die mich auch ins Heim.«

Als er dann in den schmalen Gartenpfad einbog, wurde das Kind misstrauisch. »Wo sind denn hier Kaninchen?«, fragte es.

Er deutete zu der Laube hin. »Da drin«, sagte er, »es ist doch noch recht kühl draußen. Da lässt man sie nicht gerne im Freien.«

Dann öffnete er die Tür, strich dem Kind über das Haar und schob es behutsam vorwärts in den kleinen Raum.

Es war nicht viel anders als mit dem Kind, das er zuvor gekannt hatte, wie ein Rausch, der alles andere bedeutungslos machte. Das Mädchen begriff nicht gleich. Und als es begriff, versuchte es, sich zu wehren. Es war ein sinnloser Versuch, der ihn nur Zeit kostete. Er selbst versuchte es noch einmal mit Güte.

»Stell dich doch nicht so an, ich tu dir nicht weh«, sagte er. Daraufhin begann das Kind zu schreien. Er musste ein wenig heftiger werden. »Jetzt brüll hier nicht rum, du kleines Biest, sei endlich still.«

Es half nicht. Zwar war das Kind für ein oder zwei Sekunden still, starrte ihn aus entsetzten Augen an. Als es dann erneut zu schreien begann, drückte er zu. Und dann war es vorbei. Immer nur so kurz, dachte er noch und fühlte Wut in sich aufsteigen. Immer nur einmal und so viel Mühe vorher, so viel Vorsicht, so viele Ängste.

Mit seiner Tochter war es anders gewesen, ganz anders. Die hatte gewusst, dass er sie liebte und ihr nichts Böses tat. Die hatte nicht schreien müssen. Er hatte ihr immer ein paar Tropfen in den Tee geträufelt, den sie vor dem Schlafengehen trank. Da hatte er nachts zu ihr gehen können oder sie zu sich ins Bett genommen.

Seine Frau hatte gearbeitet, war immer am Spätnachmittag aus dem Haus gegangen und erst mitten in der Nacht zurückgekommen. Und seine Tochter hatte geschlafen, tief und fest und sanft wie ein Engel.

Aber es war völlig sinnlos, sich immer wieder vorzustellen, er könnte eines Tages wieder ein Kind so um sich haben wie sie, Tag für Tag und nachts immer in erreichbarer Nähe, nur von einem Zimmer in das andere.

12

Ich konnte an dem Freitag nicht mit Hedwig über meine Angst reden. Hedwig war nicht da. Es wusste niemand, warum sie nicht zur Arbeit kam. Der Abteilungsleiter war wütend. Er sagte, sie habe sich nicht mal entschuldigt, und das könne man ja wohl erwarten. Ein Anruf hätte schließlich genügt.

Er verlangte von mir, dass ich in der Frühstückspause bei Hedwig anrief, aber sie ging auch nicht ans Telefon. Ich dachte, dass vielleicht wieder etwas mit ihrer Tochter war, dass Hedwig jetzt möglicherweise in der Schule saß, auf dem Flur des Jugendamtes oder vielleicht sogar auf einem Polizeirevier. Aber das behielt ich lieber für mich.

In der Mittagspause sollte ich es noch einmal versuchen. Wieder nahm in Hedwigs Wohnung niemand den Hörer ab. Der Abteilungsleiter bekam fast einen Tobsuchtsanfall.

Ich hätte mir gern einen Tag Urlaub genommen, nur den Samstag. Sonntags würde ich ohnehin daheim sein. Und montags würde nichts mehr passieren. Da war ich mir ganz sicher. Der Sonntag war der dritte Tag. Und es passierte immer nur am dritten Tag, nie früher, nie später.

Trotzdem wäre ich samstags lieber daheim gewesen. Es musste kein Unfall sein, Nicole konnte krank werden. Ich wusste nicht viel über Krankheiten, aber es gab wahrscheinlich mehr als eine, die ein bis dahin gesundes Kind in zwei Tagen dahinraffen konnte. Wenn ich jedoch bei den ersten Anzeichen daheim wäre, wenn ich gleich mit ihr zum Arzt oder ins Krankenhaus fahren konnte. Wenn …

Ich war ganz verrückt an dem Freitag, selbst ganz krank. Ich bildete mir schon ein, Nicole hätte morgens, als sie aus dem Haus ging, einen fiebrigen Glanz in den Augen gehabt. Einen Tag Urlaub, mehr brauchte ich nicht. Doch der Abteilungsleiter hatte so schlechte Laune, dass ich es nicht wagte, ihn darum zu bitten. Ich fragte mich nur unentwegt, was wohl damals passiert wäre, wäre ich mit Franz gefahren.

Vielleicht wäre Franz nicht so schnell gefahren. Dann wäre ihm nichts geschehen, dann hätte es vielleicht sonst jemanden getroffen. Wenn … Wäre … Hätte …

Sonst jemanden – es war ein scheußlicher Gedanke. Doch nachdem er erst einmal aufgekommen war, konnte ich ihn nicht mehr loslassen. Ich überlegte krampfhaft, wer an Nicoles Stelle treten sollte, als ob ich es mir hätte aussuchen können. Mir fiel immer nur Frau Humperts ein; wenn sie auszog, musste ich ohnehin auf sie verzichten. Als ich abends heimkam, fühlte ich mich fast wie ein Henker.

Nicole war so quirlig. Sie hatte tatsächlich einen Glanz in den Augen, aber nicht vom Fieber. Den halben Nachmittag hatte sie mit Frau Humperts eingepackt und zum Abschied noch ein Geschenk bekommen, eine neue Barbie-Puppe im Reitdress. Während wir zu Abend aßen, erklärte sie mir dreimal, dass es auch ein Pferd für die Puppe gäbe. Leider sei das Pferd sehr teuer, fünfzig Mark würde es kosten.

Mein Gott, ich hätte an dem Abend ein Vermögen gegeben für Plastikpferde und Reitstunden, wenn ich damit nur die vergangene Nacht und den Traum hätte auslöschen können. Ich hatte kein Vermögen. Und wenn ich nicht gleich eine Nachfolgerin für Frau Humperts fand, stand uns eine böse Zeit bevor.

Ich hatte in den letzten beiden Jahren zwar ein paar Mark auf die Seite legen können, eine Reserve für Notfälle, kleinere Reparaturen am Haus, mal einen Wintermantel für Nicole, mal ein Paar Schuhe. Nicht genug, um davon einmal die Hypothekenzinsen zu zahlen. Und ich hatte die Annonce viel zu spät aufgegeben, das wusste ich selbst. Vielleicht hatte ich auf ein Wunder gehofft.

Nicole ging um neun in ihr Zimmer, immer noch mit kühler Stirn. Da war ich so weit, dass ich Günther anrufen wollte. Ich hatte mit ihm noch nie über solche Dinge gesprochen. Aber ich musste mit einem Menschen reden. Und ich musste einmal erleben, dass mir ein Mensch glaubte.

Um Günther anzurufen, musste ich zu Frau Humperts hinauf. Sie hatte mich ohnehin für ein Stündchen eingeladen, damit wir uns richtig voneinander verabschieden konnten. Bis kurz vor zehn saß ich bei ihr, ohne zu telefonieren, und fühlte mich die ganze Zeit so scheußlich.

Die Wohnung wirkte kahl, die Bilder ihrer Enkelkinder, die immer auf dem Schrank gestanden hatten, fehlten. All die kleinen, entbehrlichen Dinge, die aus einem Zimmer einen bewohnten Raum machen, lagen verpackt in Kisten und Kartons. Am nächsten Morgen Punkt acht sollten die Spediteure kommen. Ich würde das nicht erleben, ich würde zu dem Zeitpunkt in Köln sein. Ich würde erst am Nachmittag zurückkommen. Und bis ich zurückkam, war Nicole allein!

Frau Humperts bemerkte natürlich, dass mich etwas bedrückte. Eine Weile wartete sie darauf, dass ich von mir aus zu sprechen begann, und dann forderte sie: »Nun mal raus mit der Sprache, Kindchen, was ist denn wieder?«

Ich hatte ihr kurz nach ihrem Einzug einmal von meinem Traum erzählt, von den Toten und wie es ablief, drei Tage. Eine Gnadenfrist vielleicht, damit ich mein Gehirn einmal so richtig auf Touren brachte, die Kopfnuss knackte, die der Braune mir aufgab. Wohin habe ich die Uhr getragen? Dreimal darfst du raten. Aber war er in der vergangenen Nacht wirklich mit ihr die Treppe hinaufgestiegen, oder bildete ich es mir nur ein, weil ich ihm Frau Humperts anbieten wollte?

Ich konnte ihr nicht viel erklären, konnte nur sagen: »Ich habe wieder geträumt.«

Frau Humperts schaute mich zuerst nur an, es war ihr anscheinend unangenehm. Doch dann lächelte sie und meinte, es hinge vielleicht nur mit dem Datum zusammen, morgen sei schließlich der sechste Todestag von Franz.

Daran hatte ich noch gar nicht gedacht. Es könne auch sein, meinte Frau Humperts, dass ich mich um eine Nachfolgerin sorgte. Sie wusste ja, dass ich das Haus nur halten konnte, wenn ich die Miete für das Obergeschoss bekam. Und sie versuchte, mich zu beruhigen.

Das würde schneller gehen, als ich mir vorstellen könne. Ich würde mich vor Anfragen nicht retten und mir die Rosinen aus dem Kuchen picken können, wo doch so viele Leute händeringend eine Wohnung suchten.

Ich wollte nicht viele Leute, nur eine Person, auf die ich mich verlassen konnte. Ich wusste plötzlich, warum ich mit der Annonce so lange gezögert, worauf ich gewartet hatte. Ich hatte gehofft, Günther würde bei mir einziehen.

Er hatte sich nach seiner Scheidung eine Wohnung in Sindorf genommen. Sie war etwas größer als die Wohnung, die ich zu bieten hatte. Dafür zahlte er auch entsprechend mehr. Außerdem zahlte er Unterhalt für die beiden Kinder und seine geschiedene Frau, obwohl die längst mit einem anderen Mann zusammenlebte, halbtags arbeitete und er für sie gar nicht mehr hätte zahlen müssen.

Doch als ich ihm gesagt hatte, dass Frau Humperts ausziehen wollte, hatte er mir geraten, die Annonce aufzugeben. Ich wusste schon, warum ich ihn nicht direkt gefragt hatte. Weil er das gar nicht wollte. So ein lockeres Verhältnis, ja, hin und wieder mit mir auf meine Klappcouch, aber ansonsten keine Verpflichtungen.

Bevor er das erste Mal mit mir schlief, sagte er: »Ich glaube, ich mache einen großen Fehler. Du hast etwas im Blick wie Hanfseile.« Dann grinste er und fragte: »Du hast nicht zufällig auch Klebstoff zwischen den Beinen?«

Und ich antwortete, er könne ganz unbesorgt sein, ich wolle mich nicht mehr binden, nie mehr.

Wie ich da mit Frau Humperts in ihrem Wohnzimmer saß, dachte ich plötzlich, ich hätte besser aus meinen Hanfseilen eine Schlinge gemacht und ihn mit Haut und Haaren gefressen, mich Hals über Kopf in ihn verliebt, sodass mich der Gedanke, ihn wieder zu verlieren, jetzt rasend machen würde. Es war mir durchaus klar, was ich tat. Ich konnte an gar nichts anderes denken als an einen Ersatz für Nicole.

Und samstags war ich nicht da. Ich hatte natürlich mit ihr darüber gesprochen, hatte ihr gesagt, was ich für richtig hielt. »Wenn die Spediteure kommen, gehst du zu Oma.«

»Och, Mensch! Das muss ja wohl nicht sein.«

»Es muss, du bleibst hier nicht allein im Haus.«

»Dann gehe ich zu Denise.«

Denise Kolling war ihre Freundin, seit dem Kindergarten schon. Sie gingen zusammen in die gleiche Klasse. Träumten zusammen von einem Pferd, neuen Kleidern für neue Barbie-Puppen und Kunstsprüngen vom Dreimeterbrett im Hallenbad. Denise Kolling hatte noch zwei kleinere Brüder, deshalb war ihre Mutter nicht berufstätig.

Frau Kolling hatte bestimmt Erfahrung mit Kinderkrankheiten. Sie würde auch ganz bestimmt einen Arzt rufen, wenn mit Nicole etwas nicht in Ordnung war. Es war eine Lösung für den Samstag, aber ich hätte darauf bestehen müssen, dass sie zu meiner Mutter ging. Ich hätte hart bleiben müssen. Meiner Mutter hätte ich mit einem Satz klar machen können, was uns bevorstand. Hätte, hätte, hätte! Ich hatte noch nie hart sein können.

Bevor ich mich hinlegte, schaute ich noch einmal nach ihr. Es war alles in Ordnung, sie schlief. Und obwohl sie sich die Decke wie üblich bis an den Hals gezogen hatte, war ihre

Stirn kühl. Und dann der Samstag, ein einziger Gräuel. Als ich aus dem Haus wollte, lag Nicole noch im Bett.

»Was ist denn? Fühlst du dich nicht gut?«

Sie war so träge, reckte und streckte sich unter der Decke, blinzelte zur Tür hin. »Doch.«

»Und warum bist du dann noch nicht aufgestanden?«

»Heute ist Samstag. Mama, da kann ich ausschlafen.« Dieser belehrende Ton, fast so wie Hedwig früher.

»Aber du denkst daran, dass du um acht zu Denise gehst.«

Sie verdrehte die Augen, legte ein Pfund Gönnerhaftigkeit und Nachsicht in ihre Stimme. Zuerst das gedehnte Mama, als ob sie mit einem begriffsstutzigen Kind spräche. »Du weißt doch, dass ich hier bleiben muss, bis Frau Humperts wegfährt. Sie gibt mir die Schlüssel. Und wenn sie mir die gegeben hat, gehe ich zu Denise, sofort.«

In der Nacht hatte ich geträumt, dass Franz sie auf dem Arm zum Auto trug, dass er sie mitnahm auf seine letzte Fahrt. Ich hatte geschrien im Traum, so laut geschrien, dass ich davon aufgewacht war. Und als ich dann wieder einschlief, hatte ich weitergeträumt. Wie ein Videofilm, den man nur kurz unterbrochen hat, um zur Toilette zu gehen. Franz war mit ihr zu einem Garten gefahren. Der Garten war sehr verwildert, mehr Unkraut als sonst etwas. Es war alles ganz friedlich, und Franz behielt sie die ganze Zeit auf dem Arm.

Aber beruhigt hatte der Traum mich nicht, im Gegenteil. Ich war davon überzeugt, dass ich nur zu früh aufgewacht war. Und wenn ich nicht zu früh aufgewacht wäre, dann hätte ich noch gesehen, dass irgendwo zwischen dem Unkraut eine Badewanne stand. Dass Franz sie hineinlegte, dass er sich auf den Rand setzte, dass er sie fragte, ob er ihr den Rücken waschen dürfe, vielleicht auch vorne ein bisschen. »Nur ein bisschen, Siggi, es ist doch nichts dabei. Ich find das schön. Du musst dich doch vor mir nicht schämen. Du bist doch mein kleines Mädchen.«

Gott, wie habe ich das gehasst, wie habe ich das verabscheut, wenn er dann die Seife nahm, einen Finger in mich hineinbohrte. Manchmal brannte es höllisch, weil er noch Seifenreste unter den Fingernägeln hatte. Und dieser Ausdruck auf seinem Gesicht, so verträumt und so eifrig. »Gefällt es dir, Siggi? Es ist doch schön so, oder?«

Wie ich da bei der Tür zu Nicoles Zimmer stand und sie im Bett liegen sah, da wusste ich genau, Franz war tot. Und selbst wenn er noch gelebt hätte, er hätte ihr nie etwas getan, ihr nie. Er hatte doch mich. Aber ich hatte ihn verraten. Mein Versprechen nicht gehalten, meinen Schwur gebrochen, mich mit einem anderen Mann eingelassen.

Ich hätte beinahe den Bus verpasst, weil ich noch so lange mit Nicole diskutierte. Im Zug glaubte ich dann, ich würde den Verstand verlieren, noch ehe ich in Köln war. Aber ich kam an und konnte immer noch denken.

13

Er ging zurück zu seinem Wagen, fuhr zurück zu seiner Wohnung. Beruhigte sich allmählich, die Wut verlor sich. Er ging gleich zu Bett und schlief ausgezeichnet. Am nächsten Tag kaufte er sich eine Zeitung, es war noch zu früh, um darin etwas über das Kind zu finden, das wusste er.

Doch so hatte er es auch vor drei Jahren gemacht. Jeden Tag eine Zeitung gekauft, die Berichte gelesen, die kurz nach dem Auffinden des Kindes eine halbe Seite einnahmen, auf einem großen Foto das Kindergesicht zeigten und die Bevölkerung um Mithilfe baten. Die dann kleiner wurden, bis sie schließlich ganz verschwanden. Er hatte sich sicher gefühlt damals, er fühlte sich auch jetzt sicher, war fest überzeugt, dass kein Mensch ihn mit dem Kind zusammen gesehen hatte. Vielleicht hatte er die Zeitung nur aus Gewohnheit gekauft, weil es ein Freitag war.

Abends machte er es sich in einem Sessel bequem, las im ersten Teil, was in der Welt vorging, und im zweiten ein wenig aus der Region. Dann stieß er im Anzeigenteil auf die Annonce.

»Alleinstehende, ältere Dame …«

In den letzten Wochen hatte er gar nicht mehr daran gedacht, nach einer hübschen Wohnung in ruhiger Umgebung zu suchen. Da war er zu sehr mit dem Kind beschäftigt gewesen, aber jetzt, wo es nicht mehr da war …

Alleinstehende, ältere Dame.

Wer so eine suchte, der wollte seinen Frieden, keinen Lärm im Haus, keinen Schmutz. Dann war die Wohnung vermutlich genau das, was ihm selbst vorschwebte. Es war kein Preis angegeben, und allzu üppig war es nicht mit seinem Verdienst. Doch das war seine geringste Sorge.

Die halbe Nacht dachte er darüber nach, ob es wohl ein günstiger Zeitpunkt sei, eine neue Wohnung zu nehmen. Es mochte dem einen oder anderen zu denken geben, wenn ein Kind verschwand und gleich darauf ein Mann wegzog.

Und der eine oder andere mochte sich auch erinnern, das Kind häufig vor dem Fenster da unten gesehen zu haben. Dann musste die Polizei zwangsläufig die Hausbewohner befragen.

Er war nicht ganz sicher, was er tun sollte, sagte sich dann jedoch, dass es für ihn keinen günstigen und keinen ungünstigen Zeitpunkt gab. Nur eine Verbesserung der Lebensumstände konnte es geben. Und daran war ihm doch sehr gelegen.

Es war keine Anschrift bei der Annonce vermerkt, auch kein Name, nur eine Telefonnummer. Die notierte er sich auf dem Zeitungsrand. Es wäre sinnlos gewesen, dort anzurufen.

Alleinstehende, ältere Dame. Er musste persönlich hinfahren, wollte er etwas erreichen.

Am nächsten Tag fuhr er zu einer Telefonzelle, suchte die Nummer aus dem entsprechenden Buch. Es dauerte lange, ehe er sie fand, und dabei waren Name und Anschrift vermerkt, wie er es erwartet hatte.

Er notierte sich beides, steckte den Zettel ein. Ab acht Uhr abends. Dann war es zwecklos, jetzt gleich hinzufahren. Vermutlich war niemand daheim, und am Abend würde es keine Ruhe geben. Da würde das Telefon läuten, ein Anruf nach dem anderen, er konnte sich das sehr gut vorstellen. Und er konnte sich auch vorstellen, wie gereizt die Vermieter nach einer Weile sein würden.

Aber morgen, morgen war Sonntag. Wer immer sich für die Wohnung interessierte, wurde garantiert auf den Montag vertröstet. Und dann war er bereits da gewesen. Es war ein kleines Risiko; immerhin konnte sein persönliches Erscheinen an einem Sonntagnachmittag unangenehme Reaktionen auslösen. Das musste er auf sich nehmen.

Er lächelte, als er darüber nachdachte, dass er schon ganz andere Risiken auf sich genommen hatte. Das Kind zum Beispiel war eines gewesen, ein großes, ein unabwägbares. Aber er hatte abgewägt, hatte alles sorgfältig durchdacht und geplant, keinen unbedachten Schritt getan. Wer nichts wagt, gewinnt nichts, dachte er noch. Dann fuhr er seinen Wagen an eine entlegene Stelle und säuberte den Innenraum so gründlich wie nie zuvor.

Dabei fiel ihm das Höschen in die Hände, es lag unter einem der Vordersitze, und er erinnerte sich gar nicht, dass er es an sich genommen hatte. Das jagte ihm einen gehörigen Schrecken ein. Die Kontrolle verloren, durchzuckte es ihn!

Er hatte noch nie die Kontrolle über sich verloren, davon war er überzeugt. Er versuchte, sich die Einzelheiten ins Gedächtnis zu rufen. Es kamen auch ein paar Bilder. Der Weg zum Garten, die Laube, das Kind an seiner Hand. »Wo sind denn hier Kaninchen?« Dann der Rausch. Und dann wurden die Eindrücke schwächer, verschwammen zum Ende hin ganz. Merkwürdig, da war eine Lücke.

Es hatte noch nie zuvor eine Lücke in seinem Gedächtnis gegeben. Er konnte sich das auch gar nicht leisten. Aber so sehr er sich auch bemühte, er sah sich am Schluss immer nur zum Wagen zurückgehen. Mit leeren Händen. Vielleicht hatte er sich das Höschen in eine Tasche gestopft, unbewusst, so wie man ein zerknülltes Tuch hineinstopft, und es dann später unter den Vordersitz gelegt.

Aber vielleicht lag es da auch schon seit langem, seit der letzten Fahrt oder der vorletzten. Manchmal hatte er etwas mitgenommen, über längere Zeit aufgehoben, ein Erinnerungsstück. Er war nicht ganz sicher.

Es wäre besser gewesen, den möglicherweise verräterischen Fetzen hier und jetzt und auf der Stelle am Ackerrand zu vergraben. Dazu konnte er sich nicht aufraffen. Es würde sich auch später noch eine Gelegenheit ergeben, das Ding unauffällig loszuwerden. Aber erst dann, wenn er sich wieder genau erinnerte.

14

Ich hatte noch nicht ganz meinen Kittel übergezogen, als der Abteilungsleiter in den Aufenthaltsraum kam. Ich war die Letzte, die noch vor ihrem Spind stand. Und ich dachte schon, er würde mich deshalb anmeckern. Aber er hatte so einen todernsten Ausdruck auf dem Gesicht. Dann legte er auch noch die Hand an meinen Arm, als müsse er mir ganz im Vertrauen etwas mitteilen, das sonst niemanden etwas anging.

Und dann sagte er, Hedwigs Tochter sei verschwunden, seit Donnerstagabend schon, vermutlich ausgerissen. Er hatte es beim Frühstück in der Tageszeitung gelesen, eine Suchmeldung der Polizei und ein Foto von Nadine Otten.

»Hoffen wir«, sagte der Abteilungsleiter, »dass die Kleine nur weggelaufen ist. Vielleicht wollte sie zu ihrer Großmutter, immerhin ist sie da aufgewachsen.«

Der Blödmann! Als ob die Polizei nicht zuerst bei Hedwigs Schwiegereltern nachgefragt hätte. Da hätten sie nicht lange nach dem Kind suchen müssen.

Es war ein Gefühl, als ob ich auf einem ganz dünnen Seil tanzte. Unter dem Seil war auf der einen Seite Nicole und auf der anderen Seite Hedwigs Tochter. Ausgerissen, aber nicht angekommen, das war eine Möglichkeit. Doch wenn es diesmal um sie ging, hatte der Braune mit seinem Hämmerchen aber sehr weit ausgeholt.

Ich kannte Nadine Otten kaum, hatte das Mädchen in den letzten Jahren nur zwei- oder dreimal gesehen, als es mit Hedwigs Schwiegermutter in der Stadt war, um Einkäufe zu machen. Hedwigs Mann war auch dabei gewesen. Und Hedwig war kurz im Aufenthaltsraum verschwunden, um ein bisschen Geld aus ihrem Spind zu holen, damit er ihr nicht vor den Kunden und Kolleginnen eine Szene machte. Und währenddessen standen Hedwigs Schwiegermutter und das Mädchen vor der Käsetheke. Ein halbes Pfund frischen Holländer und die Peinlichkeit im Gesicht geschrieben. Das letzte Mal lag eine Ewigkeit zurück.

Ich wollte es glauben, obwohl mir bei dem Gedanken ganz schlecht wurde. Schließlich wusste ich, wie sehr Hedwig an ihrer Tochter hing. Und wenn sie noch so oft geschimpft und geflucht hatte, das waren doch nur die Sorgen. Nur konnte ich es nicht glauben.

Der Braune holte nicht so weit aus, der schlug nur dort

zu, wo es mir wehtat. Ich konnte nur warten. Warten und verrückt werden dabei. Morgen, dachte ich immer wieder, morgen. Der dritte Tag. Glück im Unglück, ein Sonntag. Keinen Schritt würde ich von Nicoles Seite weichen, sie keine Sekunde lang aus den Augen lassen, von dem Moment an, wo sie morgens den ersten Fuß aus ihrem Bett setzte, bis zu dem Augenblick, in dem sie ihn abends wieder unter die Decke steckte.

Als ich heimkam, hatte ich Kopfschmerzen und ein Stechen in der Brust, als ob mich dort jemand mit glühenden Nadeln bearbeitete. Nicole saß zusammen mit Denise vor dem Fernseher. Sie waren beide putzmunter und seit gut zwei Stunden im Haus, wie Nicole mir gleich erzählte. Ich hatte es verboten, aber spielte das denn eine Rolle? Sie hatten sich mit den Brüdern von Denise gestritten und ihre Ruhe haben wollen. Und da war eben diese Fernsehsendung. Frau Kolling hatte ihnen vermutlich nicht erlaubt, sich die Sendung anzusehen.

Ich musste immerzu an Hedwig denken. Wie oft hatte sie mir in den letzten Wochen erzählt, dass sie kaum noch Einfluss auf ihre Tochter habe. Nadine sei aufsässig geworden, gebe patzige Antworten oder gar keine. Ich hörte Hedwig sagen: »Wenn ich nicht genau wüsste, dass sie meine Schwiegermutter seit Monaten nicht mehr zu Gesicht bekommen hat, würde ich denken, die hat sie gegen mich aufgehetzt.«

Wenn wir den Sonntag erst überstanden hatten, musste ich anders mit Nicole umgehen. Sie musste lernen, mir zu gehorchen, auch wenn es ihr nicht in den Kram passte. Und besser, ich fing gleich mit der ersten Lektion an.

Zwei Stunden später kam Günther vorbei. Bis dahin sprach ich auf Nicole ein. Denise verabschiedete sich gleich, als ich begann. »Es kann nicht mehr so gehen wie bisher, Nicole. Du wirst in Zukunft tun, was ich dir sage. Ich will nicht, dass du alleine hier im Haus bist. Wenn du nicht bei Denise bleiben kannst, dann gehst du eben zu Oma. Jetzt, wo Frau Humperts nicht mehr da ist ...« Und immer so weiter.

Sie ließ mich reden, ebenso gut hätte ich es der Tür predigen können. Wenn sie mir nur nicht so überlegen gewesen wäre. Allein ihr Blick! Jetzt reg dich doch nicht so auf, du kleines Dummchen, es ist doch alles in bester Ordnung. Nichts war in Ordnung, der Braune lauerte schon.

Günther spielte eine Partie Schach mit ihr, auch etwas, das ich nicht konnte. Nicole hatte es erst vor ein paar Wochen von ihm gelernt, erst einmal nur die Grundbegriffe, wie die Figuren aufgestellt werden und wie sie ziehen dürfen. Sie verlor noch jedes Mal, aber das störte sie nicht.

Während die beiden vor dem Tisch im Wohnzimmer saßen, schob ich zwei Pizzen in den Ofen. Wann hatte ich denn zum letzten Mal an einem Wochentag richtig gekocht? Es war alles verkehrt gelaufen, alles verkehrt.

Mit welchen Idealen war ich vor sechzehn Jahren vor den Altar getreten! Eine treue Ehefrau und eine gute Mutter wollte ich sein. Eine treue Ehefrau war ich gewesen, aber auch nur eine treue. Das wusste ich, seit Günther mir zum ersten Mal die Bluse aufgeknöpft hatte. Als ich dachte, mir würde das Herz stehen bleiben. Als mir das ganze Blut aus dem Kopf in den Bauch lief. Als mir nur noch ein Wort durch das Vakuum da oben geisterte. Ja, ja, ja!

Und eine gute Mutter ... Ich war keine gute Mutter. Gute Mütter sind daheim und kümmern sich um ihre Kinder. Überlassen sie nicht ihren Mieterinnen und sind auch noch froh, dass sie auf diese Weise die Verantwortung abwälzen können.

Franz, hilf mir doch! Du musst doch wissen, wer gemeint ist. Du kannst doch nicht zulassen, dass der Braune Nicole holt. Oder willst du sie bei dir haben? Willst du mich auf diese Weise bestrafen? Das kann ich verstehen.

Da sitzt ein Mann in meinem Wohnzimmer. Ich kenne ihn noch nicht lange, und ich weiß nicht viel von ihm. Aber wenn Nicole gleich in ihrem Zimmer verschwunden ist, werde ich mir wünschen, ich könnte in den Keller gehen und duschen. Er würde in der Zeit die Couch ausklappen, und wenn ich dann zurückkäme, würde er mich ausziehen. Er zieht mich gerne aus, hat er mir gesagt. Deshalb ziehe ich mich nach dem Duschen immer komplett wieder an.

Es ist nicht mehr so wie früher, Franz. Ich mag es, was er mit mir macht. Ich mag alles, was er macht. Wie er mich küsst. Ich habe dabei nicht das Gefühl, dass er mich mit seiner Zunge ersticken will. Wie er mich anschaut. Er hat noch nie gesagt, dass ihn etwas an mir stört, kein Härchen und ganz gewiss nicht der Busen. Ich weiß, Franz, ich weiß, du hast es auch nie gesagt, aber du hast es mich immer so deutlich fühlen lassen.

Und ich mag es, wenn er mich auszieht. Er tut es ganz langsam. Ich mag es, wenn er mich anfasst. Es geht wie ein Stromschlag durch den ganzen Körper. Und wenn er mich dann liebt, höre ich auf zu denken. Er liebt mich nicht wirklich, Franz, er wird mir auch nicht helfen. Er kommt nur aus einem Grund. Es ist der Sex. Darin ist er gut, jedes Mal ein bisschen anders, einmal sanft und einmal wild, einmal hart und schnell und einmal ausdauernd, eine halbe Nacht hindurch. Und heute gar nicht. Heute werde ich nur neben einem Telefon sitzen. Es ist alles schief gelaufen, Franz. Es tut mir so Leid.

Nicole und ich teilten uns eine Pizza, Günther bekam die zweite. Er legte mir Geld dafür hin. Ich fand es erst am nächsten Morgen. Nach dem Essen spielte er die Partie mit Nicole zu Ende. Anschließend balgten sie auf der Couch herum. Während ich die Küche aufräumte, hörte ich Nicole quietschen und jauchzen, dazwischen seine Stimme. Er war nur der Mann, der mit mir schlief, aber er war bestimmt ein guter Vater.

Um acht setzte er sich vor den Fernseher, um sich die Tagesschau anzusehen. Während ich mir einen Stuhl nahm und hinaufging und Nicole sich im Keller die Zähne putzte. Sie sollte auch duschen, aber sie kam zu mir nach oben.

»Frau Humperts hat gesagt, heute kann ich baden. Heute gehört uns das ganze Haus, hat sie gesagt. Sie hat mir extra ihr Schaumbad dagelassen.«

Nach der Tagesschau kam auch Günther herauf. Er brachte sich ebenfalls einen Stuhl mit. Bis dahin hatte noch niemand angerufen. Ich wünschte mir, es würde auch keiner anrufen. Ich wünschte mir, ich hätte immer so auf einem Stuhl sitzen können, während mein Kind ausgelassen in einer randvollen Wanne planschte, während mir ein Mann gegenübersaß, der eine Zigarette rauchte, mich dabei die ganze Zeit anschaute und schon ungeduldig wurde.

Der erste Anruf kam kurz nach halb neun. Der Stimme nach ein sehr junger Mann. Er fragte zuerst nach dem Mietpreis und versuchte gleich, zu handeln. Er sei noch in der Ausbildung. Er wolle zusammen mit seiner Freundin einziehen, und die sei arbeitslos.

Günther schaute sich an, wie ich herumstotterte. Alleinstehende, ältere Dame! War das denn nicht deutlich genug gewesen? Ich brauchte eine so genannte solvente Mieterin. Ich brauchte das Geld, wenn ich nicht demnächst selbst um eine Wohnung betteln wollte. Günther wusste das. Aber er schaute sich seelenruhig an, wie ich auch noch den zweiten Anruf entgegennahm. Diesmal eine Frau, der Stimme nach vielleicht in meinem Alter, dem Dialekt nach bestimmt nicht aus der näheren Umgebung. Sie erzählte mir eine sehr rührende Geschichte, saß mit Mann und drei Buben in einem Übergangsheim.

Egal, was ich an Argumenten vorbrachte, es zog nicht. Und wenn die Wohnung nur ein Zimmer gehabt hätte, sie wollte sie unbedingt haben, für den Mann und die drei Buben. Und die Miete sei kein Problem, ihr Mann würde arbeiten und sie auch.

Um Gottes willen, Franz. Ich bin den ganzen Tag nicht da. Drei Buben ohne Aufsicht, was werden sie mit dem Garten anstellen oder mit dem Treppenhaus? Ich konnte nicht Nein sagen, ebenso wenig, wie ich es bei dem jungen Mann gekonnt hatte. Zwei Besichtigungstermine für den Sonntagmorgen. Danach kam kein Anruf mehr. Wir saßen noch bis um zehn in dem leeren Zimmer. Nicole war längst wieder unten. Ich wischte noch das Bad auf, schrubbte die Wanne. Dann sagte Günther: »Machen wir Feierabend, Sigrid. Wer jetzt noch anruft, ist unverschämt.«

Ich wollte duschen.

»Jetzt mach mir keinen Strich durch die Rechnung«, sagte er. »Ich sitze da die ganze Zeit mit viel zu enger Hose, und du willst in den Keller. Wenn ich noch fünf Minuten länger warten muss, habe ich vielleicht keine Lust mehr.«

Es wäre ihm nie in den Sinn gekommen, um irgendetwas zu betteln. Er war immer so direkt. Und mir wurden die Knie weich, mir lief ein wohliger Schauer über den Rücken, wenn er so etwas sagte. Und wenn er mich dabei ansah, auch so direkt. Er nahm sich nicht einmal die Zeit, die Couch auszuklappen, drückte mich auf den Teppich, nahm nur eins der kleinen Kissen von der Couch und legte mir das unter den Kopf.

Ich habe nur noch die Augen zugemacht und an gar nichts mehr gedacht, nicht an Franz oder daran, dass vor genau sechs Jahren um genau diese Zeit die Polizei gekommen war, nicht an Nicole, nicht einmal daran, dass morgen der dritte Tag war und dass es ein Unfall sein würde.

Ich hätte es so gerne gehabt, wenn Günther bei mir geblieben wäre. Aber ich mochte ihn nicht darum bitten. Und er zog sich wieder an, setzte sich auf die Couch, rauchte noch eine Zigarette.

»Komm mal her«, sagte er dann und klopfte mit der Hand neben sich. Als ich dann neben ihm saß, meinte er: »Du scheinst mit deinen Gedanken heute irgendwo im Himmel zu sein. Vielleicht bist du morgen wieder hier unten und siehst selbst, worauf du dich da einlassen willst. Ich will dir nicht reinreden. Aber schau dir die Leute morgen in Ruhe an und überstürze nichts. Du kannst besser auf eine Monatsmiete verzichten als die falschen Leute ins Haus nehmen. Du kriegst sie nämlich nicht mehr raus, wenn sich herausstellt, dass es die falschen sind.«

Ich war mit meinen Gedanken nicht im Himmel. Und wenn er den Arm um mich gelegt hätte, wäre es bestimmt einfacher gewesen. Aber es ging auch so, auf einem Umweg über Hedwigs Tochter. Günther wusste schon davon, hatte den Bericht gelesen. Klar, es war schließlich seine Aufgabe, solche Berichte zu lesen, die kleinen Tippfehler zu suchen und auszumerzen. Er verstand, dass ich mir Sorgen um Nicole machte. Ganz normale Sorgen, natürliche Sorgen, traumatische Sorgen.

»Glaubst du an Träume?«, fragte ich und versuchte, es ganz beiläufig klingen zu lassen. Er zuckte mit den Schultern. Ich sah, dass er grinste, ganz kurz nur, aber er hatte es getan.

»Kommt darauf an, welche«, meinte er.

Da zählte ich der Reihe nach auf. Mein Vater, mein Großvater, all die alten Leute und das Mädchen aus meiner Schule. Und Franz, zuletzt Franz. Und jetzt wieder.

Günther hörte mir zu, genauso, wie Franz damals nur zugehört hatte. Er sagte nicht, warum soll es das nicht geben. Er stellte nur fest: »Und das macht dich ganz verrückt.« Und dabei zog er die Stirn in Falten.

Ich hatte den Eindruck, dass er sehr wütend war. Auf all die Toten ging er gar nicht ein. Und dass ich jetzt wieder von der Uhr geträumt hatte, konnte seiner Meinung nach nur einen Grund haben: dass Frau Humperts ausgezogen war. Und die Tatsache, dass ich Frau Humperts als Ersatzmutter für mich selbst gesehen hatte.

Er war plötzlich so ernst. »Du hast dich vielleicht anfangs gefragt, was mit mir los ist. Warum ich zuerst reges Interesse anmelde und dann gleich wieder einen Rückzieher mache«, sagte er. »Das war der Grund. Du suchst nur einen Ersatz, Sigrid, irgendeinen Ersatz, der dir die Arbeit, das Denken und die Entscheidungen abnimmt. Und so geht das nicht, nicht bei mir. Ich muss selbst sehen, dass ich klarkomme. Jeder muss sehen, dass er klarkommt. Es ist nicht einfach, aber man kann es lernen.«

Nachdem er gegangen war, lag ich noch lange wach. Es war fast zwei Uhr, es war bereits der dritte Tag. Es konnte jeden Augenblick etwas geschehen, ein Kurzschluss vielleicht und dann ein Feuer. Davon hörte man doch so oft. Oder dass ein Mülleimer in Brand geriet, weil jemand eine noch glühende Zigarettenkippe hineingeworfen hatte. Ich stand noch einmal auf und kontrollierte den Mülleimer. Es war alles in Ordnung. Nach drei muss ich dann wohl eingeschlafen sein, und um neun klingelte der Wecker.

Ich fühlte mich ganz zerschlagen, aber trotzdem war ich irgendwie ruhig. Ich konnte mich noch deutlich erinnern, dass ich wieder etwas geträumt hatte. Irgendwas Besinnliches, Niedliches, keine Badewanne in einem völlig verwilderten Garten, nur Kaninchen, die ganz frei und zahm herumhoppelten. Kleine Wollknäuel im Gras. Ich hatte mir eins fangen wollen, um es auf den Arm zu nehmen, mein Gesicht in das weiche Fell zu drücken.

Ich war noch ein Kind gewesen in dem Traum, und ich

wollte nie etwas anderes sein. Es ging mir gut, ich wurde geliebt und umsorgt. Ich war jeden Tag nach der Schule bei den Großeltern, weil ich mit meiner Mutter nicht zurechtkam. Aber die Kaninchen ließen sich nicht einfangen, und noch im Aufwachen spürte ich die Enttäuschung und die Sehnsucht.

Beim Frühstück sprach ich mit Nicole darüber. Ein Pferd würde ich ihr nie kaufen können, aber vielleicht ein anderes Tier, ein kleines, ein Kaninchen eben. Nicole wollte kein Kaninchen, kein Meerschweinchen, keinen Hamster. Sie wollte ein Pferd, zumindest Reitstunden oder gar nichts.

Um halb zehn kam Günther. Wir saßen noch am Frühstückstisch. Er trank einen Kaffee mit. Er war auch nicht böse, als ich ihm das Geldstück über den Tisch schob. Ich hatte es kurz vorher neben der Kaffeemaschine gefunden. Er steckte es mit einem Achselzucken ein, dann grinste er.

»Ich dachte mir«, sagte er, »einen kleinen Schritt kann ich dir ja entgegenkommen. Ich nehme dir nicht deine Verantwortung ab, aber die Prinzessin für zwei Stunden.«

Er wollte mit Nicole ins Hallenbad. Sie war begeistert, weil man mit ihm so toll um die Wette schwimmen oder tauchen konnte, rannte gleich in ihr Zimmer und kam nur zwei Minuten später im Bikini zurück. Ich war gar nicht einverstanden.

Nicole holte ihr Handtuch aus dem Keller, wo es seit Freitag zum Trocknen hing, zog Jeans und Pullover über den Bikini. Und Günther grinste immer noch, aber es war nicht mehr fröhlich.

»Jetzt mach dich nicht verrückt«, sagte er, »sie schwimmt wie ein Fisch. Sie wird nicht absaufen. Bestimmt nicht, wenn ich dabei bin. Also bitte, Sigrid! Oder hast du wieder was geträumt?«

»Nur von Kaninchen«, antwortete ich. Wir lachten beide darüber. Der dritte Tag, und ich konnte lachen, ich verstand es selbst nicht. Sie blieben bis kurz vor Mittag im Hallenbad. In der Zeit hatte ich zweimal die leere Wohnung vorgezeigt.

Der junge Mann war ein bisschen ungehalten, wollte mir nicht glauben, dass die Wohnung schon vergeben sei. Und die Frau mit Mann und drei Buben jammerte über die Herzlosigkeit der Westdeutschen, die immer alles gehabt hatten, nur kein Verständnis für die armen Brüder und Schwestern aus dem Osten. Ich blieb hart, obwohl sie mir Leid tat.

Kurz nach Mittag rief noch eine ältere Frau an. Sie hatte eine sehr sympathische Stimme, fragte allerdings gleich, ob die Wohnung im Erdgeschoss liege. Sie sei stark gehbehindert. Wieder nichts. Günther meinte, dass sich vielleicht gegen Abend oder im Laufe des nächsten Tages noch weitere Interessenten melden würden. Auf den Abend konnte ich hoffen. Am nächsten Morgen jedoch sollte das Telefon abgeschaltet werden. So hatte ich es mit Frau Humperts vereinbart.

»Dann gibst du eben die Annonce noch mal auf«, meinte Günther, »statt einer Telefonnummer die Adresse. Ist doch kein Problem.«

Ich dachte an das Geld, das mich eine zweite Annonce kosten würde. Aber es war nicht mehr nötig, eine aufzugeben.

15

Am Sonntagmittag zog der Mann seinen besten Anzug an und fuhr los. Während der Fahrt machte sich ein leichtes Hochgefühl breit. Nur zu gut erinnerte er sich, wie sich vor drei Jahren alles zum Besseren gewendet hatte, kurz nachdem die Sache mit dem Kind zu Ende gegangen war.

Vielleicht war es so, dass das Schicksal sich gnädig zeigte, sobald man die eigene Stärke bewies. Und stark fühlte er sich, seit dem Donnerstag fühlte er sich wieder sehr stark, vielleicht sogar jünger.

Er war mit einem Mal sehr zuversichtlich, vertraute ganz auf seine Wirkung, die Überzeugungskraft, die Liebenswürdigkeit, die er anderen entgegenbrachte, selbst dann, wenn sie ihm absolut zuwider waren. Er legte sich schon einmal zurecht, was er sagen wollte. Ging davon aus, dass die Vermieter bereits älter waren, ein Ehepaar vermutlich, die Kinder aus dem Haus. Aber es war ganz anders.

Eine junge Frau öffnete ihm. Der Name stimmte nicht mit dem Namen im Telefonbuch überein. Doch als er später in der leeren Wohnung stand und das Telefon dort auf dem Boden stehen sah, begriff er.

Die junge Frau war nicht allein, vielleicht war das sein Glück. Sie hätte ihn kaum ins Haus gelassen, das spürte er sofort. Die ältere dagegen war zugänglicher, von einer leutseligen Aufdringlichkeit, dabei naiv, dumm und gutgläubig.

Mit Menschen kannte er sich aus, schaffte es meist, sie innerhalb von Sekunden in eine bestimmte Kategorie einzuordnen, und wusste dann genau, wie er mit ihnen umgehen musste. Sein ursprünglicher Beruf hatte ihn das in langen Jahren gelehrt. Zwei Frauen, grundverschieden in ihrem Wesen. Mutter und Tochter, er suchte nach Gemeinsamkeiten und fand keine.

Zwei Frauen und ein Kind. So klein noch, so rührend, so reizend. Er saß den Frauen gegenüber und konnte die Augen nicht abwenden. Er ging davon aus, dass das Kind ins Haus gehörte, und stellte sich vor, dass es hier für ihn so werden könnte, wie es früher mit seiner Tochter gewesen war.

Dabei hatte er Mühe, die freudige Erregung im Zaum zu halten. Als er erfahren musste, dass er sich irrte, bohrte die Enttäuschung derart in seinem Innern, dass er minutenlang gar nicht verstand, worüber die ältere Frau sprach.

Dann konzentrierte er sich wieder, dachte bei sich, dass die Ältere wohl häufiger auf einen Besuch ins Haus kam und dass sie möglicherweise jedes Mal das Kind mitbrachte. Dass sich vielleicht eine Gelegenheit ergab, ein wenig mit der Kleinen zu spielen. Wenn er es nur schaffte, die Ältere für sich einzunehmen. Aber da war er zuversichtlich.

Mit der Jüngeren tat er sich schwerer. Sie sprach kaum, gab ihm so auch keine Gelegenheit, sich ein Urteil zu bilden. Und es war etwas mit ihren Augen, das ihm gar nicht gefiel. Schon als er vor der Tür stand, war ihm ihr Blick aufgefallen. Ein weiter Blick, der sich auf etwas zu konzentrieren schien, das jenseits von Begreifen lag.

Für einen Moment war ihm so gewesen, als könne sie tief in ihn hineinsehen und dort auf Dinge stoßen, die niemand erfahren sollte. Aber dann hatte ihr Blick sich irgendwo hinter ihm verloren. Und er hatte fast aufgeatmet.

Jetzt schalt er sich dafür einen Narren. Es war nur die Nervosität, die Anspannung der letzten Tage. Er musste die Gedanken beisammenhalten und konnte es sich nicht leisten, es der jungen Frau gleichzutun. Mehrfach bemerkte er aus den Augenwinkeln, wie ihre Hände sich im Schoß verschränkten. Die Finger waren in ständiger Bewegung. Sie saß da wie ein ängstliches Tier auf dem Sprung. Er konnte sie nicht einordnen und versuchte vorerst nur, sie zu ignorieren. Die Ältere war wichtiger. Von der hing es ab, das wusste er schon nach den ersten Minuten.

Und er erzählte seine Geschichte, erzählte sie genauso, wie die Ältere sie hören wollte. In groben Zügen glich sie der Version, die er jahrelang seinen Nachbarn geboten hatte. Sie war nur leicht abgewandelt. Warum er sie überhaupt abwandelte, wusste er nicht genau, es gefiel ihm einfach.

Keine Tochter diesmal, ein Sohn mit Familie. Es machte vielleicht mehr her, einen erfolgreichen Sohn zu haben. Und in der dargebotenen Version mochte dieser Sohn eines Tages zum Vorwand dienen, das Kind ein paar Stunden für sich allein zu haben.

Er streichelte es mit Blicken. Und keine der Frauen erhob Einwände, als er es auf seinen Schoß nahm. Die Ältere lächelte geschmeichelt. Er kannte diesen Typ genau. Es reichte oft schon, solch einer Frau mit Höflichkeit zu begegnen. Hin und wieder ein Kompliment, zurückhaltend nur und niemals aufdringlich, dann wurden sie blind. Blind und taub und verlegen.

16

Kurz vor drei war meine Mutter mit der kleinen Mara gekommen. Sie hatte diese Besuche vor Monaten zur Regel gemacht, jeden zweiten Sonntag. Sonst saß sie immer bei Anke herum, aber manchmal wollten Anke und Norbert auch allein sein. Das hatten sie ihr wohl irgendwann einmal erklärt. Und Mutter machte gute Miene zum bösen Spiel.

Jeden zweiten Sonntag, sobald Mara aus ihrem Mittagsschlaf erwachte, tat Mutter ihre Pflicht, um ihrem armen, überlasteten Kind ein wenig von der Bürde abzunehmen und dabei gleichzeitig bei den Unmöglichen nach dem Rechten zu sehen.

Ach Gott, jetzt werde ich sarkastisch, aber es war doch so. Kritik und das Vorbild. Anke hinten, Anke vorne, Anke hochschwanger und mit dem lebhaften Kind. Mara war nie lebhaft gewesen, eher träge, immer so, als ob sie gerade erst aufgewacht sei. Und wann hatte Mutter denn einmal einen Finger für mich krumm gemacht?

Ich hatte in den letzten Wochen schon mehr als einmal versucht, ihr die Bereitschaft abzuringen, sich für ein paar Stunden am Nachmittag um Nicole zu kümmern. Mehr als ein paar Stunden würden es ohnehin nie werden und die vermutlich noch nicht einmal jeden Tag. Nicole würde zehnmal lieber zu den Kollings gehen, und dort war sie wohl auch willkommener.

Aber jedes Mal, wenn ich davon angefangen hatte, suchte Mutter rasch ein anderes Thema. Und sie fand immer das gleiche. Anke und das zweite Kind. Bei Anke war Mutter unentbehrlich. Dass Anke manchmal die Augen verdrehte, übersah Mutter geflissentlich.

An dem Nachmittag war ich fest entschlossen, ihr klar zu machen, dass ich ihre Hilfe ebenso brauchte. Mutter war auch fest entschlossen. Sie erzählte erst einmal von dem Spaziergang, den sie mit Mara gemacht hatte. Verlangte von Mara, aufzuzählen, was sie alles gesehen hatte, und zählte es dann selbst auf, weil Mara sich nur den Daumen in den Mund steckte.

Ein Wauwau und zwei Mimi, viele Blümchen, viele Tütü und viele Titi. Anke war immer sauer, wenn sie Mutter in dieser Art mit Mara reden hörte. Aber bei mir ging Mutter kein Risiko ein, da grinste nur Günther.

Mutters Blick ging zwischen ihm und mir hin und her wie der eines Wachhundes. Als Günther aufstand, um seine Jacke zu holen, kräuselte Mutter die Lippen und brach mitten im Satz ab. Ich wartete direkt auf das Knurren, aber vorübergehend war Mutter wohl abgelenkt. Nicole kam ins Zimmer. Sie wollte zu Denise gehen.

»Du bleibst hier«, sagte ich.

Nicole war schon wieder bei der Tür zur Diele, blieb stehen und verzog das Gesicht voller Protest. »Warum denn? Denise wartet auf mich. Wir haben gestern verabredet, dass ich heute zu ihr komme.«

»Heute nicht«, sagte ich.

Mutter schüttelte verständnislos den Kopf. »Jetzt lass das Kind doch! Was soll es denn hier herumsitzen und sich langweilen.«

»Kann ich nun?« Nicole nutzte nur die Gelegenheit, ihr konnte ich schwerlich einen Vorwurf machen. Sie erklärte noch: »Günther fährt mich hin.«

Günther musste weg, sein Dienst begann um vier. Mutter gab ihm mit säuerlichem Lächeln die Hand, als er sich verabschiedete. Und kaum war die Tür hinter ihm und Nicole ins Schloss gefallen, kam die erste spitze Bemerkung und ein Vortrag über Höflichkeit.

»Sigrid, ist dir nicht aufgefallen, dass das Kind ihn duzt? Ich dachte, mir bleibt die Luft weg. Wie kannst du das zulassen? Also das geht ja nun wirklich zu weit. So lange kennst du ihn doch noch gar nicht.«

Mutter stutzte, holte einmal tief Luft. »Du lässt ihn doch hoffentlich nicht hier übernachten?«

Das hätte ich gerne getan, aber er wollte ja anscheinend nicht. Ich sagte nur Nein, und Mutter beruhigte sich wieder. Sie erkundigte sich beiläufig, ob ich mit meiner Annonce erfolgreich gewesen war. Ebenso beiläufig nahm sie zur Kenntnis, dass ich wahrscheinlich noch eine aufgeben musste.

»Du solltest dir selbst wieder ein Telefon anschließen lassen. Das sind doch keine Zustände so. Jedes Mal, wenn ich hier an die Tür komme, kann ich nur hoffen, dass du daheim bist. Anmelden kann ich mich ja nicht.«

Einmal bisher, ein einziges Mal, waren Günther, Nicole und ich an einem Sonntagnachmittag ins Café gegangen. Es war ein erster oder ein dritter Sonntag gewesen. Wir hatten ja nicht ahnen können, dass Mutter auch Ausnahmen machte. Mutter war tödlich beleidigt gewesen und konnte sich immer noch darüber aufregen.

Und ich konnte nichts anderes tun, als ihr noch einmal Kaffee einzugießen. Torte hatte sie selbst mitgebracht, zwei Stückchen. Nicole machte sich nicht viel aus Kuchen. Und was Günther betraf: »Ich dachte mir, dass dein Bekannter sich ohnehin gleich wieder verabschiedet, wenn ich komme.«

Und ich dachte daran, ihr von der Uhr zu erzählen, damit sie endlich den Mund hielt. Vielleicht ein bisschen zu spekulieren, wen der Braune diesmal meinte. Jemanden aus der Familie, das stand fest. Anke? Aber ich konnte den Mund nicht aufmachen.

Seit Nicole aus dem Haus war, war ich ganz steif. Ich hatte sie doch nicht aus den Augen lassen wollen. Aber sie war mir entwischt. Ich hatte gar keine Kontrolle mehr über sie, so wie Hedwig keine Kontrolle mehr über ihre Tochter gehabt hatte. Und jetzt saß Hedwig da, konnte nur noch warten, hoffen, beten und sich vornehmen, es in Zukunft ganz anders zu machen, wenn das Kind erst wieder bei ihr war.

Ich war im ersten Augenblick so erleichtert, als es um halb fünf an der Haustür klingelte. Zuerst dachte ich, Nicole käme zurück; vielleicht waren die Kollings nicht daheim gewesen. Aber Nicole hatte einen eigenen Schlüssel. Und als ich die Tür öffnete, stand ein Mann draußen.

Im ersten Moment störte mich alles an ihm. Ich hätte die Tür am liebsten gleich wieder zugemacht. Vielleicht war es nur die Enttäuschung, die Angst um Nicole. Oder es war seine Höflichkeit. Er war sehr höflich, so in der Art Kavalier alter Schule. Vielleicht war es auch sein Anzug. Er trug einen braunen Anzug und einen braunen Hut. Den Hut nahm er vom Kopf, verbeugte sich leicht. »Darf ich annehmen, mit der Frau des Hauses zu sprechen?«

Ich dachte, guter Gott, warum redet der so geschwollen?

Er lächelte, runzelte jedoch gleichzeitig die Stirn, als ich nickte. Er verbeugte sich noch einmal, stellte sich vor. Den

Hut drehte er vor seinem Bauch in den Händen, während er seinen Namen nannte.

»Josef Genardy.«

»Pelzer«, sagte ich ganz automatisch.

Er stutzte, warf einen raschen Blick zu den beiden Namensschildern neben den Klingeln. Er mochte Mitte bis Ende fünfzig sein, war mittelgroß und schlank. Er wirkte gepflegt, obwohl der Anzug schon etwas älter zu sein schien. Dazu trug er ein weißes Hemd und eine dezent gemusterte Krawatte.

Und Manschettenknöpfe!

Wann hatte ich denn zuletzt einmal Manschettenknöpfe an einem Hemd gesehen? Bei unserer Hochzeit hatte Franz welche getragen, danach nie wieder. Ich konnte gar nicht anders, ich starrte Herrn Genardy an, bis er den Blick senkte. Er konnte mir nicht ins Gesicht sehen.

Großmutter hatte früher immer gesagt: »Wenn ein Mensch dir nicht in die Augen sehen kann, Sigrid, dann hat er etwas zu verbergen.« Großmutter und ihre Lebensweisheiten. Großmutter und ihre Uhr.

Wir standen immer noch bei der Tür, ich im Haus und Herr Genardy davor auf der zweiten Treppenstufe. Er erklärte mir, dass er wegen der Wohnung komme. Und wie hatte er dann hergefunden? In der Annonce hatte ich keine Adresse angegeben. Ich wollte ihn nicht hereinlassen, wollte ihn mit den gleichen Worten abwimmeln wie die beiden Interessenten am Vormittag. Doch bevor ich dazu kam, rief Mutter aus dem Wohnzimmer: »Sigrid, wo bleibst du denn? Wer ist denn da?«

Sie kam gleich anschließend in die Diele, sah mich bei der Tür stehen und Herrn Genardy davor. Dann stand sie auch schon neben mir, schob mich sogar ein bisschen zur Seite. Sie strahlte ihn an. Das war ebenso falsch wie seine Höflichkeit.

Er kniff die Augen zusammen. »Frau Humperts?«, fragte er.

Mutter schüttelte den Kopf so heftig, als sei sie entrüstet. »Roberts«, stellte sie sich vor, »Käthe Roberts, ich bin nur die Mutter von Frau Pelzer.«

Nur die Mutter, dachte ich und hätte am liebsten geschrien. Sie ging wie ein Wasserfall auf ihn los. Bevor ich noch irgendetwas sagen konnte, hatte sie ihm erklärt, dass sie nur auf einen kurzen Besuch hier sei. Und bevor ich noch irgendetwas tun konnte, hatte sie ihn bereits hereingebeten.

Mutter führte Herrn Genardy ins Wohnzimmer. Da stand Mara vor dem Tisch und manschte mit den Resten von Mutters Tortenstück herum. Mutter nahm sie auf den Arm, trug sie in die Küche, um ihr die Hände zu waschen. Dabei sprach sie weiter.

»Nehmen Sie doch Platz, Herr Genardy. Habe ich das eben richtig verstanden, Sie sind wegen der Wohnung gekommen? Na, das nenne ich Glück. Die Wohnung ist noch frei. Wir sprachen gerade noch darüber, dass meine Tochter wohl eine zweite Annonce aufgeben muss. Also was sich bisher an Interessenten gemeldet hat … Unmöglich, sage ich Ihnen. Da fragt man sich wirklich, was die Leute sich denken.«

Sie war inzwischen wieder bei der Verbindungstür, und so sah ich, dass sie den Kopf schüttelte. Sie sprach gleich weiter: »Meine Tochter ist verwitwet wie ich, müssen Sie wissen, den ganzen Tag außer Haus. Da geht es uns in erster Linie um einen ruhigen und verlässlichen Mieter.«

Irrtum! Um eine ruhige, ältere, zuverlässige Mieterin. Ich wollte keinen Mann im Haus haben. Und uns hatte sie gesagt. Sie benahm sich, als gehöre das alles ihr.

Herr Genardy hörte ihr anfangs nur zu. Und wenn Mutter lächelte, dann lächelte er auch, das fiel mir auf. Nun ja, sie mochten im gleichen Alter sein. Meine Mutter war achtundfünfzig, sah aber ein bisschen jünger aus. Sie legte großen Wert auf ihr Aussehen und noch größeren Wert auf den Eindruck, den sie auf Männer machte. Fraulich, nannte sie das. Eine Frau muss fraulich sein.

Was auch sonst? Ich war auch nicht männlich.

Sie saß auf der Couch, hielt Mara auf dem Schoß. Und zum ersten Mal tat sie etwas für mich. Sie erkundigte sich nach den Verhältnissen, in denen Herr Genardy lebte. Ich hätte das vermutlich nicht gekonnt, jedenfalls nicht so geschickt und souverän wie Mutter.

Und was immer Herr Genardy an Auskunft gab, es hätte jeden Vermieter in helle Freude versetzt. Er lebte allein, seine Frau war vor zwei Jahren verstorben. An einer schweren Krankheit, nach einem endlosen Todeskampf, von dem er selbst sich immer noch nicht ganz erholt hatte.

Er sprach stockend, als ob es ihm sehr schwer fiele, darüber zu reden. Mutter ließ ihn nicht aus den Augen dabei. Und er sie nicht.

Etwas an ihm erinnerte mich ständig an Franz, die Manschettenknöpfe vielleicht oder die Art, wie er sprach. Als müsse er die Worte erst noch zusammensuchen. Nur klang es bei ihm eben gewählt und bedächtig, bei Franz hatte es nur nach Unsicherheit geklungen.

Franz war immer sehr gehemmt gewesen, wenn er mit meiner Mutter sprach, irgendwie verlegen und gleichzeitig bemüht, ihr nur ja nach dem Mund zu reden.

Irgendwann fiel mir auf, dass Herrn Genardys Blick oft zu Mara abschweifte. Dann lächelte er immer so entrückt. Er hatte ebenfalls zwei Enkelkinder. Einen Jungen von fünf, ein Mädchen von drei Jahren. Derzeit lebte er noch im Haus seines Sohnes, das ursprünglich sein eigenes Haus gewesen war. Die Schwiegertochter war zum dritten Mal schwanger, da wurde bald mehr Platz gebraucht. Und es war ihm auch zu lebhaft, demnächst mit drei kleinen Kindern unter einem Dach zu wohnen.

Er lächelte wieder, als er feststellte, dass Mara ein stilles Kind sei. »Du bist ja ein süßes kleines Mädchen«, sagte er, »ein liebes Kind.«

Mich überlief es kalt, als er »kleines Mädchen« sagte. Da war es plötzlich, als ob Franz hinter mir stehe, an einem Samstagabend. »Soll ich schon mal raufgehen und das Badewasser einlassen, Siggi?«

Mara wurde ganz verlegen von so viel Lob, steckte den Daumen in den Mund und drückte das Gesicht gegen Mutters Bluse. Mutter stellte sie auf den Boden und verlangte, sie solle dem netten Herrn ein Händchen geben. Mara genierte sich immer noch. Den Daumen der einen Hand im Mund, die andere Hand ausgestreckt, stakste sie auf Herrn Genardy zu. Der schüttelte ihr die Hand und nahm sie dann auf den Schoß.

»Ein süßes Kind«, sagte er wieder und tätschelte Mara die dicken Beinchen. Mutter lächelte geschmeichelt, als ob er ihr ein Kompliment gemacht hätte. Dann kam sie auf die wesentlichen Punkte zurück. Beruf und Einkommen.

Ich saß einfach nur dabei, bekam die Gedanken nicht in die Reihe. Ich wusste, ich hätte mich auf das Gespräch konzentrieren, mir vielleicht schon einmal zurechtlegen müssen, wie ich Herrn Genardy verabschieden sollte. Es tut mir Leid, aber …

Die Wohnung oben war in sich abgeschlossen, meine war es nicht. Die Brüder von Franz hatten damals nur die Küchentür zur Diele zugemauert. Das Wohnzimmer und Nicoles Zimmer waren direkt von der Diele aus zu betreten. Und wer immer über mir wohnte, er musste durch die Diele zur Treppe.

Ich hatte damals nicht das Geld gehabt für weitere Umbauten, ich hatte es immer noch nicht. Es hatte bisher keine Rolle gespielt, wenn ich nachts noch mal zur Toilette ging und nur im Morgenrock durch die Diele lief. Oder wenn ich hinunter in den Keller ging, um zu duschen. Wir hatten nie die Türen hinter uns abgeschlossen, weder Nicole noch ich, wenn wir uns schlafen legten.

Herr Genardy strich über Maras Wangen und gab weiterhin bereitwillig Auskunft. Er war Beamter bei der Post, saß in irgendeinem Amt in Köln. Mutter vermutete später, er sei bei der Oberpostdirektion, mindestens, bei seinen guten Manieren und der gewählten Aussprache.

Gehaltsbescheinigungen hatte Herr Genardy nicht dabei. Aber er war ja auch nur gekommen, um sich die Wohnung einmal anzusehen, unverbindlich. Es fiel ihm nicht ganz leicht, sich überhaupt mit dem Gedanken an einen Umzug zu beschäftigen. Das Haus war schließlich voller Erinnerungen an seine Frau. Andererseits sagte er sich, dass es für ihn vielleicht von Vorteil sein könne, ein wenig Abstand zu gewinnen. Und so nahm er jetzt eben die bevorstehende Geburt des dritten Enkelkindes als Vorwand. Was er suchte, waren vor allem ein gepflegtes Haus und eine ruhige Umgebung. Was er bisher von der Umgebung gesehen hatte, schien ihm zuzusagen.

»Na, dann gehen wir doch hinauf«, schlug Mutter vor, »und Sie schauen sich in aller Ruhe die Wohnung an.«

Dann stand er da, mitten in unserem Schlafzimmer. Ich musste wieder an Franz denken, immer nur an den Samstagabend, immer nur an den Franz, vor dem es mich so oft geekelt hatte.

Einmal hatte ich nach der Wäsche seine Socken ins Schubfach seiner Kommode eingeräumt, nicht gestöbert, nichts gesucht. Es waren viele Socken in der Wäsche gewesen, das Schubfach war fast leer, sonst hätte ich wahrscheinlich gar nichts gesehen.

Es war ein dünnes Heft, alt und zerlesen. Das Glanzpapier hatte seinen Glanz im Laufe vieler Jahre eingebüßt, auf manchen Fotos fehlte sogar ein wenig von der Farbe. Insgesamt vielleicht zwanzig Fotos, auf jeder Seite eines.

Wären es nackte Frauen gewesen, von mir aus auch Paare, die sich miteinander beschäftigten, es hätte mich vielleicht schockiert im ersten Augenblick, weil ich von alleine niemals auf den Gedanken gekommen wäre, dass Franz sich solche Hefte anschaute. Aber ich hätte mich wohl nicht allzu sehr darüber aufgeregt. Ich hätte mir sagen können, es ist normal. Er ist ein Mann, er war lange allein. Und Männer schauen sich solche Hefte gerne an, wenn sie allein sind oder in der Ehe zu kurz kommen.

Aber es waren keine Paare und keine nackten Frauen. Es waren Kinder in unterschiedlichem Alter. Da war vor allem ein Bild: ein Mädchen von vielleicht acht oder neun Jahren auf einem Stuhl, in einer Position, die es bestimmt nicht freiwillig eingenommen hatte. Den Ausdruck auf dem Kindergesicht habe ich nie vergessen können. Das Kind lächelte; es hätte ebenso gut weinen können, so verkrampft wirkte sein Gesicht.

Es war so widerlich, zu begreifen. Wir waren seit sechs Jahren verheiratet, gerade ins Haus eingezogen. Vielleicht hatte ich schon lange vorher begriffen und es nur nicht wahrhaben wollen, nicht vor mir selbst und erst recht nicht vor anderen. Franz liebte mich, oh ja, er sorgte dafür, dass es mir gut ging, dass ich mir keine Sorgen machen musste. Aber wenn er mit mir schlief, dann meinte er nicht mich. Und dass er solch ein Heft in einem Schubfach aufbewahrte, wo ich zwangsläufig irgendwann darauf hatte stoßen müssen, das war deutlich genug. Franz wollte, dass ich es wusste.

Als er mich vor dem Kino angesprochen hatte, war ich sechzehn gewesen. Und alle sagten, ich sei zu klein für mein

Alter, zu dünn, in der körperlichen Entwicklung leicht zurückgeblieben. Ich war noch ein Stückchen gewachsen seitdem, hatte ein paar Pfund zugelegt, einen Busen bekommen, nicht allzu üppig, für meine Figur genau richtig.

Franz hatte ihn nie angeschaut, geschweige denn mit den Fingern oder den Lippen berührt. Und ich hatte lange Zeit nicht gewusst, warum, hatte immer geglaubt, dass ich ihm nicht gefiel, dass ich zu dumm war, zu unerfahren, frigide. Das Heft war wie eine Verpflichtung. Nicht für ihn, für mich.

Herr Genardy nickte unentwegt, trat auf den Balkon hinaus, prüfte, ob die Tür sich geräuschlos öffnen und schließen ließ, ob sie nicht klemmte. Ein Maßband hatte er auch nicht dabei. Er schritt die Wände ab, nickte wieder. Das gäbe wohl keine Probleme mit seiner Einrichtung, meinte er, einiges müsse er ohnehin neu anschaffen, weil es sich um Einbaumöbel oder Maßanfertigungen handle. Er lachte Mutter an, warf mir ebenfalls einen kurzen Blick zu.

»Ich kann doch meinem Sohn nicht das halbe Haus demolieren. Und wenn ich mich teilweise neu einrichten muss, kann ich mich auch gleich nach den Maßen der Räume richten.«

Mit den anderen Zimmern war er ebenfalls zufrieden. Er fragte, ob ein Kellerraum zur Wohnung gehöre. Frau Humperts hatte einen Keller gehabt, den Raum gleich neben der Waschküche. Ich sagte Nein. Mutter starrte mich voller Empörung an. Aber sie schwieg wenigstens, vielleicht nur, weil Herr Genardy gleich erklärte, er brauche auch nicht unbedingt einen Kellerraum. Eine Garage sei ihm wichtiger, vielleicht könne er in der Nähe eine mieten.

Die Garage stand leer. Franz hatte sie damals nur als Lagerraum für die Fliesen und sein Werkzeug benutzt. Und ich hatte nicht mal einen Führerschein. Ein Fahrrad besaß ich, das stand im Keller, mit zwei platten Reifen. Ich war seit Jahren nicht mehr darauf gefahren. Vermutlich waren die Schläuche inzwischen porös geworden.

Dann saßen wir wieder im Wohnzimmer, Mara auf Mutters Schoß. Es ging auf sechs Uhr zu. Ich konnte an nichts anderes mehr denken als an Nicole. Ich wollte sie bei den Kollings abholen, unbedingt. Wenn Herr Genardy nur endlich gegangen wäre. Er dachte gar nicht daran. Unterhielt sich mit Mutter über Enkelkinder. Freute sich mit ihr über die bevorstehende Geburt eines weiteren. Mutter tat so, als gäbe es nur Mara und das ungeborene Baby. Nicole existierte gar nicht.

Ob sie schon auf dem Heimweg war? Im Geist sah ich Lastwagen, Blut auf der Straße, einen Polizisten vor der Haustür, einen Sarg. Ich war nahe daran, zu schreien. Und irgendwann hörte ich Mutter sagen: »Wir machen das am besten gleich perfekt. Dann haben Sie auch noch Zeit für die Renovierung. Es sind ja noch ein paar Tage bis zum Ersten.«

Es war in dem Moment die einzige Lösung, Herrn Genardy loszuwerden: ihm den Mietvertrag vorzulegen, ebenfalls zu unterschreiben. Ich wollte keinen Mann im Haus haben, wirklich nicht. Ich sagte das auch später noch zu meiner Mutter, als wir schon auf dem Weg waren, sie zu Anke und ich zu den Kollings. Mutter tippte sich bezeichnend an die Stirn.

»Du bist wirklich nicht ganz bei Trost, Sigrid. Was willst du eigentlich? Besser kannst du es doch gar nicht treffen. Ein alleinstehender Mann im Haus stellt längst nicht die Ansprüche wie eine alleinstehende Frau. Du hast ja wohl gesehen, wie die Humperts bei dir das Kommando übernommen hat. Die tat ja gerade so, als gehörte alles ihr. Wie sie da immer im Garten herumgewerkelt hat. Und ihre Waschmaschine hat sie auch in deinen Keller gestellt, in deine Waschküche sogar, oder soll ich sagen dein Badezimmer? Herr Genardy wird seine Wäsche vermutlich aus dem Haus geben. Er wollte ja nicht mal einen Keller für sich.«

Mutter hatte einen Narren an ihm gefressen, so viel stand fest. Sie war nach Vaters Tod allein geblieben, ich hatte mich manchmal gefragt, warum wohl. Sie sah doch nicht übel aus, sie hätte bestimmt einen Mann gefunden. Vielleicht war ihr keiner gut genug gewesen. Vielleicht war es ihr gefühlsmäßig so ergangen wie mir. Auf der einen Seite die Sehnsucht und auf der anderen der Ekel. Und jetzt schwärmte sie fast wie ein Backfisch.

Bis wir die Ecke erreichten, an der wir uns trennen mussten, hackte sie auf mir herum. Ein gut verdienender Mann in gehobener Position, erstklassige Manieren. Und wie gut sie sich mit ihm unterhalten hatte, während ich nur dabeisaß, als könne ich nicht bis drei zählen.

Ich war nicht dazu gekommen, mit ihr über Nicole zu reden, und jetzt war keine Zeit mehr. Ich konnte ein Stück die Straße hinuntersehen, nur bis zur nächsten Ecke. Mutter redete immer noch auf mich ein. Ich fühlte, wie mir plötzlich Tränen übers Gesicht liefen.

Und dann schrie ich sie an: »Ich habe im Moment auch anderes im Kopf, als bis drei zu zählen. Ich habe wieder von der Uhr geträumt. Heute ist der dritte Tag.«

Mutter wurde blass. Sie hatte immer Angst davor gehabt, ich wusste das. Sie hat mich früher nur geschlagen, weil sie Angst hatte. Sie hätte mich auch jetzt gerne geschlagen, ich konnte es von ihrem Gesicht ablesen. Doch aus dem Alter war ich wohl heraus.

»Komm mir nicht wieder mit dem Blödsinn«, fauchte sie. Dann drehte sie mir den Rücken zu und rauschte mit Mara auf dem Arm davon. Und ich rannte los, die Straße hinunter, um die nächste Ecke.

Der dritte Tag! Wenn mich dieser Mensch nur nicht so

lange aufgehalten hätte. Erst das ganze Gerede und das Getue mit Mara, dann die Besichtigung, der Vertrag, dann die Schlüssel.

Ich hatte ihm vier Schlüssel gegeben, zwei für die Haustür, zwei für die Wohnungstür oben an der Treppe. Frau Humperts hatte auch nur zwei Schlüssel zu jeder Tür gehabt. »Das macht man so, Kindchen«, hatte sie beim Einzug zu mir gesagt. »Der Hauswirt behält den dritten Schlüssel für Notfälle. Wenn der Mieter mal verreist ist, wenn ein Rohr bricht oder sonst etwas passiert.«

Ich hatte den dritten Wohnungsschlüssel damals zurück auf den Tisch gelegt und ihn später irgendwohin geräumt. Ich wusste gar nicht, wo er war. Ich hatte ihn nie gebraucht. Es war nie ein Rohr gebrochen, und Frau Humperts war immer daheim gewesen. Und jetzt war sie weg.

Nicole spielte noch mit Denise, als ich bei den Kollings hereinplatzte. Auf dem Heimweg erzählte sie mir, dass Günther ihr gesagt hatte, sie müsse warten, bis ich sie abholte. Ich hatte sie noch nie bei den Kollings abgeholt. Es wunderte mich, dass sie seine Anweisung befolgt hatte. Aber er hatte ihr ja auch noch mehr gesagt, noch viel mehr.

Dass ich im Moment große Sorgen hätte, wegen der Wohnung, des Hauses, des Geldes. Dass sie in nächster Zeit ein bisschen Rücksicht nehmen sollte, nicht immer den eigenen Kopf durchsetzen, ab und zu mal tun, was Mama sagt, damit Mama sich nicht noch mehr Sorgen machen muss.

Nicole trippelte neben mir her, widerstandslos an meiner Hand, in der freien Hand die Barbie-Puppe, die Frau Humperts ihr zum Abschied geschenkt hatte. Günther hatte ihr sogar von Hedwigs Tochter erzählt und sie gewarnt.

»Günther hat gesagt, Kinder können noch nicht abschätzen, wie gefährlich es ist, allein im Haus zu sein oder in der Stadt herumzulaufen. Er hat gesagt, in Köln ist vor ein paar

Tagen ein Kind verschwunden. Und er hat gesagt, es gibt Männer, die warten nur darauf, ein Kind allein anzutreffen. Zuerst sind sie nett, und dann tun sie ihm was.«

Ich nickte, weil sie gerade zu mir hochsah. Ich war so erleichtert, ging wie auf Watte, fühlte ihre Hand in meiner und dachte immer nur: der dritte Tag. Wir waren noch nicht ganz daheim; ich konnte es mir noch nicht leisten aufzuatmen; halb konzentrierte ich mich auf die Straße. Irgendetwas konnte noch immer geschehen.

»Und was tun sie dem Kind?«, fragte Nicole.

»Ich weiß es nicht«, sagte ich ganz automatisch.

»Günther hat gesagt, sie vergreifen sich dran. Was ist das?«

Sie war doch erst acht, ich konnte ihr das nicht in allen Einzelheiten erklären. Sie wusste, wo die Babys herkommen, hatte ein paar Mal an Ankes Bauch horchen dürfen. Ich hatte mehrfach angesetzt, ihr zu erklären, wie sie da hinein- und wieder herauskamen. Aber Nicole hatte nur die Stirn gerunzelt, den Mund verzogen, als ob ich ihr einen Regenwurm auf den Tisch gelegt hätte, und das Thema gewechselt. Ich sagte ihr nur, dass es eben Dinge gab, die ein erwachsener Mann nicht mit einem Kind tun durfte, schlimme Dinge.

17

Als er sich verabschiedete, klimperten die Schlüssel in seiner Tasche. Er war zufrieden. Mehr als das, er ging zu seinem Wagen, den er ganz am Anfang der Straße abgestellt hatte, und er ging dabei wie auf Wolken, war voller Pläne für die Zukunft.

Ein Kind, so klein noch, dass es kaum seinen eigenen Namen nennen, geschweige denn, über andere Dinge reden konnte. Als seine Tochter in dem Alter gewesen war, hatte er mit ihr den Himmel auf Erden gehabt. Zu der Zeit hatte seine

Frau zu arbeiten begonnen, erst nur für ein paar Stunden am späten Nachmittag.

Und er hatte sich um die kleine Tochter gekümmert. Und die herrliche Zeit nie vergessen. Zwei Jahre lang, sogar noch etwas länger, sorglos und unbeschwert, all die Spiele, die kleinen Hände, der süße Mund. Der winzige Schoß, den er sich hatte aufheben wollen, bis ihn dann eines Abends die Beherrschung verließ. Und wie hatte er davon geträumt, dass diese Zeit eines Tages zurückkäme. Manche Träume erfüllten sich, wenn auch erst nach langer Zeit. Ein Kind und zwei Frauen, harmlos, dumm und gutgläubig die eine, verwirrt und ängstlich die andere.

Für ein paar Sekunden kam einmal so etwas wie Unbehagen in ihm auf, vielleicht auch nur ein Bedauern, dass nicht die Ältere im Haus lebte. Mit der hätte es niemals Probleme gegeben. Sie war nicht zu vergleichen mit der Alten, die ihm jetzt noch gegenüber wohnte. Jetzt noch, aber nicht mehr lange. Es ging wirklich bergauf.

Es würde auch mit der Jüngeren keine Probleme geben. Er war da zuversichtlich. Vielleicht konnte er ihr gegenüber eine Art väterlichen Freund herauskehren, auf diese Weise irgendwann den Grund für ihre Verwirrung erfahren und sie dann entsprechend behandeln. Und wenn nicht, konnte er ihr immer noch aus dem Weg gehen.

Die Vorstellung, mit ihr unter einem Dach zu leben, behagte ihm zwar im Augenblick noch nicht sonderlich, störte ihn jedoch auch nicht weiter. Wie hatte die Ältere gesagt: »Den ganzen Tag außer Haus.« Günstiger konnte es für ihn nicht sein.

Wahrscheinlich kam die Ältere häufig, um nach dem Rechten zu sehen. Ihren Worten nach zu schließen, betreute sie das Kind ständig, würde es also immer mitbringen, und es ging mit Riesenschritten auf den Sommer zu. Da zog man den Kindern keine dicken Strumpfhosen mehr an, da ließ man auch einmal die Windeln weg. Da stellte man vielleicht ein Wasserbecken in den Garten und ließ so ein Kleines darin planschen.

Noch am gleichen Abend begann er mit seinen Vorbereitungen, packte zusammen, was in seinen Schränken verstaut lag. Viel war es nicht, aber er vermisste ein sehr wertvolles Stück, die goldene Krawattennadel mit dem kleinen Diamanten. Er hatte sie schon vermisst, als er sich für den Antrittsbesuch zurechtmachte. Aber da hatte er noch gedacht, er habe sie nur verlegt.

Das Kind hatte sich schon beim ersten Aufenthalt in seiner Wohnung für die Schmuckstücke interessiert. Zu sehr, und zu dem Zeitpunkt hatte er ihm noch nicht so recht getraut, hatte die Kostbarkeiten lieber in den Schrank gelegt, damit sie nicht so augenfällig herumlagen. Die Manschettenknöpfe hatte er auch dort gefunden. Und nicht mehr die Zeit gehabt, nach der Nadel zu suchen, weil er nicht zu spät kommen wollte.

Jetzt suchte er lange, schaute in jeden Winkel, jede Ritze, mochte sich einfach nicht mit dem Gedanken abfinden, dass das Kind sie genommen hatte. Gelegenheit dazu hatte es sicherlich gehabt. Er hatte es häufiger für ein paar Minuten alleine im Zimmer gelassen, um etwas aus der Küche zu holen, ein Glas Limonade, ein paar Kekse, einen mit Nüssen gefüllten Schokoladenriegel. Kleines Biest, dachte er voller Wut, wer lügt, der stiehlt. Und angelogen hatte es ihn wahrscheinlich mehr als einmal.

In der Nacht schlief er nicht gut. Die Stimme des Kindes geisterte ihm im Kopf herum, all die vielen Beteuerungen. Meiner Mutter sage ich nie etwas. Die Kinder in meiner Klasse sind mir alle zu blöd, mit denen rede ich gar nicht. Der Lehrer ist so komisch, wenn er mich ansieht, weiß ich gar nicht, was ich sagen soll. Die Nachbarn bei uns im Haus mögen auch keine Kinder.

Der Himmel allein mochte wissen, was davon der Wahrheit entsprach und was nicht. Aber jetzt war es nicht mehr zu ändern, und jetzt ging es doch wieder bergauf. Er wollte sich von einem gestohlenen Schmuckstück nicht die gute Stimmung verderben und nicht die Ruhe nehmen lassen. Mochte es noch so kostbar gewesen sein, es gab Schöneres im Leben.

Gleich am nächsten Morgen gab er auf seiner Arbeitsstelle Bescheid, dass er in einer dringenden Familienangelegenheit für zwei Tage verreisen müsse. Mit dem Hausbesitzer wollte er am Nachmittag reden, so ein Gespräch von Mann zu Mann.

Über die hochschwangere Tochter in Norddeutschland, in deren Ehe es kriselte. Die jetzt unbedingt seine Nähe und seinen Beistand brauchte, sofort und nicht erst in drei Monaten. Vielleicht, dass er noch etwas retten konnte, schon um der Enkelkinder willen. Nur die Kündigungsfrist für die Wohnung, die konnte er dann natürlich nicht einhalten. Er war sicher, dass der Hausbesitzer Verständnis für ihn aufbringen würde. Es würde auch nicht schwer sein, einen Nachfolger für ihn zu finden.

Anschließend fuhr er in die Stadt und mietete einen geeigneten Wagen. Dann stand er da und betrachtete die Möbelstücke. Er konnte sie ohne Hilfe unmöglich alle aus diesem Haus hinaus- und in das andere hineinschaffen. Aber er konnte den jungen Mann aus dem Dachgeschoss um Hilfe bitten, wenn der am Nachmittag daheim war. Bis dahin konnte er schon einmal die leichten Teile fortschaffen.

Aus dem Wohnzimmer nahm er den Tisch und die beiden Sessel; die Couch und den Schrank ließ er stehen. Bis kurz vor Mittag war er damit beschäftigt, all das zu verladen, was er alleine die Treppen hinuntertragen konnte. Das Bett und eine Kommode, einen schmalen Schrank, der sich in Einzelteile zerlegen und leicht wieder zusammenbauen ließ, eine Anrichte und die Kartons mit seinen Kleidungsstücken, dem Geschirr und anderen notwendigen Dingen.

Als er zum dritten Mal hinunterwollte, tauchte die Alte von nebenan bei der Tür auf. Er hatte keine Lust auf ein längeres Gespräch und ausführliche Erklärungen. Am Ende lud sie ihn nur ein, um den Abschied zu feiern. Fragte vielleicht nach der neuen Adresse, um ihn einmal besuchen zu können.

Er sagte nur beiläufig, dass er ein wenig alten Kram fortschaffen müsse, um Platz zu machen für Neues. Weil seine Tochter sich derzeit neu einrichte und er ein wenig von ihren Sachen übernehmen könne. Gute Sachen, in ausgezeichnetem Zustand, viel besser jedenfalls als die alten Sessel, auf denen er bisher gesessen hatte.

Aber so schnell ließ die Alte nicht locker. Da habe er aber eine schöne Strecke vor sich, meinte sie, wenn er die neuen Sachen persönlich bei seiner Tochter abholen wolle.

Er winkte ab, alles halb so schlimm, ein paar Tage Urlaub, entweder heute noch oder gleich morgen früh wolle er aufbrechen. Das ließ sich im Notfall mit dem kombinieren, was er dem Hausbesitzer sagen wollte. Hatte er dann eben erst bei dem Besuch festgestellt, dass es in der Ehe der Tochter kriselte. Dann ließ er die Alte stehen und ging die Treppen hinunter.

Als alles verstaut war, legte er eine kurze Rast ein. Er brühte sich einen Kaffee auf, aß ein belegtes Brot dazu. Die Einrichtung der Küche und die restlichen Sachen aus dem Wohnzimmer wollte er am Spätnachmittag zusammen mit dem jungen Mann zum Wagen schaffen. Um die Zeit war die Alte meist unterwegs, um Einkäufe zu machen. Da würde sie nichts davon mitbekommen. Gegen zwei fuhr er los, und eine Stunde später war er am Ziel.

Das Haus lag friedlich und verlassen, anders hatte er es auch nicht erwartet. Ungestört schaffte er die Möbelstücke und Kartons hinein. Nur einmal sah er rechts auf dem Nachbargrundstück eine ältere Frau, die gerade einen Beutel mit Abfall zum Mülleimer trug, dabei neugierig und ein wenig misstrauisch zu ihm hinüberschaute. Er grüßte höflich mit einem Kopfnicken, lächelte spöttisch, als daraufhin das Misstrauen aus ihrem Gesicht verschwand und sie zurückgrüßte.

Eine Erklärung hielt er nicht für notwendig. Es hätte auch leicht der Eindruck entstehen können, er sei geschwätzig. Und was es hier zu erklären gab, würde entweder die Jüngere oder eher noch die Ältere übernehmen.

Er trug zwei Stühle ins Haus. Als er zurückkam, war die Frau immer noch draußen. Sie machte sich an einem Blumenbeet zu schaffen. Er wusste genau, dass sie ihn nur beobachten wollte, und versuchte, sie zu ignorieren.

Aber es machte ihn wütend. Überall traf man auf diese Weiber, nirgendwo war man sicher vor ihrer Neugier, grässliches Volk. Er trug die letzten Sachen hinein, hielt sich nicht länger als notwendig auf, fuhr gleich zurück, um den jungen Mann nicht zu verpassen.

Während der Fahrt dachte er noch, dass er dem jungen Mann wohl ein Trinkgeld geben müsste. Er ließ sich noch einmal durch den Kopf gehen, was er dem Hausbesitzer sagen wollte. Und er freute sich schon auf die Nacht. Eine hübsche Wohnung in friedlicher Umgebung. Nachbarn gab es überall, man musste sich ja nicht um sie kümmern. Aber es kam alles ganz anders.

Als er zurückkam, war Polizei im Haus. Er erfuhr es von der Alten. Es schien ganz so, als habe die auf ihn gewartet, nur um ihm das mitteilen zu können.

Sie selbst war bereits befragt worden. Und sie brüstete sich damit, sie habe die Polizei angerufen, gleich als sie das Bild in der Zeitung sah. Sie erklärte sogar, dass sie die Zeitung erst am Vormittag aus dem Müll gefischt hatte. Das tat sie wohl häufiger. Das ältere Ehepaar aus dem zweiten Stock hatte eine abonniert. Die Alte konnte sich anscheinend keine leisten, oder sie war zu geizig.

Aber sie war der Ansicht, es sei doch ihre Pflicht gewesen, die Polizei zu informieren, wo sie das Kind so oft vor dem Haus gesehen habe, manchmal schon kurz nach Mittag. Ein sonderbares Kind, das wahrhaftig nicht nur wegen der Tiere im Fenster gekommen war, das wohl nicht so leicht Anschluss an Gleichaltrige fand, das es mehr auf die Erwachsenen abgesehen hatte, auf Männer vor allem.

Sie kam sogar einen Schritt näher, als sie weitersprach, beugte sich zu ihm vor, flüsterte nur noch. Einmal, als sie am späten Nachmittag vom Einkaufen zurückgekommen sei, habe sie das Kind gefragt, was es denn immer hier vor der Tür treibe. Und was habe das Kind ihr darauf geantwortet? »Ich warte hier auf meinen Freund.«

Die Alte nickte dazu, als sei ihr die Bedeutung des Satzes durchaus klar. Sie legte den Kopf ein wenig zurück und schaute nach oben. Dann hob sie sogar den Daumen, winkte damit kurz hinauf, nickte schwer, wiederholte die letzten Worte: »Auf meinen Freund«, fügte noch hinzu: »In dem Alter. Aber das kommt davon. Man kann doch an keinem Zeitungsstand mehr vorbeigehen, überall nackte Frauen. Es ist kein Wunder, wenn die Kinder so früh verdorben werden. Wir haben ja hier schon so einiges erlebt. Da kann man sich doch denken, um was für einen Freund es sich handelt, nicht wahr?«

Er schwieg, ließ sich durch den Kopf gehen, was er da eben gehört hatte. Ein Verdacht! Ein Verdacht gegen den jungen Mann aus dem Dachgeschoss. Er fragte sich, ob die

Alte wohl so weit gegangen war, ihre Mutmaßungen der Polizei gegenüber zu äußern. Natürlich hatte sie, sie war geschwätzig. Nun, ihm konnte es nur recht sein. Er konnte vielleicht sogar noch ein wenig tun, um den Verdacht zu erhärten.

Der junge Mann war noch nicht daheim. Jetzt waren die Beamten im zweiten Stock. Zu ihm kamen sie wenig später. Er hatte fest damit gerechnet, dennoch versetzten ihn der Anblick der beiden Uniformen, das Foto, das sie ihm entgegenstreckten, und die Fragen, die sie dazu stellten, in eine gelinde Panik.

Noch nie zuvor hatte er mit der Polizei zu tun gehabt. Jetzt galt es, jedes Wort konnte ein Fehler sein. Er bat die Männer herein, führte sie in die Küche, dankte dem Schicksal, oder was immer es auch gewesen sein mochte, dass er sich nicht morgens darangemacht hatte, die Schränke von den Wänden abzumontieren. Er hätte sie ohne weiteres alleine zum Wagen schaffen können, aber er hatte es nicht getan. Zum Glück, wie leicht hätte einer auf dumme Gedanken kommen können, hätten sie bemerkt, dass die Wohnung gut zur Hälfte geräumt war.

Mit eisernem Willen hielt er die Hände unter Kontrolle und rief sich ins Gedächtnis, dass es in seiner Vergangenheit zwar die dunklen Punkte gab, doch die waren nie von Bedeutung gewesen, nicht für die Polizei. Sie kamen zu ihm, weil sie jetzt zwangsläufig jeden im Haus befragen mussten, wahrscheinlich auch noch jeden in den Nachbarhäusern. Es gehörte zu ihren Pflichten, war reine Routine. Der Gedanke gab ihm ein wenig Ruhe. Er sah davon ab, den Verdacht gegen den jungen Mann zu verstärken.

Die beiden Polizisten waren freundlich, wenn auch sehr ernst. Er beantwortete ihre Fragen. Da sie schon mit der Alten gesprochen hatten, beschränkte er sich auf den Hinweis, dass er das Kind ebenfalls kannte, flüchtig! Dass er es mehrfach hier vor dem Haus gesehen hatte, auch einmal auf den kalten Steinen vor der Tür sitzend, so im Februar müsse das gewesen sein. Da habe er sogar einmal mit dem Kind gesprochen. Das sei aber nicht gesund, auf den kalten Steinen zu sitzen, habe er gesagt. Und das Kind habe geantwortet, es warte hier nur auf einen Freund, der ihm bei Schularbeiten helfen solle.

Wen es damit gemeint habe, könne er beim besten Willen nicht sagen. Er wisse nicht genau, ob es Kinder dieses Alters in der Nachbarschaft gäbe. Darum habe er sich nie gekümmert. Und in letzter Zeit habe er das Kind auch nicht mehr gesehen.

Die Beamten bedankten sich und gingen wieder. Kaum hatte er die Tür hinter ihnen geschlossen, da fiel ihn das Zittern an wie ein wildes Tier.

Er fragte sich, ob es richtig war, was er gesagt hatte. Richtig, sich darauf zu verlassen, dass die Alte eine falsche Spur gelegt hatte, die so falsch auch wieder nicht war. Ganz bestimmt hatte sie, sie hatte sich mehr als einmal darüber erregt, wie die jungen Dinger sich im Dachgeschoss die Türklinke in die Hand gaben, und über die laute Musik am Abend.

Sollten sie nur nachforschen, gründlich und hartnäckig, wie es so ihre Art war. Dann würden sie zumindest auf die Nachmittage stoßen, die das Kind tatsächlich im Dachgeschoss verbracht hatte. Ob der Junge da oben sich dann noch aus der Klemme reden konnte, das ging ihn nichts mehr an.

Es lagen noch ein paar Süßigkeiten in den Küchenschränken. Er schlang drei mit Nüssen gefüllte Schokoladenriegel in sich hinein. Das Zittern ließ ein wenig nach, auch der Kopf klärte sich. Die Gedanken schlugen nicht mehr übereinander. Schließlich gelangte er zu der Überzeugung, dass er sich genau richtig verhalten hatte. Er hatte der Polizei nicht zu viel gesagt und nicht zu wenig. Er hatte niemanden direkt beschuldigt, hatte sich höflich und distanziert gegeben, interessiert nur insoweit, als man sich eben als Außenstehender für solch eine Sache interessierte.

Er fragte sich, wann man das Kind wohl finden würde. Solange man es nicht fand, konnte die Polizei nicht viel mehr unternehmen. Es war eine Zeitfrage. Vielleicht fand man es erst in ein paar Monaten, vielleicht nur durch einen Zufall. Er wusste genau, dass sich niemand um diesen Garten kümmerte. Dennoch überlegte er, ob es irgendeine Verbindung gab zwischen der Gartenlaube und ihm. Es gab keine, nur Zufälligkeiten.

Ein alter Mann, der ihm vor Jahren von seinem Garten erzählt hatte, von dem langen Weg dorthin, der beschwerlichen Arbeit und dass die Kräfte nachließen. Er hatte nur zugehört. Nach ihm würde niemals jemand fragen.

Das alles beruhigte ihn. Es gelang ihm, vernünftig und logisch zu überdenken, was er jetzt als Nächstes tun musste. Das Gespräch mit dem Hausbesitzer strich er vorerst von seinem Plan. Es erschien ihm zu riskant, die Wohnung jetzt gleich zu kündigen. Wenn er sie zu lange behielt, würden sich daraus natürlich finanzielle Probleme ergeben, aber das konnte jetzt nicht seine Sorge sein. Möglicherweise kam die Polizei noch einmal, vielleicht hatten sie weitere Fragen. Da sollte er lieber persönlich an Ort und Stelle sein. Und so lange bleiben, bis sich herausstellte, dass sie sich an dem Jungen da oben festbissen.

Jetzt beglückwünschte er sich zu der Geschichte, die er am Tag zuvor den beiden Frauen aufgetischt hatte. Renovieren, neue Einrichtung, all das brauchte Zeit.

Wie er da am Küchentisch saß, legte er sich jeden Schritt zurecht. Er wäre so gerne mit den restlichen Möbelstücken losgefahren und nie mehr zurückgekommen. Es kam vielleicht einer Flucht gleich, darüber dachte er nicht nach. Er dachte nur daran, dass er jetzt dazu verdammt war, jeden Abend hier zu sitzen, sich von der Alten nebenan belästigen zu lassen, auf der Couch zu schlafen, während sein Bett bereits in der neuen Wohnung stand, und das vielleicht auf Wochen hinaus. Wochen, in denen die Ältere so manchen Nachmittag kommen würde, um in den unteren Räumen nach dem Rechten zu sehen, Wochen, in denen das kleine Püppchen da herumlief. Und er war hier.

Aber noch einmal kam alles ganz anders.

Er brachte den Mietwagen zurück und holte seinen eigenen, besorgte in einem großen Kaufhaus eine Kochplatte als Ersatz für den Herd und einen Eimer, den er unter den Wasserhahn stellen wollte. So konnte er sich wenigstens am Wochenende in der neuen Wohnung aufhalten und der Alten erzählen, dass er den Besuch bei seiner Tochter auf das Wochenende verschoben hatte.

Dann fuhr er noch einmal los, um ein wenig Kleidung, Geschirr und die Lebensmittel zurückzuholen. Er nahm sich Zeit, trug die Kartons nicht gleich zum Wagen, baute das Bett und den Schrank zusammen, stellte den Eimer unter den Wasserhahn, verband die Kochplatte mit einer Steckdose und hoffte im Stillen darauf, dass die Ältere vorbeikam, natürlich mit dem Püppchen auf dem Arm.

Es war inzwischen später Nachmittag, und er wurde hungrig. Er brühte sich Kaffee auf, bestrich zwei Brotscheiben, trug alles hinüber in den Wohnraum und machte es sich in einem der beiden Sessel bequem. Wenigstens essen wollte er hier noch in aller Ruhe. Bevor er sich Kaffee einschenkte, stand er noch einmal auf, öffnete die Tür, die hinaus auf den Balkon führte. Es war kühl und regnerisch draußen, die Luft war frisch, aber das störte ihn nicht.

Und dann hörte er die Stimmen. Sie drangen aus dem Garten zu ihm herein. Die Stimmen kleiner Mädchen. Er ging hinaus auf den Balkon, beugte sich über die Brüstung und schaute hinunter. Sie waren direkt unter ihm auf den Steinen der Terrasse, hantierten dort mit einem Besen herum.

Im ersten Augenblick schlug ihm das Herz bis zum Hals. Allein ihre hellen Stimmen ließen ihm das Blut in den Kopf steigen. Wie zierlich sie waren. Die gelben Regenmäntel und die Kapuzen ließen sie wie Zwerge erscheinen. Er versuchte, ihr Alter zu schätzen. Sie waren wohl schon zu alt für eine dauerhafte Freundschaft, aber sie waren reizend, beide.

Eines der Kinder drehte den Kopf und schaute zu ihm hinauf. Nicht erschreckt, nur voller Erstaunen, wie ihm schien. Es richtete sich auf, schaute ihm unverwandt ins Gesicht. Er lächelte, so wie er immer lächelte, wenn er ein Kind vor Augen hatte. Ganz warm, herzlich und gütig.

»Hallo«, sagte er.

Das Kind wirkte immer noch unsicher. Auch das zweite Kind hatte sich aufgerichtet, und jetzt flüsterten sie miteinander. Dann fragte eines: »Wohnen Sie jetzt bei uns?«

Bei uns! Es hallte ihm im Kopf nach. Bei uns! Wie ein Echo. Davon hatte die Ältere kein Wort gesagt, davon nicht. Unter einem Dach mit einem Kind, nur die Treppe hinunter. Den ganzen Tag außer Haus, hörte er die Ältere noch einmal sagen. Wie im Paradies. Kinder tranken so gerne Limonade, und die kleinen Pillen lösten sich fast augenblicklich auf und hinterließen kaum einen Nachgeschmack.

Er lächelte nicht mehr, er lachte, nickte, als könne er gar nicht mehr damit aufhören. »Ja«, rief er hinunter, »ich wohne jetzt bei euch. Ich heiße Genardy, Josef Genardy.«

Und das Kind, das ihn gefragt hatte, sagte: »Ich bin Nicole«, zeigte auf das zweite Kind und erklärte: »Das ist Denise, sie ist meine Freundin.«

»Es freut mich, euch kennen zu lernen«, sagte der Mann. Er blieb ein Weilchen auf dem Balkon stehen, um mit den Kindern zu sprechen. Dann ging er zurück ins Zimmer, schaute in seiner Geldbörse nach. Und es reichte noch, um mit den Kindern seinen Einzug zu feiern.

Zweiter Teil

1 Als ich montags aufwachte, konnte ich es gar nicht begreifen. Der vierte Tag! Nicole lag nebenan in ihrem Bett, schlafend, heil und gesund. Doch ich glaubte nicht eine Sekunde lang, dass der Braune umsonst gekommen war. Ich konnte mir auch nicht vorstellen, dass er mit seinem Prinzip gebrochen hatte und die Frist überschritt. Das hatte er in all den Jahren nie getan.

Ich hatte ein ganz merkwürdiges Gefühl, wie hin und her gerissen zwischen Erleichterung und Nervosität. Wenn nicht Nicole, wen hatte sich der Braune dann geholt? Ich dachte nicht ein einziges Mal an Franz, dem ich nicht mal Blumen ans Grab gebracht hatte zu seinem Todestag. Sechs Jahre und zwei Tage, es schien plötzlich schon so lange her, zu lange, um noch wirklich Schmerz dabei zu empfinden. Mir war auch plötzlich, als sei ich vom ersten Moment an in einem kleinen Winkel des Herzens ein wenig erleichtert gewesen, als er starb, nur ein wenig.

Beim Frühstück sprach ich mit Nicole darüber, dass sich für uns jetzt einiges ändern würde. Dabei horchte ich anfangs noch ständig zur Haustür hin, rechnete fest damit, dass es jeden Augenblick klingeln musste. Dass jemand davorstand, um mir die Hiobsbotschaft zu überbringen. Anke? Norbert oder Mara?

Das Erzählen lenkte ein wenig ab. Das waren Fakten, die man begreifen konnte, mit denen wir uns jetzt abfinden und auseinander setzen mussten, negative und positive.

Leider keine Frau, der einzig negative Aspekt. Bei allem anderen schien es nach nüchternem und gründlichem Überlegen, als hätte ich mit Herrn Genardy keine schlechte Wahl getroffen. Ich hatte ihm eine Mietsumme genannt, die um glatte hundert Mark höher war als die, die Frau Humperts gezahlt hatte. Er hatte den Betrag zur Kenntnis genommen, ohne auch nur eine Miene zu verziehen. Nun ja, als Beamter im höheren Dienst musste er vermutlich nicht auf jeden Geldschein sehen.

Hundert Mark mehr im Monat, das war ein angenehmes Gefühl. Einfach mal so ein Kleidungsstück für Nicole kaufen. Nicht weil es unbedingt notwendig war, sondern weil es mir gefiel. Und ihr würde es auch gefallen, sie war doch schon ein wenig eitel. Oder ein Telefon, der Gedanke reizte mich noch am meisten, ein eigenes Telefon. Abends auf der Couch liegen, schon fertig für die Nacht, und noch ein bisschen mit Günther reden. Vielleicht sprach es sich leichter, wenn man sich dabei nicht gegenübersaß.

Bei dem Gedanken an Günther schwappte mir die Angst wieder durch sämtliche Knochen. Wenn ihm sonntags etwas zugestoßen war. Auf der Fahrt in die Redaktion vielleicht. Da wäre niemand auf den Gedanken gekommen, mich zu benachrichtigen. Es deutete plötzlich alles auf Günther hin. Ich nahm mir vor, gleich in der Frühstückspause bei ihm anzurufen.

Nicole wollte wissen, wann unser neuer Mieter denn einziehen würde. Ich erklärte ihr, dass es noch etwas dauern könne. »Es kann sein«, sagte ich, »dass in nächster Zeit viele fremde Leute durchs Haus laufen, Maler und Möbelpacker. Und da möchte ich nicht, dass du alleine hier bist. Verstehst du das?«

Sie nickte, aber einverstanden schien sie nicht. Ich besprach noch mit ihr, dass sie nach der Schule zu meiner Mutter gehen, dort essen und ihre Schularbeiten machen musste. Und dass es keine Rolle spielte, ob Oma ein saures Gesicht zog, wenn sie vor ihrer Tür stand.

Nach den Schularbeiten konnte sie dann von mir aus zu den Kollings gehen. Nicole beschwerte sich schon einmal im Voraus über die kleinen Brüder von Denise, die so albern und so gehässig waren und immer beim Spielen störten.

Im letzten Frühjahr hatten die beiden Nicole und Denise

einmal mit Regenwürmern beworfen. Nicole hatte einen Wurm mitten ins Gesicht bekommen und war vor Ekel regelrecht hysterisch geworden. Seitdem traute sie ihnen alles Schlechte zu.

»Wenn sie uns wieder ärgern«, fragte sie, »darf ich dann mit Denise hier spielen? Wenn ich mit Denise hier bin, bin ich ja nicht allein. Wir bleiben auch bestimmt in meinem Zimmer. Wir laufen nicht durchs Haus. Und wenn oben Leute arbeiten, wir gehen auch nicht rauf.«

Ganz recht war es mir nicht. Aber ich nickte. Weil ich mir dachte, dass wohl nicht gleich heute die Maler kommen würden. Dann ging Nicole zur Schule, und ich rannte zum Bus.

Der vierte Tag.

Es hatte noch nie einen vierten Tag ohne Trauer gegeben. Ich dachte die ganze Zeit an Günther, an seinen Vortrag über die Bedeutung des Traumes. Einen Ersatz, hatte er gesagt, der dir die Arbeit und das Denken abnimmt. So war es nicht, ganz bestimmt nicht bei ihm. Dass er kein Ersatz für Franz war, hatte ich ziemlich schnell begriffen. Er mochte keine Hanfseile. Und trotzdem konnte ich ihn nicht so einfach wieder hergeben. Wo war er jetzt? Und wenn er nicht abhob?

In der Frühstückspause konnte ich mich nicht dazu aufraffen, zum Telefon zu gehen. Allein bei dem Gedanken an ein endlos tönendes Freizeichen klumpte sich mir der Magen zusammen. Die Übelkeit ergoss sich wie warmes Öl durch die Eingeweide. Und wenn er tot war?

Ich verschob den Anruf in die Mittagspause. Auch dann spürte ich noch jeden Herzschlag, jedes Freizeichen stach mir durch das Trommelfell mitten in den Kopf. Aber Günther war daheim und wohlauf. Er klang noch ein bisschen verschlafen.

Als er sich meldete, konnte ich nur noch »Gott sei Dank« flüstern. Ich wollte ihm von Herrn Genardy erzählen. Aber der schien mir plötzlich nicht mehr wichtig genug, um Günthers »Was ist denn los?« zu beantworten. So fragte ich nur, ob er etwas Neues über Hedwigs Tochter erfahren habe.

Hedwig war wieder nicht zur Arbeit gekommen. Aber Günther wusste keine Neuigkeiten. Nachdem ich aufgelegt hatte, rief ich bei Hedwig an. Ich hatte mir das am Vormittag schon überlegt, dass ich mich einmal bei ihr melden müsste und was ich ihr sagen könnte. Es war ein merkwürdiges Gespräch, die meiste Zeit schwiegen wir. Nur einmal brach etwas aus Hedwig heraus.

»Als ich die Beschreibung geben sollte«, sagte sie, »da wusste ich nicht einmal, was sie anhatte. Ich musste im Schrank nachsehen und dann noch im Wäschekorb. Und auch danach wusste ich es nicht genau. Aber inzwischen hatte ich Zeit. Ich habe mir ihre Sachen angesehen. Es fehlt eine Jeans, eine ganz normale, einfache Jeans. Sie war noch fast neu. Vielleicht erinnerst du dich, Sigrid, ich habe ihr die Jeans erst vor ein paar Wochen gekauft. Ich habe sie dir noch gezeigt.«

Ich erinnerte mich daran.

»Und ein Pullover mit langen Armen«, fuhr Hedwig fort, »ein ziemlich dicker, hellblauer Pullover. Darunter hat sie wahrscheinlich noch ein T-Shirt an, da bin ich mir aber nicht ganz sicher. Sie muss ein Paar dunkelblaue Schuhe tragen und ein Donnerstag-Höschen.«

Ich erinnerte mich auch an das Höschen. Nicole und Denise besaßen die gleichen. Hedwig und ich hatten die Höschen vor einiger Zeit in der Abteilung für Kinderbekleidung entdeckt und fanden sie ganz witzig. Sieben Höschen in einer Packung, auf jedem war ein anderer Wochentag und ein Tiermotiv aufgedruckt. Hedwig hatte zwei Packungen gekauft, ich eine. Später dann noch eine, weil Frau Kolling mich darum gebeten hatte. Hedwig hatte gesagt: »So bringe ich sie vielleicht dazu, jeden Tag ein frisches Höschen anzuziehen.

Manchmal ist sie ein richtiger Dreckfink, immer muss ich ihr hinterher sein, damit sie frische Wäsche anzieht.«

Ein Donnerstag-Höschen! Da kam ein Laut durch das Telefon wie ein trockenes Schluchzen.

»Weißt du, was merkwürdig ist«, sagte Hedwig, »ihr Anorak hängt hier im Flur. Den hat sie nicht angezogen. Sie kann nicht vorgehabt haben, weit vom Haus wegzugehen. Es hat doch geregnet. Und es war auch so frisch draußen. Oder bilde ich mir das ein?«

»Nein«, antwortete ich, »das bildest du dir nicht ein. Es hat viel geregnet, und es war sehr frisch draußen.«

Bevor ich auflegte, meinte Hedwig noch, dass sie wahrscheinlich morgen oder übermorgen wieder zur Arbeit kommen würde. Der Doktor habe sie zwar für die ganze Woche krankgeschrieben, aber sie könne nicht allein in der Wohnung herumsitzen.

»Das Warten macht mich ganz verrückt«, sagte sie.

Nach dem Gespräch mit Hedwig war ich ziemlich durcheinander. Auf der einen Seite erleichtert, dass bei uns offensichtlich alles in Ordnung war. Dass es vielleicht sogar mit der Zeit etwas besser werden würde. Hundert Mark mehr im Monat. Auf der anderen Seite fühlte ich mich so mies, so schäbig und gemein, dass ich überhaupt noch an solche Dinge wie Geld denken konnte. Hedwigs Stimme ging mir nicht aus dem Kopf, die Verzweiflung darin, die Hilflosigkeit.

Es war nicht viel zu tun. Ich hatte mehr als genug Zeit zum Nachdenken. Ich konnte mir so gut vorstellen, wie Hedwig jetzt in ihrer Wohnung saß, ihre Angst, dass dem Kind etwas zugestoßen war, etwas Grauenhaftes.

Meine Großmutter hatte einmal gesagt: »Es ist schlimm, wenn einem ein Kind vor den Augen überfahren wird. Da kann man leicht den Verstand verlieren. Aber wenn einem das Kind von solch einem Hund genommen wird, das überlebt man nicht. Da muss man sich immer vorstellen, wie es gelitten hat.«

Von solch einem Hund! Als Großmutter das sagte, hatte ich tatsächlich an einen Hund gedacht und erst viel später verstanden, wie es gemeint gewesen war. Und ich konnte es mir vorstellen. Wie da Bilder durch Hedwigs Kopf zogen. Wie sie ihrerseits versuchte, sich vorzustellen, was passiert sein könnte. Das Kind spielt vor dem Haus, vielleicht im Eingangsbereich, im Flur oder auf der Treppe. Und dann kommt einer, spricht es an, fragt es etwas. Und das Kind steigt ganz arglos zu ihm in einen Wagen. Bekommt vielleicht noch ein Eis spendiert, die Henkersmahlzeit!

Franz hatte früher oft zu mir gesagt, dass ich mich schnell in etwas hineinsteigere. Das war es wohl.

Nach fünf wurde es so schlimm, dass ich fast keine Luft mehr bekam. Es war ein Gefühl, als ob mein Herz auf die dreifache Größe angeschwollen wäre. Ich hätte weglaufen mögen, weit weg. Im Geist sah ich den verschneiten Bahndamm unter meinen Füßen, von dem ich vor sechs Jahren so oft geträumt hatte.

Laufen, einfach laufen und hinter mir das Keuchen, die heisere Stimme. »Da ist was, Siggi, das wünsch ich mir schon so lange. Aber du willst es bestimmt nicht. Oder meinst du, du würdest es tun, nur mir zuliebe? Es ist nichts Schlimmes, wirklich nicht. Ich wünsch mir nur, du würdest dich mal rasieren.«

Es schoss mir einfach so durch den Kopf. Ich konnte nichts dagegen tun. »So ist das«, sagte meine Schwiegermutter, »wenn ein Mann nicht mehr weiterweiß.«

Um mich herum drehte sich alles. Es hätte nicht viel gefehlt, dann wäre ich zusammengebrochen. Eine Kollegin brachte mich in den Aufenthaltsraum, gab mir ein Glas Wasser und eine Pille für den Kreislauf. Ich hatte noch nie Probleme mit dem Kreislauf gehabt. Von der Pille bekam ich zu allem Überfluss auch noch Kopfschmerzen.

Der Abteilungsleiter kam dazu. Er war richtig nett und mitfühlend, fragte, ob ich heimfahren wolle. Aber ich hätte nicht einmal vom Stuhl aufstehen können. Mir war immer noch so schwindlig, dass ich mich am Tisch festhalten musste. Bis kurz vor sechs saß ich da, dann ging es ganz allmählich vorbei.

2

Als ich heimkam, war ich wieder einigermaßen in Ordnung. Noch ein bisschen Druck im Kopf und sehr deprimiert. Das Gespräch mit Hedwig ging mir einfach nicht aus dem Sinn. Direkt vor dem Haus parkte ein grünes Auto. Ein altes mit ein paar notdürftig ausgespachtelten Stellen im Lack, verbeulten Kotflügeln, die vordere Stoßstange sah auch nicht eben frisch aus. Ich achtete nicht besonders darauf, dachte im ersten Moment nur, Günther wäre da. Seit ich ihn kannte, hatte er schon zweimal das Auto gewechselt.

Er war immer knapp bei Kasse. Kaufte sich das billigste, was zu haben war. Fuhr es, bis es nicht mehr wollte oder konnte, manchmal nur ein paar Wochen lang. Und dann kaufte er sich das nächste.

Ich hatte ihn schon einmal fragen wollen, warum er nicht einen Kredit aufnahm und sich ein Auto kaufte, das eine etwas längere Lebenserwartung hatte. Aber wir hatten das ja getrennt, seine Probleme und meine Probleme. Und das Auto vor dem Haus gehörte nicht Günther. Nicole saß allein vor dem Fernseher, bis unter die Haarwurzeln gefüllt mit Neuigkeiten. »Du ahnst nicht, was passiert ist, Mama.«

Das Auto hatte ich schon wieder vergessen. Es konnte

auch jemandem in der Nachbarschaft gehören, wahrscheinlich dem Sohn von Frau Hofmeister. Der war vor ein paar Monaten ausgezogen, kam aber regelmäßig heim, um seine dreckige Wäsche abzuliefern und kleine Zuschüsse zum eigenen Haushalt zu erbetteln.

»Lass mich raten«, sagte ich, »du hast die Rechenarbeit zurückbekommen und eine Eins geschrieben.«

Nicole schüttelte den Kopf. Und noch mal raten durfte ich nicht, dafür waren die Neuigkeiten viel zu interessant.

»Der Mann ist schon eingezogen!«

Das war nun wirklich eine Überraschung. Und ich konnte es beim besten Willen nicht glauben. Er wollte doch renovieren lassen und neue Möbel kaufen. Das ging schließlich nicht von einem Tag auf den anderen.

Nicole erzählte, überschlug sich fast dabei. Sie und Denise hatten ihn zwischen fünf und sechs Uhr auf dem Balkon gesehen. Das Auto vor dem Haus gehörte ihm, da war sie ganz sicher. Sie waren damit zur Eisdiele gefahren, Herr Genardy hatte den Kindern ein Eis zu seinem Einzug spendiert. Von Malern oder einer Möbelspedition wusste Nicole nichts. Sie hatte auch nicht gesehen, dass er selbst irgendein Möbelstück ins Haus getragen hätte.

»Wir sind ja erst später hergekommen, Mama, da war er bestimmt schon fertig. Als wir nämlich kamen, war Frau Hofmeister draußen. Sie hat mich gerufen und gefragt, ob jetzt ein Mann bei uns einzieht. Sie hat gesehen, wie er ein paar Sachen reingetragen hat. Einen Tisch und Stühle und so. Und er hat gesagt, er wohnt jetzt bei uns. Und weggefahren ist er nicht.«

Einen Tisch und Stühle! Nicole musste da etwas missverstanden haben. Während ich für uns eine Suppe aufwärmte, horchte ich nach oben. Man hört sehr gut, wenn oben jemand in der Küche umhergeht. Man hört von der Toilette aus auch, wenn jemand im Bad ist. Und wenn ich mich einmal früh genug hingelegt hatte, hatte ich oft den Fernsehton bei Frau Humperts gehört.

Oben war es völlig still. Wahrscheinlich war er nur hier gewesen, um die Räume richtig zu vermessen. Hatte den Tisch und die Stühle schon einmal hergebracht, weil er die Renovierung überwachen und dabei nicht nur herumstehen wollte. Oder damit die Handwerker ordentlich Pause machen konnten. Es gab genug Gründe. Ich wohne jetzt bei euch, das sagt man halt so.

Nicole bestand darauf, er müsse oben sein, er sei nicht weggegangen, und sein Auto stehe ja auch noch da.

Sein Auto! Und sie war zusammen mit Denise eingestiegen. Hatte ich nicht nachmittags noch gedacht, dass Hedwigs Tochter vielleicht arglos in einen fremden Wagen gestiegen war? Und nirgendwo angekommen, einfach verschwunden!

»Was fällt dir eigentlich ein«, schimpfte ich los, »du kannst doch nicht einfach zu einem Fremden ins Auto steigen und mit ihm wegfahren.«

Nicole verstand nicht, worüber ich mich aufregte. Sie wurde ein bisschen ärgerlich. »Aber er wohnt doch jetzt bei uns. Und mit dem Schwiegersohn von Frau Humperts bin ich auch schon im Auto gefahren.«

»Das war ganz etwas anderes«, erklärte ich, »da war Frau Humperts dabei. Und wir kannten ihren Schwiegersohn schon lange. Und ich wusste genau, dass er dich mitgenommen hat und wo du warst. Mach das nicht noch einmal.« Darauf gab sie mir keine Antwort mehr.

Ich schaute immer wieder zum Fenster hinaus. Sein Auto! Ein Postbeamter im höheren Dienst und solch eine Klapperkiste. Das passte doch nicht zusammen. Und oben war alles still. Er konnte nicht mehr im Haus sein, ich hätte ihn hören müssen. Nicole hatte vermutlich vor dem Fernseher gesessen, und dabei war ihr entgangen, dass Herr Genardy das Haus verließ.

Andererseits konnte man sich auf das verlassen, was Nicole sagte. Sie war auch im Stande, ein altes Auto vom anderen zu unterscheiden. Ihr war beim letzten Mal sofort aufgefallen, dass Günther sich ein anderes zugelegt hatte. Sogar die Marke hatte sie gekannt und zu einer Wortspielerei genutzt: »Günther fährt in einem Ford fort.«

Ich überlegte, ob ich kurz hinaufgehen sollte. Aber irgendwie war mir das peinlich. Wenn er doch in der Wohnung war, wollte ich nicht aufdringlich erscheinen oder neugierig. Als Nicole später im Bett lag, saß ich eine geschlagene Stunde lang nur da und horchte.

Es war absolut nichts zu hören.

Mir war ein bisschen unheimlich. So war mir früher immer gewesen, wenn Großmutter vor sich hinmurmelnd durch das Zimmer schlich und mich anschaute, als sei ich nicht da. Einmal war sie vor mir stehen geblieben. Ich hatte es ganz vergessen, jetzt fiel es mir wieder ein.

»Du mit deinem harmlosen Gesicht«, hatte sie gesagt, »du hast es faustdick hinter den Ohren. Das habe ich immer gewusst. Aber ich hätte nie gedacht, dass du so weit gehst. Wie konntest du dich mit dem Braunen einlassen? Der treibt die Menschen reihenweise zu den Schlachthöfen. Und du paktierst mit ihm! Jetzt tu bloß nicht so, als ob du von nichts eine Ahnung hast. Du weißt genau, was er treibt. Hast du keine Angst?«

Oh ja, die hatte ich, die hatte ich immer gehabt. Auch wenn ich inzwischen wusste, dass Großmutter damals nur zu ihrer toten Schwester gesprochen hatte, es änderte nichts. Vielleicht war es einfach nur zu viel. Der vierte Tag! Normalerweise hätte ich jetzt dasitzen müssen, mit roten Augen, einem Stein anstelle des Herzens, mit dieser Leere im Kopf, die sich nur ganz allmählich mit Schmerz füllt, normalerweise.

Aber ich saß nur da und zerbrach mir den Kopf darüber, ob ich einen Mann im Haus hatte oder nicht. Jedes Mal, wenn in der Küche der Kühlschrank zu summen begann, zuckte ich zusammen. Bevor ich den Rollladen hinunterließ, schaute ich mir das Auto noch einmal an.

Auf der anderen Straßenseite war eine Lampe, es war alles deutlich zu erkennen. Die hellen Flickstellen im Lack, Spachtelmasse auf Rostlöchern. Er konnte unmöglich schon eingezogen sein. Maler stehen schließlich nicht auf Abruf bereit. Und neue Möbel haben Lieferzeiten. Er konnte sich doch erst am Morgen um alles gekümmert haben. Was machte er denn da oben, warum rührte er sich nicht?

Kurz vor zehn hielt ich es nicht mehr aus. Ich wollte eigentlich nur in den Keller, mich um die Wäsche kümmern, mich für die Nacht fertig machen, aber dann stand ich plötzlich vor der Treppe nach oben. Mir rauschte das Blut in den Ohren. Obwohl ich mir tausendmal sagte, es ist nur eine Treppe, und da oben ist nur eine Tür. Und hinter der Tür ist entweder gar keiner oder nur ein Mann, ein freundlicher, netter, älterer Herr, kein Henker und kein Folterknecht, kein Ungeheuer. Meine Füße waren mit Blei gefüllt und die Beine mit Eisenspänen.

Eine Stufe hinauf und noch eine. Ab der vierten Stufe begann der Knick, aber die Tür konnte ich vorher schon sehen. Sie stand einen Spalt offen, ein dunkler Spalt, es brannte kein Licht im oberen Flur. Das gibt es doch nicht, er wird doch nicht im Dunkeln sitzen? Warum steht die Tür auf?

Es war gespenstisch, als ob ich nachts über einen Friedhof laufen sollte. Nein, es war schlimmer. Es war, als ob hinter dem dunklen Türspalt der Braune auf mich wartete, die Hand mit dem Hämmerchen schon erhoben.

Während ich noch überlegte, ob ich weiter hinaufgehen und vielleicht anklopfen sollte, ob ich überhaupt näher an den dunklen Spalt herangehen wollte – oder konnte! –, ging die Tür ganz von selbst weiter auf.

Gleichzeitig hörte ich ein Geräusch, nicht sehr laut, nur so ein leichtes Schaben. Es waren jedenfalls keine Schritte. Und dann stand Herr Genardy in dem dunklen Viereck.

Er schien mir viel größer als sonntags. Wahrscheinlich nur, weil ich zu ihm hinaufsehen musste. Er kam langsam die Treppe herunter und auf mich zu. Er trug eine braune Cordhose und ein dunkles Wollhemd. Und er lächelte. Ich konnte es deutlich sehen, obwohl sein Gesicht im Schatten lag. Und weil sein Gesicht im Schatten lag, wirkte sein Lächeln wie die Fratze eines Dämons. Ich hielt ganz unwillkürlich die Luft an, und ich glaube, mein Herz setzte für einen Moment aus.

Er zog die Tür hinter sich zu. Ich ging ganz automatisch rückwärts die paar Stufen wieder hinunter. Gelähmt vor Angst, oh ja, in dem Augenblick wusste ich, was das bedeutet. Da konnte der Verstand sich noch so viel Mühe geben.

Dann standen wir uns in der Diele gegenüber. Mein Herz pumpte einmal, überschlug sich im luftleeren Raum, pumpte wieder. Ich überlegte krampfhaft, was ich antworten sollte, wenn er mich fragte, was ich denn auf der Treppe gewollt hätte. Einen Blick in die Höhle des Löwen werfen, kleines Mädchen? Ein bisschen Pingpong mit dem eigenen Herzen spielen?

Aber er sagte nur: »Dann will ich mal wieder.«

Und er lächelte immer noch, im hellen Licht der Dielenlampe war es ein gütiges, ein verständnisvolles, ein fast besorgtes Lachern. »Ist Ihnen nicht gut, Frau Pelzer?«, fragte er.

Sollte ich nicken oder den Kopf schütteln? Wie beantwortet man so eine Frage, wenn man nicht reden kann? Und wenn man nicht zugeben will, dass das Herz irgendwo zwischen den Gedärmen schlägt? Jetzt reiß dich doch zusammen, Sigrid! Es ist alles in Ordnung. Frag ihn, was er da oben gemacht hat. Frag ihn einfach, ist doch logisch, dass dich das interessiert! Es kam nur eine Art Würgen. »Danke, mir geht es gut.«

Herr Genardy seufzte und zuckte mit den Achseln. »Ja, wenn Sie meinen. Ich muss wirklich los. Es ist spät geworden, so lange wollte ich gar nicht bleiben.«

Dann ging er zur Haustür. Ich stand da wie ein Ölgötze, bis ich den Motor hörte. Als das Motorgeräusch sich entfernte, holte ich meinen Schlüssel, steckte ihn ein und drehte ihn zweimal in der Haustür. Ich zog ihn auch wieder ab, das ging ganz automatisch.

Franz hatte damals darauf bestanden, den Schlüssel immer abzuziehen. Die Türfüllung war aus Glas. Sie war zwar von außen vergittert, aber man konnte mit der Hand durchgreifen. Franz hatte gesagt: »Da muss nur einer das Glas zerbrechen, hineinfassen und den Schlüssel drehen, dann ist er auch schon im Haus. Aber wenn der Schlüssel nicht steckt, hat er sich umsonst bemüht.«

Dann ging ich endlich in den Keller und füllte die Waschmaschine. Blieb gleich unten, wusch mich, putzte mir die Zähne. Es war immer noch ein beklemmendes Gefühl. Die Tür der Waschküche ließ sich nicht abschließen, es gab keinen Schlüssel mehr dazu. Den hatte Nicole vor drei Jahren aus dem Schloss gezogen und verschwinden lassen. Ich hatte danach gesucht und nichts gefunden, und es war damals nicht so wichtig gewesen. Frau Humperts war abends nie in den Keller gekommen. Die hatte tagsüber Zeit genug, sich um ihre Wäsche zu kümmern. Oft genug auch um meine.

Und Herr Genardy, sagte ich mir dann, hatte im Keller gar nichts verloren. Er wusste das und würde nicht herunterkommen. Er war ein höflicher Mensch mit guten Manieren. Außerdem war er gar nicht im Haus. Ich hatte ihn doch mit eigenen Augen hinausgehen sehen.

Aber er war da gewesen! Was hatte er denn gemacht die ganze Zeit, im Dunkeln und mit der offenen Tür? Ich hätte doch seine Schritte hören müssen, zumindest, als er zur Tür kam. Ich war doch nicht taub.

Ich zerbrach mir den Kopf über das Geräusch, das ich gehört hatte. Als ob jemand von einem Stuhl aufsteht. Im Geist sah ich ihn neben dem Türspalt sitzen, Stunde um Stunde hinunterhorchen. Es war Blödsinn, das wusste ich, aber ich kam nicht dagegen an und versuchte, mich abzulenken.

Ich blieb unten, bis die Waschmaschine fertig war. Verteilte die Sachen noch schnell auf dem kleinen Trockengestell. Ich vermisste das Handtuch, das Nicole sonntags mit ins Hallenbad genommen hatte. Sie hatte anscheinend vergessen, es aus der Badetasche zu nehmen. Ihr Bikini war auch nicht da. Manchmal war sie noch ein bisschen schlampig mit ihren Sachen. Ich hatte keine Lust, jetzt noch in ihrem Zimmer nach der Tasche zu suchen. Ich würde sie nur aufwecken.

Er hatte keine Jacke getragen, als er aus dem Haus ging. Auch keine Tasche bei sich gehabt, nur den Schlüsselbund in der Hand. Günther trug immer eine kleine schwarze Tasche bei sich, in der er die Wagenpapiere, seine Geldbörse und verschiedenen Kleinkram aufbewahrte.

Es war elf vorbei, als ich wieder hinaufging. Aus alter Gewohnheit drückte ich die Klinke an der Haustür. Abgeschlossen, natürlich abgeschlossen, hatte ich doch selbst getan. Dachte ich etwa, er wäre zurückgekommen, hätte sich heimlich wieder eingeschlichen? Natürlich nicht! Das alte Auto vor dem Haus war nicht mehr da. Natürlich nicht, ich hatte ihn doch wegfahren hören. Er war jetzt auf dem Weg zum Haus seines Sohnes, das einmal sein Haus gewesen war. Vielleicht war er schon angekommen.

Als ich mich hinlegte, war ich hundemüde. Als ich mich zudeckte, war ich hellwach. Mit einem Mal war es mir unangenehm, dass ich kein Nachthemd trug. Seit Franz tot war, trug ich keine mehr. Ich schlief oft so unruhig, dann schob sich der Stoff in Falten, und überall störte etwas. Mein Morgenrock hing wie immer griffbereit über dem Sessel neben der Couch.

Ich konnte nicht einschlafen, kam einfach nicht zur Ruhe. In meinem Kopf ging alles durcheinander. Kultiviert, den Ausdruck hatte meine Mutter benutzt. Ein kultivierter Mensch setzt sich nicht im Dunkeln auf einen Stuhl neben die offene Tür und horcht, was im Haus vorgeht.

Ich war noch immer nicht auf dem Friedhof gewesen. Ich hätte auch nicht hingehen können, nicht an so einem Tag. Nicht nach dem Gespräch mit Hedwig, wo ich plötzlich denken musste, es sei vielleicht besser, dass er da lag. Besser für ihn, weil er doch nie bekommen hatte, was er sich wünschte, immer nur einen Ersatz, mich. Weil er sich vielleicht auf Dauer damit nicht hätte begnügen können. Und wo lag Hedwigs Tochter jetzt?

Ein Donnerstag-Höschen.

Ihr Anorak im Flur. Den hat sie nicht angezogen. Sie kann nicht vorgehabt haben, weit vom Haus wegzugehen …

Vielleicht hatte Herr Genardy seine Jacke im Wagen gelassen, als sie von der Eisdiele zurückkamen. Oder mein plötzliches Erscheinen auf der Treppe hatte ihn daran gehindert, sie noch zu holen. Ich hätte ja bis ganz nach oben kommen, ich hätte ein paar dumme Fragen stellen können.

Ich hatte nicht einmal das Bedürfnis, die Augen zu schließen, die wanderten immer wieder zur Uhr hinüber. Fast schon halb zwölf. In sechs Stunden würde der Wecker klingeln, und dann wieder die Hetze. Hätte ich denn im Keller gehört, wenn er noch einmal zurückgekommen wäre? Wahrscheinlich nicht. Ich hatte ja die Tür zur Waschküche hinter mir geschlossen.

Ich wusste genau, dass ich mich nur selbst verrückt machte. Dass ich stattdessen dankbar und erleichtert hätte sein müssen. Der vierte Tag, ein neuer Mieter, hundert Mark mehr im Monat. Ich war nicht dankbar und auch nicht erleichtert.

Kurz vor zwölf stand ich auf, ging zur Tür und drehte den Schlüssel um. Ich fühlte mich dabei wieder wie ein Idiot, wie einer, der seinen eigenen Augen und Ohren nicht traut, aber danach schlief ich rasch ein.

3 Dienstags kam Hedwig tatsächlich zur Arbeit. Sie sah schlimm aus, ganz grau im Gesicht, übernächtigt und verweint. Ihre Haare hingen so strähnig, als hätte sie sie seit Tagen nicht mehr gewaschen. Dabei hatte sie immer so viel Wert auf ein gepflegtes Aussehen gelegt. Sie war nicht in der Lage, etwas Vernünftiges zu tun. Die meiste Zeit saß sie im Aufenthaltsraum und wartete nur darauf, dass sich jemand für ein paar Minuten zu ihr setzte.

Der Abteilungsleiter sprach mehrfach mit ihr, versuchte, ihr ein bisschen Mut zu machen. Das Kind würde sicher bald aufgegriffen. Hedwig regte sich darüber auf, weil er aufgegriffen sagte und nicht gefunden.

»Sie ist nicht weggelaufen«, erklärte Hedwig bestimmt, als ich Pause machte. »Sie ist schon sehr vernünftig auf ihre Art, fast ein bisschen gerissen, wenn du verstehst, was ich meine. Sie ist nicht schlecht, so meine ich das nicht. Aber sie hätte etwas mitgenommen, wenn sie weggelaufen wäre. Ihren Anorak und das Geld aus dem Schrank. Ich bin ganz sicher, dass sie das Geld genommen hätte. Sie weiß ganz genau, dass man ohne Geld nicht weit kommt.«

Ich wusste nicht, was ich ihr antworten sollte. Gestern Abend, erzählte sie weiter, sei noch einmal die Polizei bei ihr gewesen und jemand vom Jugendamt. Die von der Polizei seien ganz nett gewesen. Auch der vom Jugendamt hätte ihr nicht direkt Vorwürfe gemacht, aber doch durchblicken lassen, dass Nadine unter anderen Umständen wohlbehalten bei ihr im Zimmer sitzen würde.

Hedwig weinte fast, als sie weitersprach. »Die tun so, als hätte ich sie auf dem Gewissen, und sonst tun sie überhaupt nichts. Statt nach ihr zu suchen, laufen sie in der Gegend herum und befragen die Leute. Mit ihren Lehrern haben sie gesprochen, mit sämtlichen Leuten im Haus, natürlich mit meinen Schwiegereltern. Von allen haben sie nur das Gleiche gehört. Der Typ vom Jugendamt sagte, Nadine hätte ein Dutzend guter Gründe gehabt, wegzulaufen.«

Sie schaute mich an, als ob ich das Kind wieder herbeizaubern könne. Schluckte einmal trocken und atmete zitternd ein und aus. »Was hätte ich denn tun sollen, Sigrid? Ich konnte mich doch nicht auf meinen Hintern setzen und Gott einen guten Mann sein lassen. Ich hab's doch versucht. Ich bin ja zum Sozialamt gegangen. Ich hab denen gesagt, dass ich nur noch für halbe Tage arbeiten kann und dass wir davon nicht leben können. Und weißt du, was die mir gesagt haben? So einfach sei das nicht. Ich hätte ja auch bisher den ganzen Tag gearbeitet. Ich hätte es ja so lassen können, wie es war. Und ein elfjähriges Mädchen brauche keinen Wachhund mehr.«

Hedwig tat mir furchtbar Leid. Und die ganze Zeit über musste ich denken, dass Nicoles Wachhund ausgezogen war. Ich hatte sie vor lauter Herr Genardy gar nicht gefragt, ob sie montags tatsächlich nach der Schule zu meiner Mutter gegangen war. Aber ich musste wissen, ob sie mir gehorchte, jetzt, sofort, auf der Stelle. Ich wollte nicht eines Tages so sitzen müssen wie Hedwig und mich fragen, was mein Kind tagsüber gemacht hatte.

Meine Pause war noch nicht ganz vorbei. Ich nutzte die letzten Minuten, um bei meiner Mutter anzurufen. Sie war nicht daheim. Ich rief bei meiner Schwester an. Wie erwartet saß Mutter noch bei ihr.

»Jetzt reg dich nicht auf«, sagte Anke, »Nicole ist schon so vernünftig. Gestern kam sie zu mir, weil Mutter nicht daheim war. Ich habe ihr gesagt, dass sie am besten immer gleich zu mir kommt. Hat sie dir das denn nicht ausgerichtet?«

Kein Wort hatte Nicole davon verlauten lassen. Vermutlich war Herr Genardy interessanter gewesen. Anke lachte leise.

»Macht ja nichts. Da kenne ich noch andere, die ihn interessanter finden. Jetzt weißt du es jedenfalls. Sie kann bei mir essen und ihre Schularbeiten machen. Gestern hat das prima geklappt, ich musste ihr nicht einmal helfen. Noch bin ich daheim. Und ich bleibe auch kein Jahr in der Klinik. Sie war gestern bis kurz vor vier bei mir. Dann ist sie zu ihrer Freundin gegangen. Dagegen hast du ja wohl nichts. Sie ist ja auch sonst immer am Nachmittag zu den Kollings gegangen.«

War sie nicht, meist war Denise zu uns gekommen. Nicht zu uns, zu Nicole und Frau Humperts, wegen der kleinen Brüder, wegen des Vaters, der Schichtarbeit machte und oft tagsüber schlafen musste, und weil bei uns mehr Platz war.

Ich hatte bis dahin nicht daran gedacht, Anke zu fragen. Und ich hatte bestimmt nicht damit gerechnet, dass sie in ihrer Situation von sich aus ihre Hilfe anbot. Aber ich war sehr erleichtert, vor allem, weil bei Anke die Türklingel anschlug, noch während wir miteinander sprachen. Weil Anke anschließend sagte: »Ah, da ist sie ja. Willst du selbst mit ihr sprechen?«

Meine Erleichterung hielt nicht lange vor. Es war wie eine Wagenladung Steine, die mir jemand vor die Tür gekippt hatte. Ich sah einfach keinen Weg mehr ins Freie. Ich sah nur Hedwigs Gesicht, Nicole in ein altes, grünes Auto steigen, die leer geklopfte Scheibe der Uhr, einen dunklen Türspalt, Ungewissheit.

Als ich morgens zum Bus gelaufen war, hatte ich ein grünes Auto gesehen, in einer Querstraße, eingeparkt zwischen anderen Wagen, sodass es unmöglich war, einen Blick auf das Kennzeichen zu werfen. Ich hatte im Vorbeilaufen nicht einmal genau erkennen können, um welchen Typ es sich handelte. Und zuerst hatte ich dem Auto auch überhaupt keine Bedeutung beigemessen. Das kam erst, als ich im Zug saß. Und da kam es wie eine Gänsehaut.

Er ist zurückgekommen, während du in der Waschküche warst. Dafür kannst du deine Hand ins Feuer legen, Sigrid. Denk einmal nach! Es ist niemand gestorben, es ist nur einer gekommen. Und der kam am dritten Tag. Das hat nichts Gutes zu bedeuten. Da hast du dir was eingebrockt. Du hast dir nicht einmal seinen Personalausweis zeigen lassen. Du weißt überhaupt nicht, wer da bei dir einzieht – eingezogen ist, er hat gesagt, er wohnt jetzt bei uns.

Ich sagte mir unentwegt, dass ich in der Querstraße nur ein grünes Auto gesehen hatte, irgendein altes, grünes Auto. Von der Form her sahen sie doch fast alle gleich aus. Aber wenn ich nicht nur irgendein altes, grünes Auto gesehen hatte? Dann war er auch jetzt da! Und ich hatte die Wohnzimmertür nicht abgeschlossen. Das hatte ich noch nie gemacht, nicht mal, wenn Frau Humperts Besuch bekam und ich aus dem Haus ging.

Ich hätte das sonntags alles klären müssen. Mir seinen Personalausweis zeigen lassen, mir seine Anschrift notieren, ihn auf den nächsten Tag vertrösten. »Es tut mir sehr Leid, Herr Genardy, ich bin heute nicht in der Stimmung, Verträge abzuschließen.« Ich hätte auch sagen können: »Misch dich nicht in meine Angelegenheiten, Mutter.« Und dann zu ihm: »Ich hatte ausdrücklich ›alleinstehende, ältere Dame‹ in die Annonce setzen lassen, und ich hatte gute Gründe dafür.«

Das hatte ich nicht getan. Und jetzt konnte ich ihm kaum noch Vorschriften machen, wann er zu kommen oder zu gehen hatte. Dass er seine Tür schließen musste, wenn er da war. Oder dass er bis zehn Uhr in der Nacht in der Küche herumlaufen, dass er ein paar Mal zur Toilette gehen musste, damit ich ihn hörte.

Abends stand das grüne Auto wieder vor dem Haus, ein Kölner Kennzeichen, natürlich ein Kölner Kennzeichen. Frau Hofmeister fegte den Gehweg ab, das tat sie dreimal in der Woche. Als ich näher kam, sprach sie mich an.

»Da haben Sie aber Glück gehabt, was? Das ging ja schnell mit der Wohnung.«

Sie war neugierig, mit Frau Humperts hatte sie sich ausgezeichnet verstanden, oft nachmittags zusammengesessen, einen Kaffee getrunken, geplaudert. Frau Hofmeister hatte ebenso wie ich bedauert, dass Frau Humperts auszog. Jetzt interessierte sie sich verständlicherweise für den Nachfolger, Viel gesehen von Herrn Genardy hatte sie noch nicht.

Gestern sei er mit einem Leihwagen hier gewesen, sagte sie, einem kleinen Transporter. Er habe ein paar Sachen ins Haus getragen, alten Kram, ein Schränkchen und einen Sessel, ein paar Kartons, Tisch und Stühle. Dann sei er wieder gefahren.

»Was macht er denn beruflich? Er ist doch sicher noch nicht auf Rente, so alt sah er nicht aus.«

»Er ist bei der Post.«

»Aha«, meinte Frau Hofmeister nur, betrachtete das alte Auto mit einem undefinierbaren Blick. Dann wünschte sie mir noch einen schönen Abend. Ein Schränkchen, ein Sessel und ein paar Kartons. Oben war es so still wie am Abend zuvor. Kein einziger Schritt, kein Ton von einem Fernseher, nicht einmal ging die Wasserspülung der Toilette.

Aber Herr Genardy war da. Nicole hatte ihn in der Diele getroffen. Sie war angeblich nur ein paar Minuten vor mir heimgekommen. »Da kam er gerade die Treppe herunter. Wir haben uns ein bisschen unterhalten. Er hat mich gefragt, ob du immer so spät nach Hause kommst.«

Sie saß vor dem Fernseher, als ich hereinkam. Auf dem Tisch lag eins von ihren Schulheften. »Unterschreibst du mir die Mathearbeit?«, fragte sie, nachdem sie ihren kurzen Bericht beendet hatte, und starrte dabei wieder auf den Bildschirm.

Sie war irgendwie komisch. Vielleicht eine schlechte Note, dachte ich. Aber das war es nicht. Unter der Rechenarbeit stand ein fettes rotes Sehr gut und daneben am Rand zum Ansporn: »weiter so, Nicole«. Ich setzte meinen Namen darunter, obwohl es eigentlich nicht nötig war. Aber Nicole bestand darauf; die Lehrerin hätte gesagt, die Eltern müssten immer unterschreiben, sonst wüsste man ja nicht, ob sie es gesehen hätten.

Nachdem ich das Heft wieder zugeklappt hatte, lobte ich sie für die gute Note. Es perlte von ihr ab wie Regenwasser von einer Ölhaut. Immer noch so muffelig schaltete sie den Fernseher aus und ging mit mir in die Küche.

Zweimal stellte ich fest: »Du hast doch irgendwas?«

Aber erst kurz bevor sie ins Bett ging, rückte sie damit heraus. Sie war doch ein bisschen früher nach Hause gekommen als zuerst behauptet. »Aber nicht viel, Mama, ehrlich nicht, vielleicht eine Viertelstunde.«

Und sie hatte Herrn Genardy noch ein zweites Mal in der Diele getroffen, als sie mit einem Paket Milch aus dem Keller zurückkam. Auch da war er gerade die Treppe heruntergekommen. Er hatte sie gefragt, welche Sendung sie sich da anschaue, und gesagt, das sei aber keine Sendung für Kinder. Und es sei gar nicht gut, wenn Kinder zu viel fernsehen. Und ob die Mama davon wüsste.

»Bei Frau Humperts durfte ich die Aktuelle Stunde auch immer sehen. Frau Humperts hat gesagt, Kinder sollen ruhig mal einen Blick in die Nachrichten werfen, da wissen sie wenigstens, was in der Welt vorgeht. Er darf mir das doch nicht verbieten, Mama, oder? Ich meine, er hat mir doch gar nichts zu sagen, du bestimmst doch, was ich darf, oder?«

»Richtig«, antwortete ich, »das bestimme ich. Und solange du dir merkst, dass ich es bestimme, ist alles in Ordnung.«

Sie schaute mich an, als habe sie das nicht ganz verstanden. Aber ich sah an dem leichten Aufblitzen in ihren Augen, dass sie es sehr wohl verstanden hatte. Ich war in dem Moment sehr stolz auf sie, vielleicht auch ein bisschen amüsiert.

Ja, lieber Herr Genardy, es ist nicht so einfach mit meiner Tochter. Sie weiß genau, was sie will. Sie lässt sich längst nicht von jedem Vorschriften machen. Ich fürchte fast, Sie haben bei ihr bereits ausgespielt. Zumindest haben Sie sich einmal im Ton vergriffen. Und das wird sie Ihnen nicht so rasch verzeihen, lieber Herr Genardy.

Und er war nicht der Einzige gewesen, der an diesem Tag versucht hatte, ihr Vorschriften zu machen und deshalb bereits ausgespielt hatte. Anke hatte verlangt, sie solle ein bisschen länger bleiben, um mit Mara zu spielen, weil Anke zusammen mit Mutter in die Stadt gehen wollte.

»Ich bin aber da nicht das Kindermädchen«, maulte Nicole. »Das kannst du ihr ruhig sagen. Denise hat die ganze Zeit auf mich gewartet. Dabei hatte ich ihr versprochen, ihr bei dem Aufsatz zu helfen.«

Nicoles schlechte Laune war damit erklärt, der Rest nicht. Immer wieder ertappte ich mich dabei, dass ich zur Decke hinaufschaute, und immer bekam ich eine Gänsehaut. Ich fand das nicht normal, mit einem Menschen unter einem Dach zu leben und keinen Muckser von ihm zu hören.

Eigentlich hatte ich noch zu Anke gehen wollen, nachdem Nicole im Bett war. Noch einmal mit ihr über ihr Angebot reden, vor allem sicherstellen, dass Mutter nicht dazwischenfunkte. Und auch ein bisschen gutes Wetter für Nicole machen. Stattdessen saß ich den ganzen Abend nur da und horchte mit einem Ohr nach oben. Als ich mich kurz vor elf hinlegte, stand das Auto immer noch vor dem Haus.

4 Dann kam der Mittwoch. Ich hatte meinen freien Tag, stand um halb sieben mit Nicole auf. Als ich den Rollladen hochzog, war das Auto weg. Ich hatte nichts von Herrn Genardy gesehen oder gehört. Er musste sehr früh aus dem Haus gegangen und weggefahren sein.

Im Geist sah ich ihn auf Socken die Treppen hinunterschleichen, so richtig geduckt und im Dunkeln wie ein Dieb. Ich sah ihn vor meiner Tür stehen, mit einer Hand über der Klinke, noch unschlüssig, ob er über mich herfallen sollte oder nicht. Es war lächerlich. Aber ich wusste nicht, was ich denken sollte. Vielleicht ging es diesmal um mich selbst. Vielleicht war ich jetzt an der Reihe. Und der Braune räumte mir eine längere Gnadenfrist ein als den anderen. Der sechste Tag!

Ich räumte ein bisschen auf. Es ging ganz automatisch. Staubsaugen, Böden wischen. Die ganze Zeit hatte ich das Bedürfnis, nach dem dritten Wohnungsschlüssel zu suchen. Es fiel mir erst auf, als ich mich dabei erwischte, wie ich das gesamte Geschirr aus dem Schrank nahm, in jede Tasse schaute und sogar in der leeren Zuckerdose Staub wischte.

Verrückt, einfach verrückt. Aber ich konnte nichts dagegen

tun. Jetzt war er garantiert nicht da. Ich wollte doch nur wissen, was er da oben gemacht hatte, zwei Tage lang und mindestens eine Nacht.

Ich fand den Schlüssel nicht. Obwohl ich plötzlich meinte, dass ich mich genau erinnern könnte, wo ich ihn damals hingetan hatte. In das Holzkästchen, in dem ich seit Jahren alle möglichen Schlüssel aufbewahrte. Auch das Kästchen fand ich nicht gleich. Ich musste einen ganzen Haufen Wäsche aus dem Schrank nehmen, ehe ich es in der hintersten Ecke entdeckte.

Normalerweise stand es immer zwischen den Handtüchern und der Bettwäsche. Es musste mit der Zeit weiter nach hinten gerutscht sein. Ich hatte es ja lange nicht mehr in der Hand gehabt, immer nur die Wäsche weggenommen oder eingeräumt.

Als ich das Kästchen öffnete, musste ich heftig schlucken. Da lagen das leere Schlüsseletui, das Franz immer bei sich gehabt hatte – ich war immer noch nicht auf dem Friedhof gewesen –, die beiden Schlüssel für das Garagentor, der Ersatzschlüssel für die Außentür vom Keller, ein paar andere, von denen ich auf Anhieb gar nicht wusste, zu welchem Schloss sie gehörten. Und zwei kleine Schlüssel, die zu einer Geldkassette gehört hatten. Franz hatte darin das Bargeld und wichtige Papiere aufbewahrt. Ein handgeschriebenes Testament, von zwei seiner Brüder als Zeugen unterzeichnet.

Im Vollbesitz meiner geistigen und körperlichen Kräfte vermache ich meinen gesamten Besitz meiner Frau Sigrid und meiner Tochter Nicole. Und dann noch ein Schlusssatz: *Ich wünsche dir viel Glück, mein kleines Mädchen.*

Den Umschlag hatte ich gefunden, da war Franz schon drei Monate tot. Ich wünsche dir viel Glück. Die Kassette existierte längst nicht mehr. Nicole hatte eine Weile Büro damit gespielt, sie irgendwann mit zu Denise genommen und dort vergessen. Dann hatten die kleinen Brüder sie im Garten vergraben.

Ein kleiner Berg an Erinnerungen. Ich stellte das Kästchen zurück und räumte die Wäsche wieder ein. Der Schlüssel? Knapp sechs Jahre sind eine lange Zeit. Vielleicht hatte Nicole irgendwann mit dem Kästchen gespielt und ihn herausgenommen. Dann konnte er jetzt überall sein.

Gleich nach Mittag machte ich zusammen mit Nicole Einkäufe. Ich konnte zwar die Lebensmittel von der Arbeit mitbringen, bekam darauf Personalrabatt. Aber es war viel Schlepperei, da machte ich lieber an meinem freien Tag eine Art Großeinkauf in der Stadt.

Nicole schob den Wagen zwischen den Regalreihen durch, erzählte von Denise und von dem Jungen, der am Nebentisch saß und nicht so gut rechnen konnte. Sie fand ihn sehr nett und hatte ihm die Ergebnisse auf ein Zettelchen geschrieben, ganz heimlich natürlich, damit die Lehrerin es nicht sah. Und wie der Junge geguckt hatte und gelacht und sich bedankt, später, nach der Mathestunde. Und ein Kind aus der Parallelklasse bekam jetzt Reitstunden.

»Warum kaufen wir uns nicht ein Los von der Klassenlotterie?«, fragte sie, als wir wieder auf der Straße standen. »Das kostet nur fünf Mark. Und dann bekommen wir jeden Monat sechstausend Mark oder eine Million auf einen Haufen, wenn wir gewinnen. Im Fernsehen zeigen sie es immer. Dann könnte ich ein eigenes Pferd haben.«

»Wenn wir gewinnen«, sagte ich. »Wir gewinnen nie.«

Wir gingen bei Anke vorbei. Ich hatte Nicole versprochen, dass ich mit Anke reden würde. Essen und Schularbeiten machen ja, aber nicht das Kindermädchen für Mara spielen müssen. Anke war nicht daheim. Also gingen wir zu meiner Mutter. Nur Mara war bei ihr.

Mutter erklärte kurz, dass Anke und Norbert nach Köln

gefahren seien, um noch ein paar Einkäufe fürs Baby zu machen. Und wir saßen noch nicht ganz, da sagte Mutter bereits: »Ich weiß nicht, wie du dir das vorstellst, Sigrid. Es ist zwar gut gemeint von Anke, aber findest du nicht auch, sie hätte mit demnächst zwei kleinen Kindern genug zu tun?«

»Sie hat es von sich aus vorgeschlagen«, widersprach ich.

Mutter winkte ab. »Jetzt verdreh nicht die Tatsachen. Was hätte sie denn tun sollen, als das Kind da plötzlich vor ihrer Tür stand? Du kennst Anke. Sie ist immer viel zu gutmütig. Sie hat gar nicht überlegt, worauf sie sich einlässt. Und von sich aus wird sie nicht mehr sagen, dass es nicht geht. Jetzt hoffe ich nur, dass du genug Anstand hast.«

Mutter sprach fast ohne Pause weiter. Nicole stand dabei, schaute von ihr zu mir und wieder zu ihr, das Gesicht ganz unbeteiligt.

»Warum soll das Kind nicht mal einen Nachmittag allein sein können? Es ist doch nun wirklich alt genug, und vernünftig ist es auch.«

Warum sagte sie nur immer »das Kind«? Sie vermied es, Nicoles Namen auszusprechen, als ginge sie damit bereits eine Verpflichtung ein.

»Ich kann ja ab und zu mal nach dem Rechten sehen«, fuhr Mutter fort, »dagegen habe ich nichts. Aber es wird ja wohl möglich sein, für mittags irgendwas vorzubereiten. Außerdem kochst du ja abends, da bekommt es doch seine warme Mahlzeit.«

Ja, mal eine Dosensuppe, mal eine Pizza oder einfach ein Wurstbrot, weil ich immer erst so spät heimkam. Aber es hatte überhaupt keinen Sinn. Mutter war wütend. Mutter war immer wütend auf mich. Und nicht einmal sie selbst wusste, warum. Mit ihrem Vortrag war sie erst einmal fertig. Sie wechselte das Thema, wollte wissen, ob es stimme, was Nicole erzählt hatte, dass Herr Genardy schon eingezogen sei.

Ich zuckte mit den Schultern. Als ich dann jedoch meinte, mir käme das nicht ganz geheuer vor. Das alte Auto und so holterdiepolter in eine Wohnung einziehen, die er erst am Vortag gemietet hatte. Die Stille, der dunkle Türspalt. Und dass ich so ein beklemmendes Gefühl gehabt hätte, als ich unter der Dusche stand. Da regte Mutter sich darüber auf.

»Was soll das denn heißen? Du bildest dir doch nicht etwa ein, dass er irgendwelche Absichten hätte? Überleg mal, was du da sagst! Hat Herr Genardy dir einen Anlass gegeben zu solch einer Unterstellung? Sei doch froh, dass er nicht über deinem Kopf herumtrampelt.«

In der Art ging es noch eine gute Viertelstunde weiter. Wenn Frau Hofmeister ein Schränkchen, einen Tisch und einen Sessel als alten Kram bezeichnet hatte, konnte es sich nur um Antiquitäten handeln. Und dass ein Beamter in leitender Position sich nicht scheute, eigenhändig ein paar kostbare Möbelstücke auf einen Leihtransporter zu verladen, bewies nur, dass er sein Geld nicht zum Fenster hinauswarf. Und wenn er seine Tür nicht hinter sich schloss, war er gewiss kein misstrauischer Mensch, im Gegensatz zu mir. Aber ich war ja schon immer ein komischer Mensch gewesen, ein unmögliches Kind.

Um vier Uhr standen wir endlich wieder auf der Straße. Nicole betrachtete mich verstohlen von der Seite. Sie schien mit sich zu kämpfen. Plötzlich sagte sie: »Der eine Stuhl war aber kaputt. Im Sitzpolster war ein langer Riss, der war nur mit ein bisschen Klebeband geflickt.«

»Woher weißt du das? Ich denke, du hast nicht gesehen, wie er die Sachen ins Haus trug.«

»Hab ich auch nicht.« Sie senkte den Kopf und schabte mit einer Schuhspitze über den Boden. »Als ich gestern reinkam, kam Herr Genardy gerade die Treppe runter. Dann ging er raus zu seinem Auto. Da bin ich mal eben raufgegangen. Nicht bis ganz oben.« Zur Bekräftigung schüttelte sie heftig den Kopf. »Er hatte seine Tür aufgelassen, und der Stuhl stand direkt vor der Tür.«

»Wenn du den Riss in der Sitzfläche gesehen hast«, sagte ich, »dann warst du ganz oben. Tu das nicht noch mal.«

»Er hat mich doch nicht gesehen«, erklärte sie trotzig. »Ehe er zurückkam, war ich längst wieder in unserem Wohnzimmer. Er hat nämlich die ganze Zeit sein Auto sauber gemacht, mit einer Bürste, aber nur innen.«

Dann wechselte sie sicherheitshalber das Thema. »Du hättest Oma besser von dem Kind aus Köln erzählt. Da hätte sie bestimmt den Mund gehalten. Günther hat gesagt, die Mutter von dem Kind arbeitet auch den ganzen Tag, und sie arbeitet bei dir.«

»Ja«, sagte ich nur.

Nicole schaute treuherzig zu mir hoch. »Du musst dir keine Sorgen machen. Ich passe auf«, versprach sie. »Ich gehe auch nie mit einem mit. Und wenn mir einer was schenken will, dann nehme ich das nicht. Herr Genardy wollte mir gestern eine Dose Fanta schenken, als ich mit der Milch aus dem Keller kam. Da meinte er, wenn man richtig Durst hat, geht der von Milch doch nicht weg. Ich habe die Dose aber nicht genommen. Ich habe gesagt, von Limonade kriegt man schlechte Zähne. Ich trinke nur Saft und Milch.«

Wahrscheinlich war sie beleidigt gewesen, weil er ihr zusätzlich einen Vortrag übers Fernsehen gehalten hatte.

»Gut«, sagte ich.

Sie wollte zu Denise, ich musste endlich zum Friedhof. Da blieb ich bis kurz vor fünf, stand einfach nur da. Mir war danach zu weinen, nicht einmal das konnte ich. Und mit Franz reden, wie ich es sonst immer getan hatte – was hätte ich ihm denn noch sagen sollen?

5 Ich ging heim und putzte das Fenster in Nicoles Zimmer. Damit war ich noch beschäftigt, als Herr Genardy in seinem alten Auto vorfuhr. Obwohl ich inzwischen genau wusste, dass es sein Auto war, versetzte es mir einen Schock, als ich ihn aussteigen sah. Als er aufs Haus zukam, hätte ich am liebsten laut geschrien.

Herr Genardy dagegen schien hocherfreut, mich zu sehen. Er hob die Hand und winkte mir zu, lächelte freundlich dabei. Ich konnte ihn nur anstarren.

Er trug einen Blaumann. Eine von diesen blauen Arbeitshosen mit Brustlatz und Trägern. Darunter ein kariertes Hemd. Es war ein dunkles Hemd, aber sauber war es nicht. In der Hand hielt er eine alte, abgegriffene, braune Aktentasche. Mit solch einem Ding war auch Franz zur Arbeit gefahren, vor endlosen Jahren. Die Arbeitshose, bei Franz waren die Hosen weiß gewesen. Es machte keinen Unterschied, es war fast, als käme Franz zurück.

Herr Genardy kam ins Haus und klopfte an die Tür von Nicoles Zimmer. Aber er kam nicht herein, selbst dann nicht, als ich ihn dazu aufforderte. Ich musste vom Stuhl steigen, zur Tür gehen. Dabei konnte ich mich im ersten Moment gar nicht rühren. Aber Herr Genardy war sehr nett und geduldig. Er erkundigte sich zuerst wieder, ob mir nicht gut sei. Meinte gleich anschließend, dass er dann lieber ein andermal mit mir reden würde.

Ich sagte: »Nein, es geht schon. Ich bin in Ordnung.«

Da wiegte er bedächtig den Kopf hin und her. »Na, ich weiß nicht. Sie sind sehr blass, das fiel mir am Montag schon auf. Aber da dachte ich noch, es liegt vielleicht am Lampenlicht.«

Er lächelte beruhigend, meinte beinahe scherzhaft: »Vielleicht sind Sie nur ein wenig überarbeitet. Sie kommen immer sehr spät heim, nicht wahr?«

Ich kam nicht dazu, ihm zu antworten. Er sprach gleich weiter: »Viele junge Frauen sind heutzutage einer so großen Belastung ausgesetzt, Haushalt, Beruf, Kind. Ich sehe das oft bei jungen Kolleginnen, wie sie sich völlig aufreiben. Ihre Tochter erzählte mir, Sie sind schon seit sechs Jahren Witwe und kommen ganz allein für das alles hier auf.« Dabei zeigte er in einer großartigen Geste durch die Diele.

»Ich bin wirklich in Ordnung«, wiederholte ich und biss die Zähne zusammen. Daraufhin kam Herr Genardy zur Sache. Er wollte mit mir nur über die Garage sprechen. Wozu brauchte er eine für die alte Kiste? Die würde den nächsten Winter kaum überstehen, auch nicht in einer Garage. Höherer Beamter bei der Post! Ein Kavalier alter Schule mit erstklassigen Manieren und einer abgewetzten Aktentasche in der Hand.

Und ich hätte schwören können, dass sich darin eine Thermoskanne mit einem Restchen Milchkaffee befand. Aber ich hatte nichts dagegen, ihm die Garage auch noch zu vermieten. Er war bereit, mir monatlich fünfzig Mark dafür zu zahlen.

Inzwischen war ich fast wieder normal, jedenfalls konnte ich wieder klar denken. Irgendwie war es beruhigend, mit ihm zu reden, nicht nur wegen der fünfzig Mark. Er hatte etwas an sich, eine Ausstrahlung, so nennt man das wohl, eine beruhigende Ausstrahlung. Franz hatte das auch immer gekonnt, mich mit ein paar Worten, mit dem Tonfall seiner Stimme und mit seinem Gesichtsausdruck aus den schlimmen Fantasien reißen.

Ich wollte mit Herrn Genardy ins Wohnzimmer gehen und das mit der Garage schriftlich festhalten. Aber er meinte, das könnten wir doch formlos machen oder später einmal. So lange wolle er mich gar nicht aufhalten. Als er bemerkte, dass ich einmal kurz zum Fenster hinschaute, lächelte er wieder, es wirkte ein bisschen spöttisch.

»Ich sehe, Sie wundern sich über meinen Wagen«, sagte er. Auch seine Stimme klang spöttisch oder eher amüsiert. »Da sind Sie nicht die Einzige, die sich darüber wundert. Mein Sohn schlägt mir mindestens einmal in der Woche vor, mir endlich einen Neuwagen zuzulegen. Man müsse sich ja schämen, sagt er immer, wenn die Kiste vor der Tür steht. Aber für mich ist es keine Kiste.«

Dann erklärte er mir, das alte Auto bedeute ihm sehr viel. Er habe diesen Wagen schon gefahren, lange bevor seine Frau erkrankt sei. Sie hätten darin so manche herrliche Urlaubsreise angetreten. Er könne sich einfach nicht davon trennen, weil so viele schöne Erinnerungen damit verbunden seien.

Ich nickte nur. Vielleicht bewunderte ich ihn auch ein klein wenig, weil er es geschafft hatte, sich nur die schönen Erinnerungen zu bewahren. Während er sprach, schaute Herr Genardy unentwegt über meine Schulter. Schließlich stellte er fest, dies sei gewiss das Zimmer meiner kleinen Tochter und dass ich ja sonntags gar nicht erwähnt hätte, in welch reizender Gesellschaft er hier leben würde.

Eine hübsche junge Frau und ein so wohlerzogenes Kind. Er habe sich gestern ein paar Minuten lang mit meiner Tochter unterhalten und sei aus dem Staunen gar nicht herausgekommen. Allein die Ausdrucksweise und so selbstbewusst. Und so bescheiden, das habe er schon montags festgestellt, als er Nicole und ihre kleine Freundin in die Eisdiele eingeladen habe.

»Sie hat mir davon erzählt«, sagte ich.

Herr Genardy nickte, lächelte weiter. »Das dachte ich mir. Wenn man mit einem Kind seit so langen Jahren alleine lebt, muss sich zwangsläufig ein ganz besonderes Vertrauensverhältnis aufgebaut haben. Aber das klang ja jetzt fast, als seien Sie nicht ganz einverstanden gewesen«, meinte er. »Ich gebe zu, ich war da wohl etwas voreilig. Aber als ich die Kinder auf der Terrasse spielen sah ...«

Er brach ab, legte den Kopf ein wenig zur Seite, sein Lächeln bekam einen Hauch von Wehmütigkeit. »Es ist nicht ganz einfach für mich«, seufzte er, »ich bin es gewohnt, Kinder um mich zu haben. Wissen Sie, ich war wirklich ein klein wenig erleichtert, als ich Ihre Tochter sah. Ein Haus ohne Kinder, das lebt gar nicht richtig. Da habe ich ganz spontan die Einladung ausgesprochen. Mir ist nicht der Gedanke gekommen, dass ich erst Ihr Einverständnis einholen müsste. Ich hoffe, Sie nehmen es mir nicht übel.«

»Nein«, sagte ich, und in dem Moment meinte ich es auch so. Und er meinte, ich könne stolz sein auf meine Tochter, vor allem deshalb stolz, weil ich sie doch allein erzogen hätte, neben Beruf und Haushalt. Er hoffe nur, dass seine Enkelkinder eines Tages genauso sein würden, so offen und ohne falsche Scheu, dabei jedoch durchaus zurückhaltend einem Fremden gegenüber und auch nicht darauf aus, alles haben zu müssen.

Ich hätte ihm sagen müssen, dass es nicht mein Verdienst war, sondern einzig und allein das von Frau Humperts. Aber dann dachte ich, dass es ihn nichts anging, dass er doch nur mein Mieter war, kein Mensch, dem ich irgendwie Rechenschaft schuldete.

Bevor er zur Treppe ging, erklärte er mir noch, was mich am meisten interessierte. Warum er gleich montags eingezogen war.

»Ich hatte mir das ein wenig anders vorgestellt«, sagte er lachend, »aber ich habe ja noch Glück gehabt. Zwei Malerbetriebe wollten mir einen Termin geben, da wäre ich zu Weihnachten noch mit dem Umzug beschäftigt gewesen. Der dritte war bereit, die Arbeit sofort in Angriff zu nehmen. Und wenn man sich einmal für eine Sache entschieden hat, sollte man sie nicht zu lange hinauszögern. Die Maler kamen gleich gestern früh, da waren Sie schon aus dem Haus. Leider sind sie nicht ganz fertig geworden. Sie wollten natürlich heute weitermachen. Aber Sie wissen vielleicht, wie das ist, wenn man nicht persönlich dabeisteht. Und mehr als zwei freie Tage konnte ich zurzeit nicht mit meinem Dienst vereinbaren. Na, es macht nichts«, er winkte ab. »Die gröbste Arbeit ist erledigt, mit dem Rest muss ich mich jetzt selbst auseinander setzen.«

Endlich setzte er den ersten Fuß auf die unterste Treppenstufe und seufzte. »Ich habe mich gleich Montag behelfsmäßig eingerichtet. So kann ich nach Feierabend ein wenig für Ordnung sorgen. Fragen Sie mich nicht, was für einen Dreck sie mir hinterlassen haben.«

Dann hörte ich ihn zum ersten Mal oben hin und her laufen, einfach immer nur hin und her, als ob er nervös wäre und nicht stillsitzen könnte. Er räumte wahrscheinlich nur den Dreck weg, von dem er gesprochen hatte. Es waren andere Schritte als die von Frau Humperts, und trotzdem war es vertraut. Es war sogar ein bisschen beruhigend. Und aufdringlich war er nun wahrhaftig nicht. Verständnisvoll und großzügig war er, fand ich. Fünfzig Mark für die Garage, hundert Mark mehr für die Wohnung.

Nachdem ich das Putzwasser ausgekippt hatte, ging ich noch einmal in die Stadt und kaufte für Nicole einen hübschen Pullover. Vorne auf der Brust war ein brauner Pferdekopf aufgestickt. Als Nicole kurz vor sieben heimkam, wurde sie ganz närrisch. Sie fiel mir um den Hals.

»Den ziehe ich morgen zur Schule an, darf ich?«

Sie zog ihn gleich an, nicht erst am nächsten Morgen. Wenn es nach ihr gegangen wäre, hätte sie darin geschlafen. Ich musste sie förmlich dazu überreden, den Schlafanzug anzuziehen. Als sie dann endlich im Bett lag, setzte ich mich vor den Fernseher.

Es lief eine Sendung über Politik. Ich konnte mich nicht darauf konzentrieren, dachte die ganze Zeit über Mutters Gezeter nach und war überzeugt, dass sie so lange auf Anke einreden würde, bis die ihr Angebot zurückzog. Darauf wollte ich nicht warten.

Es ging schon auf neun zu. Aber es war wohl noch nicht zu spät für einen kurzen Besuch. Ich schloss die Wohnzimmertür hinter mir ab, als ich in die Diele trat. Dabei kam ich mir richtig schäbig vor. Herr Genardy war so nett, und ich benahm mich wie eine misstrauische Ziege. Dabei war bei mir wahrhaftig nichts zu holen.

Ich schaute noch rasch zu Nicole ins Zimmer, wollte ihr sagen, dass ich für eine halbe Stunde zu Anke ging. Aber sie schlief bereits. Der Pullover lag neben ihrem Gesicht auf dem Kopfkissen. Es sah aus, als habe sie ihre Wange an den Pferdekopf gelehnt.

6

Bis nach zehn blieb ich bei Anke, obwohl ich eigentlich schon nach einer Viertelstunde wieder hatte gehen wollen. Es gab nichts zu klären oder zu besprechen. Anke blieb bei dem, was sie mir am Telefon gesagt hatte. Dass Nicole jederzeit nach der Schule zu ihr kommen könne, in den Schulferien auch morgens schon. Ganz egal, ob Mutter sich darüber mokierte oder nicht. Und dass Nicole ihren eigenen Kopf hatte, darüber lachte Anke nur. »Ich werde schon mit ihr fertig. Da mach dir nur keine Sorgen.«

Ich machte mir aber Sorgen. Ich kam einfach nicht zur Ruhe. Es war, als ob ich mich geteilt hätte. Und die eine Hälfte sprach unentwegt auf die andere ein, versuchte, sie zu beschwichtigen. Jetzt reg dich nicht auf, es ist nichts da, worüber du dich aufregen müsstest. Es war eine Menge da, eine offene Rechnung, eine zerschlagene Uhr. Und der Tod, der dazugehörte, stand noch aus.

Für die Zeit, die sie nach der Geburt im Krankenhaus liegen müsse, meinte Anke, solle ich vielleicht mit Frau Kolling reden. Auf Mutter sei kein Verlass. Wir waren allein, Norbert war zu einem Vereinsabend gegangen.

Als ich mich gleich wieder verabschieden wollte, bat Anke: »Bleib doch noch ein bisschen, sonst komme ich vor Langeweile um. Und wir haben nun wirklich nicht oft Gelegenheit, uns zu unterhalten.« Dabei zwinkerte sie mir zu, und damit war schon klar, worum die Unterhaltung sich drehen sollte, Mutter oder Männer.

»Nicole weiß nicht, wo ich bin«, sagte ich, »wenn sie aufwacht …«

Sie war einmal aufgewacht, da war ich auch bei Anke gewesen. An einem Samstagabend. Anke lebte zu der Zeit noch bei Mutter, aber Mutter war an dem Abend nicht da. Franz war auch nicht da, als ich aus dem Haus ging. Er hatte einen Neubau übernommen, in dem er nach Feierabend das Bad, einen Kellerraum und die Terrasse fliesen sollte. Arbeit für ein paar Wochenenden. Er hatte mir gesagt, es könne sehr spät werden. Und ich hatte gesagt: »Dann geh ich zu Anke. Du hast doch nichts dagegen? Nicole schläft ganz fest.« Zu der Zeit schlief sie nachts schon durch.

Anke erzählte von den Einkäufen, die sie nachmittags gemacht hatten, von dem Verkehr in Köln. Kein Durchkommen, sagte sie. Ich konnte mich nicht darauf konzentrieren. Ich sah mich wieder mit ihr sitzen, damals, da war ich auch unruhig geworden, ganz plötzlich.

Man lässt ein Baby nicht allein. Es könnte aufwachen und weinen. Nicole war seit Monaten nachts nicht mehr aufgewacht. Aber man sagt einem Mann nicht, dass man aus dem Haus geht und ein kleines Mädchen allein darin zurücklässt, wenn man weiß, dass der Mann kleine Mädchen mag. Aber Franz doch nicht. Der würde sich doch nie an einem Kind vergreifen. Eher würde er sich die Hände abhacken. Würde er?

Ich lief heim und sah schon von weitem unser Auto vor dem Haus stehen. Franz war im Kinderzimmer. Er hatte geduscht, trug nur eine Unterhose, sein Rücken war noch feucht. Er stand vor der Wickelkommode. Nicole war neun Monate alt. Sie lag auf der Kommode. Und die Cremedose stand daneben, sie war offen.

Franz drehte sich zur Tür, als ich hereinkam. Er hatte ihr anscheinend gerade den Strampelanzug übergezogen, war dabei, den Reißverschluss hochzuziehen. Er schaute mir ins Gesicht, nur einen winzigen, flüchtigen Moment lang.

Da war so ein trauriger Ausdruck in seinen Augen. Fast etwas wie Verzweiflung. Er senkte den Kopf auch gleich wieder, nahm Nicole auf den Arm und trug sie zum Bettchen. Und so, mit dem Rücken zu mir, erklärte er: »Sie hat geweint. Ich war gerade im Badezimmer, sonst hätte ich es nicht gehört. Ich dachte, sie hat in die Windeln gemacht.«

Ich ging zur Kommode und schraubte die Cremedose zu. Die feuchte Windel lag auf dem Boden. Ansehen konnte ich Franz nicht. In der Creme waren seine Finger eingedrückt, große Dellen. Und ich fühlte den Finger in mir, wie er ihn hin und her bewegte. Es begann plötzlich zu brennen. Dafür reichte wohl schon die Erinnerung. Die Seifenreste unter seinen Fingernägeln. »Soll ich jetzt baden?«, fragte ich.

Franz war bereits auf dem Weg zur Tür. Aus den Augenwinkeln sah ich, dass er den Kopf schüttelte. »Heute nicht, Siggi, ich bin zu müde.«

»Ich möchte aber«, sagte ich, »heute ist doch Samstag. Und letzte Woche haben wir es auch nicht gemacht.«

Franz blieb bei der Tür stehen. Er lächelte, aber es war

ganz bitter. »Lass nur, Siggi, ich bin wirklich müde. Nächste Woche vielleicht.«

»Nicole ist doch kein Baby mehr«, sagte Anke in meine Gedanken hinein. »Wenn sie aufwacht, geht sie aufs Klo, legt sich wieder hin und schläft weiter.«

Es war das gleiche Gefühl wie damals, Ohnmacht, Misstrauen, diese entsetzliche Hilflosigkeit und die Furcht. Nur wusste ich jetzt nicht, vor wem ich mich fürchten sollte. Damals hatte ich es gewusst. Da hatte ich mich unentwegt fragen können: Was hat er mit ihr gemacht? Sie ist doch noch ein Baby.

Die ganze Nacht hatte ich wach gelegen und Franz auch. Ich horchte nach nebenan, ob Nicole vielleicht weinte. Und ich sagte mir unentwegt: Eingecremt, er hat sie doch nur eingecremt, damit sie nicht wund wird.

Nebenan blieb es still, nur Franz wälzte sich von einer Seite auf die andere. Nicole weinte erst am nächsten Morgen zur gewohnten Zeit und auch nur nach der Flasche. Als ich an ihr Bett trat, lachte sie mich an, reckte mir die Arme entgegen. Ich gab ihr die Flasche. Und als ich ihr die Windeln öffnete, da zitterten mir die Finger. Er hat sie doch nur eingecremt, er hat ihr nichts getan. Er könnte ihr nie etwas tun. Er liebt sie doch.

Ihre Windel war nass, nur nass! Blutspuren gab es nicht darin. Und meine Finger zitterten immer noch. Ohnmacht und Scham. Ob ich mir irgendwann Windeln anziehen musste? Glatt rasiert und eingecremt, um mit der Angst fertig zu werden.

Anke war längst bei Mutter angelangt und kam darüber auf Herrn Genardy zu sprechen. Sie wusste bereits alles, was man über ihn wissen konnte, und war auch der Meinung, dass ich froh sein müsse, weil ich so rasch einen Nachmieter gefunden hatte, der noch dazu mehr zahlte. Anke wunderte sich allerdings, dass er jetzt selbst mit der Renovierung weitermachen wollte.

»Solche Typen haben doch meist zwei linke Hände«, meinte sie, »der muss es ja sehr eilig haben.«

Das hatte ich auch. Ich konnte nicht mehr sitzen. Es waren nicht einfach nur Gedanken, es waren Erinnerungen. Es juckte entsetzlich. Es hatte immer entsetzlich gejuckt, wenn die Härchen nachwuchsen.

Man kratzt sich nicht zwischen den Beinen! Das gehört sich nicht! Man rasiert sich eben wieder. Man weiß doch, dass er es so braucht, glatte Haut und die Illusion. Und wenn man sich beim Frauenarzt zu Tode schämt, weil man denkt, es müsse einem auf der Stirn geschrieben stehen, warum da unten alles blank ist, man tut es immer wieder. Man tut viel für sein Kind, man zerreißt sich, wenn es sein muss. Man läuft vor der Angst her, schnell und immer schneller, damit sie einen nicht überholt. Man beugt allen Eventualitäten vor, man liebt ihn doch. Ihn und das Kind. Man will nicht, dass er sich unglücklich macht, sich und das Kind. Und das Kind muss man zusätzlich schützen.

Seit damals hatte ich keinen Rasierer mehr in die Hand genommen. Für die Beine und die Achseln benutzte ich eine Enthaarungscreme. Aber die Angst war geblieben. Jeder Mann war ein Feind! Norbert war die einzige Ausnahme. Aber er war für mich kein Mann, er war nur mein Schwager. Und Günther?

Günther war ein Mann, was war denn so anders an ihm? Es stand keinem auf der Stirn geschrieben, und Gedanken lesen konnte ich nicht. Nur fühlen, immer nur fühlen. Und kratzen, es ging nicht anders. Ich musste heim. Ich musste unter die Dusche, damit es aufhörte.

Anke lachte mich aus. »Du bist ein nervöses Huhn. Du solltest das Geld, das er dir für die Garage zahlen will, erst mal in Baldrian investieren.«

Sie kam wieder auf Mutter zurück, vielmehr auf Mutters

Schwärmerei für Herrn Genardy. Zwinkerte mir zu. »Vielleicht haben wir Glück und bringen sie noch einmal gut unter die Haube. Das wäre doch was. Da müsste sie nicht ständig ihren Frust bei mir absitzen.«

Und ich saß wie auf glühenden Kohlen. Es war unerträglich. Zuerst scherzte Anke noch: »Erwartest du noch Besuch heute Abend?« Dann meinte sie: »Vielleicht hast du eine Allergie.« Sie erzählte, dass sie selbst einmal eine Waschlotion benutzt hatte, die auch einen so unerträglichen Juckreiz auslöste. Und endlich stemmte sie sich aus ihrem Sessel. »Na, geh heim und wasch das Zeug ab.«

Dann brachte sie mich zur Tür. Bis zur Ecke lief ich, kratzte verstohlen mit der Hand in der Manteltasche. Die Fußgängerampel an der Kreuzung war rot. Ich konnte auch nicht einfach über die Straße laufen, es war noch viel Verkehr.

Während ich warten musste, ließ der Juckreiz nach. So plötzlich wie es angefangen hatte, ging es auch wieder vorbei. Das letzte Stück ging ich langsam und kam dabei zur Ruhe. Die Luft war herrlich, sehr kühl und ganz klar. Mein Kopf klärte sich auch wieder. Es waren vielleicht nur die Erinnerungen, die mir so zu schaffen machten. Aber Franz war tot. Mein lieber, guter, mein geduldiger, sich selbst verleugnender Franz. Warum wurden Männer so?

Ich schaute noch in Nicoles Zimmer. Sie schlief fest. Ihre Decke war bis ans Fußende zurückgeschlagen. Das Oberteil ihres Schlafanzugs kringelte sich unter ihren Armen. Ihr Rücken war ganz kalt. Als ich die Schlafanzugjacke hinunterzog und ihr die Decke über die Schultern legte, schlug sie nach mir und murmelte: »Geh weg, du Schwein, das sag ich deiner Mutter.«

Jedes Wort war deutlich zu verstehen, offenbar träumte sie. Sie drehte sich auf die andere Seite, mit dem Gesicht zu mir. Ich zog die Decke noch ein bisschen höher und nahm den Pullover unter ihrem Kopf fort. Da, wo Nicole mit dem Gesicht darauf gelegen hatte, war er feucht und klebrig. Ihr Kinn und die Wange waren auch feucht. Sie hatte im Schlaf wohl ein bisschen gesabbert. Ich wischte ihr das Kinn mit der Hand ab, und Nicole seufzte im Schlaf.

7 Donnerstags rief ich in der Mittagspause noch einmal bei Günther an. Ich wollte endlich mit ihm über meinen neuen Mieter reden und kam auch diesmal nicht dazu. Wir sprachen nur über Nadine Otten. Hedwig hatte den Dienstag und den Mittwoch durchgehalten, donnerstags fehlte sie wieder.

Der Abteilungsleiter erklärte im Laufe des Vormittags mit düsterer Miene, sie sei entschuldigt, kein Wort mehr. Von Günther erfuhr ich den Grund. Man hatte Hedwigs Tochter gegen sechs Uhr am Morgen gefunden. In einer Gartenanlage am Stadtrand, in einer Laube, tot.

Viel mehr wusste Günther noch nicht. Er hatte es selbst gerade erst von einem jungen Kollegen erfahren und war auf dem Weg in die Redaktion. Mein Anruf hatte ihn von der Tür zurückgeholt. Günther versprach mir, abends kurz vorbeizukommen. »Wenn dir das nicht zu spät wird«, meinte er.

Ich hätte Hedwig gerne angerufen. Aber ich traute mich nicht. Ich hätte auch nicht gewusst, was ich ihr sagen sollte. Der Nachmittag kroch hinter der Käsetheke vorbei. Manchmal hatte ich das Gefühl, ich hätte mir das Gespräch mit Günther nur eingebildet, zumindest einen Teil davon. Dass er vielleicht nur gesagt hatte: »Man hat das Kind gefunden.« Und mir danach erklärt, wo man es gefunden hatte, lebend natürlich und wohlauf, nur ein bisschen verdreckt vielleicht und sehr hungrig.

Es war alles so unwirklich. Einmal kam eine ältere Frau zusammen mit einem Mädchen von vielleicht zehn oder elf Jahren. Die Frau trug einen grauen Mantel und das weiße Haar so kurz geschnitten wie Hedwigs Schwiegermutter.

Und ich dachte, es wäre Hedwigs Schwiegermutter und das Mädchen, das sie bei sich hatte, wäre Hedwigs Tochter. Erst als die Frau dann nach einem halben Pfund mittelaltem Gouda verlangte, fiel mir wieder ein, dass Hedwigs Tochter nie mehr zusammen mit ihrer Großmutter vor unserer Käsetheke stehen würde.

Als ich an dem Donnerstagabend heimkam, war es zehn vorbei. Nicole lag wach in ihrem Bett. Morgens hatte es ein Höllenspektakel gegeben, weil sie den neuen Pullover nicht anziehen konnte. Sie war sogar in den Keller gelaufen, um nachzusehen, ob er tatsächlich noch nass war. Den Fleck hatte ich noch in der Nacht einfach mit Wasser ausgewaschen.

Nicole war anscheinend immer noch beleidigt. Ich hatte die Haustür noch nicht ganz geöffnet, da rief sie schon nach mir. Zu Abend gegessen hatte sie bei Anke. Um neun hatte Norbert sie mit dem Wagen heimgebracht und ihr gesagt, sie müsse gleich ins Bett gehen. Das hatte sie auch getan, aber sie hatte nicht einschlafen können und war wütend auf mich.

»Warum hast du denn deine Tür abgeschlossen? Ich wollte mich auf die Couch legen und auf dich warten, und ich konnte nicht rein. Das finde ich gemein von dir.«

Bisher hatte es donnerstags keine Probleme gegeben. Das war unser erster Donnerstag ohne Frau Humperts. Und vielleicht hätte ich dankbar sein müssen, dass es noch Probleme geben konnte. Aber ich war nur müde. Heute vor einer Woche, dachte ich. Heute vor einer Woche kam Hedwig heim, und ihre Tochter war nicht da. Ich war wirklich nicht in der

Stimmung, mich auf eine lange Diskussion mit Nicole einzulassen.

»Schlaf jetzt«, sagte ich nur, »es ist schon so spät.«

»Ich kann aber nicht schlafen«, maulte sie, »nachher träume ich wieder. Gestern habe ich auch so was Blödes geträumt.«

Sie setzte sich aufrecht hin und gab nicht eher Ruhe, bis ich mich zu ihr auf die Bettkante hockte und mir anhörte, was sie in der Nacht zuvor geträumt hatte.

Einer von Denises Brüdern sei in ihr Zimmer gekommen und habe ihr einen dicken Wurm aufs Gesicht gelegt, und der Wurm habe sie bespuckt.

Sie hatte sich regelrecht in Rage geredet, steigerte sich noch mehr hinein. »Mitten auf den Mund! Und dann bin ich aufgewacht. Und dann war wirklich einer an meinem Bett. Es war ganz dunkel, ich hatte richtig Angst. Der hat nämlich was an meinem Mund gemacht. Immer so.«

Sie wischte einmal mit der Hand über ihr Kinn und den Mund und schaute mich wütend an. »Der hat nämlich meinen Pullover bespuckt, ich nicht. Ich habe noch nie nachts gesabbert.«

»Ich war noch mal an deinem Bett«, erklärte ich. »Ich habe dir das Kinn abgewischt und dich wieder richtig zugedeckt. Jetzt leg dich hin und schlaf, sonst kommst du morgen nicht aus den Federn.«

»Ich muss aber noch mal aufs Klo. Und Durst habe ich auch noch. Bringst du mir was zu trinken?«

Ich holte ihr ein Glas Milch, musste dafür extra noch mal in den Keller. Im Kühlschrank stand nur eine leere Packung. Danach gab Nicole endlich Ruhe. Ich fühlte mich ganz zerschlagen, setzte mich auf die Couch. Es war so still im Haus. Ich wusste nicht, ob Herr Genardy da war oder nicht.

Provisorisch eingerichtet, gehört ein Bett dazu? Vielleicht hatte er sich schon hingelegt, es war spät genug. Und sein

Auto stand wahrscheinlich in der Garage. In der Küche empfand ich die Stille nicht ganz so schlimm. So wartete ich dort auf Günther.

Er kam kurz nach elf. Ich machte ihm einen Kaffee, wir blieben in der Küche. Viel wusste er immer noch nicht. Er hatte nur den Bericht gelesen, den sein Kollege geschrieben hatte. Ein junger Reporter, Hans Werner Dettov. Er war nicht fest angestellt bei der Zeitung, schrieb als freier Mitarbeiter und hoffte, durch eine gute Story eine feste Anstellung zu bekommen. Wie Hans Werner Dettov so früh von dem Leichenfund erfahren hatte, wusste Günther nicht genau.

»Wahrscheinlich hat er den Polizeifunk abgehört«, vermutete er. »Offiziell kam erst heute Nachmittag eine Mitteilung vom Präsidium.«

Ein Mann, der frühmorgens mit seinem Hund unterwegs gewesen war, hatte Hedwigs Tochter gefunden. Nur durch Zufall. Sonst würde er immer einen anderen Weg nehmen, hatte der Mann zu Hans Werner Dettov gesagt. Und wenn der Hund nicht gewesen wäre, wer weiß, wie lange das Kind noch da gelegen hätte.

Die Polizei hatte noch nicht sehr viel an Auskünften gegeben, hatte in ihrer Pressemitteilung lediglich erklärt, dass es sich möglicherweise um ein Sexualverbrechen handelte.

»Was heißt möglicherweise?«, fragte ich.

Günther hob die Achseln. »Frag mich nicht, ich war nicht da. Dettov sagte, das Unterhöschen des Kindes fehlte. Und es lag auch so da, na, du weißt schon. Aber sie haben etwas gefunden, das nicht ins Bild passt. Mehr wollte Dettov mir nicht sagen. Die Polizei hätte ihn um Zurückhaltung gebeten, um die weiteren Ermittlungen nicht zu gefährden, na ja, das machen sie schon mal.«

Günther war sehr bedrückt, trank seinen Kaffee, rauchte eine Zigarette und zeichnete mit dem Löffel Figuren auf die

Tischplatte. Plötzlich sah er mich an und fragte: »Hast du das Kind gut gekannt?«

Ich schüttelte den Kopf. Er grinste flüchtig.

»Aber du kennst die Mutter sehr gut«, meinte er.

Ich nickte. Und er zuckte mit den Schultern.

»Ist ja Blödsinn«, murmelte er, »es kommt auch zeitlich gar nicht hin. Das Kind ist nicht erst am Sonntag umgebracht worden. Es war vermutlich schon tot, bevor du von deiner Uhr geträumt hast.« Er drückte die Zigarette aus und seufzte. »So ein armes Ding, es dreht einem den Magen um.«

Er hatte Fotos gesehen. Aufnahmen von der Leiche, scheußlich in ihren Einzelheiten. In der Zeitung würden sie nie erscheinen. Da nahm man eines der Bilder, die Hedwig von ihrer Tochter zur Verfügung gestellt hatte. Aber Günther hatte sie gesehen, und er hatte schließlich auch eine kleine Tochter.

Gegen zwölf ging er wieder. Ich hatte ihm immer noch kein Wort von Herrn Genardy erzählt. Es schien auch plötzlich so unwichtig. Hundertfünfzig Mark mehr im Monat, Nicoles Betreuung sichergestellt. Ein paar krause Gedanken, ein paar diffuse Ängste, ein paar ekelhafte Erinnerungen, manchmal ein unheimliches Gefühl, aber nichts Konkretes. Bei Hedwig war es jetzt konkret. Alle Hoffnung umsonst, aus, vorbei, endgültig möglicherweise. »Aber wenn einem das Kind von solch einem Hund genommen wird«, sagte meine Großmutter, »das überlebt man nicht.«

Obwohl es schon so spät war, kam ich nicht zur Ruhe. Bis kurz vor drei lag ich wach, wälzte mich von einer Seite auf die andere und sah im Geist immer nur die leere Scheibe der Uhr. Zweimal hörte ich Schritte über mir.

Herr Genardy lief im Wohnzimmer herum. Dann hörte ich, dass er die Wohnungstür öffnete. Und etwas in mir verkrampfte sich. Ich horchte angestrengt. Die Treppenstufen waren aus Marmor, Schuhe klapperten darauf. Franz war früher oft auf Socken heraufgekommen, um mich nicht zu wecken, wenn ich schon schlief.

Franz! Und dann war er ins zweite Ehebett gekrochen, hatte manchmal auch die Decke angehoben und war noch ein Stückchen näher zu mir gerückt. Eine Hand für mich, eine Hand für sich selbst. Und ich hatte so getan, als würde ich schlafen.

Steh auf, Sigrid! Mach es nicht so wie damals. Tu nicht so, als ob du schläfst. Tu lieber so, als müsstest du noch mal aufs Klo. Jetzt komm schon, steh auf! Du musst aufstehen! Du musst nachsehen, warum er die Tür geöffnet hat.

Nicole zog sich immer die Decke bis ans Kinn, immer! Sie hatte sich noch niemals freigestrampelt, noch nie! Und im Schlaf gesabbert hatte sie auch noch nie, jedenfalls nicht so, dass ich es bemerkt hätte.

Allein die Decke zurückzuschlagen war ein Kraftakt, und ich hatte kaum Kraft in den Armen. In den Beinen noch weniger. Den Morgenrock überziehen und dann in die Diele. Es war alles dunkel, es war alles still. Vielleicht hatte ich mich getäuscht. Oder er hatte die Tür wieder geschlossen, genau in dem Moment, in dem ich meine öffnete.

Jetzt mach dich nicht völlig verrückt, Sigrid. Er hat sie gar nicht geöffnet, du hast es dir nur eingebildet. Du magst ihn nicht, gib es doch zu. Und es gibt keinen vernünftigen Grund. Er hat dir nichts getan. Er ist ein netter und verständnisvoller Mensch. Dass er dich ständig an Franz erinnert, dafür kann er nichts.

Und wieder Freitag. Ich war hundemüde, und Nicole wollte nicht aufstehen. Zweimal rief ich nach ihr, bekam keine Antwort. Ich musste sie rütteln, ehe sie endlich aus dem Bett kam. Statt Milch gab ich ihr einen Kaffee zum Frühstück. Es fiel so verdammt schwer, sie zu fragen.

»Als du geträumt hast, einer von Denises Brüdern wäre bei dir im Zimmer gewesen, kann es vielleicht sein, dass Herr Genardy bei dir war?«

Sie starrte mich aus kleinen und verständnislosen Augen an. »Du hast doch gesagt, du warst bei mir.«

»Ja«, sagte ich nur.

Der Kaffee machte sie ein bisschen munter. Munter genug jedenfalls, um herumzuquengeln. Sie suchte nach dem Handtuch, das sie immer mit ins Hallenbad nahm. Es war ein besonderes Handtuch mit einem Fohlen darauf. Frau Humperts hatte es ihr zum letzten Geburtstag geschenkt. Und jetzt war es noch in der Badetasche, zerknautscht, mit ein paar Stockflecken, die garantiert beim Waschen nicht wieder rausgingen. Ich gab ihr ein anderes.

Sie maulte weiter: »Du hättest ja auch mal in der Tasche nachsehen können. Ich kann ja nicht an alles selbst denken.« Irgendwie verdreht das Ganze. So hätte ich mit ihr reden müssen.

Anschließend suchte sie ihr Freitag-Höschen. Ich schickte sie in den Keller. Sie kam mit leeren Händen zurück, so aufsässig und unleidlich. »Das hast du auch noch nicht gewaschen. Gib es doch zu. Es hängt jedenfalls nicht auf dem Ständer.«

Ich war mir ganz sicher, dass ich das Höschen in der Nacht noch gesehen hatte, zusammen mit ein paar anderen auf dem Trockengestell. Ich ging selbst in den Keller, aber es war tatsächlich nicht da. Auf der Leine hingen nur Dienstag, Mittwoch und Donnerstag. Und in meinem Kopf trafen sich die Stimmen von Hedwig und Günther. Ein Donnerstag-Höschen!

Ich nahm einfach eins von der Leine. Und Nicole meckerte weiter. »Heute ist aber Freitag, da kann ich nicht das Mittwoch-Höschen anziehen. Die lachen mich ja aus.«

Bis dahin hatte ich sie noch nie angebrüllt, aber es wurde mir einfach zu viel. »Dann hol dir gefälligst ein anderes aus deinem Zimmer«, schrie ich.

Sie zuckte zusammen, als ob ich sie geschlagen hätte, starrte mich aus runden Augen an. »Schrei mich bloß nicht an, mir tut der Kopf weh.«

Und bevor ich ihr darauf antworten konnte, trottete sie hinaus; ob sie tatsächlich in ihr Zimmer ging oder noch einmal in den Keller, darauf habe ich nicht geachtet. Als sie zurückkam, hatte sie ihre trotzige Miene aufgesetzt. Bis sie zur Schule ging, sprach sie kein Wort mehr mit mir. Und ich hatte noch im Bus ein schlechtes Gewissen. Am Bahnhof in Horrem kaufte ich mir eine Tageszeitung. Ich hatte das Gefühl, als sei mein Gehirn mit Watte verstopft. Ich konnte einfach nicht mehr denken.

8

Verrückte Gefühle, wüste Träume. Ich hatte einen Traum, ich hatte das Gefühl. Manchmal war es ja wirklich so, als ob ich nicht bis drei zählen könnte. Ich war vierunddreißig Jahre alt, hatte einen Beruf, eine achtjährige Tochter und ein Haus, auf dem noch etwa hundertdreißigtausend Mark Hypothek lasteten. Und keinen Ehemann.

Auch keinen Freund, nur einen Mann, der vor ein paar Wochen zum ersten Mal mit mir geschlafen hatte. Ausgerechnet mit mir, wo ich doch immer gedacht hatte, ich könnte nie wieder mit einem Mann ins Bett gehen, selbst dann nicht, wenn ich ihn liebte, ihn seit langem und sehr gut kannte, mich bei ihm wohl fühlte und sicher.

Aber ich ging ja mit Günther auch nicht ins Bett, nur auf die Couch oder auf den Boden, ausgerechnet ich, auf den Boden. Oder auf die Motorhaube seines Wagens. Wie beim ersten Mal.

Und manchmal dachte ich, ich hätte vom ersten Moment an gewusst, wie es mit Günther sein würde. Und gewollt hätte ich es, an gar nichts anderes denken können. Nicht direkt an die Motorhaube oder den Fußboden, nur an die Art, wie er mit mir schlief. Ein bisschen unberechenbar und hemmungslos.

Und dann dachte ich eben, ich hätte ihm das angesehen. Ich hätte darauf gewartet, jahrelang gewartet. Und dass ich enttäuscht war, maßlos enttäuscht, weil es nicht gleich so lief, wie ich es mir vorgestellt hatte.

An dem Sonntag im Hallenbad, als wir uns kennen lernten, als er mich zu einem Kaffee und Nicole zu einem Milchshake einlud, hatte er uns anschließend auch heimgefahren. Nicole stieg gleich aus, ich blieb noch im Auto sitzen. Ich wollte ihn nicht einfach so wegfahren lassen, wollte ihn sogar zum Mittagessen einladen. Ich hätte das auch getan, aber ich wusste genau, dass es für drei nicht reichte. Und Günther schaute mich an, nicht ins Gesicht, nur auf die Beine, auf den Busen. Dann fragte er: »Wie lange sind Sie schon allein?«

Ich hatte ihm im Hallenbad gesagt, dass ich Witwe sei. Weil er ganz direkt nach meinem Mann fragte, nicht nur einmal, mehrfach, weil ich ihm nicht gleich eine Antwort gegeben hatte, die ihm gefiel.

»Seit fünf Jahren und sechs Monaten«, sagte ich.

Da grinste er. »Das glaube ich nicht. Seit fünf Jahren und sechs Monaten Witwe, aber nicht alleine die ganze Zeit.«

Dann lud er mich für den Samstagabend zum Essen ein, gleich zu sich in die Wohnung. Er würde für uns kochen, sagte er, danach könnten wir es uns gemütlich machen. Es war völlig klar, was er von mir wollte und dass er nicht daran dachte, Zeit zu vertrödeln. Ich wollte Nein sagen, und ich wollte es nicht, und ich konnte es nicht.

Er schaute immer noch auf meine Beine. Und ich auf seine. Ich hatte plötzlich Ankes Stimme im Kopf, wie sie mir von Norbert vorschwärmte, von seinen Qualitäten als Mann. Wie sie lachte: »Schockiert, Schwesterherz? Aber so ist das, wenn es da nicht funktioniert, funktioniert es nirgendwo besonders gut. Du hast gar keine Ahnung, was du bisher versäumt hast. Dein Franz war ein lieber Kerl, aber er war ein Trampel.«

Ich nahm Günthers Einladung an, hatte ein schlechtes Gewissen dabei und ein Kribbeln im Bauch. Es kribbelte sogar im Kopf. Frau Humperts freute sich, dass ich mal rauskäme, natürlich wollte sie sich gerne um Nicole kümmern. Ich müsse auch gar nicht auf die Zeit achten. Das hatte ich auch nicht vor.

Ich war sehr nervös an dem Samstagnachmittag, richtig überdreht. Ich kannte ihn doch gar nicht, aber er hatte mich aus dem Wasser gezogen. Das war die eine Seite, und die andere Seite war: Er hatte mich angesehen, nicht erst im Auto, auch vorher schon, im Hallenbad, als wir da an der Bar saßen.

Ich in dem neuen Badeanzug, zu dem Anke gemeint hatte: »Jetzt stell dich bloß nicht so an, Sigrid, natürlich kannst du den tragen. Das weißt du auch ganz genau, sonst hättest du dir das Ding schließlich nicht gekauft. Was willst du eigentlich von mir hören? Dass es allmählich höchste Zeit wird? Dass du noch gute Chancen hast, dir einen Mann zu angeln? Und dass du ein Recht darauf hast, dass niemand von dir verlangen kann, allein zu bleiben.«

Ich musste mir die ganze Zeit vorstellen, dass ich mit Günther ins Bett ging, dass er mich auch dabei anschaute, dass er mich anfasste, auszog, dass er nicht erst lange fragte, ob ich dieses oder jenes mochte, dass er es einfach tat.

Eine geschlagene halbe Stunde suchte ich in meiner Unterwäsche herum, wollte etwas ganz Raffiniertes, aus Spitze vielleicht und fast durchsichtig. So was besaß ich gar nicht. Ich dachte sogar daran, rasch zu Anke zu laufen und mir etwas zu leihen. Später habe ich mich dafür geschämt, da kam ich mir richtig blöd vor.

Günther holte mich kurz vor acht ab. Aber wir fuhren nicht zu seiner Wohnung, wir fuhren gar nicht. Wir gingen zum Chinesen in die Hahnenpassage. Da saßen wir uns dann gegenüber. Wir unterhielten uns die ganze Zeit.

Über die Ungerechtigkeit im Steuersystem, das Geschiedene und Verwitwete gegenüber den Verheirateten so benachteiligt. Während er sprach, schaute er entweder in seinen Teller oder auf das Tischtuch. Er spielte mit seinem Feuerzeug herum, zündete sich eine Zigarette nach der anderen an. Kurz nach zehn brachte er mich zurück. Er ging noch mit bis zur Haustür.

Ich dachte, er wartet bestimmt darauf, dass ich ihn zu einem Kaffee einlade, und wusste nicht, wie ich es ausdrücken sollte. Und als ich es dann endlich herausgebracht hatte, da schaute Günther auf die Uhr und zuckte bedauernd mit den Achseln.

»Tut mir Leid«, sagte er, »ich war letzten Sonntag wohl ein bisschen voreilig. Ist normalerweise nicht meine Art, mit der Tür ins Haus zu fallen. Ich weiß auch nicht, welcher Teufel mich da geritten hat.«

In dem Moment juckte es mich nur noch in den Fingern, ich hätte ihn gerne geschlagen.

Ich sah ihn erst wieder, als ich eine Woche später mit Nicole zum Schwimmen ging. Da tat er so, als sei überhaupt nichts gewesen. Und ich wusste genau, ich war nicht die Einzige, die sich irgendetwas vorgestellt hatte. Er hatte sich das auch ausgemalt, so richtig schön bunt und ein bisschen brutal. Nur ein bisschen, nur so viel, dass ich spürte, er war der Mann, und ich war eine Frau, die einen Mann verrückt machen konnte.

Danach sahen wir uns erst einmal alle vierzehn Tage im Hallenbad. Und keine Andeutung mehr in Richtung Bett, keine Einladung mehr in seine Wohnung, nur ab und zu ein Blick, als wolle er ein Pferd kaufen und könne sich nicht entscheiden. Ein Kaffee an der Bar, für Nicole ein Eis oder einen Milchshake. Manchmal fuhr er uns heim, aber ich stieg immer gleich aus. Ich wusste nicht mehr, was ich von ihm halten sollte. Er sprach nie über sich, und mich ließ er erzählen.

Selbst als er dann zum ersten Mal mit ins Haus ging, änderte sich nichts. Er blieb den ganzen Nachmittag und kümmerte sich mehr um Nicole als um mich. Aber es störte mich gar nicht, es war genauso, als ob Norbert sich mit ihr beschäftigte.

Norbert, der die kleine Mara mit in die Badewanne nahm. Der sie fütterte und wickelte, cremte und puderte, ihr dabei auf das Hinterteil klopfte, ihren nackten Bauch küsste und die dicken Beinchen oder die Fußsohlen. Der dabei mit Mara um die Wette lachte und sagte: »Warte ab, Moppel, wenn wir zwanzig Jahre weiter sind, bist du genauso ein Rasseweib wie deine Mutter.«

Ich hatte oft daneben gestanden, und es war immer ganz normal gewesen. Vielleicht hatte ich ja tatsächlich einen Sinn dafür, einen sechsten oder siebten. Vielleicht konnte ich es wirklich fühlen, ob sie normal waren. Und bei Günther fühlte ich es auch. Es war einfach die Art, wie er mit Nicole umging. Der Unterschied im Blick, wenn er sie anschaute oder mich. Als Nicole dann im Bett lag, saß er auf der Couch. Er rauchte wieder sehr viel, schien nervös. Und wenn er mich ansah, dann immer so wie ein ertappter Sünder.

Und dann, vor ein paar Wochen, holte er mich donnerstags

von der Arbeit ab. Es war nicht verabredet, er stand einfach vor dem Personaleingang. Er sagte auch nicht viel, machte mir nur die Autotür auf, ließ mich einsteigen und fuhr gleich los. Ich dachte natürlich, dass er mich heimbringt, und war ziemlich erstaunt, als er plötzlich von der Straße runterfuhr. Da kam das Kribbeln im Bauch wieder.

Als er den Motor abstellte, sagte Günther: »Ich glaube, ich mache einen großen Fehler.«

Während er weitersprach, knöpfte er mir bereits die Bluse auf, streifte die Träger des Büstenhalters von den Schultern. Er war nicht behutsam, nicht übertrieben zurückhaltend, nicht einmal übermäßig zärtlich, er war genauso, wie ich es mir vorgestellt hatte. Er fragte nach einer Weile, ob mir draußen zu kalt sei. Natürlich war es kalt, es war Ende Februar. Ich schüttelte den Kopf, und er sagte: »Dann steig aus.«

Wir standen mit dem Wagen in einem Waldstück. Es war stockdunkel. Aber ich hatte keine Angst. Ich fragte mich nur, warum wir nicht in seine Wohnung oder zu mir fuhren. Ich glaube, ich weiß es inzwischen. Günther hatte Angst, er wollte mir zeigen, dass ich von ihm nicht mehr zu erwarten habe. Er wollte mich schockieren. Das war ihm nicht gelungen.

Seitdem hatte ich oft daran gedacht, einmal mit Hedwig über alles zu sprechen. Wenn überhaupt mit jemandem, dann nur mit ihr. Ihr hätte ich sagen können, wie das mit Franz gewesen war. Wie ein Spottgedicht aus vier Zeilen, einmal auswendig gelernt, kann man es ein Leben lang aufsagen. Keine Forderungen, immer nur gebettelt.

Dass Franz wohl gelitten hatte unter seiner Veranlagung. Dass er selbst genau wusste, es war nicht normal. Dass ich Angst hatte. Angst vor ihm, Angst um ihn, weil ich ihn doch liebte, weil ich wollte, dass er glücklich und zufrieden mit mir war. Angst um Nicole. Weil ich den Ekel nicht überwinden konnte, den Ekel nicht und die Verachtung auch nicht in solchen Momenten. Dass ich zwei Jahre lang befürchtet hatte, Franz könne sich eines Tages an seinem eigenen Kind schadlos halten. Dass ich mir diese Furcht nur nicht eingestehen wollte. Und dass ich mich nach einem Mann gesehnt hatte, für den eine Frau eine Frau ist und ein Kind ein Kind.

Dass ich die Angst mit mir herumgeschleppt hatte, jahrelang in einem unzugänglichen Winkel des Herzens. Dass ich sie ausgerechnet im Wald losgeworden war, über eine Motorhaube gebeugt, mit einem Mann hinter mir, der sich nicht einmal die Mühe machte, mir den Rock auszuziehen, nur das, was ich darunter trug und die Bluse. An einem Abend im Februar, sodass ich gar nicht mehr wusste, ob ich nur fror oder ob ich vor Lust zitterte.

Und dass ich es toll gefunden hatte, herrlich, furchtbar schön. Dass ich gedacht hatte, jetzt wäre endlich alles normal. So wie im Märchen alles normal wurde, wenn der Prinz das schlafende Dornröschen wachküsste und damit den Fluch brach. Und wenn sie nicht gestorben sind …

Ich hatte in den vergangenen Wochen den Mut nicht aufgebracht, mit Hedwig über all das zu sprechen. Und jetzt war es zu spät.

Ich hatte eine Arbeitskollegin, bei der ich mir früher oft gewünscht hatte, sie zu hassen, weil sie so nett war. Mit der ich seit Jahren so etwas wie befreundet war, mit der ich immer über alles hatte reden können. Die mich manchmal ausgelacht und manchmal bedauert, deren Tochter man ermordet hatte. Erwürgt, stand in der Zeitung, missbraucht und erwürgt.

Und ich hatte von Zeit zu Zeit einen Traum. Und wenn ich ihn hatte, musste drei Tage später ein Mensch sterben. Aber diesmal war keiner gestorben, nicht nach drei Tagen. Und ich fand, das war schlimmer.

Es hatte die alte Angst aufgeweckt. Es machte mich ganz

verrückt, weil ich nicht wusste, ob alles so war, wie es sich nach außen hin zeigte, normal.

Ich hatte einen Mieter, einen angenehmen, höflichen, großzügigen und stillen Mann, der nicht über meinem Kopf herumtrampelte, der spätabends keine laute Musik hörte. Der bereit war, hundertfünfzig Mark mehr zu zahlen als Frau Humperts. An dem mich im ersten Augenblick nur der braune Anzug und die Manschettenknöpfe gestört hatten, weil sie mich an Franz erinnerten. Und seitdem war ich Franz nicht mehr losgeworden.

Ich hatte in den vergangenen sechs Jahren fast täglich an ihn gedacht. Ich hatte ihn oft um Hilfe oder einen guten Rat gebeten. Ich hatte ihn in den vergangenen sechs Jahren als das gesehen, was er sich so sehr bemüht hatte zu sein. Ein treu sorgender Ehemann, fleißig und sparsam, praktisch und geduldig, und ein liebevoller, wenn auch manchmal etwas ungeschickter Vater.

Natürlich hatte ich auch in den vergangenen Jahren gewusst, dass Franz ständig gegen seine unselige Veranlagung hatte ankämpfen müssen. Aber ich hatte auch gewusst, dass er seine Kämpfe mit sich allein austrug. Und dass er sie gewann. Ich hatte ganz sicher gewusst, dass seine Veranlagung keine Bedrohung für uns gewesen war. Erst jetzt kam es mir so vor, als hinge sie wie ein dicker Stein über unseren Köpfen.

Und ich hatte das Gefühl, dass ich mich Samstagmorgen einfach wie einen Regenschirm im Zugabteil vergaß und ausstieg, lange bevor der Zug Köln erreichte. Dann bummelte ich herum. Hundertfünfzig Mark in der Tasche, um für Nicole ein Pferd zu kaufen. Damit sie mir gehorchte, damit es mir nicht eines Tages so erging wie Hedwig. Erwürgt und missbraucht oder andersherum.

»Sie will immer irgendwas«, hatte Hedwig gesagt. »Ist ja

auch kein Wunder, sie sieht jeden Tag, was andere haben. Du musst dich mal auf dem Schulhof umsehen, das ist die reinste Modenschau. Ich frage mich immer, ob die Leute allesamt verrückt sind oder warum sie es ihren Kindern sonst hinten und vorne beistecken. Da laufen Achtjährige mit einer neuen Armbanduhr herum, den Walkman am Gürtel. Ich kann das jedenfalls nicht.«

Aber man musste es, ob man konnte oder nicht. Man musste den Kindern etwas bieten, dann wurden sie sanft und gefügig. Dann konnte man mit ihnen tun, was man mit ihnen tun wollte. Daran dachte ich, als ich herumbummelte, um ein Pferd zu kaufen.

Nicole war auch freitags bereits daheim gewesen, als ich kam. Hatte auf ihrem Bett gesessen und wieder über die verschlossene Wohnzimmertür gemeckert. Und nicht nur darüber. Als sie aufzuzählen begann, schien ihr ganzer Tag ein Fiasko gewesen zu sein.

Fürs Schwimmen am Vormittag hatte sie nur eine Vier bekommen. Es war natürlich meine Schuld, nur wegen mir war sie donnerstags so spät eingeschlafen. Die Lehrerin hatte gesagt: »Du schwimmst ja heute wie eine Bleiente. Ich glaube, du hast gestern Abend zu lange vor dem Fernseher gesessen.«

Mittags hatte Anke gesagt: »Du kannst Mama ausrichten, dass wir morgen nach Köln fahren, um Einkäufe zu machen. Du kommst natürlich mit. Frag Mama, ob du was brauchst. In Köln hat man mehr Auswahl.«

Und nach den Schularbeiten hatte meine Mutter verlangt, dass Nicole ihren Ranzen heimbrachte und ihn nicht erst mit zu den Kollings schleppte. Mutter bestand darauf, sie zu begleiten, um sicherzustellen, dass sie auch gehorchte. Bei der Gelegenheit wollte Mutter dann gleich einmal nach dem Rechten sehen. Und dann stand Mutter vor der verschlossenen Wohnzimmertür.

»Und dann hat sie die ganze Zeit mit mir geschimpft, weil du die Tür abgeschlossen hast. Sie wollte sich einen Kaffee machen und konnte nicht in die Küche. Und dann hat sie sich bei mir aufs Bett gesetzt. Und dann hat sie gesagt, mein Zimmer wäre ein Schweinestall, und ich müsste erst alles aufräumen, bevor ich zu Denise gehen kann. Hier war gar nichts durcheinander. Es lag nur ein Buch auf dem Boden. Da hat sie den Schrank aufgemacht. Und dann musste ich den Schrank aufräumen. Das hat so lange gedauert. Wenn Herr Genardy nicht gekommen wäre, hätte sie mich bestimmt gar nicht mehr weggehen lassen. Herr Genardy hat gesagt, man darf nicht so streng sein mit Kindern. Und Oma hat gesagt, wenn sie hier nicht für Ordnung sorgt, dann gibt es hier keine. Dann hat sie wieder wegen der Tür geschimpft. Sie würde ihm gerne einen Kaffee anbieten, hat sie gesagt, aber du wärst so ein komischer Mensch. Und morgen fahre ich nicht mit nach Köln. Oma fährt nämlich auch mit.«

Ein komischer Mensch! Ja, wahrscheinlich war ich das. Ich war ja auch immer ein unmögliches Kind gewesen.

Ich hatte Nicole in aller Herrgottsfrühe zu den Kollings geschickt, obwohl ich genau wusste, dass sie da nicht bleiben würde. Die kleinen Brüder, nicht wahr? Und bei uns war so viel Platz. Und bei uns war Herr Genardy, mit dem man sich so gut unterhalten konnte. Der sich sogar mit einer durchgedrehten Oma anlegte, um die Rechte der Kinder zu verteidigen, weil die Mutter ein komischer Mensch war und den Mund nicht aufbrachte.

9 An dem Samstag brach es einfach über mir zusammen. Als ich später den Kittel überzog, stellte ich mir vor, dass ich heimfuhr. Und alle waren sie da, alle außer Nicole, mein Großvater, mein Vater, das Mädchen aus meiner Schulklasse und Franz. Und Franz ließ Wasser in die Wanne.

»Kleine Mädchen baden doch so gerne«, sagte er. Franz setzte sich auf den Rand, nahm die Bürste und das Seifenstück und sagte: »Da freu ich mich schon die ganze Woche drauf. Leg dich hin, Siggi. Ich wasch dich vorne ein bisschen. Ich bin auch ganz vorsichtig. Ich tu dir nicht weh.«

Anke irrte sich, Franz war kein Trampel gewesen.

Als Günther am Abend kam, hatte ich immer noch das Gefühl, dass ich neben mir stand. Nicole lümmelte sich der Länge nach auf dem Fußboden, den Teil der Zeitung vor sich ausgebreitet, auf dem das Gesicht von Nadine Otten abgebildet war. Kein lachendes Kindergesicht, eher verkniffen, verbittert. Daneben war noch ein kleines Foto, die Gartenlaube.

Ich erinnerte mich vage, dass Nicole sich vorher auf der Couch herumgelümmelt hatte, dass der Fernseher eingeschaltet war, dass sie einen Werbespot mitträllerte. Sechstausend Mark, jeden Monat, ein Leben lang, oder eine Million in bar. Haben Sie Ihr Los schon?

Nein, wir brauchen auch keins, wir haben einen neuen Mieter. Und wir gewinnen nie. Aber es bleibt bei der abgeschlossenen Tür.

Ich hatte den Fernseher ausgemacht und ihr die Zeitung in die Hand gedrückt. Ich hatte gesagt: »Hier, du kannst doch lesen. Lies das. Das Kind hat sich auch einen Dreck darum gekümmert, was seine Mutter sagte.«

Sie war natürlich auch samstags bereits daheim gewesen, als ich kam. »Wie oft habe ich dir jetzt schon gesagt, du hast im Haus nichts zu suchen, wenn ich nicht da bin?«

Sie war purer Trotz, es fehlte nur, dass sie mit dem Fuß aufstampfte. »Und warum nicht? Warum darf ich denn nicht hier sein? Ich wohne hier schließlich. Und bei Denise ist das Zimmer zu klein, wir können nicht immer bei Denise spielen. Und außerdem hast du gesagt, ich soll nicht allein im Haus sein. Ich war ja nicht allein, zuerst war Denise bei mir, und Herr Genardy war auch da.«

Natürlich war Herr Genardy auch da, seit fast einer Woche schon. Und manchmal hörte ich sogar etwas von ihm. Anscheinend musste er doch ab und zu mal aufs Klo oder brühte sich einen Kaffee auf. Er flog auch nicht immerzu durch die Wohnung, hin und wieder ging er ganz normal auf seinen Füßen über die Böden, kam die Treppe herunter, ging zur Garage, fuhr in seinem alten Auto davon. An dem Morgen nicht. Müssen Postbeamte nicht auch samstags arbeiten?

Nicole und Denise waren schon am Vormittag hergekommen, nur zum Spielen. Sie hatten sich ein Stück Kreide mitgebracht und ein Springseil. Das hatte sie mir alles ganz bereitwillig erzählt. Zuerst mit Kreide Kästchen in die Garageneinfahrt gezeichnet, dann gehüpft.

Das Garagentor war offen. Herr Genardy arbeitete in der Garage an seinem Wagen, säuberte wieder mal den Innenraum, diesmal nicht mit einer Bürste, sondern mit einem kleinen Handstaubsauger. Er musste wirklich sehr an dieser alten Kiste hängen, wenn er sie derart liebevoll pflegte. Herr Hofmeister war im Vorgarten beschäftigt. Frau Hofmeister fegte den Gehweg sauber. Alles ganz normal. Die reinste Kleinstadtidylle.

Als sie zum Hüpfen keine Lust mehr hatten, banden sie ein Ende des Seiles an den Zaun. Denise schwang das andere Ende, Nicole sprang. Dann wechselten sie sich ab. Und Denise verhedderte sich im Seil, schlug sich am Beton der Einfahrt ein Knie auf.

»Das hat vielleicht geblutet. Du kannst dir nicht vorstellen, wie das geblutet hat, Mama.«

Und Herr Genardy war nett und hilfsbereit, wie man es von ihm erwarten konnte. Er rief Denise zu sich ins Halbdunkel der Garage, nahm den Verbandskasten aus seinem Wagen, wies Denise an, sich auf den Fahrersitz zu setzen, stand selbst vor der offenen Tür, beugte sich ins Auto hinein und versorgte so das blutende Knie.

»Oben am Bein hatte Denise sich auch wehgetan, aber vorher schon. Da hatte sie sich am Jägerzaun gekratzt. Da hat Herr Genardy ihr auch einen Verband gemacht, obwohl es nicht geblutet hat.«

Und danach war Denise heimgegangen. Nicole war fest davon überzeugt, sie sei beleidigt gewesen, weil Denise gar nicht mehr mit ihr gesprochen hatte. Und Nicole verteidigte sich.

»Nur so komisch angeguckt hat sie mich. Aber ich konnte doch nichts dafür, dass sie hingefallen ist. Herr Genardy hat auch gesagt, ich konnte nichts dafür. Er hat gesagt, wenn es so sehr wehtut, kann er ihr eine Tablette geben; wenn sie sich dann ein bisschen hinlegt, wird es gleich besser. Aber Denise ist einfach gegangen. Sie hat ihm gar keine Antwort mehr gegeben. Man muss doch immer höflich sein, oder?«

Ja, das musste man wohl, höflich, vor allem zu netten Menschen. »Wir haben uns zuerst ganz lange mit ihm unterhalten. Er hat gesagt, wir stören ihn gar nicht. Er hat gerne ein bisschen Gesellschaft.«

Wenn er mich nur nicht unentwegt an die dunkle Seite meines Honigmonds erinnert hätte. Von jedem, der ihn kannte, hatte ich damals gehört, dass Franz ganz verrückt auf Kinder war, dass er eine endlose Geduld mit ihnen hatte, mit all seinen Nichten. Und immer hatte er gerade noch die Mark in der Tasche, die man für ein großes Eis brauchte.

»Herr Genardy hat gesagt, ich soll nicht traurig sein, weil Denise gegangen ist. Und als dann der Eiswagen kam, hat er mir eine Mark gegeben. Und wenn er erst richtig eingezogen ist, hat er gesagt, dann schenkt er mir was, was ich mir schon lange wünsche. Ich habe ihm gesagt, dass ich mir schon lange das Pferd für die Barbie-Puppe wünsche.«

Wie schnell sich die Zeiten doch änderten. Dienstags hatte sie nicht einmal die Limonade von ihm genommen. Und ich konnte ihr nur eine Zeitung in die Hand drücken. Natürlich war es falsch, ich wusste das genau. Ich hätte stattdessen mit ihr reden müssen. Es sind nicht immer die fremden Männer. Oft genug sind es Nachbarn, Verwandte, ein Onkel, der eigene Vater.

Ich konnte nicht reden, weil ich immer noch neben mir stand. Innerlich geteilt, gleich zweimal in drei Stücke. Ein Kind, das sich vor Angst wimmernd auf dem Boden wälzen wollte. Die Mutter, die sich keinen Respekt verschaffen konnte und an ihren Erinnerungen fast erstickte. Und die Frau, die nur darauf wartete, dass der Mann auf ihrer Couch ihr die Bluse auszog.

Günther kam mir so fremd vor. Er zündete sich eine Zigarette an, schaute Nicole zu, die mit einem Finger die Zeilen abfuhr und dabei den Text vor sich hin murmelte. Günther fragte mich irgendwas, ich verstand es nicht. Ich hörte nur, dass Nicole sagte: »Sie hat heute schlechte Laune. Mit mir hat sie auch schon gemeckert.«

Ich hatte keine schlechte Laune, ich bekam nur meine Gedanken nicht in die Reihe. Am Morgen hatte der Abteilungsleiter Geld einsammeln lassen.

»Keinen Kranz«, hatte er gesagt, »keine Blumen. Ich denke mir, Frau Otten wird das Geld für andere Dinge nötiger brauchen. So eine Beerdigung reißt einem ein schönes Loch in die Kasse.«

Schon da hatte ich das Gefühl gehabt, ich müsste weglaufen oder mit den Fäusten um mich schlagen oder wenigstens schreien. Als der Abteilungsleiter das Wort Beerdigung aussprach, sah ich einen weißen Sarg vor mir, einen Kindersarg. Ich sah ihn ganz deutlich mitten im Aufenthaltsraum stehen, und Franz stand daneben, grinste mich an, und meine Schwiegermutter sagte: »So ist das, wenn ein Mann nicht mehr weiterweiß.« Und überall war Unkraut, es waren nur keine Kaninchen da.

Es brodelte immer noch, jeden Augenblick konnte mir der Kopf platzen, die Panik herausschwappen. Und es gab doch keinen Grund, keinen, der mich persönlich betraf, es war doch alles in Ordnung. Nur Hedwigs Tochter hatte sterben müssen.

Günther war so ruhig. Er fragte mich wieder etwas. Nicole antwortete an meiner Stelle: »Nein, ein Mann. Der ist vielleicht nett. Er hat uns gleich in die Eisdiele eingeladen, wir durften uns einen Eisbecher aussuchen, Denise und ich. Er will mir das Barbie-Pferd schenken, wenn er seine neuen Möbel bezahlt hat. Und wenn die Wohnung fix und fertig ist, darf ich mir alles ansehen. Dann darf ich vielleicht auch mal bei ihm baden. Er heißt Genardy.«

Ja! Er hieß Genardy, er war höflich, er war kultiviert, er war charmant, kinderlieb, ein angenehmer Mieter. Meine Tochter hatte ihn innerhalb weniger Tage zum besten Menschen auf der ganzen Welt erklärt. Meine Mutter hatte plötzlich Frühlingsgefühle entwickelt. Und ich hatte ihm die Schlüssel gegeben. Ich würde Hedwig nie mehr in die Augen sehen können. Nie mehr.

Missbraucht und erwürgt, ein elfjähriges Mädchen. Mein Gott, für das arme Ding musste die Welt untergegangen sein, als er über es herfiel.

Warum hatte ich Franz denn nicht tun lassen können, was

ihm Spaß machte? Er hatte doch keinem damit geschadet. Er hatte nie etwas Schlimmes getan.

Auf die Tatsachen reduziert, hatte er mich gestreichelt, Vorspiel nennt man das wohl. Dass er dabei manchmal ein bisschen ungeschickt vorging, ach Gott, das passierte anderen auch. Und dann hatte er sich auf mich gelegt oder mich auf den Schoß genommen. Warum hatte ich denn nicht einmal sagen können, dass ich es auch sehr schön fand, oder wenigstens einmal lächeln dabei.

Nein, ich musste erst in ein dunkles Waldstück gefahren werden, um der Sache etwas abzugewinnen. Er war doch auch über mich hergefallen, und ich hatte geschrien. Nicht vor Schmerz. Ja! Ja, genau so will ich es haben! Darauf habe ich gewartet.

Günther schaute zur Decke hinauf, blies den Zigarettenrauch aus. »Na«, meinte er, »das ging ja sehr schnell. Warum hast du mir bisher nichts davon gesagt? Wann ist er denn eingezogen?«

Da wachte ich auf und huschte rasch in das Weib, das so stocksteif neben mir stand.

»Montag«, antwortete ich, »gleich am Montag. Ich habe es gar nicht mitbekommen. Er hat sich vorerst nur behelfsmäßig eingerichtet.«

»Ach«, sagte Günther. Es klang nicht erstaunt, es klang nach gar nichts.

Ich machte uns Abendbrot. Er kam mit in die Küche, wollte jedoch nur einen Kaffee trinken. Während ich alles auf den Tisch stellte, erzählte ich der Reihe nach, von dem Klingeln am Sonntagnachmittag bis zum Mittwoch, als ich das Fenster in Nicoles Zimmer putzte. Danach hatte ich Herrn Genardy nicht mehr gesehen. Auch sein Auto nicht. Das stellte er seit Mittwoch in die Garage, und dann machte er das Tor zu.

Ich hörte immer nur von Nicole, dass er da war, auch jetzt musste er oben sein, saß wahrscheinlich still in einer Ecke.

Aber nein, Sigrid, er sitzt doch nicht in einer Ecke. Er sitzt auf dem Stuhl bei der Wohnungstür, das weißt du doch. Er hat die Tür geöffnet, nicht sehr weit, nur einen kleinen Spalt. Damit er hört, was hier unten gesprochen wird. Er ist jetzt sicher wütend, weil du einen Mann bei dir hast. Das gefällt ihm nicht. Mit dir allein wird er jederzeit fertig. Komische Menschen machen keine Schwierigkeiten, die machen sich nur vor Angst in die Hose.

Günther hörte sich das mit der üblichen Miene an. Ein paar Mal sah ich ihn die Stirn runzeln, ganz flüchtig nur.

»Höherer Beamter«, meinte er anschließend. Es klang spöttisch. »Kann ich mir vorstellen, dass deine Mutter begeistert von ihm ist. Vielleicht war er ebenso begeistert und hat sich deshalb so beeilt. Behelfsmäßig eingerichtet.«

Günther schüttelte den Kopf, fragte: »Warst du mal oben?«

»Warum?«, fragte ich zurück.

Er zuckte kurz mit den Schultern.

»Warum? Weil das dein Haus ist. Weil es dich rein theoretisch interessieren könnte, was er da oben treibt. Es ist ja schön, wenn du dich kulant zeigst und ihn schon vor dem Ersten in die Wohnung lässt, damit er renovieren lassen kann. Aber damit dürfte er ja inzwischen fertig sein. Da könnte er doch jetzt gemütlich im Haus seines Sohnes sitzen, mit seinen Enkelkindern spielen und in aller Ruhe abwarten, bis seine neue Einrichtung geliefert wird.«

»Er wollte noch aufräumen und den Rest selbst machen«, antwortete ich.

Günther grinste und tippte sich leicht gegen die Stirn. »Welchen Rest denn? Das gibt es doch nicht, dass ein Malerbetrieb einen Auftrag übernimmt und ihn dann nur zur Hälfte erledigt. Und was ist denn da großartig aufzuräumen? Man rafft die alten Tapeten zusammen, stopft sie in einen oder mehrere Säcke, fährt einmal mit dem Staubsauger über die Böden und bringt die Säcke auf den Müll. Hast du mal einen Staubsauger gehört oder Säcke gesehen?«

»Ich komme doch immer erst so spät heim.«

Günther grinste immer noch, es wirkte gar nicht fröhlich. »Vielleicht solltest du dich daran gewöhnen, deine Türen abzuschließen«, meinte er.

»Das tu ich schon«, sagte ich.

Aber sie ließen sich nicht alle abschließen. Die Waschküche nicht, Nicoles Zimmer nicht. Da hatte ich selbst den Schlüssel abgenommen, damals, als sie den von der Waschküche verschwinden ließ. Ich hatte ihn irgendwo in den Schrank gelegt. Nicht einfach in den Schrank, in das Holzkästchen hatte ich ihn getan. Da war ich mir ganz sicher; ich tat doch alle Schlüssel, die ich nicht selbst regelmäßig brauchte, in das Kästchen.

Aber da war er nicht drin gewesen am Mittwoch. Und der dritte Schlüssel von der Wohnungstür auch nicht. Ich hatte Montag und Dienstag nicht hinter mir abgeschlossen, Zeit genug, sich hier ungestört ein bisschen umzusehen.

Gott im Himmel, steh mir bei. Ich verliere noch den Verstand. Die Schlüssel werden irgendwo im Schrank liegen.

Der Schrank war voll gestopft mit Papieren, Geschirr, Bettwäsche, Handtüchern. Meine gesamte Garderobe hatte ich darin unterbringen müssen, als ich das Schlafzimmer verkaufte. Und wenn ich in Eile war, dann stopfte ich das eine oder andere Ding irgendwo dazwischen. Ich war seit Jahren in Eile.

Nach dem Essen setzte Nicole sich wieder vor den Fernseher. Günther und ich blieben in der Küche. Ich erzählte weiter von Herrn Genardy, nur die angenehmen Seiten. Es waren doch nur angenehme Seiten. Wie freundlich er war, wie verständnisvoll. Dass ich mir von dem Geld für die Garage vielleicht ein Telefon anschließen lassen würde. Dass ich zwar ursprünglich keinen Mann im Haus hatte haben wollen, dass ich jetzt aber eigentlich ganz froh sei.

Ich musste eben den ganzen Schrank ausräumen, jedes Schubfach kontrollieren, hinter jeder Tür nachsehen, die Wäsche, die weiter hinten lag und kaum gebraucht wurde, einmal ausschlagen. Ich war plötzlich sehr müde und stellte das Geschirr einfach nur an die Seite.

»Sehr zufrieden siehst du aber nicht aus«, stellte Günther fest. Ich war auch nicht zufrieden. Ich wollte raus aus diesem Zustand. Ich wollte, dass er bei mir blieb, wenigstens für die eine Nacht. Ich wollte, dass er mit mir zusammen in den Keller ging, wenn Nicole gleich im Bett lag. Dass er mich in der Diele etwas fragte, so laut fragte, dass man auch bei geschlossener Tür oben deutlich hören konnte, da sprach ein Mann.

10

Es war fast schlimmer als an dem Samstag zuvor. Ich hatte keine Angst, das war es nicht. Aber was es war, das wusste ich nicht, und das machte mir Angst. In meinem Kopf drehte sich alles, kein Schwindel, nur die Gedanken. Sie kamen so schnell, dass ich bei keinem genau wusste, ob ich ihn selbst dachte.

Der Traum von Franz, als er mit Nicole auf dem Arm durch einen Garten ging. Das Unkraut im Garten. Und Kaninchen im Gras. Missbraucht und erwürgt, und keine Müllsäcke mit alten Tapeten. Schritte über meinem Kopf, nachts um drei.

Warum lief er denn mitten in der Nacht da oben herum, und abends hörte man nichts von ihm? Wahrscheinlich ein

Vampir. Anke hatte früher Heftchenromane gelesen, verschlungen, einen nach dem anderen. Werwölfe, tausendjährige Ungeheuer und Vampire. Scheußliches Zeug. Ich sollte wirklich einmal hinaufgehen und nach dem Sarg suchen.

Ich versuchte, Ordnung in das Chaos zu bringen, und steigerte mich nur noch mehr hinein. Und je mehr ich mich hineinsteigerte, umso mehr zog Günther sich zurück. Er wusste nicht, woran er war, glaubte, ich sei aus irgendeinem Grund sauer auf ihn. Vielleicht war er auch ein bisschen eifersüchtig, nur ein bisschen, weil ich ihn in der Woche zweimal angerufen und Herrn Genardy mit keinem Wort erwähnt hatte. Vielleicht sah er seine Felle davonschwimmen, seine Zeit auf meiner Couch ablaufen. Vielleicht glaubte er, da sei ein ernst zu nehmender Konkurrent eingezogen. Vielleicht, vielleicht auch nicht. Ich hatte das Gefühl, dass es so wäre, aber ich hatte viele Gefühle.

Wir redeten eine Weile im Kreis herum, über Gott und die Welt, einen Kinofilm, den Günther sich vor einiger Zeit zusammen mit seinen Kindern in Köln angesehen hatte, der jetzt hier im Kino gezeigt wurde und Nicole bestimmt gefallen würde. Über eine Mülldeponie, eine Gebührenerhöhung und dass Herr Genardy die Säcke auch gleich zur Deponie gefahren haben konnte.

Als nebenan die Tagesschau begann, ging Günther ins Wohnzimmer. Ich blieb in der Küche sitzen, furchtbar müde, plötzlich ganz leer im Kopf. Ich hörte, dass Nicole in den Keller ging. Sie kam nach ein paar Minuten zurück, hatte sich nur die Zähne geputzt. Es wäre mir nicht einmal aufgefallen, wenn Günther nicht gefragt hätte: »Hast du mal kurz in die Luft gespuckt und bist drunter weggesprungen? So schnell kann doch kein Mensch duschen.«

»Ich habe keine Lust zu duschen«, maulte Nicole, »ich würde viel lieber richtig baden. Aber solange die Wohnung nicht fertig ist, geht das noch nicht. Kann ich nicht mal bei dir baden? Du hast doch auch ein richtiges Badezimmer.«

Günther lachte leise. »Normalerweise lädt man junge Damen zu einem Eis ein«, meinte er, »oder ins Kino. Das wollte ich morgen tun, aber wenn dir ein Wannenbad lieber ist, an mir soll es nicht scheitern.«

Von der Küche aus sah ich, wie Nicole auf der Stelle tanzte. Sie fiel ihm sogar um den Hals, hatte so viel Jubel in der Stimme. »Morgen früh? Hand drauf? Ich habe nämlich noch was von dem Schaumbad übrig, das Frau Humperts mir geschenkt hat. Ich weiß nicht, wie lange man das aufheben kann. Nachher wird es noch schimmelig.«

»Wie wäre es, du fragst deine Mutter«, lachte Günther, »ob sie einverstanden ist.«

Ich war nicht einverstanden. Mir wurde ganz kalt bei der Vorstellung. Vielleicht war ich ein bisschen zu heftig mit meiner Ablehnung. Nicole war beleidigt. Günther schwieg dazu. Erst als Nicole in ihrem Zimmer verschwunden war, kam er bis zur Küchentür und meinte: »Jetzt habt ihr wenigstens beide schlechte Laune. Wenn du lieber allein sein möchtest, dann sag es doch. Du musst nur den Mund aufmachen, dann bin ich sofort verschwunden.«

Ich schüttelte den Kopf. »Ich will nicht allein sein«, sagte ich leise. »Ich will, dass du bei mir bleibst. Wir gehen hinunter und duschen zusammen.«

Er stand noch bei der Tür, runzelte die Stirn, zog leicht überrascht die Augenbrauen hoch und nickte. »So?«, meinte er. »Du willst.« Dann zuckte er mit den Achseln, lachte kurz auf. »Das ist ja ganz was Neues. Aber wenn du willst. Okay, warum nicht?!«

Ich ging endlich ins Wohnzimmer. Er machte den Fernseher aus und setzte sich zu mir auf die Couch. »Jetzt tu mir einen Gefallen, Sigrid, und mach den Mund auf. Wenn ich etwas nicht vertragen kann, dann ist es ein langes Gesicht, von dem ich nicht weiß, warum es so lang ist«, verlangte er. »Du hast doch irgendwas.«

Als ich ihm nicht gleich eine Antwort gab, wollte er wissen: »Traust du mir nicht? So gut solltest du mich inzwischen aber kennen. Oder sehe ich aus wie einer, der sich an Kindern vergreift? Ich habe das gut gemeint eben. Ich habe mir nichts dabei gedacht. Mein Gott, meine Kleine ist genauso alt wie Nicole. Mit der steige ich noch zusammen in die Wanne.«

»Wie sieht denn einer aus, der sich an Kindern vergreift?«, murmelte ich.

Günther blies die Luft aus, beugte sich zum Tisch und griff nach seinen Zigaretten. Erst als er sich eine davon angezündet hatte, meinte er: »Das spukt dir also im Kopf rum! Es geht dir sehr nahe, was? Na ja, das kann ich verstehen. Wenn man die Betroffenen persönlich kennt, ist es immer eine andere Sache, als wenn man es nur in der Zeitung liest. Aber selbst dann ist es ekelhaft, glaub mir. Wenn man selbst Kinder hat, ist es immer ekelhaft. Ob man nun eine Frau ist oder ein Mann, da ist kein großer Unterschied. Man begreift es einfach nicht. Mir geht es jedenfalls so. Vielleicht beruhigt es dich, wenn ich dir sage, dass die Polizei eine heiße Spur hat. Dettov rief mich heute Mittag an. Er meinte, es könne jeden Moment zur Verhaftung kommen. Vielleicht steht es Montag schon groß in der Zeitung.«

»Wer ist es?«

Günther zuckte mit den Achseln. »Keine Ahnung, einen Namen hat Dettov mir nicht genannt. Aber vielleicht steht der Montag auch in der Zeitung.«

»Man weiß ja nicht, was draus wird«, hatte meine Großmutter einmal gesagt, »und deshalb muss man sie in Ruhe heranwachsen lassen, dass etwas aus ihnen werden kann. Man darf sie nicht schlagen. Wer ein Kind schlägt, der schlägt die Zukunft kaputt, den sollte man gleich mit kaputtschlagen.«

»Und damit ist der Fall dann erledigt«, sagte ich leise.

Günther seufzte nachdrücklich. »Mein Gott, was erwartest du denn? Soll er gesteinigt werden, gevierteilt? Oder vielleicht lieber mit ein bisschen Benzin übergießen und anzünden, vorher natürlich kastrieren, ohne Narkose versteht sich. Sigrid«, er bemühte sich ganz offensichtlich um Ruhe, sprach in künstlich bedächtigem Ton weiter: »Wir leben in einer zivilisierten Nation. Bei uns wird nicht jedem Ladendieb gleich eine Hand abgehackt. Und selbst ein Mörder hat das Recht auf einen fairen Prozess. Er bekommt seine gerechte Strafe, meistens jedenfalls.«

Es wurde mir gar nicht bewusst, dass ich anfing zu nicken, ganz mechanisch einfach nur mit dem Kopf rauf und runter. »Und wenn die Polizei sich irrt mit ihrer heißen Spur. Wenn es keine Verhaftung gibt?«

Noch einmal stieß Günther einen Seufzer aus, der in der Luft nachzitterte. »Dann macht er weiter, das willst du doch sagen. Hast du etwa wieder von deiner Uhr geträumt?«

Nein! Ein paar Sekunden lang war er still, schaute mich nur von der Seite an, bohrte weiter. »Was ist es dann? Machst du dir Vorwürfe? Meinst du, du hättest etwas verhindern können? Das ist doch Blödsinn, Sigrid. Du bildest dir das ein.«

Er schaute mich mit einem Blick von der Seite an, als sei er nicht sicher, ob er weitersprechen sollte. Das tat er dann, langsam und bedächtig: »Ich kann nicht nachvollziehen, wie das ist, wenn man an solche Dinge glaubt. Ich halte mich lieber an die Realität, da weiß ich wenigstens, woran ich bin. Aber es gibt eine Menge von solchen Spinnern. Frag mal die Polizei, wie viele Hellseher sich melden, wenn jemand verschwindet.«

»Ich kann nicht hellsehen«, murmelte ich. »Wenn ich hellsehen könnte, wäre Franz nicht tot und mein Vater nicht und das Mädchen aus meiner Klasse nicht. Das waren Unfälle; wenn ich hellsehen könnte, hätte ich vorher gewusst, was passiert, und ich hätte es verhindern können.«

Günther lachte rau. »Immer vorausgesetzt, dein Franz, dein Vater und das Mädchen aus deiner Klasse hätten dir geglaubt. Was ich noch bezweifeln möchte.« Er lachte noch einmal, ein bisschen lauter diesmal.

Dann begann er unvermittelt von seiner Frau zu sprechen. »Sie glaubte auch an solchen Scheiß. Zuerst waren es nur die Horoskope. Wenn sie im Express las, dass sie einen schlechten Tag hatte, setzte sie keinen Fuß vor die Tür. Aber die Horoskope reichten bald nicht mehr. Sie wollte es genauer wissen. In dem Jahr vor unserer Trennung hat sie ein Vermögen zu einer Kartenlegerin getragen. Ich hatte mir eingebildet, es sei alles in Ordnung bei uns. Hin und wieder mal ein Krach wegen Kleinigkeiten, das kommt überall vor, meist ging es ja auch nur um ihren Tick. Aber keine größeren Differenzen. Und dann geht sie zu dieser Trulla und lässt sich erzählen, wie unglücklich sie ist. Und plötzlich war sie todunglücklich. Es gab kein Argument mehr dagegen. Ich konnte tun, was ich wollte, es war alles falsch. Und dann kommst du und erzählst mir von deiner Uhr. Ich dachte, mich trifft der Schlag.«

11

Wir saßen bis kurz vor zehn auf der Couch und sprachen miteinander, zum ersten Mal über uns, über Gefühle, Ängste und ein bisschen auch über Franz. Über das Heft, das ich einmal in seinem Schubfach gefunden hatte. Über die kleinen Nichten, die so gern auf seinem Schoß sitzen mochten. Hoppe, hoppe Reiter, wenn er fällt, dann schreit er. Über das Bad am Samstagabend, die

Bürste, die eigentlich gedacht war, den Rücken damit zu waschen. Zuerst starrte Günther mich nur ungläubig an, dann presste er die Lippen aufeinander, senkte den Kopf und murmelte: »Und da willst du mit mir unter die Dusche?!«

Später gingen wir zusammen in den Keller. Günther war anders, vielleicht weicher. Er brauchte selbst ein bisschen Halt. Unter der Dusche meinte er: »Warum hast du nie was gesagt?«

Als ich ihm nicht antwortete, lächelte er. »Das erklärt ja einiges. Na ja, wenigstens liest du kein Horoskop und lässt dir nicht die Karten legen. Gegen einen Albtraum hin und wieder habe ich nichts einzuwenden. Und mit deinen Kaninchen hast du ja fast einen Treffer gelandet. In der Laube stand ein ganzer Haufen alter Kaninchenställe.«

Dann drückte er mir die Flasche mit der Duschlotion in die Hand. Er grinste dabei, aber nur sehr flüchtig: »Aber jetzt wechseln wir lieber das Thema. Hier, bitte, wenn du dich revanchieren möchtest. Ich stelle mich gerne zur Verfügung.«

Es kam eins zum anderen. Sehr bequem war es nicht unter der Dusche. Und ich war mit meinen Gedanken mehr bei der Tür zur Waschküche. Als wir wieder hinaufgingen, bemerkte auch Günther den fehlenden Schlüssel.

»Wie alt ist dieser Genardy eigentlich?«, wollte er wissen.

Ich sagte, dass ich ihn etwa im gleichen Alter schätzte wie meine Mutter, achtundfünfzig, neunundfünfzig. Günther grinste.

»Ach ja, er hat ja schon Enkelkinder. Vielleicht solltest du trotzdem einen Schlüssel auf die Tür stecken. Man kann nie wissen, was in einem älteren Herrn vorgeht. Mich hat es auch gleich in den Fingern gejuckt, als ich dich zum ersten Mal sah, und nicht nur in den Fingern. Dass er so überstürzt hier eingezogen ist, gefällt mir nicht.«

Wir lachten beide, es war alles wieder in Ordnung. Mir

war ganz leicht, und wir lachten noch, als wir in die Diele kamen. Sonntags war ich immer noch so gelöst. Günther hatte keinen Dienst, er wollte den ganzen Tag bleiben. Beim Mittagessen schlug er vor, dass wir nachmittags ein bisschen spazieren fahren sollten. In den Zoo, an den Rhein, das Wetter war mild.

Aber Nicole war es nicht. Vielleicht war sie immer noch beleidigt, weil ich ihr das Baden in Günthers Wohnung nicht erlaubt hatte. Vielleicht war sie eifersüchtig, und es passte ihr nicht, dass Günther über Nacht bei mir geblieben war. Bis weit nach Mittag war sie ungenießbar.

Das begann schon, als sie morgens vor der verschlossenen Tür stand. Dass ich mich auch an den Abenden vorher eingeschlossen hatte, hatte sie nicht bemerkt, weil ich immer vor ihr aufstand. Ich wachte auf, als sie die Klinke niederdrückte und gleich darauf anklopfte. Aber wie! Sie schlug mit der Faust gegen die Tür. Dann schrie sie nach mir. Und als ich ihr öffnete, fauchte sie mich wütend an: »Warum schließt du dich denn ein? Das finde ich gemein von dir.«

Dann erst sah sie Günther auf der Couch liegen. Er richtete sich auf, wollte etwas sagen. Sie kam ihm zuvor.

»Haben wir jetzt ein Hotel?«

Ich hätte sie zurechtweisen müssen. Doch bevor ich dazu kam, huschte sie an mir vorbei und ging gleich in die Küche. Günther zuckte mit den Achseln. Er schien das nicht weiter tragisch zu nehmen.

Nach dem Frühstück bot er ihr eine Partie Schach an. Sie schüttelte den Kopf, knipste an ihren Fingernägeln herum und erklärte patzig: »Spiel doch mit Mama. Du kannst ihr ja zeigen, wie es geht.« Dann verzog sie sich in ihr Zimmer, knallte die Tür hinter sich zu.

Günther hielt mich am Arm zurück, als ich ihr nachgehen wollte. »Lass sie erst mal in Ruhe, Sigrid. Das ist normal, meine Frau hatte anfangs die gleichen Probleme in doppelter Ausführung. Bisher war ich ein Freund des Hauses, ihrer genauso wie deiner. Aber wenn da plötzlich ein Mann in Mutters Bett liegt, sieht die Sache anders aus.«

Nach dem Mittagessen wollte Nicole gleich zu Denise gehen. Es war sehr wichtig; sie musste sich doch überzeugen, ob Denise immer noch wütend auf sie war. Die Fahrt nach Köln konnte ich abschreiben, dabei hatte ich mich schon darauf gefreut. Es war keiner von den zweiten Sonntagen. Aber ich rechnete fest damit, dass Mutter im Laufe des Nachmittages auftauchen würde, um mir einen weiteren Vortrag in Sachen Anstand zu halten. Vielleicht auch, um mir noch einmal persönlich zu sagen, dass ich ein komischer Mensch war, rücksichtslos, krankhaft misstrauisch und weiß der Himmel was sonst noch.

Ich hatte Glück, aber ich hatte ja auch einen neuen Mieter. Es gab keinen Vortrag. Mutter kam tatsächlich, nur hatte sie anderes im Kopf. Sie kam kurz nach drei, wie üblich mit Mara an der Hand. Mara trug ein neues Kleidchen, unter dessen Saum das Windelpaket vorlugte, und weiße Kniestrümpfe. Sie sah putzig aus, richtig sommerlich.

Wir hatten gleich nach Mittag die Terrassenmöbel aus dem Keller geholt und uns hinausgesetzt. Mutter setzte sich zu uns, sang ein Loblied auf das herrliche Wetter, schilderte den Spaziergang mit Mara. Erzählte, dass Mara nach Mittag überhaupt nicht geschlafen hatte. Dann hörte sie, dass oben die Balkontür geöffnet wurde, und verrenkte sich fast den Hals in der Hoffnung, Herrn Genardy zu Gesicht zu bekommen.

Sie bekam rote Wangen und ein Glitzern in die Augen, als sie sich zu mir herüberbeugte. Dann flüsterte sie: »Ich hätte nicht gedacht, dass er auch heute hier ist. Aber wenn es im Haus seines Sohnes so lebhaft zugeht, hier hat er jedenfalls mehr Ruhe.«

Günther grinste still in sich hinein. Er ging mit mir in die Küche, als ich den Kaffee aufbrühen wollte.

»Mach lieber zwei Tassen mehr«, sagte er, »wenn mich nicht alles täuscht, bekommen wir noch einen Gast. Ich bin wirklich gespannt auf ihn.« Er sprach so leise, dass Mutter ihn draußen nicht verstand. »Muss ja ein toller Hecht sein, wenn er deine Mutter so beeindruckt.«

Dann fragte er, ob er Kuchen holen solle. Mutter hatte nichts mitgebracht. »Wie viele Stücke, vier, fünf, sechs?«

»Sechs«, sagte ich und wollte ihm Geld geben. Er winkte ab, nahm seinen Autoschlüssel. »Wir« hatte er gesagt.

Und draußen fragte Mutter: »Ist das nicht ein herrliches Wetter? Wollen wir nur hoffen, dass es den Sommer über so bleibt. Wenn ich da an das vergangene Jahr denke, das war ja eine einzige Katastrophe. Ich sagte eben noch zu meiner Tochter …«

Als Günther mit dem Kuchen zurückkam, saß Herr Genardy bereits mit auf der Terrasse. Mutter hatte mit kurzen Einwürfen über die Kosten der Wiedervereinigung, den neuen amerikanischen Präsidenten (Ich habe immer zu meiner Tochter gesagt, das Land braucht einen jungen Mann!), über Vulkanausbrüche und Flutkatastrophen dezent zu verstehen gegeben, dass man sich mit ihr auch über globale Themen unterhalten konnte, und ihn nicht zweimal bitten müssen.

Herr Genardy trug wieder den braunen Anzug, dazu ein hellgrünes Hemd. Eine Krawatte trug er nicht, der Kragenknopf vom Hemd war offen. Und der Kragen war an der Kante verschlissen. Es fiel mir nur auf, weil Mutter unentwegt auf Herrn Genardys Hals schaute oder auf seine Hände.

Er trug keinen Ring. Mutter trug drei: an der linken Hand den Ring, den Anke und Norbert ihr einmal zu Weihnachten geschenkt hatten, an der rechten die beiden Eheringe übereinander. Vor Jahren hatte sie von mir verlangt, dass ich mir den Ehering von Franz enger machen lassen sollte. Da hatte sie mir auch einen Vortrag über Anstand gehalten, weil ich sogar meinen eigenen abgelegt hatte.

Günther stellte den Kuchen auf den Tisch und setzte sich zu uns. Ich holte den Kaffee, schenkte ein. Mutter war bereits dabei, ein Stück Torte auf Herrn Genardys Teller zu legen. Sie überschlug sich fast vor Eifer, war die Liebenswürdigkeit in Person. Herr Genardy hinten, Herr Genardy vorne. Dazwischen eine kurze Frage an Mara, ob sie lieber Sahnekuchen oder Erdbeertorte essen wollte.

Mara wollte gar nichts essen, wollte lieber spielen. Ich holte ihr die alte Barbie-Puppe aus Nicoles Zimmer, brachte auch gleich eine Decke mit. Und da saß Mara dann, die Puppe zwischen den gespreizten Beinchen. Sie zog die Puppe aus und wieder an und wieder aus. Herr Genardy bemerkte wieder einmal, welch ein stilles, zufriedenes, welch ein reizendes Kind sie doch sei.

Seine Enkelin sei ein richtiger Springinsfeld, sagte er, sie könne nicht zwei Minuten still sitzen. Mutter fragte ihn nach Fotos und ob er sich schon ein wenig eingelebt habe. Von Günther und mir nahm sie gar keine Notiz. Es war mir ganz recht so. Herr Genardy ließ sich lang und breit über die Maler aus, die ihn nach halb getaner Arbeit schmählich im Stich gelassen hätten. Erwähnte noch einmal, dass er sich nur behelfsmäßig eingerichtet, dass er Mutter nur deshalb am Freitag nicht auf einen Kaffee zu sich gebeten habe.

»Ich hoffe, Sie haben mir das nicht als Unhöflichkeit ausgelegt, Frau Roberts.«

Fotos von seinen Enkelkindern hatte er noch gar nicht hier. Sonst hätte er sie Mutter gerne gezeigt. Und er war sicher, Mutter wäre begeistert gewesen. Es waren herrliche Aufnahmen. Sein Sohn war von Beruf Fotograf, arbeitete in der Hauptsache für Versandhäuser, machte die Aufnahmen für die Kataloge. Nicht immer ganz leicht, man musste schon ein besonderes Gespür für Kinder haben, damit es lebendig wirkte. Mutter war sichtlich beeindruckt.

Und was das Einleben betraf, Herr Genardy seufzte und erklärte, es sei doch eine große Umstellung für ihn. Er sei es nicht gewohnt, alleine zu leben. All die Jahre mit der Familie seines Sohnes unter einem Dach. Am Wochenende oft allein mit den Enkelkindern, damit Sohn und Schwiegertochter ein wenig Zeit für sich hatten, weil sein Sohn die Woche über meist unterwegs war. Und Mutter stimmte ihm zu, egal, was er sagte. Ich fand es peinlich. Es kam mir alles so falsch vor.

Ich fühlte, wie allmählich die Beklemmung wieder in mir hochstieg. Da saßen wir auf der Terrasse, vier Erwachsene und ein kleines Kind. Und irgendwo im Wohnzimmer lag eine Zeitung mit einem Bericht über ein anderes Kind. Missbraucht und erwürgt. Und Hedwig saß in ihrer Wohnung in Köln-Chorweiler, allein, ohne Hoffnung, mit der Gewissheit, dass sie ihre Tochter niemals wiedersehen würde.

Ich war dankbar, dass Günther da war. Günther in seiner alten Jeans, das Hemd halb offen, die Ärmel aufgerollt, so lässig, so stark, so männlich, manchmal die Stirn runzelnd, manchmal gegen ein Grinsen ankämpfend. Günther, der an nichts glaubte, nur an die Realität.

Er hatte zwei Stücke Kuchen gegessen, sich dann im Sessel zurückgelehnt, die Beine übereinander geschlagen. Ich zählte die Härchen auf seinen Unterarmen, es half ein wenig. Als er mich ansah, dachte ich an die vergangene Nacht.

Die Couch war für uns beide ein bisschen zu schmal gewesen. Als wir uns hinlegten, hatte Günther gesagt: »Ich fürchte, nebeneinander liegen ist unmöglich. Versuchen wir es mal übereinander? Wenn du ein bisschen nachhilfst, kann ich vielleicht den Anker noch mal auswerfen.«

Fünfeinhalb Jahre Treue über den Tod hinaus waren genug. Ich war Franz nichts mehr schuldig. Es war mein Recht, mich als Frau zu fühlen.

12

Kurz nach vier kamen Nicole und Denise. Sie wollten eigentlich nur das kleine Köfferchen holen, in dem Nicole die Kleider und Möbel der Barbie-Puppe aufbewahrte. Sie kamen kurz hinaus auf die Terrasse, um Bescheid zu sagen, dass sie nicht bleiben konnten. Aber es war noch ein Stück Sahnetorte übrig, und Denise bekam ganz hungrige Augen. Auch bei Nicole meldete sich aus lauter Sympathie augenblicklich der Appetit.

Sie verzogen sich mit dem Stück in die Küche, teilten es dort, die dünne Spitze für Nicole, den Rest für Denise. Dann verhandelten sie eine Weile, ob sie nun hier bleiben oder wieder gehen sollten. Denise wollte heimgehen und dort weiterspielen. Nicole erinnerte an die kleinen Brüder und das größere Stück vom Kuchen und setzte sich damit durch.

Sie kamen wieder heraus, nahmen Mara mit hinunter in den Garten. Denise setzte sich auf die Schaukel, nahm Mara auf den Schoß, schlang beide Arme um die Seile und hielt Mara mit den Händen fest.

Denise trug ein kurzes Röckchen, keine Strümpfe, hatte die nackten Füße in Sandalen gesteckt. Auf ihrem rechten Knie klebte ein großes Pflaster, auf dem Oberschenkel war eine rote Schramme zu erkennen. Nicole stellte sich hinter die Schaukel und gab dem Holzbrett einen Schubs.

Alles so friedlich. Kaninchen, dachte ich, es sind gar keine Kaninchen da.

Es kam zurück, ich konnte nichts dagegen tun. Ich spürte, wie meine Hände zu zittern begannen, hatte plötzlich das Bild aus der Zeitung im Kopf. Die Gartenlaube, aber ich sah sie nicht schwarz-weiß, ich sah sie in Farbe.

Grau gebleichte Holzbretter, das schief hängende Dach aus Teerpappe. So viel Grün drum herum. Und dann ein Stück Rasen, der nackte Beton der Garageneinfahrt, mit Kreide gezeichnete Kästchen darauf. Ein Kinderreim. Hüpfen auf einem Bein, dass das Röckchen nur so flog.

Jetzt flog es auch, aber nur an den Rändern. Maras Kleidchen bauschte sich auf. Wenn es wärmer wird, dachte ich, zieht man den Kindern keine dicken Strumpfhosen mehr an. Da stellt man vielleicht ein Wasserbecken in den Garten und lässt so ein Kleines darin spielen. Ohne Windeln natürlich.

Reiß dich doch zusammen, Sigrid, du willst das doch gar nicht denken.

Mara jauchzte, als die Schaukel mehr Schwung bekam. Herr Genardy schaute mit entzücktem Lächeln in den Garten hinunter und unterhielt sich mit Mutter über Kinder, die sich noch für Kleinigkeiten begeistern konnten.

So viel Grün drum herum.

Franz hatte gleich nach unserem Einzug kleine, schlanke Bäumchen gepflanzt, eins neben das andere, direkt auf die Grundstücksgrenze. Inzwischen standen sie mannshoch und so dicht, dass man von den Nachbarn nichts mehr sah.

Mara lachte hellauf, hatte die Augen weit aufgerissen. Kinder mögen das, musste ich denken, wenn sie fliegen. Nicole hatte das auch immer gemocht, und jetzt mochte sie Pferde.

Franz hatte vor Jahren eine andere Schaukel aufgehängt, ein Körbchen, in das man ein kleines Kind hineinsetzen konnte. Als Nicole dann größer wurde, hatte Norbert den Korb gegen ein Brett ausgetauscht. Aber die Seile waren immer noch die gleichen, seit Jahr und Tag bei Wind und Wetter im Freien.

Reichte ein Pony? Es gab Ponys, irgendwo in der Nähe. Ich wusste nicht, wo, aber ich sah es ganz deutlich vor mir. Ein Feldweg, eine Weide, eine Tränke darauf und Ponys, sechs oder sieben, auch Fohlen. Wo hatte ich das gesehen? Und wann? Gar nicht!

Es wäre besser, du sagst deiner Mutter, wenn dich einer anfasst. Ein Höschen mit blauen Blumen auf grau gewaschener Baumwolle, die Beinränder waren vom vielen Waschen geweitet.

Und wo hatte ich das gesehen?

Auf meiner Leine natürlich. Aber es gehörte nicht Nicole. Manchmal, wenn sie spielten und für sonst nichts Zeit hatten, wenn sie auf die allerletzte Minute zum Klo rannten, gingen ein paar Tröpfchen in die Hose. Und manchmal fielen sie in den Dreck, und das Hinterteil war schmutzig. Dann wurde eben ein frisches aus dem Schrank genommen, der einem gerade am nächsten war.

Ein Höschen mit blauen Blumen und grünen Blättern an den Stielen. Ich sah es ganz deutlich vor mir. Mir war danach, den Kopf zu schütteln.

Zu hören war überhaupt nichts, als das vordere Seil der Schaukel riss. Ich war mit meinen Gedanken immer noch auf der Weide. Es gab keinen Knacks, kein Knirschen. Die beiden Kinder lagen plötzlich im Gras.

Mara brüllte gleich los, mehr wohl vor Schreck. Verletzt haben konnte sie sich nicht. Denise hatte anscheinend versucht, den Sturz abzufangen. Sie lag unten, hielt Mara mit einem Arm umklammert, ein Stück vom Seil noch in der Armbeuge. Das Holzbrett war ihr gegen den Oberschenkel geschlagen. Mara lag auf dem Bauch.

Mutter stürzte die Stufen hinunter, stolperte selbst und fing sich wieder. Auch Herr Genardy stand auf, aber er blieb auf der Terrasse. Auf Mutters Arm beruhigte Mara sich rasch wieder. Ihr Kleidchen hatte ein paar Grasflecke abbekommen, die weißen Kniestrümpfe waren schmutzig, sonst war sie völlig in Ordnung. Und Denise saß immer noch im Gras, rieb sich ihren linken Knöchel, beäugte die Schramme am Oberschenkel, wischte mit einer Hand ein paar Blutstropfen weg. Nicole griff unter ihre Achsel und wollte ihr beim Aufstehen helfen. Aber Denise sackte gleich wieder zurück.

Ich wollte zu ihr gehen, auch Günther richtete sich auf. Herr Genardy kam uns zuvor. »Hast du dich verletzt?«, rief er und ging auch gleich los.

Er hockte sich neben Denise ins Gras, betastete den Knöchel. Erst den linken, dann den rechten, dann schob er ihren Rock in die Höhe. Er sagte etwas zu ihr, ich verstand es nicht, sah nur, dass Denise den Kopf schüttelte.

Hinter mir sprach Mutter auf Mara ein, die daraufhin wieder leise zu jammern begann. Herr Genardy richtete sich auf und nahm Denise auf die Arme. Ganz recht war es ihr nicht, das sah ich ihrem Gesicht an. Herr Genardy kam mit ihr die Stufen herauf. Denise schaute mich an, irgendwie erbarmungswürdig.

»Es ist überhaupt nicht schlimm«, sagte sie, »es hat nur im Moment ein bisschen wehgetan.«

Und Günther betrachtete sie mit gerunzelter Stirn, warf mir einen merkwürdigen Blick zu. Als Herr Genardy sich setzen wollte, Denise immer noch auf den Armen, nahm Günther sie ihm ab. Er stellte sie vorsichtig auf ihre Füße, hielt sie am Arm, fragte: »Geht es wieder?«

Denise nickte eifrig und lächelte schüchtern zu ihm hoch. Günther lächelte ebenfalls. »Wir tun ein Pflaster aufs Bein. Es blutet ja.«

Und Denise schüttelte heftig den Kopf. »Ich brauche kein Pflaster. Es blutet nur ein bisschen.« Sie humpelte ein wenig, als sie zurück in den Garten ging, um sich dort das gerissene Seil anzusehen.

»Gebrochen ist der Knöchel nicht«, erklärte Herr Genardy. »Aber am Bein hatte sie sich gestern schon verletzt, an der gleichen Stelle. Man sollte es ihr schon verbinden. Damit sich die Wunde nicht infiziert.«

Ich war mir nicht sicher, zu wem er es sagte. Antwort bekam er von Günther.

»Wozu«, sagte Günther lakonisch, »wenn sie nicht will.«

Mara jammerte immer noch. Sie war anscheinend müde, rieb sich die Augen. Notgedrungen musste Mutter sich verabschieden. Es gefiel ihr nicht, das war offensichtlich. Sie schimpfte sogar mit Mara. »Jetzt ist aber genug geweint, du hast dir doch gar nicht wehgetan.« Wahrscheinlich hätte sie sich gerne noch länger mit Herrn Genardy unterhalten.

Er ging zusammen mit Mutter in die Diele. Verabschiedete sich dort von ihr mit einem Händedruck, strich Mara einmal über die Wange. Bei mir bedankte er sich für Kaffee, Kuchen und den unterhaltsamen Nachmittag. Während er die Treppen hinaufstieg, brachte ich Mutter zur Haustür, dann ging ich wieder hinaus auf die Terrasse.

Dort saß inzwischen Denise in Mutters Sessel, den linken Fuß auf dem Tisch. Günther stand darüber gebeugt und betastete vorsichtig die leichte Schwellung, die sich über dem Knöchel gebildet hatte. Nicole schaute fasziniert zu und betupfte gleichzeitig die immer noch blutende Schramme an Denises Oberschenkel mit einem Papiertuch.

»Wir sollten den Fuß kühlen«, sagte Günther zu mir, »holst du eine Schüssel, kaltes Wasser und ein Tuch? Bring auch ein Heftpflaster mit. Das kann Nicole schon aufkleben.«

Er richtete sich auf, schaute Denise an und meinte beruhigend: »Keine Sorge, das kriegen wir wieder hin. In einer Stunde hüpfst du damit wie ein Hase.«

Dann hob er die Stimme, nicht nur die, auch den Blick nach oben zum Balkongeländer.

»Und wenn dir noch mal einer helfen will«, sagte er, »und du willst es nicht, dann sagst du einfach, nein danke, ich kann es allein. Oder, ich möchte es nicht. Das darf man, auch wenn es einer nur gut meint. Ich mag mich auch nicht von jedem Menschen anfassen lassen.«

Ich schaute ganz unwillkürlich ebenfalls hinauf. Die Balkontür stand wohl immer noch offen. Es war nichts zu sehen oder zu hören.

Um sieben fuhr Günther Denise rasch nach Hause, weil sie beim Auftreten immer noch Schmerzen hatte. Nicole wollte unbedingt mit. Ich machte in der Zeit Abendbrot. Und später saßen wir im Wohnzimmer, Nicole schlief. Es war ganz still im Haus.

»Du magst ihn nicht«, stellte ich fest.

Günther zuckte mit den Achseln. »Muss ich ihn mögen?«, fragte er. Und nach einer Weile fügte er hinzu: »Er hat mir ein bisschen zu viel von seinen Enkeln und seinem Sohn geschwärmt. Aber als deine Mutter ihn nach Fotos fragte, musste er passen.«

»Er hat ja noch nicht alle Sachen hier«, sagte ich.

Günther schwieg sekundenlang dazu, dann erklärte er: »Er hatte eine Brieftasche im Jackett. Ich habe immer einen ganzen Packen Fotos in der Brieftasche. Aber was soll's, Hauptsache, er zahlt gut, und du kommst mit ihm klar.«

13

Montags erwachte ich kurz vor fünf von einem lauten Klirren in der Diele. Da war etwas zu Bruch gegangen. Ich hörte einen undeutlichen Fluch, mehr nur ein Murmeln. Schritte die Treppe hinauf und wieder hinunter. Jetzt fegte er die Scherben auf ein Kehrblech. Und wenig später verließ er das Haus. Die Tür schloss er nicht gleich hinter sich.

Ich hörte ihn über die Steinplatten zur Garage gehen. Er kam noch einmal zurück, holte anscheinend noch etwas aus der Wohnung, kurz darauf wurde oben die Tür abgeschlossen. Und wieder die Schritte auf der Treppe und in der Diele. Als er das Haus diesmal verließ, hörte ich auch, dass er die Haustür hinter sich zuzog und sogar einmal abschloss.

Ich hatte den Rollladen nicht ganz hinuntergelassen, und die Couch stand direkt unter dem Fenster. Ich musste mich nur aufrichten, um hinaussehen zu können.

Herr Genardy kam am Fenster vorbei. Er trug den Anzug. Wieder den braunen Anzug. Er wird doch wohl mehr haben als nur den einen! Natürlich hat er noch mehr Anzüge, Sigrid, die anderen sind noch im Haus seines Sohnes!

In einer Hand trug er die Aktentasche und eine halb gefüllte Plastiktüte; sah aus, als ob er darin ein paar Kleidungsstücke transportierte – den Blaumann, was sonst, und das karierte Hemd! Ist er mit der Renovierung endlich fertig und bringt die Sachen nur in die Wäscherei, oder zieht er sie gleich irgendwo an, hängt den Anzug solange ins Spind? Ein Fabrikarbeiter fährt zur Arbeit! Spinn doch nicht rum, Sigrid. Mach dich nicht wieder selbst verrückt.

Mit der anderen Hand drückte Herr Genardy sich einen nicht übermäßig großen Karton gegen die Brust. Der Karton war oben offen. Ich sah ein bisschen Zeitungspapier, in das offenbar ein Teller eingewickelt war, und die Henkel von zwei Tassen über den Rand hinausragen.

Wenig später wurde in der Garage der Motor gestartet. Dann fuhr er weg. In seinem alten, erinnerungsbeladenen Auto. Ich fühlte mich ganz leicht. So hatte ich mich früher immer am Sonntagmorgen gefühlt, wenn ich wusste, jetzt lag eine ganze Woche vor mir. Eine Woche, in der Franz abends müde von der Arbeit kam, in der er sich nachts neben mich ins Bett legte. Schlaf gut, Siggi. Und dabei den Arm schon nach der Lampe ausstreckte.

Es blieb den ganzen Tag so. Das Wochenende hatte mir gut getan. An Franz dachte ich kaum einmal, dafür umso mehr an Hedwigs Tochter und ihren noch gesichtslosen Mörder. Ich hatte mir morgens am Bahnhof eine Zeitung gekauft, aber da stand nichts von einer Verhaftung. Nur von einem Verdacht war die Rede und von einem wichtigen Zeugen, der dringend gebeten wurde, sich bei der Polizei zu melden. Arme Hedwig.

In der Mittagspause fragte mich der Abteilungsleiter, ob ich zur Beerdigung gehen wolle. Die sei am Donnerstagmorgen um zehn, und es wäre sicher gut, wenn sich jemand von uns dort sehen ließe. Er selbst wollte auch hingehen. Er könne mich in seinem Wagen mitnehmen, sagte er. Wo ich doch mit Hedwig befreundet sei, vielleicht könne ich ihr ein bisschen beistehen. Das glaubte ich nun weniger, aber hingehen wollte ich.

Abends war ich zwar müde, aber sonst fühlte ich mich völlig in Ordnung. Eine knappe halbe Stunde war ich allein im Haus, ehe Nicole kam. Es war alles still in der Zeit, aber es störte mich nicht. Er ist nicht da, Sigrid. Du hast das ganz richtig eingeschätzt heute Morgen. Er hat seinen Kram zusammengepackt und ist jetzt wieder dort, wo er auch vorher war.

Nicole hatte schon bei Anke zu Abend gegessen. Während ich aß, saß sie bei mir in der Küche und erzählte, wie sie es sonst auch oft tat. Sie war nach den Schularbeiten zu den Kollings gegangen, aber nicht sehr lange geblieben, weil Frau Kolling mit Denise zum Arzt gehen wollte. Der Kratzer am Oberschenkel hatte sich anscheinend entzündet.

Meine Mutter war den ganzen Nachmittag bei Anke gewesen. Das war mir nichts Neues. Aber zum ersten Mal hatte Mutter sich längere Zeit mit Nicole beschäftigt, ohne an ihr herumzumäkeln. Mutter hatte sogar vorgeschlagen, für die Zeit, die Anke nach der Geburt im Krankenhaus verbringen musste, zu uns zu kommen. »Sie hat gesagt, sie kommt dann immer kurz vor Mittag und kocht was. Und sie bleibt hier, bis du abends von der Arbeit kommst. Mara müsste sie natürlich mitbringen.«

Das waren nun ganz neue Töne. Und Nicole war mit Mutters Vorschlag ganz und gar nicht einverstanden. »Ich habe ihr gesagt, das ist nicht nötig, weil ich zu Denise gehen kann.«

Sie hatte zur Sicherheit schon bei Denises Mutter angefragt. Und die hatte ihr Einverständnis erklärt. Ich wollte selbst noch einmal mit Frau Kolling reden. Ihr vielleicht ein bisschen Geld anbieten, weil Nicole ja auch essen musste, nach Möglichkeit zweimal. Und die Kollings waren mit ihren drei Kindern auch nicht auf Rosen gebettet.

Nicole ging um acht ins Bett. Ich hatte noch bis kurz vor zehn mit der Wäsche zu tun. Zuerst die übliche Sortiererei. Eine halbe Maschinenfüllung Unterwäsche, Frotteesocken von Nicole und Handtücher. Während die Maschine lief, wusch ich zwei Blusen von mir auf der Hand.

Dann nahm ich mir den Pullover mit dem Pferdekopf noch einmal vor. Ihn nur mit Wasser auszuwaschen, hatte nichts geholfen. Die Stelle, die Mittwochnacht feucht und ein bisschen klebrig gewesen war, hatte sich trotz des Waschens weißlich verfärbt. Ich musste eine Weile rubbeln, ehe es herausging. Es! Ob Nicole sich nach dem Zähneputzen den Mund nicht richtig umgespült hatte? Es musste Zahncreme sein. Zahncreme und Speichel, was hätte es denn sonst sein sollen?!

Da war einmal eine Hose gewesen, eine dunkelblaue Hose

vom Sonntagsanzug. Franz hatte ihn samstags getragen, zur Geburtstagsfeier für einen seiner Brüder. Franz hatte den halben Nachmittag mit einer seiner Nichten gespielt, die war damals drei gewesen. Hoppe, hoppe Reiter, wenn er fällt, dann schreit er, fällt er in den Graben, fressen ihn die Raben, fällt er in den Sumpf, dann macht der kleine Reiter plumps.

Und als wir dann spätabends heimkamen, setzte Franz sich in den Sessel vor den Spiegel und nahm mich auf den Schoß. Die Hose zog er nicht aus, er machte sie nur auf. Er drang auch nicht in mich ein, spielte nur ein bisschen herum. Das reichte schon für ihn. Und später waren Flecken auf dem Stoff. Ich hatte mich geschämt, als ich die Hose in die Reinigung brachte.

Vergiss es, Sigrid, vergiss es doch endlich. Es hat keine Bedeutung mehr, nicht mehr nach so vielen Jahren.

Um halb zehn war die Maschine fertig. Vier Paar Socken, die Handtücher, meine Unterwäsche, vier Kinderhöschen mit Punkten in verschiedenen Farben und ein Donnerstag-Höschen.

Als ich es sah, hörte ich Günther über das Höschen von Hedwigs Tochter reden, und die Hände begannen mir zu zittern. Ich konnte es zuerst gar nicht festklammern. Verflucht, warum hörte es denn nicht auf? Als ob sich plötzlich jedes Ding in meiner Umgebung vorgenommen hatte, mir ein bestimmtes Bild vor Augen zu halten.

Ein Donnerstag-Höschen! Von Nicole konnte es nicht sein. Ihres lag im Schrank, davon war ich überzeugt. Das war vergangene Woche in der Wäsche gewesen. Ich hatte es doch am Freitag selbst noch auf dem Ständer gesehen.

Ganz ruhig, Sigrid, ganz ruhig, es ist alles völlig harmlos. Zahncreme und Speichel auf einem Pullover. Es gibt für alles eine logische Erklärung. Das Höschen muss Denise gehören. Sie haben sich wieder einmal aushelfen müssen. Oder Nicole hat sich morgens in der Eile vergriffen. Du glaubst doch nicht wirklich, du könntest in deinem Keller etwas finden, das einmal Hedwigs Tochter gehört hat?

Nein, das glaubte ich nicht, nicht wirklich jedenfalls.

Das Freitag-Höschen war bislang nicht wieder aufgetaucht. Vielleicht lag das jetzt im Wäschekorb von Frau Kolling, oder es lag unter Nicoles Bett, darunter fand ich auch oft einzelne Strümpfe. Um halb elf lag ich dann selbst auf der Couch, die Augen so schwer und trocken, dass ich sie nicht mehr offen halten konnte. Morgens bemerkte ich, dass ich vergessen hatte, meine Tür abzuschließen.

14

Auch den Dienstag über war ich so ruhig wie lange nicht mehr. Ich dachte ein paar Mal an Herrn Genardy, dass er das Haus doch sehr früh verlassen hatte. Und nicht nur am Montag. Er musste auch in der vergangenen Woche immer so früh losgefahren sein, dass ich nichts davon mitbekommen hatte, wie er das Haus verließ.

Mit dem Auto fuhr man bis Köln eine Stunde, kam wohl darauf an, wohin man wollte. Eine Stunde bei starkem Verkehr und einem Ziel in der Innenstadt. Wo ist denn die Oberpostdirektion? Und wann fängt für einen Beamten der Dienst an, um acht oder um neun?

Abends schaute ich in der Garage nach. Den zweiten Schlüssel hatte ich behalten. Sein Auto war nicht da. Es konnte alle möglichen Gründe haben. Am wahrscheinlichsten war noch, dass er mit der Renovierung fertig war und jetzt im Haus seines Sohnes abwartete, bis die neue Einrichtung geliefert wurde. Aber das glaubte ich nicht. Ich glaubte, dass Günther ihn verscheucht hatte.

Und mittwochs wieder mein freier Tag. Nicole ging zur gewohnten Zeit zur Schule, da war ich noch im Morgenrock. Mir war nach Trödeln, ein ausgedehntes Frühstück. Danach ein bisschen Hausarbeit. Unter Nicoles Bett fischte ich zwei einzelne Strümpfe und ein voll geschriebenes Schulheft hervor, kein Höschen. Dann musste es bei Frau Kolling sein.

Anschließend unter die Dusche, noch eine halbe Stunde vor dem Spiegel. Wann hatte ich mir da zuletzt so viel Zeit genommen? Lippenstift und Lidschatten, eine Hand voll Schaumfestiger ins Haar und den Fön nur auf der kleinsten Stufe. Danach gefiel ich mir sehr gut.

Dann in die Stadt. Ein paar Einkäufe. Mir war immer noch nach Bummeln. Ich fühlte mich wie ein Mensch ohne jede Verpflichtung, ohne Verantwortung, ohne Furcht, ganz frei und sorglos. Nur ganz tief innen war so ein leichtes Zittern. Mach dir bloß keine falschen Hoffnungen, Sigrid. Er hat einen Mietvertrag, er kommt zurück! Ich wollte das Zittern auf gar keinen Fall hochsteigen, mir nicht wieder die gute Laune davon verderben lassen. Nicht an Hedwig denken jetzt, das hatte Zeit bis morgen. Und nicht an Hedwigs Tochter, der konnte kein Mensch mehr helfen. Es war schlimm, es war furchtbar, es war tragisch, es war grauenhaft, aber es war ein fremdes Kind.

Kurz vor elf ging ich zu Anke. Ich hatte ihr eine Kleinigkeit für das Baby gekauft. Anke schüttelte den Kopf, als ich ihr das Päckchen gab.

»Das ist aber das erste und das letzte Mal«, erklärte sie bestimmt. »Ich habe dir Nicoles Betreuung nicht angeboten, um damit ein paar Mark nebenher zu verdienen. Ich tu es gern, auf diese Weise habe ich hier wenigstens mal jemanden um mich, mit dem ich über andere Dinge reden kann als nasse Windeln oder Herrn Genardy.«

Anke ereiferte sich darüber, dass Mutter gar kein anderes

Thema mehr hatte. »Die ist völlig hinüber«, sagte sie, »allmählich geht mir das auf die Nerven. Montag hat sie mir geschlagene zwei Stunden lang erklärt, dass der arme Mensch ohne die ordnende Hand einer Frau in seinem Leben völlig aufgeschmissen ist. Er hatte wohl sonntags ein älteres Hemd an, was? Jetzt befürchtet Mutter, dass er auch zum Dienst ältere Hemden anziehen und sich damit seine Laufbahn ruinieren könnte. Außerdem hat sie mir von seinem Sohn vorgeschwärmt, ein Starfotograf für Versandhauskataloge. Im Geist hat sie Mara wohl schon bei Quelle oder Neckermann gesehen. Da habe ich aber auch noch ein Wörtchen mitzureden. Pass nur auf, Sigrid, die macht ihre Drohung wahr und nistet sich bei dir ein, wenn ich im Krankenhaus liege. Und wenn ich mich nicht irre, wird das verdammt bald sein.« Anke rieb sich den Rücken. »Ich habe seit ein paar Tagen schon so ein blödes Ziehen im Kreuz. Das gefällt mir nicht, ich habe doch noch ein paar Wochen Zeit.«

Und weiter zu Frau Kolling. Sie hatte sich bereits eigene Gedanken gemacht über die Zeit, in der sie Nicole betreuen sollte. Fünfzig Mark für die Woche, mehr wollte sie auf gar keinen Fall. Wie Frau Kolling das ausdrückte, klang es nach einem Kleckerbetrag. Aber ich mochte nicht mit ihr handeln.

Das Telefon wollte ich trotzdem beantragen. Es würde ja ein Weilchen dauern, ehe es dann angeschlossen wurde. Außerdem, wenn ich hundertfünfzig Mark mehr an Miete bekam, blieben mir vom Mai noch sechzig Mark übrig. Fünfzig bekam Frau Kolling, vierzig hatte der Pullover für Nicole gekostet. Und fünfundsechzig würde der Telefonanschluss kosten. Es kam fast genau hin.

»Wie ist das eigentlich nachmittags?«, fragte Frau Kolling. »Ich kann die beiden ja hier nicht festbinden. Und wenn sie mir sagen, sie gehen auf den Spielplatz, dann renne ich auch nicht immer hinterher, um zu kontrollieren. Denise sagte, Sie hätten verboten, dass die beiden bei Ihnen im Haus spielen. Haben sie was kaputtgemacht?«

»Nein«, sagte ich und erzählte ihr von Hedwigs Tochter.

»Aber das ist doch ganz was anderes, sie sind doch zu zweit«, meinte Frau Kolling. »Und sie sind schon so vernünftig.« Vernünftig, das hatte Hedwig von ihrer Tochter auch immer behauptet.

»Ich hatte übrigens wieder ein Höschen von Denise in der Wäsche«, sagte ich. »Es war noch nicht ganz trocken, sonst hätte ich es mitgebracht.« Frau Kolling winkte ab, sie hatte es noch gar nicht vermisst.

»Und Sie müssen eins von Nicole hier haben, das vom Freitag.« Frau Kolling schürzte die Lippen und hob die Schultern. »Ich gebe es Nicole mit, wenn ich gewaschen habe.«

Auf der Sparkasse dann eine herbe Enttäuschung. Die Miete war noch nicht auf dem Konto gutgeschrieben. Frau Humperts hatte immer ein paar Tage vor dem Ersten überwiesen. Leider hatte ich versäumt, mit Herrn Genardy die gleiche Vereinbarung zu treffen. Aber ich rechnete fest damit, dass das Geld nach dem Ersten auf dem Konto sein würde. Dann musste es auch da sein, weil die Hypothekenzinsen abgebucht wurden. Mein Lohn war glücklicherweise da; ich nahm vorsichtshalber nicht das Geld für den ganzen Monat mit, sondern nur vierhundert Mark.

Am Nachmittag kam Günther vorbei. Wir waren allein. Nicole hatte nur in aller Eile zu Mittag gegessen, ihre Schularbeiten erledigt, dann war sie auch bereits zu Denise gelaufen. Sie war so schnell verschwunden, dass ich ihr das Donnerstag-Höschen nicht hatte mitgeben können.

Zuerst war Günther noch durchaus guter Laune. Er begrüßte mich mit den Worten: »Der Gärtner, gnädige Frau.« Dann lachte er. »Ich dachte mir, kümmere dich mal um ihren Rasen, sonst können wir da bald Heu mähen.« Er hatte wieder »wir« gesagt; das Wochenende hatte eine Menge verändert.

Günther holte sich den Rasenmäher aus dem Keller und war damit eine Weile beschäftigt. Als er dann wieder hereinkam, machte ich uns Kaffee. Und plötzlich schlug die gute Stimmung um. Günther holte seine Jacke, die er im Wohnzimmer abgelegt hatte, zog aus der Innentasche eine Zeitung heraus und legte sie mir aufgeschlagen vor. Dabei sagte er: »Sie haben ihn.«

Er ließ mir Zeit, in aller Ruhe den Artikel zu lesen. Die Polizei hatte einen jungen Mann verhaftet, einen Studenten, unter dringendem Tatverdacht. Ein Name war nicht genannt, auch keine Abkürzung, wie sonst üblich. Dafür hieß es: Die Ermittlungen seien so weit abgeschlossen. Der Student wäre dem Haftrichter bereits vorgeführt worden.

Günther wusste noch einiges mehr. Nachdem ich gelesen hatte, erzählte er. Es hatte sich gleich nach der Vermisstenanzeige eine Frau bei der Polizei gemeldet, die Hedwigs Tochter häufig gesehen hatte, vor dem Haus, in dem sie wohnte. Im Erdgeschoss dieses Hauses war eine Tierhandlung, dort hatte Nadine Otten häufig vor dem Schaufenster gestanden. Andere Hausbewohner hatten das bestätigt, ein älteres Ehepaar, der Hausbesitzer selbst und ein älterer Mann. Nur der Student hatte behauptet, das Kind noch nie gesehen zu haben.

»Da hat er nicht überlegt«, meinte Günther. »Wenn er das Gleiche behauptet hätte wie seine Nachbarn, wäre man wahrscheinlich gar nicht so schnell auf ihn gekommen.«

Nachdem das Kind dann gefunden worden war, hatte die Polizei die Leute im Haus alle noch einmal vernommen. Bis auf den älteren Herrn, der war zu Besuch bei seiner Tochter in Norddeutschland, wie die Polizei von der Nachbarin erfuhr.

Aber anscheinend war der Mann auch gar nicht weiter von

Bedeutung, obwohl in der Ausgabe von Freitag von einem »wichtigen Zeugen« die Rede gewesen war. Er sollte nur bei Gelegenheit seine erste Aussage unterschreiben. Ausschlaggebend für die Verhaftung des Studenten waren die Beobachtungen des Ehepaares gewesen.

Denen war das Kind verschiedentlich aufgefallen, im Treppenhaus und auf dem Weg nach oben. Der Student hatte eine Mansarde unter dem Dach gemietet. Und die Polizei hatte ihm auf den Kopf zugesagt, dass er log. Sie hatten ihm die Bude auseinander genommen, wie Günther es ausdrückte, und etliches an Beweisen gefunden.

Inzwischen hatten sie ihn auch so weit, dass er zugab, das Kind gekannt zu haben. Er hätte das Mädchen zweimal mit zu sich hinaufgenommen, behauptete er. Wann genau das war, wusste er angeblich nicht mehr, es sei jedenfalls schon eine Weile her. Und er hätte Nadine Otten auch nur ein bisschen Nachhilfe gegeben. Offiziell gab er nämlich Nachhilfeunterricht. Nadine Otten hätte ihn nicht bezahlen können, und er verdiene mit der Nachhilfe schließlich seinen Lebensunterhalt. Das hätte er ihr gesagt, daraufhin wäre sie nicht mehr gekommen. In letzter Zeit wollte er sie nicht mehr gesehen haben.

»Und du meinst, er lügt?«, fragte ich.

»Ich meine gar nichts«, erklärte Günther bestimmt, »ich halte mich an Fakten.«

Er lachte einmal kurz auf. »Ich habe dir doch gesagt, sie haben bei dem Kind etwas gefunden, erinnerst du dich? Ein paar Pillen haben sie gefunden. Irgend so ein verfluchtes Zeug, das man neuerdings in Diskotheken und auf Schulhöfen verkauft. Ist billiger als Heroin, aber genauso wirkungsvoll. Die Zutaten kann man sich überall besorgen, dann braucht man nur noch ein paar Kenntnisse in Chemie.«

Er stieß die Luft aus, schüttelte den Kopf, sprach in etwas

gemäßigterem Ton weiter: »Begreifst du nicht? Der angebliche Student ist ein Dealer, ein mieser kleiner Rauschgifthändler, der Schulkinder benutzte, um seinen Stoff gefahrlos an Schulkinder zu verhökern. Er gab ihnen ein paar Mark, und sie spielten für ihn die Kuriere. Es muss bei ihm zugegangen sein wie in einem Taubenschlag. Nadine Otten war nicht die Einzige, aber anscheinend die Jüngste. Als sie ihm gefährlich wurde, hat er sie sich vom Hals geschafft.«

Ein paar Mark, dachte ich, Geld für eine Armbanduhr, für ein billiges Plastikding und all die anderen Kleinigkeiten, die Hedwig aufgefallen waren.

Günther schwieg sekundenlang, schaute mich nachdenklich an. »Es muss deiner Kollegin doch eigentlich aufgefallen sein, dass das Kind plötzlich über eine Menge Geld verfügte. Nach Ansicht der Polizei hat es mindestens zweimal in der Woche die Botengänge für ihn erledigt. Es hatte fünfzig Mark in der Jackentasche, als sie es fanden.«

»Sie hatte gar keine Jacke bei sich«, widersprach ich, »ihr Anorak hängt bei Hedwig im Flur.«

Zuerst runzelte Günther die Stirn, dann schüttelte er den Kopf. »Dann waren es wohl mehr als ein paar Mark. Nadine Otten trug eine neue Jacke, Sigrid, und keine von der billigen Sorte. Eine neue Jacke, eine neue Jeans und einen Pullover.«

»Die Jeans hatte Hedwig ihr vor ein paar Wochen gekauft.«

»Trotzdem«, sagte Günther.

Er sprach nicht gleich weiter, schaute mich immer noch so nachdenklich an. »Hältst du mich für ein Schwein, wenn ich dich um etwas bitte?«

Ich schüttelte den Kopf, und er lächelte. »Nicht so voreilig. Du weißt ja noch nicht, was kommt.«

Wieder machte er eine kurze Pause, schaute in seinen Kaffee und seufzte. »Dettov ist ein netter Kerl«, erklärte er, »er schreibt gut, und er würde gerne etwas über die Hintergründe schreiben. Soziales Elend, so in die Richtung. An solch einem Fall kann man doch wieder einmal zeigen, wie der Staat alleinerziehende Mütter im Stich lässt. Jedes Kind hat ein Recht auf Leben! Abtreibung ist Mord! Keine Frau darf sich anmaßen, über den eigenen Bauch zu bestimmen. Und was tun sie für die Kinder, die bereits da sind? Da können die Frauen dann zusehen, wie sie alleine damit zurechtkommen. Aber Dettov möchte nirgendwo mit der Tür ins Haus fallen, wenn du verstehst, nicht Leute belästigen, die das im Moment nicht verkraften.«

Jetzt verstand ich, worum er mich bitten wollte. Er hätte gar nicht weiterreden müssen, aber ich ließ ihn. Wie oft hatte er mich so zappeln lassen.

»Du kennst doch die Mutter gut«, fuhr er fort. Er schaute immer noch in seinen Kaffee. »Frag sie mal, ob sie bereit ist, mit einem jungen Reporter über ihre Situation zu reden. Wenn du sie fragst, ist es nicht so aufdringlich.«

Dann seufzte er nachdrücklich. »Tust du mir den Gefallen?«

»Mach ich«, versprach ich ihm. Und als ich es sagte, sah ich Hedwig so vor mir, wie ich sie in all den Jahren gesehen hatte. Ungefähr meine Größe, ein bisschen kräftiger als ich, manchmal die Sorgen im Gesicht, meist jedoch die Entschlossenheit. Aber so war Hedwig nicht mehr.

15

Ich fuhr donnerstags wie sonst auch mit dem Zug nach Köln, besorgte am Bahnhof noch einen Blumenstrauß, ging ganz normal ins Geschäft, nur dass ich unter dem hellen Mantel nicht für die Arbeit angezogen war. Das schwarze Kostüm hatte ich zuletzt vor sechs

Jahren getragen. Es war mir etwas weit geworden, aber wen störte das.

Der Abteilungsleiter kam ebenfalls im dunklen Anzug und mit Blumen. Er wollte nicht zu früh aufbrechen, damit wir nicht vor der Leichenhalle herumstehen mussten. Wir stellten unsere Blumen bis halb zehn ins Wasser. Bevor wir losfuhren, drückte er mir einen Briefumschlag in die Hand. Das Geld, das wir gesammelt hatten.

»Tun Sie mir den Gefallen, geben Sie das Frau Otten. Ich kann das nicht so gut«, bat er.

Ich steckte den Umschlag in die Handtasche. Ich wollte ihn Hedwig geben, wenn ich eine Gelegenheit fand, allein mit ihr zu sprechen. Aber als ich sie dann sah, hatte ich nicht mehr das Bedürfnis, allein mit ihr zu reden. Ich hätte sie fast nicht wiedererkannt.

Sie musste in den paar Tagen fast zehn Kilo abgenommen haben. Ganz dürr sah sie aus, das Gesicht so eingefallen und grau. Nur grau und rot. Sie war doch nur knapp anderthalb Jahre älter als ich, und sie sah aus wie achtzig. Sie stand vor der Halle und starrte hinein. Ganz hinten ein paar brennende Kerzen, ein paar Blumensträuße und davor der weiße Sarg.

Es waren mehrere Reihen von Stühlen in der Trauerhalle aufgestellt. Aber da Hedwig selbst nicht hineinging, blieben die anderen auch draußen stehen.

Neben Hedwig stand ein Mann, der die ganze Zeit über ihren linken Ellbogen festhielt, manchmal legte er ihr auch eine Hand in den Rücken. Ich dachte, es wäre ihr Bruder. Ich wusste, dass Hedwig einen Bruder hatte, der drei oder vier Jahre älter war als sie. Früher hatte sie mir oft erzählt, dass er sie immer herumkommandierte und sich aufspielte wie der Herr des Hauses.

Es standen nur ein paar Erwachsene da. Ich hatte damit gerechnet, dass wenigstens ein paar Schulkameraden von Nadine Otten an der Beerdigung teilnehmen würden. Ich hatte immer geglaubt, das sei so üblich. Als damals das Mädchen aus meiner Klasse verunglückte, waren wir alle auf dem Friedhof gewesen. Und wir hatten alle geweint. Hier waren keine Kinder, und es weinte niemand.

Es war so armselig, die Kerzen, die Blumen, die vier Kränze, einer von Hedwig, einer von der Schule, einer von Hedwigs Schwiegereltern. Sie standen ganz vorne. Der alte Mann musste Nadines Großmutter die ganze Zeit über festhalten. Sie wollte immer zum Sarg. Um Hedwig kümmerten sie sich gar nicht. Ihr geschiedener Mann war nicht gekommen. Es hieß später, er sei zurzeit in einer Klinik auf Entzug.

Der vierte Kranz war von Hedwigs Mutter. Später erfuhr ich, dass Hedwigs Vater vor ein paar Jahren gestorben war. Und ihr Bruder war mit dem Motorrad verunglückt, auch schon vor ein paar Jahren. Der Mann, der die ganze Zeit ihren Arm hielt, war von der Polizei.

Ich wollte meine Blumen beim Sarg ablegen. Als ich nach vorne ging, hob Hedwig den Kopf. Dann hing sie auch schon an meinem Hals. »Was hätte ich denn tun sollen, Sigrid? Was hätte ich denn tun sollen? Jetzt liegt sie da drin.«

Der Mann löste ihre Arme von meinem Nacken, zog sie an sich und klopfte ihr auf den Rücken. Er schaute mich an und nickte, als wolle er sagen, es sei schon in Ordnung, er würde sich jetzt um sie kümmern. Ich konnte im ersten Moment keinen Schritt weitergehen. Der Abteilungsleiter kam und nahm mir die Blumen aus der Hand. Er legte sie zusammen mit seinem Strauß vor den Sarg. Dann nahm er mich beim Arm, genauso wie der Mann Hedwig hielt.

Ich musste den Sarg anstarren, weißes Holz mit ein paar Messingverzierungen. Plötzlich wusste ich wieder, dass ich es bei Franz auch so gemacht hatte. Nicht geweint, nur den Sarg angestarrt und mir vorgestellt, wie er da drin lag.

Jetzt sah ich das Kind drin liegen. Aber es lag nicht auf Polstern, nicht auf glänzend weißem Stoff. Es lag auf dem Boden, im Dreck. Es schaute mich an. So einen Blick hatte ich noch nie gesehen, so erbarmungswürdig. Doch, ich hatte ihn schon gesehen, am Sonntag, bei Denise. Hilf mir, in jedem Auge stand es geschrieben, hilf mir!

Ich kann dir nicht helfen, sagte ich, ich bin ja froh, wenn andere mir helfen.

Wenn der Abteilungsleiter mich nicht am Arm gehalten hätte, wäre ich vielleicht in den Sarg gefallen. Oder in den Dreck. Unkraut, verwitterte Holzbretter, darüber ein Dach von Teerpappe. Wo sind denn hier Kaninchen? Es ist doch noch recht kühl draußen, da lässt man sie nicht gerne im Freien. Hilf mir! Es sind keine Kaninchen da, nur ein paar alte Ställe.

Es war kein fremdes Kind im Sarg, es war Nicole. Ich sah es ganz deutlich. Sie schrie nach mir, weil ihr jemand einen Wurm ins Gesicht geworfen hatte, während ich einen verschneiten Bahndamm entlangrannte und doch nicht von der Stelle kam.

Aber es war ja auch kein Bahndamm. Als ich nach unten schaute, sah ich Betonplatten unter meinen Füßen. Und ein bisschen rechts davon die Bordsteinkante. Und noch ein bisschen weiter rechts die Straße. Ich konnte nicht hinüber, die Fußgängerampel war rot, und es war viel Verkehr. Aber es ging um Sekunden. Franz stand vor der Wickelkommode. Franz zog ihr die Windeln aus. »Ja, wo ist denn mein kleines Mädchen«, sagte Franz.

Und sonntags sagte Franz: »Gib sie mir doch mal, Siggi. Vielleicht schläft sie noch mal ein, wenn ich sie ein bisschen halte. Warum soll sie denn nicht in meinem Bett liegen?«

Ich hetzte, stieß mit der Hüfte gegen eine Motorhaube. Für einen winzigen Augenblick war ich mitten im Wald. Es war stockdunkel und kalt. Und ich beugte mich über die Motorhaube. Und Günther war hinter mir, er gab mir einen Stoß, damit ich weiterhetzte.

In dein Bett gehöre ich. Ich bin deine Frau. Ich bin kein kleines Mädchen, begreif das doch endlich. Nur nicht stehen bleiben, nur nicht aufhalten lassen von Dingen, die ich in der Vergangenheit nie hatte aussprechen können.

Bremsen kreischten, jemand fluchte hinter mir her. Es war nur der Abteilungsleiter, der mehrfach flüsterte: »Jetzt reißen Sie sich doch zusammen, Frau Pelzer.«

Ich schüttelte die Hand ab, die mich festhielt. Die Straße nahm kein Ende. Und Nicole schrie, Gott im Himmel, ich hatte sie nie so schreien hören. Es war nur noch ein schrilles Quietschen, so entsetzlich lang gezogen.

Ein Priester sprach von Gottes Willen, so ein Blödsinn. Es war nicht Gottes Wille gewesen, es war ein krankes Hirn. Es tat so weh. Ich hatte Krämpfe. Als Franz zum ersten Mal mit mir schlief, hatte ich Krämpfe, die ganze Nacht hindurch. Hochzeitsnacht, Blut auf dem Laken und Krämpfe im Leib.

»Hör auf zu brüllen, du kleines Biest«, hatte er gesagt, »und stell dich nicht so an. Ich tu dir nicht weh. Halt still, jetzt sei doch endlich still.«

Nein, das hatte Franz nicht gesagt, Franz nicht. Er hatte das gesagt, gekeucht hatte er es, ich wusste es ganz genau. Als ob das Kind da vorne mir alles erzählen könnte. Jetzt sei doch endlich still. Ein Schlag ins Gesicht. Die Hände um den Hals. Und dann ging der Atem aus.

Neben mir stand immer noch der Abteilungsleiter. Ich hatte das Gefühl, dass auch hinter mir einer stand. Er grinste die ganze Zeit, das konnte ich im Rücken spüren. Aber Franz war es nicht. Franz war tot, gegen einen Baum gerast, vielleicht nur, weil er verhindern wollte, dass eines Tages ein Kind in einem Sarg liegen musste.

Hinter mir stand ein Fremder. Er fühlte sich mir so überlegen, mir und allen anderen, warum auch nicht? Die Polizei hatte den Mörder verhaftet, und er wusste das. Ihm konnte nichts passieren, er konnte weitermachen, sich ein neues Spielzeug suchen. Missbraucht und erwürgt!

Dabei brauchte er gar nicht mehr zu suchen, er hatte längst eins gefunden, und nicht nur eins! Zwei, drei. Warum hätte der Student sie missbrauchen sollen? Erwürgt hätte doch völlig gereicht, wenn sie ihm wirklich gefährlich geworden war. Erwürgt und die verräterischen Pillen aus ihrer Jackentasche genommen und die fünfzig Mark. Ich hätte das getan, an seiner Stelle. Und wenn ich schon daran gedacht hätte, wo ich doch die halbe Zeit nicht vernünftig denken konnte, wo ich doch viel zu blöd war …

Dreh dich nicht um, der Plumpsack geht herum. Wer sich umdreht oder lacht, kriegt den Buckel schwarz gemacht. Und den Hals blau. Und die Beine rot.

Er stand direkt hinter mir. Aber er fühlte sich genauso unwohl in seiner Haut wie ich. Er hatte Angst. Angst vor einem Onkel. Da war ein Kind, das immer auf dem Schoß des Onkels ritt. Da war so viel, so wahnsinnig viel, so viel Wahnsinn. Alles nur Wahnsinn. Aber er war da, direkt hinter mir. Wenn ich mich umgedreht hätte, bestimmt hätte ich ihn gesehen. Ich hatte den Mut nicht, mich umzudrehen. Es gibt eine Menge von solchen Spinnern, sagte Günther. Frag die Polizei …

Und es gab noch mehr Männer, die so veranlagt waren wie Franz. Und nicht alle hatten sie Hemmungen. Nicht jeder von ihnen begnügte sich jahrelang mit einem Ersatz. Es war der blanke Horror.

16 Irgendwann saßen wir an einem Tisch. Der Abteilungsleiter, Hedwigs Mutter, der Mann, von dem ich immer noch glaubte, er sei Hedwigs Bruder, und ich. Hedwig schlich herum wie ein Gespenst. Es gab Kaffee und belegte Brötchen.

Ich war nicht hungrig. Doch ich aß eins nach dem anderen, nur damit ich etwas zu tun hatte. Und dabei war es fast so wie am vergangenen Samstag, in Wirklichkeit war ich gar nicht da. Ich war immer noch auf dem Friedhof, stand immer noch vor dem Sarg und ließ mir von dem Kind darin erzählen, dass der Tod einen braunen Umhang trug. Nicht ganz braun, mehr olivgrün und innen warm gefüttert, mit einer Kapuze auf den Schultern.

Wenn dir kalt ist, kannst du meine Jacke umhängen. Mir war nicht kalt, ich schwitzte, hetzte über die Straßenkreuzung und wusste, ich würde zu spät kommen. Franz hatte sie zu sich ins Bett genommen. Sie schlief fest, spürte gar nicht, was er ihr antat. Und während ich noch lief, riss er ihr das Höschen herunter, riss alles kaputt.

Nach gut einer Stunde wollte der Abteilungsleiter zurück ins Geschäft. Es war ja schon fast Mittag. Er sprach mit mir, bevor er Hedwigs Wohnung verließ. Aber ich verstand nur die Hälfte. Dass er mir den Nachmittag als Urlaub anrechnen wollte, weil ich unmöglich in diesem Zustand arbeiten könne.

Ich war gar nicht in einem Zustand. Ich war überhaupt nicht da. Ich war nie da, wenn es darauf ankam. Immer kam ich drei Tage zu früh.

Dass ich mir ein Taxi nehmen sollte, wenigstens bis zum Bahnhof, damit ich nicht am Ende in einem Straßenbahndepot ankäme. Ich kam auch nie irgendwo an. Nur konnte der Abteilungsleiter das nicht wissen. Wie hätte er auch ahnen sollen, dass ich ständig Gedanken hinterherjagte, die von wer weiß wo kamen und mir einfach so durch den Kopf fuhren.

Ich nickte zu allem, was er vorschlug. Ich konnte mir kein Taxi leisten, aber ich konnte laufen. Ich konnte sehr schnell laufen, so schnell, dass ich einmal rechtzeitig ankam. Und ich konnte auf Leitern steigen, wenn es sein musste. Ich konnte Fenster einschlagen, durch Balkontüren eindringen.

Ich konnte viel, wenn ich wollte und musste. Ich hätte auch arbeiten können, hinter der Käsetheke, den Laib frischen Holländer mit dem großen Messer teilen, genau in der Mitte durch. Nur einmal zuschlagen. In den Käselaib oder einen Hals. Nur einmal zuschlagen, dann ist es vorbei.

Der Polizist versprach, dafür zu sorgen, dass ich heil nach Hause käme. Er war sehr nett, kümmerte sich um Hedwigs Mutter, die unvermittelt zu weinen begann.

Hedwig winkte mich währenddessen in den Flur. Sie wollte mir das Zimmer ihrer Tochter zeigen. Und ich musste ihr das Geld noch geben, musste sie noch fragen, ob sie bereit sei, mit Hans Werner Dettov zu reden. Ein lieber Kerl, gar nicht aufdringlich, er wollte nicht mit der Tür ins Haus fallen.

Niemand wollte das. Nur Herr Genardy war gleich eingezogen. Warum eigentlich? Aber seit Montag war er nicht mehr da. Warum nicht? Ich hatte Günther gar nicht gefragt, ob der Student ein Kaninchen hatte. Er hatte vermutlich keins, es gab überhaupt keine Kaninchen mehr.

Als wir dann im Zimmer von Nadine standen, beugte Hedwig sich ganz nahe zu mir und flüsterte: »Ich kann es keinem Menschen sagen, Sigrid, nur dir. Du weißt ja, wie das ist. Jede Nacht steht sie neben meinem Bett. Immer fragt sie mich, wo ich war. Und nie weiß ich, was ich ihr antworten soll. Was soll ich ihr denn sagen?«

Ich wusste es auch nicht. Aber dann fiel mir doch etwas ein. »Sag ihr, sie soll zu mir kommen. Mir kann sie alles erzählen, ich werde ihr helfen. Ich werde ihr bestimmt helfen. Sag ihr das.«

Hedwig nickte eifrig. Wir gingen wieder zurück ins Wohnzimmer. Der Polizist sorgte dafür, dass Hedwig ein halbes Brötchen aß. Inzwischen wusste ich, dass er Polizist war, von der Kripo. Hedwigs Mutter hatte es mir gesagt. Aber er sei nicht dienstlich hier, hatte sie erklärt. Er habe mit dem Fall direkt nichts mehr zu tun, komme jedoch häufig vorbei und kümmere sich darum, dass Hedwig keine Dummheiten mache. Er habe auch dafür gesorgt, dass keine Kinder zur Beerdigung kamen. Hedwig könne keine Kinder mehr sehen. Sie selbst würde jetzt ein paar Tage bleiben, bis Samstag auf jeden Fall. Der Polizist habe ihr gesagt, es sei nicht schwer mit Hedwig. Man müsse sie nur im Auge behalten und dafür sorgen, dass sie ab und zu etwas esse.

Er war wirklich sehr nett. Obwohl es mir inzwischen erheblich besser ging, brachte er mich nicht nur zum Bahnhof. Er fuhr mich heim, vielleicht nicht ganz uneigennützig. Er fragte sehr viel. Wie lange ich Hedwig schon kannte? Ob ich ihre Tochter gekannt hatte? Was mir auf dem Friedhof durch den Kopf gegangen war?

»Eine Menge Unsinn«, antwortete ich. »Ich habe auch eine Tochter. Ich bin auch allein mit ihr wie Hedwig. Früher war sie gut versorgt. Ich hatte eine Mieterin, die sich um sie kümmerte. Vor ein paar Tagen ist meine Mieterin ausgezogen. Und manchmal habe ich Angst.«

»Verstehe ich«, sagte er nur. Ich wusste nicht einmal, wie er hieß, obwohl Hedwigs Mutter mir seinen Namen genannt hatte.

»Nein«, widersprach ich, »das versteht niemand. Ich verstehe es ja selbst nicht. Es ist bei uns nicht so wie bei Hedwig, bei uns ist alles in Ordnung. Meine Schwester kümmert sich um meine Tochter, wenn ich nicht da bin. Ich müsste mir keine Sorgen mehr machen. Aber ich werde die Angst nicht los. Und ich habe Angst, weil ich Träume habe. Ich träume von einer Uhr, und drei Tage später stirbt jemand.«

Ich dachte, wenn ich ihm das sage, lässt er mich in Ruhe. Aber er verzog keine Miene, runzelte nicht die Stirn, wie Günther es getan hatte, zog auch nicht spöttisch die Augenbrauen hoch.

»Ich verstehe«, sagte er wieder.

Es machte mich wütend.

»Da sind Sie aber die große Ausnahme«, fuhr ich ihn an. »Aber wenn Sie das verstehen, vielleicht verstehen Sie auch den Rest. Vielleicht können Sie es mir erklären. Ich habe geträumt. Vor vierzehn Tagen schon. Es ist niemand gestorben.«

»Nur Hedwigs Tochter«, meinte er, es klang bitter.

Ich schüttelte den Kopf und sagte: »Die ich kaum kannte. Die zu dem Zeitpunkt auch schon tot war. Sie ist doch donnerstags umgebracht worden. Aber es hätte sonntags passieren und es hätte mein Kind sein müssen. Es waren immer meine: mein Vater, mein Großvater, meine Schulfreundin, mein Mann.«

Er schaute mich ganz kurz von der Seite an. »Hedwig hat mir davon erzählt«, erklärte er. »Aber sie behauptete, es wären auch Leute dabei gewesen, die mit Ihnen persönlich nicht viel zu tun hatten, die Sie nur kannten. Hedwig fragte sich, ob der Braune gekommen war, genauso hat sie es ausgedrückt, der Braune. Hedwig macht sich Vorwürfe, weil sie früher darüber gelacht hat. Sie meint, wenn sie damals nicht gelacht hätte, hätten Sie sie vielleicht gewarnt. Hätten Sie das getan?«

»Ich wollte mit ihr darüber reden, gleich an dem Freitagmorgen. Aber da war das mit ihrer Tochter schon passiert. Hedwig kam nicht zur Arbeit.«

»Träumen Sie nur von dem Braunen und der Uhr oder

auch andere Sachen, von denen Sie annehmen, dass sie eine Bedeutung haben«, wollte er wissen.

Ich wurde immer kleiner neben ihm, kam mir ganz schrumpelig und durchsichtig vor. Wenn er nur in einem anderen Ton darüber gesprochen hätte, spöttisch oder ärgerlich. Aber er sprach darüber wie über Sonnenflecken und schwarze Löcher im All. Alles Dinge, die man noch nie mit eigenen Augen gesehen hat, von denen man trotzdem genau weiß, dass es sie gibt.

»Auch von anderen Sachen.«

Meine Stimme war auch ganz schrumpelig.

Er nickte mehrfach hintereinander. Dann bohrte er weiter: »Eben auf dem Friedhof, haben Sie da auch geträumt?«

Ich schüttelte den Kopf, und es war fast so, als ob ich einen Schwamm voller Seifenlauge ausdrückte. Das meiste Wasser und ein Großteil vom Schaum wurde rausgepresst. Die Poren im Schwamm konnten sich wieder mit frischer Luft füllen.

»Es gibt zu viele Spinner«, sagte ich. »zu viele Hellseher, die der Polizei in solchen Fällen gute Ratschläge erteilen wollen. Ich kann nicht hellsehen. Ich bekomme nur Zustände.«

Er lachte leise auf. »Manchmal bekomme ich die auch. Aber dann führe ich keine Selbstgespräche. Und ich schlage auch nicht nach Leuten, die zufällig neben mir stehen.«

Ich wusste nicht, wie er das meinte. Er lachte noch einmal, sehr kurz und leise. Schaute mich wieder von der Seite an und fragte: »Können Sie sich nicht erinnern? Das war doch Ihr Chef, oder? Der Mann im dunklen Anzug, der neben Ihnen stand. Wissen Sie nicht mehr, was Sie zu ihm gesagt haben, als er verlangte, Sie sollen sich zusammenreißen?«

»Ich habe nichts zu ihm gesagt.«

»Doch, Frau Pelzer, Sie haben. Ich stand ja dabei, ich habe es gehört.«

»Ich habe nicht laut gesprochen.«

Er zuckte mit den Schultern, als wolle er sich für seine Behauptung entschuldigen, aber das wollte er nicht. »Sie haben laut und und deutlich gesagt: ›Hör auf zu brüllen, du kleines Biest, und stell dich nicht so an.‹ Dann kam noch etwas, aber das habe ich nicht ganz verstanden. Es ging um Ihre Tochter und um einen Mann, den Ihre Tochter Onkel nannte. Ein Mann, vor dem Sie selbst sich fürchten. Also ich hatte den Eindruck, dass Sie sich auf dem Friedhof mit diesem Mann herumschlagen mussten, dass Sie vielleicht befürchten, er würde Ihrer Tochter etwas antun.«

Dritter Teil

1 Der Polizist hieß Beer, Wolfgang Beer. Er erzählte eine Menge Unsinn, und er war hartnäckig. Er ließ mich nicht einfach aussteigen, als wir endlich vor dem Haus ankamen. Er stieg ebenfalls aus und kam mit bis zur Haustür. Auch dort machte er noch keine Anstalten, sich zu verabschieden.

»Geben Sie sich einen Ruck«, meinte er, als ich die Tür öffnete, »bieten Sie mir wenigstens einen Kaffee an und opfern Sie mir noch eine Viertelstunde. Ich würde mich gerne noch ein bisschen mit Ihnen unterhalten.«

Er mochte in Günthers Alter sein, Ende dreißig, Anfang vierzig. Aber er war etwas kleiner als Günther, etwas fülliger, und sein Haar lichtete sich schon. Er schaute mich an fast so wie Franz damals, mit diesem Betteln im Blick.

»Gut«, sagte ich, »ein Kaffee.«

Es war so still im Haus. Wie in einer Leichenhalle. Ich war fast ein bisschen froh, dass Wolfgang Beer sich nicht abwimmeln ließ. Auf dem Rest der Fahrt hatte ich mich einigermaßen normal gefühlt. Hatte ihm sogar erklären können, dass Nicole die Männer, die sie kannte, entweder mit Vornamen ansprach, wie Norbert und Günther, oder ganz höflich mit Nachnamen und dem Herr davor. Keinen Onkel, für Nicole gab es keinen. Und Männer, vor denen ich mich fürchtete, gab es auch nicht. Nicht mehr. Vielleicht hatte ich mich manchmal vor Franz gefürchtet, vor den Schmerzen, die immer dann kamen, wenn er sagte: »Ich bin auch ganz vorsichtig. Ich tu dir nicht weh.«

Und Herr Genardy, ach Gott, ich fürchtete mich ja nicht vor ihm. Er war mir nur manchmal ein bisschen unheimlich. Aber das lag nicht an ihm, das lag an mir. Und es passierte ja auch nur in den Momenten, in denen ich nicht bis drei zählen konnte. Aber das musste ich nicht erwähnen, nicht einem Polizisten gegenüber.

Ich hatte zu Wolfgang Beer gesagt, dass Norbert mein Schwager und Günther mein Freund war. Von Beruf Zeitungsredakteur. Ich hatte tatsächlich »mein Freund« gesagt. Und dass Günther mir von den alten Kaninchenställen in der Gartenlaube erzählt hatte. Dass mir seitdem zwei Sätze durch den Kopf gingen. Dass ich wahrscheinlich einfach zu viel Fantasie besaß. Großmutters Erbe, Großmutters Fluch.

Gleich nachdem ich die Haustür geöffnet hatte, ging es wieder den Berg hinunter. Der Schwamm saugte sich erneut voll Seifenlauge. Ich konnte kaum gegen die Blasen andenken, legte den Mantel über eine Sessellehne, ging in die Küche. Wolfgang Beer kam mit bis zur Tür, stand gegen den Rahmen gelehnt und schaute mir zu, wie ich die Kaffeemaschine füllte.

»Es muss Ihnen nicht unangenehm sein«, sagte er. »Was immer Sie mir erzählen, es geht nur Sie persönlich etwas an. Ich werde nicht lachen, ich höre einfach nur zu.«

In der Kaffeemaschine begann es zu blubbern. Die ersten dunkelbraunen Tropfen sammelten sich auf dem Boden der Glaskanne. Ich schaute zu, wie die winzige Pfütze größer wurde.

»Warum halten Sie sich nicht an den Studenten? Der kann Ihnen bestimmt mehr erzählen. Oder ist er der falsche Mann? Können Sie ihm nicht genug nachweisen?«

Wolfgang Beer lachte leise. »Sieh an«, meinte er, »der Herr Zeitungsredakteur. Die Burschen haben ihre Nasen doch wirklich überall.«

Meine Frage hatte er damit nicht beantwortet. Er dachte auch nicht daran, das zu tun, erkundigte sich stattdessen: »Wussten Sie, dass Hedwigs Tochter unbedingt ein Kaninchen haben wollte? Hedwig verliert den Verstand, weil sie ihr keins gekauft hat. Sie würden mir einen großen Gefallen tun, wenn Sie sich ein wenig um Hedwig kümmern könnten. Einmal mit ihr reden, ihr zuhören. Vielleicht am Sonntagnachmittag?«

Ich nickte, und er grinste, vielleicht kam es mir auch nur so vor. Aber es reizte mich. »Ich hätte die Pillen aus ihrer Tasche genommen«, sagte ich, »und auch die fünfzig Mark.«

Wolfgang Beer nickte, zuckte gleichzeitig ein wenig mit den Achseln. »Ich auch«, erklärte er dann. »Aber vielleicht denkt man anders darüber, wenn man selbst solch eine Pille geschluckt hat. Vielleicht denkt man dann gar nicht mehr darüber nach.«

»Hatte er eine davon geschluckt?«

»Ich weiß es nicht, möglich.«

Als der Kaffee fertig war, setzten wir uns ins Wohnzimmer. Ich wusste nicht, was ich ihm noch sagen sollte, stellte Tassen auf den Tisch, holte Milch und Zucker aus der Küche. Dann hörte ich, dass ein Auto beim Haus hielt, für einen Moment stotterte der Motor im Leerlauf. Das Garagentor klappte, der Motor brummte noch einmal kurz auf. Als dann die Haustür geöffnet wurde, hatte ich das Gefühl, dass mir jemand einen Sack über den Kopf stülpt.

»Ihr Freund?«, fragte Wolfgang Beer knapp.

»Mein neuer Mieter«, sagte ich und dachte, ich würde unter dem Sack ersticken. Er war zurückgekommen. Warum auch nicht, immerhin hatte er die Wohnung von mir gemietet. Es war sein gutes Recht, hier zu sein. Dass er davon drei Tage lang keinen Gebrauch gemacht hatte, mochte tausend Gründe haben, die mich nichts angingen. »Möchten Sie ihn kennen lernen? Er heißt Genardy, Josef Genardy.«

Wolfgang Beer musste auf den Namen reagieren. Er musste einfach, irgendwie, mit Erschrecken, Entsetzen. Er musste aufspringen, zur Tür eilen, Herrn Genardy noch auf der Treppe stellen. Ich war ganz sicher, dass er das tun würde, aber er winkte nur ab.

»Später vielleicht, Ihr Freund hätte mich interessiert. Aber vielleicht kenne ich den sogar. Wie heißt er denn mit Nachnamen?«

»Schrade«, sagte ich. »Günther Schrade.«

»Sagt mir nichts«, murmelte er, »zurück zu Ihnen. Geben Sie sich einen Ruck. Was haben Sie gesehen oder vielleicht auch nur gefühlt, als Sie da auf dem Friedhof standen? Kein Onkel, so weit waren wir schon gekommen. Aber Sie haben etwas gesehen. Ich habe Sie beobachtet. Auf mich wirkte es, als müssten Sie sich mit ziemlich grausamen Dingen auseinander setzen.«

Ein Punkt für dich, Wolfgang Beer, du bist ein guter Beobachter. Willst du noch einen Punkt? Dann geh nach oben, klopf an die Tür und frage: »Können Sie sich ausweisen, Herr Genardy?« Jetzt geh schon, bevor ich endgültig den Verstand verliere. Er ist wie Franz, ich weiß es. Ich kann es fühlen.

Und ich kann mich auf mein Gefühl verlassen. Ich muss mich auf mein Gefühl verlassen können, sonst habe ich ja nicht viel. Auf meine Träume auch. Ich weiß, warum der Braune gekommen ist. Er kommt immer nur aus einem Grund, er kündigt den Tod an. Ja, genau das ist es! Warum bin ich nicht früher darauf gekommen?

Verstehst du, Wolfgang Beer: ER KÜNDIGT DEN TOD AN! Ich habe den Tod im Haus. Geh hinauf und nimm ihn mit!

»Haben Ihre Kollegen nicht genügend Beweise gegen den Studenten?«, fragte ich und wunderte mich ein wenig über mich selbst. Es klang gar nicht nach Seifenschaum. »Es muss um die polizeilichen Ermittlungen ja dürftig bestellt sein, wenn Sie darauf angewiesen sind, dass ich Ihnen meine Eindrücke beim Anblick eines Kindersargs beschreibe. Meinen Sie, mir wäre in einer Vision der wirkliche Mörder erschienen?«

Ich musste lachen, als ich das sagte. Ich lachte auch noch,

als ich weitersprach: »Vielleicht haben Sie sogar Recht damit. Aber ich muss Sie trotzdem enttäuschen. Er stand hinter mir, und ich war zu feige, mich nach ihm umzudrehen.«

Wolfgang Beer hob ganz kurz die Augenbrauen. »So viel für den Anfang«, meinte er. »Sehen Sie, es geht doch. Hinter Ihnen stand kein Mensch, weiter.«

»Nichts weiter«, sagte ich. Aber es machte sich selbstständig. Die Schaumblasen platzten eine nach der anderen auf. Ich konnte gar nichts dagegen tun. Ein olivgrüner Umhang mit Kapuze und warmem Innenfutter. Ein Parka, was sonst!

Franz hatte immer bei der Arbeit einen getragen, wenn es kälter wurde. Es ist doch noch recht kühl draußen, da lässt man sie nicht gerne im Freien. Die Stimme! Ich kannte sie, ich kannte sie so gut. Sie klang wie zugedeckt, aber das änderte doch nichts.

Mir wurde übel, ganz heiß im Innern, es kam wie ein Faustschlag in den Magen. Es ging um Franz, immer nur um Franz. Erinnerungen, längst überstanden geglaubte Ängste. Sie machten harmlose, gutmütige Menschen zu Ungeheuern. Wolfgang Beer ließ keinen Blick von mir. Wie ein Insektenforscher saß er da, der gerade eine Fliege unter dem Mikroskop seziert.

»Seit wann haben Sie das schon?«

Hinter Ihnen stand kein Mensch, weiter! Wenn nicht hinter mir, dann anderswo, ganz in meiner Nähe, vielleicht nur in mir selbst. Ich habe es nicht, es hat mich. Es fällt einfach über mich her, und ich kann mich nicht wehren. Kinder können sich nie wehren. Ich bin nicht erwachsen, was Sie hier sehen, täuscht. Ich habe mir nur ein viel zu großes Kleid angezogen. Kennen Sie das? Mutters Pumps und der Lippenstift übers halbe Kinn verschmiert.

Kein Lippenstift, irgendeine klebrige Schmiere. Ein brauner Pferdekopf mit einer Blesse auf der Stirn. Beim Pferd heißt es immer eine Blesse. Nur auf einem Pullover heißt es Spucke. Der Wurm hat mich bespuckt. Und dann war wirklich einer in meinem Zimmer.

»Schon immer«, sagte ich leise, »aber es war noch nie so schlimm wie in den letzten Tagen. Letzten Mittwoch war ich bei meiner Schwester. Wir saßen da und unterhielten uns. Ich wurde unruhig, weil ich meiner Tochter nicht Bescheid gesagt hatte, dass ich noch einmal wegging. Und plötzlich …«

Und plötzlich war es ganz einfach. Franz und die ganzen zwölf Jahre, vor allem die letzten beiden mit ihm und Nicole. Ich wurde innerlich ganz kalt dabei, weil ich jetzt selbst die Schaufel in der Hand hielt, ein Häufchen Dreck auf das Schaufelblatt nahm und Franz damit bewarf. Und noch ein Häufchen und noch eines, bis er so mit Dreck beworfen war, dass niemand mehr sein gutmütiges Gesicht darunter erkennen konnte.

Wolfgang Beer hörte mir aufmerksam zu. Er machte keine Notizen oder so. Als ich dann wieder schwieg, nickte er ein paar Mal kurz hintereinander.

»Tja«, meinte er schließlich, »das wirft natürlich ein anderes Licht auf die Sache. Tut mir Leid, dass ich Sie so bedrängt habe. Aber das konnte ich ja nicht ahnen. Ich dachte, wissen Sie, eine Bekannte meiner Schwester hat manchmal so komische Anwandlungen, und, na ja, ich dachte …«

Er begann zu stottern, zuckte voller Verlegenheit mit den Achseln. Er trank seinen Kaffee aus, dann ging er. Ich begleitete ihn noch hinaus zu seinem Wagen. Bevor er einstieg, gab er mir die Hand.

»Ach, bevor ich es vergesse«, sagte er, »wenn Sie Hedwig am Sonntag besuchen, können Sie alleine kommen? Ich weiß nicht, ob es gut ist, wenn Sie Ihre Tochter mitbringen.«

2 Ich stand noch lange auf der Straße und schaute zur Ecke hin. Der Wagen war längst weg, und ich war immer noch mit meiner Anklage beschäftigt. Was hast du mir angetan, Franz, dass ich nicht mehr im Stande bin, ganz normale und gutmütige Menschen als ganz normal und gutmütig zu sehen?

Als ich dann auf das Haus zuging, sah ich Herrn Genardy oben an einem Fenster. Ich sah ihn nur einen Moment lang, dann verschwand er wieder. Aber er war in dem Moment weder unheimlich noch sonst etwas, er war einfach nur ein Mensch, der einem das Gefühl gab, nicht allein zu sein. Und genau das brauchte ich in dem Augenblick. Er kam herunter in die Diele. Und ich war ihm wirklich dankbar dafür.

»Ich wollte eben nicht stören«, sagte er, »ich sah den Wagen vor dem Haus und dachte mir schon, dass Sie Besuch haben.«

Während er sprach, musterte er mich ganz diskret von Kopf bis Fuß. Ich trug ja nicht nur das schwarze Kostüm, ich hatte auch schwarze Strümpfe und Schuhe angezogen. Und meine Miene stand wohl auch noch auf Friedhof und Leichenhalle.

Herr Genardy verzog das Gesicht zu einem zurückhaltenden Lächeln, erkundigte sich: »Ein Trauerfall?«

Zuerst nickte ich nur. Dann erklärte ich leise: »Die Tochter einer Arbeitskollegin, ein elfjähriges Mädchen, missbraucht und erwürgt. Vor vierzehn Tagen. Vor einer Woche hat man sie gefunden, heute wurde sie beerdigt.«

Herr Genardy war so schockiert. Er wurde sogar ein bisschen blass, schüttelte den Kopf, als könne er es gar nicht fassen, suchte nach Worten und murmelte endlich: »Das gibt es doch nicht.«

Er brauchte ein paar Sekunden, ehe er seine Fassung so weit wiedergewonnen hatte, dass er erklären konnte: »Dann will ich Sie jetzt nicht mit Lappalien belästigen.«

»Besser mit Lappalien als mit dummen Fragen«, erwiderte ich.

Er runzelte die Stirn. »Habe ich Sie mit dummen Fragen belästigt?«

»Sie nicht, ein Bekannter meiner Kollegin. Na ja, vielleicht ist das bei ihm schon eine Berufskrankheit. Er ist bei der Polizei. Er hat mich heimgebracht, und …«

Ich wollte nicht noch einmal darüber reden. Aber wie er da so vor mir stand, mich ansah, irgendwie gütig wie ein Vater. Es war wirklich so, als ob mein Vater sich zu mir auf die Bettkante setzte. »Nun mal raus mit der Sprache, Siggi, was ist denn wieder passiert? Wieder Ärger mit Mutter gehabt?« Da kam es eben. Alles. Der Braune, die Uhr, die Kinderstimme auf dem Friedhof. Dass ich zu Hedwig gesagt hatte, sie soll ihre Tochter zu mir schicken. Und dass ich jetzt panische Angst hatte, das Kind käme tatsächlich einmal.

Irgendwann dazwischen schlug ich vor: »Gehen wir doch ins Wohnzimmer. Möchten Sie vielleicht einen Kaffee? Es ist noch welcher in der Kanne. Ich habe ihn eben frisch aufgebrüht.«

»Gern«, sagte Herr Genardy und ließ mich weiterreden, hörte zu, aufmerksam und geduldig.

Als ich endlich wieder schweigen konnte, meinte er: »Sie Ärmste, es muss ja entsetzlich sein, wenn man von solch grässlichen Visionen heimgesucht wird. Vielleicht sollten Sie einmal mit einem Arzt darüber reden.«

Da hatte ich plötzlich das Gefühl, dass ich einen großen Fehler gemacht hatte. Nachdem Herr Genardy wieder hinaufgegangen war, saß ich noch ein paar Minuten lang reglos auf der Couch. Am liebsten wäre ich ihm einfach nachgegangen.

Vergessen Sie den ganzen Blödsinn, den ich Ihnen da gerade erzählt habe. Kein Wort davon ist wahr, ich mache mich nur gern ein bisschen wichtig damit. Wissen Sie, es ist so: Ich fühlte mich früher immer von meiner Mutter zurückgesetzt. Da habe ich irgendwann angefangen, von diesem Traum zu erzählen. Auf diese Weise bekam ich wenigstens ab und zu ein bisschen Beachtung. Es gab mir ein Machtgefühl, ich sah ja immer deutlich, wie schockiert meine Mutter war, dass sie Angst hatte.

Ich hörte seine Schritte über mir, hin und her, hin und her, hin und her. Ganz offensichtlich hatte ihn meine Erklärung aufgewühlt. Was er jetzt wohl von mir denken mochte? Mit einem Arzt darüber reden, das war doch deutlich genug.

Jetzt hielt er mich für verrückt, auch gut. Mit einer Verrückten geht man zwangsläufig ein bisschen vorsichtiger um, nicht wahr, Herr Genardy? Eine Verrückte ist unberechenbar, man weiß nie, was in ihrem Kopf vorgeht. Am Ende sieht sie gerade wieder den leibhaftigen Tod herumschleichen und schlägt einem die nächstbeste Vase über den Kopf. Mit einem Arzt reden!

Und worüber sollte ich mit Hedwig reden? Konnte ich ihr überhaupt zuhören? Der Besuch selbst war kein Problem. Günther konnte mich mit nach Köln nehmen, wenn er zum Dienst fuhr, zurück kam ich schon irgendwie. Es fuhren ja immer Züge. Nicole würde den Sonntagnachmittag ohnehin bei den Kollings verbringen. Aber ich konnte nicht mit Hedwig reden. Ich würde schreien, wenn sie mir noch einmal das Zimmer ihrer Tochter zeigen wollte oder mir von Nadine erzählte. Vielleicht von dem Kaninchen, das sie ihr nicht hatte kaufen wollen.

Im Wohnzimmer hielt ich es nicht aus, mit den Schritten über meinem Kopf, dem beständigen Hin und Her und der Furcht, die es ausdrückte. Wie Wassertropfen auf einem glatt rasierten Schädel, Foltermethoden. Was denkst du jetzt, Josef Genardy? Ich wollte es lieber gar nicht wissen.

Ich zog mich um, dann ging ich zum Friedhof, entschuldigte mich bei Franz, sprach lange mit ihm und wurde darüber ein wenig ruhiger. Es tut mir wirklich Leid. Ich weiß jetzt, es war nicht deine Schuld, aber es war auch nicht meine. Kein Mensch kann etwas für seine Gefühle und seine Bedürfnisse. Kurz vor sechs war ich wieder daheim. Wenig später kam auch Nicole.

Sie kam nicht ins Wohnzimmer. Ich hörte, wie sie die Haustür öffnete und in ihr Zimmer ging. Ja richtig, heute war Donnerstag, donnerstags kam ich normalerweise sehr spät heim. Und neuerdings war ja die Wohnzimmertür verschlossen. Nicole konnte nicht wissen, dass ich schon daheim war, weil ich gesagt hatte, dass ich von der Beerdigung aus zur Arbeit gehen würde.

Ich wollte zu ihr hinübergehen oder wenigstens nach ihr rufen. Da hörte ich, wie sie die Treppe hinaufstieg. Ich hörte sie da oben anklopfen und gleich darauf ihre Stimme. Nicht sehr laut. Wenn sie einen längeren Satz gesprochen hätte, hätte ich wahrscheinlich nichts verstanden. Aber sie rief nur zwei Worte: »Herr Genardy?«

Nichts, keine Antwort, auch die Tür wurde nicht geöffnet. Vielleicht war er noch einmal weggefahren. Seit ich vom Friedhof zurückgekommen war, war es oben still. Nicole kam wieder herunter, und gleich darauf fiel die Haustür ins Schloss.

Vom Fenster aus sah ich, wie sie die Straße hinunterging. Ich lief ihr nach. Sie war noch nicht weit, hielt ihre Barbie-Puppe in der Hand und in der anderen das kleine Köfferchen, in dem sie die Puppenkleider und Korbmöbel aufbewahrte.

Als ich nach ihr rief, drehte sie sich um, pures Erstaunen im Gesicht. »Mama? Ich wusste gar nicht, dass du schon da bist.« Sie kam wieder zurück, blieb vor mir stehen, wartete wohl darauf, dass ich etwas sagte.

»Was wolltest du im Haus?«

Sie wurde verlegen, senkte den Kopf. »Ich wollte nicht dableiben, wirklich nicht. Ich wollte nur die Sachen holen. Wir wollen noch ein bisschen damit spielen, nur bis sieben, ehrlich. Anke hat gesagt, um sieben Uhr muss ich zum Essen da sein. Denise wollte nicht mitgehen, da bin ich schnell allein gekommen.«

»Und was wolltest du von Herrn Genardy?«

Nicole starrte mich an, offensichtlich irritiert von meinem Ton. »Er ist nicht da«, erwiderte sie.

»Danach habe ich dich nicht gefragt.«

Nicole wurde wütend, verzog den Mund. »Oma hat gesagt, ich soll mal nachsehen, ob er wieder da ist. Ich sollte gestern schon nachsehen, da hatte ich aber keine Lust. Ich hab ja auch nicht so viel Zeit, wenn ich immer bis um vier Uhr bei Anke bleiben muss. Vorher darf ich nicht mehr zu Denise kommen, sonst wird sie mit den Aufgaben nicht fertig. Sie trödelt nur noch herum. Ich könnte ihr ein bisschen helfen. Aber Frau Kolling hat gesagt, sie muss es alleine machen, sonst begreift sie es ja nie. Kann ich jetzt?«

Mir wurde ganz leicht, obwohl ich neben der Befreiung so etwas wie Wut empfand. Oma hat gesagt.

»Du kannst«, sagte ich, »bis halb acht. Dann kommst du nach Hause, ich koche uns was.«

»Mein Ranzen ist aber bei Anke. Und Anke wartet doch mit dem Essen auf mich.«

»Ich gehe noch zu ihr. Deinen Ranzen bringe ich mit.«

Ich sah ihr nach, wie sie die Straße hinunterlief. Zwei Schritte hüpfen, zehn Schritte rennen, einmal kurz über die Schulter zurückgedreht und die Hand mit der Puppe zu einem Winken gehoben. »Bis halb acht«, rief sie. Ich nickte.

Eine halbe Stunde später saß ich bei Anke. Mutter las Mara aus einem Buch vor. Mutter Bär und Vater Bär und das Bärenkind lebten in einem dunklen Wald.

»Du würdest mir einen großen Gefallen tun«, begann ich

an Mutter gewandt, die mich jedoch vorerst nicht beachtete, »wenn du in Zukunft selbst nachschaust, wer daheim ist und wer nicht. Du kannst notfalls auch mich fragen. Er ist kurz nach fünf gekommen. Ich kann dir allerdings nicht sagen, ob er eben noch da war.«

Mutter tat, als hätte sie mich gar nicht gehört, zeigte auf ein großes Bild im Buch, erkundigte sich bei Mara: »Und wer ist das?«

Mara steckte sich den Daumen in den Mund und nuschelte: »Bebiber.«

Anke grinste vor sich hin, wurde jedoch rasch wieder ernst. »Bist du nicht mehr zur Arbeit gegangen?«

Ein Kopfschütteln reichte.

»Wie war es denn?«, fragte Anke mitfühlend.

»Scheußlich«, sagte ich leise.

Ich blieb nicht lange, nahm Nicoles Ranzen und ging. Mutter las immer noch aus dem Bärenbuch. Anke grinste wieder, als sie mich zur Tür brachte. Sie hielt sich eine Hand in den Rücken, stemmte den Bauch vor.

»Dieses verfluchte Ziehen«, murmelte sie, »der Arzt meint, es sind Senkwehen. Ich weiß nicht, was ich davon halten soll.«

»Vielleicht solltest du vorsichtshalber schon einmal deinen Koffer packen«, riet ich.

Es war alles in Ordnung, es war alles gut. Meine Tochter spielte jetzt mit ihrer Freundin und Barbie-Puppen. Meine Mutter las von Vater Bär und dem Bärenkind. Und wenn ich nicht plötzlich farbige Flecken vor Augen gehabt hatte, war sie vorhin ein klein wenig rot geworden.

Meine Schwester würde in allernächster Zeit ihr zweites Kind bekommen. Und ich würde am Sonntag Hedwig besuchen, ihr zuhören, sie trösten, wenn das irgendwie möglich war. Ich fühlte mich plötzlich durchaus im Stande, Hedwig zu trösten, ihr wenigstens zuzuhören.

3 Freitags rief ich Günther an, erzählte ihm von der Beerdigung, von Wolfgang Beer, dem freundlichen Polizisten, der sich so rührend um Hedwig sorgte und mich heimgefahren hatte, aber nicht von dem, worüber ich mit Wolfgang Beer gesprochen hatte. Und Herrn Genardy erwähnte ich auch mit keinem Wort.

Samstags holte Günther mich von der Arbeit ab. Wir kochten zusammen, aßen zusammen. Und als Nicole später in ihrem Bett lag, gingen wir zusammen unter die Dusche und anschließend zusammen auf die Couch.

Herr Genardy war oben. Dort war er freitags gewesen, als ich heimkam. Und als wir samstags vorfuhren, stand er in der Garage und wischte an seinem Auto herum. Er grüßte freundlich. Ich hatte das Gefühl, mit einer Art von besonderem Respekt, die man vielleicht auch als Misstrauen und Zweifel bezeichnen konnte. Ein bisschen kam er mir dabei vor wie meine Mutter, die sich auch sehr stark fühlte, wenn sie mir gegenüberstand. Die ihre Angst und das Unbehagen nicht zugeben konnte und dann lieber einmal mehr brüllte oder zuschlug. Und ganz hinten in meinem Kopf flüsterte Franz: »Du hast was an dir.« Wenigstens etwas. Als wir dann ins Haus gingen, vergaß ich alles, Franz und meine Mutter und Herrn Genardy.

Günther blieb über Nacht. Beim Frühstück am Sonntagmorgen erkundigte Nicole sich: »Schläfst du jetzt am Wochenende immer hier?« Es klang ein wenig so, als sei sie nicht ganz damit einverstanden.

»Hast du was dagegen?«, fragte Günther.

Sie zuckte mit den Schultern. »Ist mir doch egal.« Das klang noch ein wenig patzig. Aber kurz darauf saß sie ihm friedlich am Schachbrett gegenüber und ließ sich erklären, warum sie ihre Dame viel zu früh bewegt hatte und dass die Springer ins Zentrum gehörten und nicht an den Rand.

Zu Mittag gab es Rinderrouladen und Blumenkohl. Das Fleisch war im Sonderangebot gewesen, trotzdem noch ein teurer Spaß. Aber es war alles in Ordnung. Und solange das zählte, rechnete ich nicht mit ein paar Markstücken.

Kurz nach Mittag erschien Mutter, Mara weder an der Hand noch auf dem Arm wie sonst, sondern im Buggy, damit es schneller ging. Mutter war völlig außer sich. Seit den frühen Morgenstunden war Anke im Krankenhaus. Aber erst vor einer knappen Viertelstunde hatte Norbert es für nötig befunden, telefonisch mitzuteilen, es ginge nicht voran.

»Die haben ihr unter aller Garantie wehenhemmende Mittel gespritzt«, behauptete Mutter. »Das passt denen doch nicht in den Kram, eine Entbindung an einem Sonntag, da haben sie keine Lust und keine Zeit. Da gehen sie lieber nachmittags auf den Golfplatz. Sie werden alles tun, um die Geburt auf morgen zu verschieben. Mein Gott, das liest man doch immer. Nachher hat das Kind einen Hirnschaden.«

Mutters Stimme überschlug sich fast vor Erregung. Ihr Blick ging zwischen Günther und mir hin und her. Auf ihren Wangen hatten sich rote Flecken gebildet. Sie wollte auf der Stelle in die Klinik, den Ärzten den Kopf zurechtsetzen, Anke in ihrer schweren Stunde beistehen, notfalls dem Baby mit eigenen Händen ans Tageslicht helfen.

Schließlich blieben ihre Augen an Günther halten. »Wenn Sie wohl so nett sein würden und mich zur Klinik fahren.« Sie schaute mich an. »Ich lasse Mara bei dir, ich kann sie ja nicht mitnehmen.«

Günther kam nicht dazu, ihr zu antworten. Das tat ich an seiner Stelle. »Er kann nicht so nett sein und dich fahren. Er fährt mich. Wir wollen in einer halben Stunde aufbrechen. Er bringt mich nach Chorweiler und muss dann selbst zum Dienst.«

Mutter schnappte nach Luft, hob die Stimme um ein oder

zwei Dezibel an. »Was willst du denn in Chorweiler? Da kannst du doch nur herumsitzen. Und das kannst du ja wohl auch noch am nächsten Sonntag! Aber Anke braucht jetzt jemanden, der ihr beisteht. Norbert tut doch den Mund nicht auf. Der wird nicht einmal begreifen, was sie Anke geben.«

Günther schwieg, lehnte sich auf der Couch zurück, zündete sich eine Zigarette an, schaute gespannt und mit leicht hochgezogenen Augenbrauen auf Mara, die mit halb offenem Mund das Gezeter ihrer Großmutter verfolgte. Zwei Sekunden lang war Stille, Mutter atmete einmal tief durch, machte einen ersten, winzigen Schlenker auf mich zu.

»Aber bitte, du kannst ja nach Chorweiler. Es ist doch alles ein Weg, nehme ich an. Ihr müsst mich ja nur vor der Klinik absetzen. Du kannst deiner Kollegin sagen, es tut mir sehr Leid, was mit ihrer Tochter geschehen ist.«

»Und Mara?«, fragte ich, erklärte gleich weiter: »Ich kann sie nicht mitnehmen. Ich nehme auch Nicole nicht mit. Ich besuche doch nicht mit einem Kind an der Hand eine Frau, deren einziges Kind gerade ermordet wurde. Hedwig würde das vielleicht nicht verkraften.«

Mutters Schlenker war bereits Vergangenheit, vorbei und vergessen. »Ermordet«, fauchte sie, tat sich in Bezug auf die Lautstärke keinerlei Zwänge mehr an, »wie sich das anhört! Hedwig! Sie war dir schon immer wichtiger als deine Familie. Solange es dabei nur um mich geht, will ich mich gar nicht darüber aufregen. Aber was ist mit deiner Schwester? Wer hat dich denn damals unterstützt, als dir das Wasser bis zum Hals stand? Wer kümmert sich denn tagaus, tagein um dein Kind. Das nennt sich dann Dankbarkeit. Hat Anke dich jemals um einen Gefallen gebeten? Nicht, dass ich wüsste! Aber du kassierst! Ist es zu viel verlangt, wenn ich dich bitte, Mara für ein paar Stunden zu nehmen?«

Sie hätte wohl noch mehr gesagt – oder gebrüllt –, aber sie

wurde unterbrochen, als es an der Tür klopfte. Die Klinke bewegte sich beinahe zaghaft nach unten, die Tür öffnete sich einen Spalt. Und in dem Spalt erschien Herrn Genardys Gesicht, die Peinlichkeit der Situation hinter einer Miene der Gelassenheit und Beherrschung haltend.

»Es tut mir Leid, wenn ich störe«, begann er. »Ich wurde zufällig Zeuge Ihrer Unterhaltung.« Wirklich sehr dezent ausgedrückt. »Vielleicht darf ich Ihnen meine Hilfe anbieten, Frau Roberts?«

Er schaute Mutter an, lächelte höflich. Mir warf er einen mehr als kurzen Blick zu, nur so ein Aufblitzen, als sei er sich seiner Sache nicht ganz sicher, und Günther ignorierte er völlig. Konzentrierte sich wieder ganz auf Mutter. »Ich wollte ohnehin jetzt gleich aufbrechen. Für mich ist es auch ein Weg. Ich könnte Ihnen sogar die Kleine abnehmen. Das macht überhaupt keine Mühe. Meine Schwiegertochter wird gewiss keine Einwände erheben, wenn ich einen kleinen Gast mitbringe.«

Mutters Seufzer der Erleichterung hob fast die Zimmerdecke an. Sie legte die Hände aneinander, als wolle sie beten. »Das ist wirklich ganz reizend von Ihnen. Ich weiß gar nicht, wie ich Ihnen danken soll.«

»Es macht überhaupt keine Mühe«, wiederholte Herr Genardy.

4

In den ersten beiden Stunden war ich mit Hedwig allein. Ihre Mutter war schon am Vortag wieder abgereist. »Sie ist ja nicht ganz gesund«, erklärte Hedwig, »sie muss regelmäßig zum Arzt.«

Günther war nicht mit hinaufgekommen. Die Zeit war zu knapp gewesen, hatte er jedenfalls behauptet. Ich vermutete eher, er konnte das nicht, sich mit einem Menschen auseinander setzen, wie Hedwig jetzt einer war. Und Wolfgang Beer war im Dienst, Rauschgiftdezernat.

»Seine Kollegen haben noch kein Geständnis«, sagte Hedwig. »Der Kerl leugnet das ganz hartnäckig. Aber Wolfgang meint, sie kriegen ihn so weit. Und wenn nicht, dann müssen eben die Indizien reichen.«

Hedwig sprach wie ein Automat. Auch ihre Bewegungen wirkten merkwürdig steif und abgehackt. Manchmal saß sie minutenlang reglos da, starrte auf einen unbestimmten Punkt an der Wand hinter mir oder auch direkt in mein Gesicht. Wie Großmutter damals, als ob ich nicht da sei. Und anschließend schüttelte Hedwig sich leicht, fasste sich an die Stirn und murmelte: »Was wollte ich gleich noch sagen?«

»Was für Indizien haben sie denn?«, fragte ich, nur um überhaupt etwas zu sagen. Und Hedwig lächelte mich so verloren an. »Wo ist deine Kleine denn?«

»Bei ihrer Freundin.«

»Ach so. Ja. Natürlich. Nadine hatte keine Freundin, hatte sie nie. Ich wollte sie damals in den Kindergarten schicken, da hätte sie vielleicht eine gefunden. Meine Schwiegermutter sagte, das kostet nur, und sie hatte ja Recht. Und später dann, als Nadine zur Schule ging, da hat sie keinen Anschluss mehr gefunden. Sie war immer so komisch, kam mit anderen Kindern nicht gut zurecht. Sie war nicht schlecht, so meine ich das nicht, nur komisch.« Ein unmögliches Kind, hörte ich im Geist meine Mutter sagen.

Hedwig stand plötzlich auf, ging zur Tür. »Du magst doch sicher einen Kaffee.« Ich nickte, aber sie blieb bei der Tür stehen, schaute wieder durch mich hindurch.

»Mir ist da was aufgefallen«, murmelte sie. »Das muss ich dir unbedingt zeigen. Wolfgang habe ich es auch schon gezeigt. Du kennst ihn doch, er kommt gleich, er hat es versprochen. So um sechs herum, kannst du solange bleiben? Ich kann hier nicht bleiben, ich muss hier raus. Kann ich zu dir kommen? Frau Humperts ist doch ausgezogen.«

»Du wolltest mir etwas zeigen«, sagte ich. Ganz ruhig, Sigrid, ganz ruhig. Sitz nicht so steif, geh hin zu ihr, nimm sie in den Arm, du wolltest sie doch trösten. Kannst du wieder mal nicht? Man kann es lernen, man kann alles lernen. Du bist doch alt genug!

Es kostete mich Überwindung, aufzustehen und Hedwig tatsächlich in den Arm zu nehmen. Dass ich es schaffte, hielt ich für ein gutes Zeichen. Lauter gute Zeichen an solch einem Tag.

Ein Geburtstag! Anke war überzeugt, dass sie diesmal einen Sohn bekäme. Auf den Ultraschallbildern sei es deutlich zu erkennen, hatte sie mir gesagt, mir so ein Bildchen gezeigt und auf eine bestimmte Stelle getippt. Ich hatte nichts erkannt. Man musste mit solch einem Bildchen eben umgehen könne, ebenso musste man mit Indizien umgehen können. Die Polizei war überzeugt, dass sie den richtigen Mann hatte, den Mörder. Und wenn er nicht gestand, mussten die Indizien reichen.

Indiz; Anzeichen, Verdacht erregender Umstand.

Indizienbeweis; auf zwingenden Verdachtsmomenten beruhender Beweis. Ich hatte im Duden nachgeschaut. Es wäre mir lieber gewesen, sie hätten einen brauchbaren Zeugen gehabt. Einen, der gesehen hatte, wie der Student und das Kind in den Garten gingen. Ihnen wäre es wahrscheinlich auch lieber gewesen. Ob Mutter sich jetzt mit den Ärzten anlegte, die Krankenschwestern oder die Hebamme anfauchte?

Ich hatte mich mit Mutter angelegt. Ich hatte mich ihr widersetzt, hatte mich so stark gefühlt dabei. Du bist auf dem besten Weg, Sigrid, nur weiter so, man fängt immer klein an. Und Mara spielte jetzt mit der Enkelin von Herrn Genardy.

Lauter gute Zeichen an solch einem Tag. Hedwigs Rücken unter meiner Hand zuckte ein wenig. Ich klopfte ihr gegen eines der Schulterblätter, beinahe hätte ich gesagt: »Braver Hund.« Aber wenn einem das Kind von solch einem Hund genommen wird, das überlebt man nicht.

»Was wolltest du mir denn zeigen?« Hedwigs Kopf an meiner Schulter zuckte ebenfalls. Als sie das Gesicht wieder hob, war meine Bluse feucht.

»So ist es gut, lass es raus. Du darfst es nicht in dich hineinfressen, damit hilfst du niemandem.« Hedwig schüttelte den Kopf. Ich wusste nicht, ob sie damit meinen ersten Satz ablehnte oder den letzten bestätigte.

»Ich muss eine von den Pillen nehmen«, murmelte sie, »dann geht es wieder. Dann mache ich uns einen Kaffee, und dann zeige ich dir was. Es ist mir gestern aufgefallen, als ich ihre Sachen durchsah. Ich muss ihre Sachen immer wieder durchsehen. Ich denke immer, ich finde was Wichtiges. Tu ich auch, wirklich. Am Freitag habe ich eine Krawattennadel gefunden, die habe ich Wolfgang aber nicht gezeigt. Sie ist echt, weißt du, sie hat einen Stempel, fünfhundertfünfundachtziger Gold. Vorne ist ein Stein drauf, der ist bestimmt auch echt. Ein Diamant, glaubst du? Ich möchte gar nicht wissen, was die gekostet hat. Sie hatte sie in dem alten Schuh versteckt, in dem Babyschuh, der bei ihr am Fenster hängt. Deshalb haben sie das Ding wohl nicht gefunden. Sie haben ja ihr ganzes Zimmer auf den Kopf gestellt. Aber die wichtigsten Sachen haben sie übersehen. Jetzt weiß ich gar nicht, was ich mit dem Ding machen soll. Ich kann's ja nicht einfach wegschmeißen.«

»Gib es Wolfgang«, riet ich, »vielleicht ist es ein wichtiges Beweisstück.«

Hedwig machte einen Satz von mir weg, tippte sich an die Stirn und schrie mich gleichzeitig an: »Bist du verrückt? Damit es nachher heißt, sie hat geklaut wie eine Elster. Dann heißt es am Ende noch, er hat sie nur deshalb erwürgt, weil sie ihn bestohlen hat. Dass sie ihn bestohlen hat, behauptet er doch sowieso schon. Er hätte ihr nie Geld gegeben und auch nie Pillen. Die Pillen, die sie bei sich hatte, hätte mal eine Freundin bei ihm vergessen. Die müsste sie zufällig gefunden haben. Sie hätte ja immer in seinen Schränken herumgewühlt, wenn er mal für einen Moment aus dem Zimmer gegangen wäre. Er hätte ihr von Anfang an nicht getraut, hat er gesagt, deshalb wäre es ihm auch gar nicht recht gewesen, wenn sie kam. Aber sie hätte ihm halt auch Leid getan.«

Es dauerte ein paar Minuten, ehe Hedwig sich wieder einigermaßen beruhigt hatte. Ich musste ihr zweimal die gleiche Frage stellen: »Hast du sonst noch etwas gefunden?«

Beim zweiten Mal nickte sie, antwortete: »Ja, Schulhefte. Wolfgang wollte sie schon mitnehmen. Seine Kollegen brauchen alles, was sie bekommen können. Mit den Heften kann man einen Vergleich machen. Ich habe ihm gesagt, ich will sie erst dir zeigen. Er kann sie morgen mitnehmen.«

Sie kam wieder einen Schritt näher, legte mir die Arme um den Hals und den Kopf an die Schulter. »Ich bin so froh, dass du gekommen bist«, murmelte sie. »Als ich hier saß und warten musste, war es nicht halb so schlimm. Obwohl ich mir da schon denken konnte, dass etwas Furchtbares mit ihr passiert sein muss, hatte ich doch noch ein bisschen Hoffnung. Und jetzt habe ich nichts mehr. Vielleicht weißt du noch, wie das ist. Du hast ja auch einmal so gesessen. Und dein Franz war dein Ein und Alles.«

Wir gingen zusammen in die Küche. Ich schaute ihr zu, wie sie ein Glas mit Wasser füllte, ein Medikamentendöschen vom Schrank nahm. Limbatril. Hedwig schluckte eine der zweifarbigen Tabletten, sie war lang und schmal, rosa und hellgrün. Dann setzte Hedwig endlich Wasser für den Kaffee auf.

»Ist nur löslicher«, sagte sie, »ich hoffe, du magst ihn. Anderer Kaffee hat sich hier nie gelohnt. Was soll ich für mich alleine eine Tasse machen? Nadine trank immer Milch zum Frühstück. Da hab ich für mich eben den löslichen genommen. Schmeckt ganz gut.«

Vielleicht hätte sie Franz nicht erwähnen dürfen.

Mara trug eine hellgrüne Hose und ein rosafarbenes T-Shirt, genau die gleiche Farbkombination wie die Tabletten, von denen Hedwig gerade eine eingenommen hatte. Mara spielte jetzt irgendwo, vielleicht in einem Garten, vielleicht in einem Zimmer. Nein, in einem Garten, viel Grün drum herum, lauter schlanke Bäumchen.

Ich wusste nicht einmal mehr, wie die Bäumchen in meinem Garten hießen. Irgendwas Italienisches. Italienische Eisdielen. Jedes Kind mag Eis. Eis und Limonade.

Nicole nicht, die trank lieber Milch oder Saft. Nicole schwärmte auch nicht für Süßigkeiten. Sie knabberte lieber an einer Möhre, naschte die Gurkenscheiben aus der Salatschüssel, bettelte um Radieschen zum Abendbrot. Komisch, es fiel mir jetzt erst auf. Liebe, gute Frau Humperts, ich weiß immer noch nicht genau, wie viel ich Ihnen zu verdanken habe.

Eis und Limonade, das ist der Käse in der Mausefalle. Wenn man davon trinkt, wird man müde. Dann schläft man ein. Und dann liegt man irgendwo, ganz friedlich, ganz wehrlos. Und man kann niemandem von den spuckenden Regenwürmern erzählen, die einem über die Beine kriechen, über den Bauch und den Mund.

Der Mund, das war ein Traum, den Franz oft geträumt hatte. Und manchmal hatte er darum gebettelt, ihn sich verwirklichen zu können. Franz war tot, seit sechs Jahren schon. Vielleicht nicht ganz, ich hatte noch so viel von ihm in mir. Irgendeiner hat einmal gesagt, ein Mensch ist erst dann wirklich tot, wenn er vergessen ist. Wie hätte ich Franz vergessen können?

Hedwig nahm Tassen und Unterteller aus einem Schrank. Ihre Bewegungen wirkten immer noch schleppend. Verschlafen, betäubt.

»Die Tabletten, die du da hast«, fragte ich, »lassen die sich in Wasser auflösen oder in Limonade?«

In Milch, du Trottel, frag nach der Milch. Sie steht im Keller, erreichbar für jeden, der sich im Haus aufhält. Man muss so eine Packung nicht öffnen. Wenn man eine Injektionsnadel hat, kann man durchstechen. Nicole trinkt viel Milch. Letzte Woche Donnerstag hast du ihr noch ein Glas ans Bett gebracht, und freitags kam sie nicht aus den Federn.

Hör auf, Sigrid, hör doch auf, was soll das denn!? Sie war spät eingeschlafen. Und sie schwamm wie eine Bleiente, sagte die Lehrerin. Sie schwimmt wie ein Fisch, sagte Günther. Einen starken Kaffee zum Frühstück und zum Abendessen noch einmal von der Milch. Und dann ins Bett und eine ruhige Nacht. Hör auf, Sigrid. Es ist alles in Ordnung.

Hedwig schaute kurz auf, zuckte mit den Schultern. »Weiß ich nicht, hab ich noch nicht versucht. Ich löse sie nicht auf, ich schlucke sie immer so runter.«

Es geht doch gar nicht um Nicole. Die ist bei Denise, die ist in Sicherheit. Herr Kolling ist ein netter Mann, ein bisschen phlegmatisch. Für den sind Kinder ein Naturereignis wie ein Vulkanausbruch oder ein Erdbeben. Er ist froh, wenn er seine Ruhe hat und sich nicht mit ihnen auseinander setzen muss.

Aber Herr Genardy liebt Kinder; Franz liebte auch Kinder, kleine Mädchen vor allem. Und in bestimmter Weise hatte Anke vielleicht doch Recht. Franz war ein Trampel gewesen, er war einfältig und bieder. Herr Genardy ist anders. Angenommen, nur einmal angenommen ... »Was passiert, wenn man einem kleinen Kind eine davon gibt?«, fragte ich.

»Die sind nicht für Kinder«, erklärte Hedwig vorwurfsvoll. »Du würdest ein kleines Kind glatt umbringen damit.« Und dann begann sie zu weinen.

Herr im Himmel, steh mir bei. Lass die Kinder spielen. Ich hätte Mara mitnehmen sollen. Sie ist noch so klein, sie hätte Hedwig nicht an ihre Tochter erinnert. Und ich wäre jetzt ruhig, müsste mich nicht mit solchen Vorstellungen herumschlagen. Es war doch nur eine Tablette. Halt die Gedanken im Zaum, Sigrid, lass sie nicht wieder durchgehen wie Pferde, die in Panik geraten.

Hedwig häufte Kaffeepulver in die Tassen, füllte Wasser darauf. »Gehen wir wieder ins Wohnzimmer«, schlug sie vor, »da ist es gemütlicher. Nimmst du die Tassen mit, dann hol ich die Hefte.« Kurz darauf saßen wir nebeneinander auf der Couch. Und die Pferde gingen mir doch wieder durch. Ich hatte einen Ring wie aus Feuer um die Brust, glühende Kohlen im Bauch, meine Hände zuckten, ich konnte es nicht abstellen. Zu viel Fantasie. Und immer nur die schwarze, Großmutters Erbe. Der ganze Kopf füllte sich mit Rauch. Hedwig hatte drei Schulhefte auf den Tisch gelegt und blätterte in einem davon. Dann zeigte sie mit dem Finger auf eine Seite.

»Da«, sagte sie, »eine verhauene Klassenarbeit, eine glatte Sechs und mein Name drunter. Aber das ist gar nicht meine Unterschrift. Das hier habe ich nie zu Gesicht bekommen.«

Sie tippte erst mitten auf die Seite, dann etwas weiter unten. »Und das hier hat kein Kind geschrieben, das meint Wolfgang auch. Ein elfjähriges Kind, sagt er, schreibt ganz anders. Das muss ein Erwachsener gewesen sein. Er war das. Damit hat er sie eingewickelt, meinst du nicht auch?«

Hedwig war zusehends ruhiger geworden, vielleicht nur

die Wirkung der Tablette. Als ich kurz nickte, fuhr sie fort, wiederholte das, was ich bereits von Günther gehört hatte.

Der Student verwickelte sich in Widersprüche, gab immer nur das zu, was die Polizei ihm beweisen konnte. Angeblich hatte er Nadine Otten zu Anfang des Jahres ein paar Mal mit in seine Wohnung genommen, nur weil sie ihm Leid getan hatte, als sie da in der Kälte vor dem Schaufenster stand. Aber auch das hatte er erst eingestanden, nachdem man ihn mit den Aussagen seiner Nachbarn konfrontiert hatte.

Hedwig seufzte auf, blickte versonnen vor sich hin. Vielleicht sah sie jetzt Kaninchenställe. »Ich hätte ihr so ein Tier kaufen sollen«, murmelte sie. »Aber ich dachte, sie ist so unordentlich, räumt ja nicht mal ihr eigenes Zimmer auf. So ein Tier muss gepflegt werden, Käfig sauber halten und so. Das bleibt dann an mir hängen.«

Ich wusste nicht, was ich ihr antworten sollte. Sie wartete auch nicht auf eine Antwort, sie presste kurz die Lippen aufeinander, sprach leise weiter. Angeblich hatte der Student Nadine Otten nur deshalb nicht gleich erkannt, weil die Polizei ihm bei ihrer ersten Befragung ein schlechtes Foto gezeigt hatte. Und als er sich dann wieder erinnerte, wollte er dem Kind nur zweimal bei den Mathematikaufgaben geholfen haben, umsonst. Und anschließend hätte er dann Geld vermisst, aber er sei nicht gleich darauf gekommen, wer es genommen hatte. Er hätte ja noch mehr Nachhilfeschüler gehabt.

Wieder nickte Hedwig ganz versonnen vor sich hin. »Manchmal frage ich mich, wie ihm zu Mute ist. Er muss doch wissen, dass er nicht durchkommt mit seiner Lügerei. Sie haben in seiner Wohnung einen Bleistift gefunden, er war noch neu, aber das Ende war angekaut. Das machte sie immer, wenn sie ihre Aufgaben nicht lösen konnte, kaute auf den Stiften herum. Ich hatte eine Packung mit fünf Bleistiften gekauft, vor drei oder vier Wochen. Da muss sie sich einen rausgenommen haben. Die anderen lagen noch hier im Schrank. Das allein reicht noch nicht als Beweis. Er hätte ja auch so eine Packung haben können. Aber da waren die Abdrücke von ihren Zähnen. Ihr war ein kleines Stückchen von einem Zahn abgebrochen. Und weißt du, wann das abgebrochen ist? Samstags! Da hatte sie im Bad so rumgematscht, und dann ist sie auf den nassen Fliesen ausgerutscht und hat sich am Waschbecken den Mund angeschlagen. Und auf dem Bleistift ist das deutlich zu erkennen. Als sie ihm das an den Kopf geworfen haben, da gab er auch zu, dass sie in der Woche noch mal bei ihm war. An den genauen Tag kann er sich angeblich nicht erinnern. Es könnte der Montag, es könnte aber auch der Mittwoch gewesen sein.«

Hedwig schluchzte auf, fing sich jedoch gleich wieder. »Er hat sich schon mal an einem Kind vergriffen. Da mussten sie ihn laufen lassen, weil das Mädchen vor Gericht sagte, es hätte sich freiwillig mit ihm eingelassen. Und es war auch schon etwas älter, vierzehn glaube ich. Er hat behauptet, ihm hätte das Mädchen gesagt, sie sei schon sechzehn. Und sie konnten ihm das Gegenteil nicht beweisen.«

Hedwig sprach jetzt ganz ruhig, fast so, als ginge sie das alles nichts mehr an. »Aber jetzt kommt er nicht mehr davon. Wolfgang erzählt mir jeden Abend, ob sie weitergekommen sind. Er selbst hat mit dem Fall nichts mehr zu tun. Er war nur am Anfang mit dabei, als sie die Kommission gebildet haben. Die ist schon wieder aufgelöst, sie haben ihn ja. Und seine Kollegen halten Wolfgang natürlich auf dem Laufenden. Sie tun, was sie können, und die Hefte hier, die könnten wichtig sein. Dafür kommt ein Schriftsachverständiger, der sieht sich das an. Viermal hat er an meiner Stelle unterschrieben. Das leugnet er auch. Einmal gibt er zu. Die anderen Unterschriften, damit will er nichts zu tun haben.«

Hedwigs Ruhe war künstlich erzeugt, ich wusste das. Aber

trotzdem war sie ansteckend, griff auf mich über, erstickte das Feuer in meinem Bauch und vertrieb den Rauch aus meinem Kopf. Es war alles in Ordnung. Die Polizei hatte den Mörder verhaftet, und sie tat alles, um ihn zu überführen. Ich sprach mit Hedwig so, wie ich tausendmal vorher mit ihr gesprochen hatte. Es kam mir nur ein bisschen unwirklich vor, weil wir über einen Mörder sprachen, über einen, der leugnete.

5

Kurz nach fünf klingelte das Telefon. Es stand im Flur. Hedwig ging hinaus und rief nach mir. Mutter war am Apparat, ihre Stimme war eine Mischung aus Erleichterung, Glück und Vorwürfen. »Ich dachte, es interessiert dich vielleicht!«

Zumindest die eine spitze Bemerkung konnte Mutter sich nicht verkneifen. Anke hatte einen Sohn geboren. Nicht auf normalem Wege. Die Ärzte hatten sich zu einem Kaiserschnitt entschließen müssen.

»Norbert will natürlich noch hier bleiben«, erklärte Mutter. »Und ich bleibe selbstverständlich auch hier, bis Anke wieder ansprechbar ist. Bisher ist sie noch nicht auf die Station gebracht worden. Es kann spät werden. Wann gedenkst du denn heimzufahren?« Mutter hatte mit Herrn Genardy vereinbart, dass er Mara am Abend gleich zu ihr bringen könne.

»Ich konnte ja nicht ahnen, dass es so spät werden würde«, sagte Mutter. »Es wäre nett, wenn du so gegen sieben oder acht daheim sein könntest. Vielleicht sagst du Herrn Genardy kurz Bescheid. Da kann er sich den unnötigen Weg zu mir sparen.«

»Hast du seine Nummer?«

Nein, die hatte Mutter nicht. Sie hatte auf der Fahrt zur Klinik anderes im Kopf gehabt, als Herrn Genardy nach seiner

Telefonnummer zu fragen. Sie hatte auch kein Kleingeld bei sich, um den Münzfernsprecher in der Klinik zu benutzen. Außerdem gab es weit und breit kein brauchbares Telefonbuch. Die Stationsschwester war so nett gewesen, sie einmal vom Telefon im Schwesternzimmer aus telefonieren zu lassen. Aber man sollte die Freundlichkeit einer Stationsschwester nicht über Gebühr strapazieren, indem man nun noch etliche Gespräche anhing.

Wahrscheinlich hatte Mutter nur keine Lust, ins Erdgeschoss hinunterzufahren. Da hätte sie am Ende noch verpasst, wenn Anke aufs Zimmer gebracht wurde. Aber vermutlich gab es noch einen Grund, mir die Benachrichtigung von Herrn Genardy zu überlassen. Aus Mutters letztem Satz schloss ich später darauf, dass ihr sehr wohl ein brauchbares Telefonbuch zur Verfügung stand. Dass sie damit allerdings die gleichen Erfahrungen gemacht hatte, die ich dann machen musste. Mutter verabschiedete sich mit dem Hinweis: »Du rufst am besten gleich die Auskunft an.«

Aber wozu, wenn es erst einmal anders ging.

»Hast du ein Telefonbuch?«, fragte ich Hedwig. Da sah ich das Buch auch schon auf dem Regal unter dem Telefon liegen. Ich nahm beides mit zurück ins Wohnzimmer, die Schnur war lang genug. »Ich darf doch mal kurz telefonieren?«

»Natürlich«, murmelte Hedwig. Sie fragte nicht einmal, wen ich anrufen wollte, nahm das zweite Heft ihrer Tochter in die Hand, blätterte darin. Ich blätterte im Telefonbuch.

G. Ga. Ge. Gen. Gena. Genand. Kein Genardy!

Und Mutters Stimme spukte mir durch den Kopf: »Du rufst am besten gleich die Auskunft an!« Ich wollte die Auskunft nicht anrufen. Ich wollte mir nicht anhören müssen, dass es einen Teilnehmer dieses Namens nicht gab.

Ja, darauf verstehst du dich, Sigrid, die unangenehmen Wahrheiten so lange als eben möglich vor dir herzuschieben.

Das machst du hervorragend. Und wenn sie sich dann nicht mehr länger leugnen lassen, drückst du einfach beide Augen fest zu. Nur nicht hinsehen.

»Wen suchst du denn?«, fragte Hedwig.

Ich wollte es ihr erklären, aber so einfach war das nicht. Mein Herz war verrutscht, es klopfte jetzt im Hals, und meine Füße waren mit Eisstückchen gefüllt. Kein Genardy, kein Josef und auch kein anderer. Und er hatte Mara bei sich. Bevor die Panik über mir zusammenschlagen konnte, nahm ich das Telefon auf den Schoß. Die Durchwahlnummer, unter der ich Günther in der Redaktion erreichen konnte, wusste ich auswendig. Gleich darauf hatte ich seine Stimme im Ohr.

»Sigrid«, sagte ich. »Du musst mir helfen. Er steht nicht im Telefonbuch.«

Günther war nur einen Moment lang überrascht. Er begriff anscheinend sofort. »Wen meinst du, Genardy?«

»Ja.«

Es war still. Es war so fürchterlich still, wie damals, als Großmutters Uhr stehen blieb. Günther schwieg. Hedwig schaute mir ins Gesicht, ein klein wenig Leben in den Augen, ein Hauch von Interesse.

»Weiß ich«, erklärte Günther endlich, »ist mir auch schon aufgefallen.«

Und das nicht erst gestern, sondern am vergangenen Montag schon. Gleich nach dem Sonntagnachmittag ohne Fotos von Enkelkindern. Es war ja auch eine Kleinigkeit, im Telefonbuch nachzuschlagen und kurz einmal nach dem Starfotografen zu suchen. Wenn man ohnehin zu leichtem Misstrauen neigt, war es sogar eine Notwendigkeit.

Und wieder war es so still. Das Schulheft von Nadine lag aufgeschlagen auf Hedwigs Beinen. Eine voll geschriebene Seite, ziemlich krakelig die Schrift und überall die roten Striche dazwischen. Darunter eine Notiz des Lehrers, auch in Rot.

Und darunter in Blau der Name Hedwig Otten. Ein Mörder hatte ihn dorthin geschrieben. Ich sah seine Hand über das Papier huschen, nur den Bruchteil einer Sekunde lang, aber ganz deutlich. Nur war es kein Schulheft mehr, es war ein Mietvertrag.

»Vielleicht hat er eine Geheimnummer«, meinte Günther, sehr überzeugend klang es nicht. »Dann kann er nicht im Telefonbuch stehen, und die Auskunft gibt seine Nummer auch nicht preis. Er ist ja bei der Post, da weiß er sicher, wie man an so was rankommt, ohne übermäßig prominent zu sein. Vielleicht hat er gar kein Telefon, du hast ja auch keins. Und das Fotostudio seines Sohnes läuft vielleicht auf irgendeinen Fantasienamen. Studio Sonnenschein, oder was weiß ich. Es kann alle möglichen Gründe haben. Was willst du überhaupt von ihm? Warum willst du ihn anrufen?«

Warum wohl! Das weißt du doch. Er hat Mara! Du warst doch dabei, als er sie mitgenommen hat, du Trottel! Vielleicht irrt sich die Polizei, vielleicht haben sie den falschen Mann verhaftet. Vielleicht erinnert er mich nur deshalb ständig an Franz. Aber Franz war nicht gefährlich, und er ist gerissen. Vielleicht … Vielleicht …

Da war einer in Nicoles Zimmer, er hat ihr einen Wurm aufs Gesicht gelegt. Und er hat sich doch förmlich überschlagen, Mara in die Finger zu bekommen. Er hat doch gleich am ersten Nachmittag an ihren Beinchen rumgefummelt. Und ich werde dieses Gefühl nicht los.

Aber das alles dachte ich nur. Ich legte auf, ohne Günther noch einmal zu antworten. Ich hatte das Gefühl, ich wäre ganz ruhig, auch im Kopf ging es nicht mehr durcheinander. Die Gedanken kamen glasklar und waren ebenso zerbrechlich. Was muss ich jetzt als Nächstes tun?

Hedwig wirkte nicht mehr so abwesend wie vorhin. »Ist etwas nicht in Ordnung?«, erkundigte sie sich zögernd.

»Ich weiß es nicht.«

Die Polizei anrufen? Natürlich, sofort, auf der Stelle, am besten Wolfgang Beer. Hören Sie mir genau zu, lieber Herr Beer, Ihre Kollegen haben den falschen Mann. Der Student ist nicht der Mörder. Möglich, dass er das Kind als Kurier für seine Pillen benutzt und es auch dafür bezahlt hat. Aber getötet hat er es nicht. Ich bin mir ganz sicher, weil ich den Mörder kenne. Ich hatte eben wieder eine Vision. Ich sah seine Hand, als Hedwig mir die Schulhefte ihrer Tochter zeigte. Es ist mein Mieter. Sie müssen sofort nach ihm suchen lassen. Er ist in einem alten grünen Auto mit Kölner Kennzeichen unterwegs. Er hat meine Nichte bei sich. Sie ist erst zwei Jahre alt.

Missbraucht und erwürgt. Ich wusste überhaupt nichts mehr. Und noch einmal den Hörer abnehmen, um das alles auch wirklich zu sagen, konnte ich auch nicht.

Kurz nach sechs kam Wolfgang Beer. Bis dahin sprach ich mit Hedwig über Ängste, Träume, Befürchtungen und Bilder, die aus dem Nichts auftauchten. Über Stimmen von Kindern, die aus ihren Särgen heraus nach Hilfe riefen, über den ganzen Wahnsinn. Ich wartete die ganze Zeit darauf, dass Hedwig mich einmal auslachte. Aber sie hörte zu, nickte manchmal. Und manchmal steuerte sie noch ein wenig bei. Die Nächte, in denen sie ihre Tochter neben dem Bett stehen sah.

»Das sind keine Träume«, erklärte Hedwig bestimmt, »ich bin wach, wenn sie kommt. Wenn ich die Schlafzimmertür zugemacht habe, dann macht sie sie eben auf. Und morgens ist die Tür immer noch offen. Dann kommt sie an mein Bett, und ich sehe sie so deutlich, wie ich dich jetzt sehe. Jede Nacht kommt sie. Als sie Donnerstagnacht kam, habe ich ihr gesagt, sie soll zu dir gehen. Du hättest mir versprochen, ihr zu helfen. Und da sagte sie, zu ihr hättest du gesagt, du könntest ihr nicht helfen, du wärst ja froh, wenn andere dir helfen.«

Es war gespenstisch, mehr als das. Es war der reine Wahnsinn. Ich wusste genau, wir waren beide nicht mehr bei Verstand, wenn wir auch nur eine Sekunde lang glaubten, was wir uns gegenseitig erzählten. Und wir glaubten es nicht nur, wir waren überzeugt davon.

Ich hatte unentwegt Mara vor Augen, missbraucht und erwürgt. Die hellgrüne Hose in Fetzen gerissen, die strammen Beinchen voller Blut, das kleine, runde Babygesicht ganz blass und eingefallen. Ich wurde das Bild nicht los. Selbst Wolfgang Beer konnte es nicht aus meinem Schädel vertreiben.

»Meinst du, ich könnte mit Wolfgang Beer darüber reden?«, fragte ich Hedwig, kurz bevor er kam.

Sie zuckte nur hilflos mit den Achseln, erklärte ihrerseits: »Er ist sehr nett. Er kann stundenlang zuhören.«

Das konnte Günther auch. Und anschließend die Stirn in Falten legen. Und ich konnte mir nicht vorstellen, dass Wolfgang Beer zum Telefonhörer greifen würde, nachdem er mir zugehört hatte. Zuhören war eine Sache, Fragen stellen und die Bekannte einer Schwester erwähnen, die manchmal seltsame Anwandlungen hatte. Genauso hatte er es doch ausgedrückt. Sich selbst lächerlich machen war eine ganz andere Sache.

Wolfgang Beer wirkte müde und abgespannt, als er hinter Hedwig ins Zimmer kam. Im Flur hatte ich sie kurz miteinander sprechen hören. »Wie fühlst du dich?«, hatte er sie gefragt.

Und Hedwig hatte ihm geantwortet: »Mir geht es gut, aber Sigrid ist nicht in Ordnung. Da ist was, das lässt ihr keine Ruhe.«

Wolfgang Beer setzte sich in einen Sessel, lächelte mich an. Hedwig ging in die Küche und machte ihm auch eine Tasse Kaffee. Ehe sie damit zurückkam, erkundigte sich Wolfgang Beer bei mir: »Wieder irgendwelche Zustände?«

Er fragte es ungefähr so wie ein Arzt, der wissen will, ob man Beschwerden hat. Ich hatte nicht mehr das Bedürfnis, ihm von Mara zu erzählen. So ein stilles Kind, hatte Herr Genardy gesagt. Du bist ja ein süßes kleines Mädchen. Jeder Polizist würde sagen: »Das sind schwer wiegende Anschuldigungen, die Sie gegen Ihren Mieter vorbringen.« Jeder Polizist würde fragen: »Haben Sie Beweise?«

»Ich komme schon klar damit«, erwiderte ich.

Ich blieb nicht mehr lange bei Hedwig. Ich hielt es einfach nicht mehr aus. Wolfgang Beer war bereit, mich heimzufahren. Ich wollte das nicht. Nicht wieder gefragt werden und nicht ausgelacht bei den Antworten.

Warum fragt er mich nach meinen Zuständen, wenn sie den Richtigen haben? Sie haben doch Beweise gegen den Studenten. Ein Bleistift mit dem Abdruck eines abgebrochenen Zahns. Vielleicht hat Herr Genardy wirklich eine Geheimnummer. Vielleicht ist das alles nur so, weil mich etwas an ihm ständig an Franz erinnert. Da war eine höhnische Stimme in meinem Kopf: »Und was mag das wohl sein?«

Hedwig wollte mitkommen. Ich war ihr dankbar dafür. Während der Fahrt sprachen wir kaum. Nur einmal fragte Hedwig: »Wann kommt deine Kleine denn heim?«

Ich hatte Nicole aufgetragen, zwischen sieben und halb acht heimzukommen, sich notfalls ein Wurstbrot zu machen, sich die Zähne zu putzen und so weiter. Bis halb neun dürfe sie dann auf mich warten, hatte ich ihr gesagt. Sie war noch nicht daheim, als wir ankamen.

Hedwig und Wolfgang Beer gingen mit ins Haus. Anstandshalber bot ich Kaffee an, obwohl es mir lieber gewesen wäre, sie wären gleich wieder gefahren. Ich hatte immer noch Angst, dass er erneut beginnen würde, mich mit Fragen zu löchern. Aber dann war ich doch auch ein bisschen froh, dass sie noch bei mir blieben.

Während sie im Wohnzimmer Platz nahmen, setzte ich die Kaffeemaschine in Gang und lief dann rasch die Treppe hinauf. Das Garagentor war geschlossen gewesen. Möglicherweise war er ja bereits wieder daheim. Dachte ich tatsächlich daheim? Ja, ich dachte es wohl. Fakten, mit denen man sich abfinden musste. Ich klopfte mehrfach, keine Antwort. Herr Genardy war noch nicht zurück. Und Mara …

Ganz schleppend kam eine Unterhaltung in Gang, als ich dann wieder im Wohnzimmer erschien. Ich füllte drei Tassen. Hedwig lobte den Kaffee. Da sei ja doch ein großer Unterschied und dass sie sich vielleicht doch endlich eine Maschine kaufen solle, damit sie einen vernünftigen Kaffee anbieten könne, falls mal jemand käme. Dabei schaute sie Wolfgang Beer an.

Er klopfte ihr leicht auf den Handrücken und sagte: »Mach das, ich bin ein großer Freund von vernünftigem Kaffee. Und ich komme bestimmt noch öfter vorbei.«

Er mochte sie wirklich. Ist eigentlich komisch, dachte ich, wie manche Leute zusammenfinden. Ein Polizist und die Mutter eines Mordopfers. Unter normalen Umständen hätten sie sich nie getroffen. Und jetzt kannten sie sich. Seit gut zwei Wochen ungefähr. Ich wusste, dass sie zusammenbleiben würden. Ich wusste es eben, als ich sie da nebeneinander auf meiner Couch sitzen sah.

Es war nicht so, dass ich irgendetwas vor mir sah, einen Trauring oder das Standesamt, nein, es war einfach die Gewissheit. Ich dachte an Mara, und da fühlte ich keine Gewissheit, nur die Kopfhaut zog sich zusammen und die Schulterblätter. Mir war kalt, und ich konnte nicht mehr richtig durchatmen. Missbraucht und erwürgt. Gibt es da einen Unterschied, ob man von der Angst gewürgt wird oder von zwei Händen?

Hedwig schaute sich im Zimmer um, schaute auch zur Decke hinauf. »Ist die Wohnung oben genauso groß wie deine?«

Ich nickte nur.

»Und wie viel willst du dafür haben?«, fragte Hedwig.

Bevor ich ihr antworten konnte, nahm Wolfgang Beer ihre Hand und tätschelte sie wieder. »Es geht nicht«, sagte er leise und seufzte vernehmlich. »Du musst noch ein bisschen Geduld haben. Du findest schon noch eine andere Wohnung. Die Wohnung hier ist bereits wieder vermietet.«

Er schaute mich an. »An einen Mann«, sagte er, »Genardy, so heißt er doch, nicht wahr? Er ist wohl im Moment nicht da?«

»Nein, er ist nach Mittag zu seinem Sohn gefahren.«

Mit Mara, du musst ihm sagen, dass er Mara bei sich hat. Ich wollte es auch endlich sagen. Aber bevor ich dazu kam, sprach Wolfgang Beer schon weiter. »Ach, zu seinem Sohn«, meinte er, »wo lebt denn sein Sohn?«

»In Köln, nehme ich an, hat er jedenfalls gesagt.«

»Hat er jedenfalls gesagt«, wiederholte Wolfgang Beer und lächelte dabei. Es kam mir merkwürdig vor. Fast ein bisschen allwissend.

»Kennen Sie Herrn Genardy? Ist etwas nicht in Ordnung?« Er benahm sich seltsam, fand ich. Die Art, wie er fragte, die Betonung und das Lächeln. Er kannte ihn ganz bestimmt. Aber er schüttelte den Kopf. »Nein, ich kenne ihn nicht. Was soll denn nicht in Ordnung sein?«

»Er steht nicht im Telefonbuch.«

Wolfgang Beer lächelte. »Es hat halt nicht jeder ein Telefon. Sie doch auch nicht. Warum eigentlich nicht?«

»Ich konnte mir bisher keins leisten.«

»Na, sehen Sie«, meinte er, »das ist doch ein Grund. Wahrscheinlich hat Herr Genardy den gleichen.«

Und anschließend klopfte er auf Hedwigs Hand und erhob sich dabei. »Ich glaube, wir müssen wieder.«

Kurz nachdem sie weg waren, kam Nicole heim. Wir aßen, unterhielten uns dabei über den kleinen Vetter, von dem Anke vor Wochen gesagt hatte: »Ein wüster Bengel, das kannst du mir glauben. Der tritt und boxt vierundzwanzig Stunden am Tag. Mit dem werde ich wohl nicht so viel Ruhe haben wie mit Mara.«

Es wunderte mich, dass ich so ruhig mit Nicole reden konnte. Ich war nahe daran, den Verstand zu verlieren. Was sollte ich Anke sagen, wenn Mara etwas zugestoßen war?

Da war nur noch ein kleiner Rest Vernunft, der flüsternd versuchte sich durchzusetzen. Er kann sich doch gar nicht an Mara vergreifen, denk nach, Sigrid. Du weißt, dass er sie bei sich hat. Mutter weiß es, Günther weiß es. Selbst wenn er so veranlagt wäre, das Risiko wäre doch viel zu groß für ihn.

Aber er stand nicht im Telefonbuch. Ich kannte seine Adresse nicht, hatte mir keinen Ausweis zeigen lassen. Vielleicht hatte er uns einen falschen Namen genannt. Und wenn er nicht zurückkam …

6

Als Nicole im Bett lag, stellte ich mich ans Fenster. Da stand ich bis kurz vor neun. Ich konnte nicht mehr denken, mich nicht mehr rühren. Der kleine Rest Vernunft kämpfte auf verlorenem Posten.

Such den Schlüssel, Sigrid, nimm den Schrank auseinander, wenn es nicht anders geht, aber tu endlich etwas! Such die Schlüssel, den von Nicoles Zimmer und den von oben. Schließ Nicole ein und dann geh hinauf. Das Autokennzeichen weißt du immerhin, vielleicht findest du da oben noch mehr. Und dann ruf die Polizei. Aber die Polizei hatte den Mörder doch gefasst. Er hatte nur noch nicht gestanden.

Kurz vor neun fuhr draußen das alte grüne Auto vorbei. Herr Genardy fuhr es gleich in die Garage. Dann kam er zur Haustür. Mara trug er auf dem Arm, mit dem Kopf gegen seine Schulter gelehnt. Ich stand plötzlich in der Diele, wusste gar nicht, wie ich dahin gekommen war, und öffnete ihm. Er lächelte mich an, irgendwie erleichtert, herzlich, fröhlich, ganz gelöst und zufrieden.

»Da sind wir wieder«, begrüßte er mich heiter. Entschuldigte sich gleich anschließend: »Es ist leider ein wenig später geworden, als ich beabsichtigt hatte. Die Kinder führten sich auf, als hätten sie mich seit Jahren nicht mehr gesehen. Sie wollten nicht ins Bett, solange ich da war. Da gab es sogar Tränen. Meine Schwiegertochter bat mich, zu bleiben, bis sie eingeschlafen waren.«

Er seufzte vernehmlich, lächelte immer noch. »Das war ein anstrengender Nachmittag für die Kleine. Jetzt bin ich nur froh, dass Sie daheim sind. Ich bin kurz bei Ihrer Mutter vorbeigefahren, da öffnete mir niemand.«

Mara war in eine karierte Decke gewickelt. Ich nahm sie ihm ab, trug sie ins Wohnzimmer, legte sie dort auf die Couch. Herr Genardy folgte mir.

»Zuletzt war sie doch ein bisschen weinerlich«, erklärte er. »Sie fragte ständig nach der Oma und wollte heim. Na, das kann man ja verstehen, wir waren doch lauter Fremde für sie. Solange sie noch mit den Kindern herumtollte, hat es sie nicht gestört. Aber sie war wohl auch sehr müde. Im Wagen ist sie dann eingeschlafen.«

Er sprach leise, um Mara nicht aufzuwecken.

Sie hatte rosige Wangen. Als ich die Decke wegnahm, sah ich, dass auf ihrem T-Shirt ein paar Flecken waren. Große, verwaschene Flecken. Herr Genardy war meinem Blick gefolgt und entschuldigte sich gleich noch einmal.

Seine kleine Enkelin hatte Mara in einem unbeobachteten Moment mit Erdbeertorte gefüttert. Da war etwas aufs Hemdchen geraten. Seine Schwiegertochter hatte das Gröbste jedoch gleich ausgewaschen.

Da lag Mara mit leicht angewinkelten Beinchen auf meiner Couch. Ihre Hose spannte ein wenig über dem dicken Windelpaket und hatte Grasflecke auf den Knien. Ich wusste nicht mehr, was ich denken sollte. Herr Genardy erkundigte sich nach Anke und freute sich, zu hören, dass sie es überstanden hatte. Ein Sohn.

»Da wird sich Ihre Mutter ja freuen«, meinte er. »Bei uns dauert es noch zwei Monate. Meiner Schwiegertochter wird es wohl länger vorkommen. Sie ist in den letzten Wochen doch sehr schwerfällig geworden.«

Ich wollte, dass er ging, damit ich mich um Mara kümmern konnte. Nicht erst eine Nacht vergehen lassen wie damals. Die Windeln sofort öffnen und kontrollieren und nicht mit zitternden Fingern diesmal, nur mit kalten.

Wenn du sie angerührt hast, bringe ich dich um, ob du nun Franz heißt oder Josef.

Herr Genardy machte keine Anstalten zu gehen.

Auch gut, dann setz dich von mir aus. Setz dich da in den Sessel und rühr dich nicht vom Fleck.

Er konnte anscheinend Gedanken lesen. Und als er dann saß, schaute er mit ernster Miene zu mir auf.

»Ich muss mich wohl bei Ihnen entschuldigen«, sagte er, »dass ich einfach hereingeplatzt bin heute Mittag. Es ist normalerweise nicht meine Art, mich in die Privatsphäre anderer einzumischen. Aber ich … Nun ja, Ihre Mutter sprach laut genug, sie war wohl sehr aufgeregt, was durchaus verständlich ist in der Situation. So wurde ich Zeuge Ihrer Unterhaltung, und man muss beide Seiten verstehen, nicht wahr? Ihre Mutter war in Sorge. Sie wollten sich um Ihre Kollegin kümmern. Und ich dachte mir, ob ich nun den Nachmittag mit zwei oder mit drei Kindern verbringe …« Er lächelte wieder.

Du solltest dich ebenfalls entschuldigen, Sigrid. Du musst es ja nicht einmal laut tun. Es tut mir Leid, Herr Genardy, ich hatte Sie in einem fürchterlichen Verdacht. Noch nicht. Da ist noch etwas offen.

»Ich habe am Nachmittag versucht, Sie telefonisch zu erreichen«, sagte ich. »Ich wollte Ihnen mitteilen, dass es bei meiner Mutter sehr spät werden wird und dass Sie Mara zu mir bringen können. Leider habe ich Ihre Nummer im Telefonbuch nicht gefunden.«

»Da steht sie auch nicht drin.« Herr Genardy lächelte wie ein kleiner Junge, der seiner Mutter einen Frosch in die Badewanne setzen will.

»Der Anschluss ist auf meinen Sohn eingetragen«, erklärte er. »Früher hatten wir zwei Anschlüsse im Haus. Meine Frau benutzte das Telefon häufig. Sie war ja zuletzt bettlägerig. Es war ihr Kontakt zu den Bekannten und Freunden. Besucht werden wollte sie nicht mehr. Sie sagte immer, man soll mich so in Erinnerung behalten, wie man mich lange Jahre gekannt hat. Nach dem Tod meiner Frau hatte ich keine Ruhe. Ich hatte das Gefühl, alle Welt wollte mir kondolieren. Ich habe es einfach nicht ertragen und den Apparat abgemeldet.«

»Dann hätte ich aber doch Ihren Sohn finden müssen.«

Nein, den Sohn hatte ich auch nicht finden können. Es gab für alles eine Erklärung, logisch, vernünftig, rational. Es war nicht sein leiblicher Sohn. Es war der Sohn seiner Frau aus erster Ehe. Aber da er noch so klein gewesen war, als Herr Genardy seine Frau heiratete, hatte Herr Genardy ihn nie anders bezeichnet als seinen Sohn. Und manchmal hatte er sogar vergessen, dass es gar nicht sein leibliches Kind war. Das hatten wir also auch geklärt. Der Sohn hieß Weber. Er trug den gleichen Vornamen wie Wolfgang Beer. Wolfgang Weber.

Na schön, ich werde ihn bei Gelegenheit einmal anrufen, deinen Wolfgang Weber. Vielleicht nimmt Günther mir die Arbeit auch ab.

Herr Genardy erhob sich aus dem Sessel. »Ich will Sie nicht länger aufhalten. Es war für Sie gewiss kein angenehmer Nachmittag. Wie geht es Ihrer Kollegin denn?«

»Wie würde es Ihrer Schwiegertochter gehen, wenn Ihre Enkelin solch einem Tier in die Hände gefallen wäre?«

Noch während ich es aussprach, dachte ich, bist du übergeschnappt, Sigrid? Ich sah deutlich, wie er zusammenzuckte.

Dann murmelte er: »Ja, Sie haben Recht. Man mag gar nicht darüber nachdenken.« Er nickte noch einmal kurz, verabschiedete sich endlich und ging hinauf.

Mara schlief immer noch. Nachdem Herr Genardy das Zimmer verlassen hatte, setzte ich mich neben sie auf die Couch und begann sie auszuziehen. Schon als ich ihr das T-Shirt über den Kopf streifte, rechnete ich fest damit, dass sie aufwachte. Ein Irrtum. Dann die Schuhe, feste Schuhe, die bis an die Knöchel reichten. Die Sohlen waren aus gerilltem Gummi.

Ich hatte sie schon auf den Boden gestellt, da hob ich sie noch einmal hoch und schaute mir die Rillen an. Nichts, kein Krümelchen Erde, kein Grashalm. Die Kniestrümpfe waren unter den Fußsohlen schmutzig, sehr schmutzig sogar, als ob Mara ohne Schuhe herumgelaufen sei. Und jetzt die Hose ausziehen. Meine Finger zitterten leicht.

Ich stand wieder vor der Wickelkommode. Franz lag in seinem Bett. Und in meinem Kopf war nur ein Vakuum. Was tu ich, wenn er ihr etwas getan hat, wenn Blut in der Windel ist, was tu ich dann?

Maras Knie waren ebenso schmutzig wie die Hosenbeine.

Ob er sie zeitweise ohne Hose hatte herumkriechen lassen? Sie kroch noch gerne auf dem Boden herum. Über der Windel trug Mara ein weißes Höschen. Es war so weiß wie frisch aus der Verpackung genommen. Und jetzt die Windel, mach sie auf, Sigrid.

Ich konnte nicht. Ich sah nichts mehr. Erst als das Wasser übers Gesicht nach unten lief, klärte sich der Blick wieder, aber ich musste häufig blinzeln.

Wer hat dich denn unterstützt, als dir das Wasser bis zum Hals stand? Wer kümmert sich denn tagein, tagaus um dein Kind?

Sie war doch noch so klein. Das dicke Bäuchlein, die Beine mit den Speckfalten. Der erste seitliche Klebestreifen der Windel. Meine Finger waren ganz steif, weil ich so krampfhaft bemüht war, das Zittern zu unterdrücken.

Warum wachte sie denn nicht auf? Limbatril! Damit würdest du ein kleines Kind umbringen. Oder schlafen lassen, tief und fest schlafen lassen. Es musste keine ganze Tablette gewesen sein, eine halbe oder ein Viertel reichten doch schon. Und es gab ja noch mehr von diesem Zeug, das gab es bestimmt auch als Tropfen. Ein paar Tropfen in die Limonade oder in die Milch! Komm, Mara, wach auf!

Ich schlug ihr leicht gegen die Wange. Wenn er dir etwas getan hat, ich gehe hinauf, und dann tu ich ihm was. Das verspreche ich dir; wach auf, Mara!

Der zweite Klebestreifen. Jetzt reiß dich doch zusammen, Sigrid, schlag die Windel auf und schau nach. Das tat ich endlich. Obwohl es mir sehr schwer fiel und ich ein bisschen Angst hatte, ihr wehzutun, untersuchte ich sie doch ziemlich gründlich. Keine erkennbaren Verletzungen, ich war erleichtert, grenzenlos erleichtert.

Und ich war enttäuscht, fühlte mich getäuscht, so wie damals. Was hat Papa mit dir gemacht? Er hat irgendwas mit dir gemacht, mein kleiner Schatz, ich weiß es. Er hat dich nicht nur eingecremt.

Keine Cremespuren! In Maras Windel waren welche, auf ihrer Haut nicht. Da waren Sandkörner, nicht sehr viele. Sie klebten auf den Leisten und in den Hautfalten. Ich ging in die Küche, nahm ein Tuch und feuchtete es an.

Als ich Mara zu waschen begann, zuckte sie unwillig, verzog einmal kurz den Mund, als wolle sie weinen. Die Windel war feucht, aber notgedrungen musste ich sie ihr wieder anziehen. Ich hatte keinen Ersatz. Dann das Unterhöschen, die Hose drüber. Und das T-Shirt. Ich legte ihr eine Hand in den Nacken, zog sie ein wenig hoch und wollte ihr das T-Shirt über den Kopf streifen. Und da endlich schlug sie die Augen auf. Sie jammerte gleich los: »Oma.«

»Ist ja gut«, murmelte ich, »Oma kommt gleich. Und Papa kommt auch.« Ich nahm sie auf den Schoß, schaukelte sie, damit sie nicht wieder einschlief. »Was hast du denn Feines gespielt? Erzählst du es mir? Wo warst du denn?«

»Oma.«

»Oma kommt gleich, es dauert nicht mehr lange. Wo warst du denn? Sag es mir!« Sie hing in meinem Arm wie ein kleiner nasser Sack. »Hast du ein Eis bekommen?«

»Eis.«

»Und eine Limonade oder Saft? Komm, Mara, erzähl es mir!«

Es war völlig sinnlos, ich wusste das. So groß war Maras Sprachschatz noch nicht. Zum größten Teil bestand er aus einem unverständlichen Kauderwelsch, von dem nur meine Mutter behauptete, sie verstehe immer, was Mara so von sich gebe. Aber ich wollte, dass sie es mir sagte.

»Waren auch andere Kinder da? Hast du gespielt?«

»Oma.« Und mehr erfuhr ich nicht von ihr.

Mutter und Norbert kamen erst kurz nach elf. Sie waren

nicht etwa so lange in der Klinik gewesen. Da hatten sie sich bis acht aufgehalten. Dann hatte Norbert auf einem kräftigen Essen bestanden, keine Hausmannskost, zur Feier des Tages ein gutes Restaurant, ein Gläschen Wein. Und Mutter musste ihn wohl oder übel begleiten. Norbert war ziemlich überdreht. Er riss mich in die Arme, hob mich sogar vom Boden ab und schwenkte mich ein paar Mal im Kreis.

»Du musst ihn sehen, Sigrid, ein Prachtbursche, sieben Pfund und dreihundert Gramm, zweiundfünfzig Zentimeter, ganz dunkle Haare und eine Stimme, sag' ich dir!«

Mutter kümmerte sich gleich um Mara, die nach meinen vergeblichen Versuchen, etwas von ihr zu erfahren, auf der Couch döste und im Halbschlaf jammerte. »Oma.«

»Da bin ich ja wieder, mein Schätzchen. Hast du mich vermisst? Hm, wie war es denn? Hast du fein gespielt?«

Und plötzlich funktionierte es. Mara nuschelte verschlafen ein paar Silben. Ball, Titi, Eis.

»Sie ist völlig erschöpft«, stellte Mutter fest, »kein Wunder, schau mal auf die Uhr.«

Diesmal traf der vorwurfsvolle Blick nicht mich, sondern Norbert. Aber den kümmerte das nicht weiter. Er strahlte immer noch wie ein Tannenbaum voller Neonleuchten.

»Du hast ein Brüderchen, Moppel, da staunst du, was?«

»Pulla«, sagte Mara.

Und Mutter verstand sie tatsächlich. »Du hast doch sicher schon zu Abend gegessen. Aber das ist ein paar Stunden her, nicht wahr, mein Schätzchen?«

Kleine Pause, ein liebevoll erhobener Zeigefinger, von der Stimme noch ein wenig unterstützt: »Aber was sind das denn für neue Sitten? Pulla! Du bist doch schon ein großes Mädchen. Und große Mädchen trinken nicht mehr aus der Flasche, die essen fein mit dem Löffel. Wenn du noch hungrig bist, macht Oma dir einen leckeren Brei.«

7 In der Nacht kam der Braune zu mir. Aber er kam anders als sonst. Ich saß mit Großmutter in ihrem alten Wohnzimmer am Tisch, als er durch die Tür trat. Er ging nicht zur Wand, nahm nicht die Uhr ab. Er setzte sich auf die Couch gleich neben Großmutter, ohne dass die reagiert hätte, wahrscheinlich bemerkte sie ihn gar nicht. Dann nahm er die Kapuze herunter, zeigte mir zum ersten Mal sein Gesicht. Ich erschrak nicht einmal, vielleicht hatte ich es immer gewusst. Es war Franz. Er schaute mich lange an. Dann fragte er: »Warum hast du bisher nicht nach den Schlüsseln gesucht?«

Bevor ich ihm darauf antworten konnte, veränderte sich das Zimmer. Der Schrank wuchs in Höhe und Breite. Der Tisch wurde niedriger und bekam eine Platte aus Marmor. Und Franz saß nicht mehr auf der Couch neben Großmutter. Er saß in dem Sessel, der direkt neben dem Kopfende meiner Couch stand, und hinter Franz hing mein Morgenrock über der Lehne.

Franz zog ein Heft unter dem Umhang hervor, ein Schulheft im blauen Schutzumschlag. Franz blätterte darin, legte es aufgeschlagen auf den Tisch, zeigte mit dem Finger auf eine Stelle. »Das hat der Mörder geschrieben«, sagte er.

Ich sah den Namen auf dem Papier. Hedwig Otten. Ich sah auch, was über dem Namen geschrieben stand. Mietvertrag! Und Franz erhob sich, ging langsam auf die Tür zu. Er öffnete sie, trat in die Diele hinaus.

»Sie hat wirklich geweint«, sagte er, »sonst hätte ich sie nicht aus dem Bett genommen. Und ich habe nur die Windel kontrolliert. Ich habe ihr nichts Schlimmes getan. Ich hätte ihr doch nie etwas tun können. Dir auch nicht. Ich wollte dir nicht wehtun, das hätte ich gar nicht gekonnt, damals nicht und heute auch nicht. Ich kann dich nur warnen.«

Dann stieg er die Treppe hinauf. Ich sah seine Hosenbeine

noch ein paar Stufen weit und seine Schuhe unter dem braunen Umhang.

Als ich morgens aufwachte, lag das Heft auf dem Tisch. Ich hatte die Augen noch gar nicht ganz offen, da sah ich es schon liegen. Der blaue Schutzumschlag mit dem weißen Namensschild. Ich presste die Augen noch einmal zusammen, öffnete sie erneut, und es änderte sich nichts. Das Heft lag immer noch mitten auf dem Tisch.

Da schrie ich, und gleich darauf hörte ich die eiligen Schritte auf der Kellertreppe. Nicole stürzte ins Zimmer, nur ein Handtuch um die Schultern gelegt, ganz blass im Gesicht. »Mama, was ist denn?«

Es war halb sechs vorbei. Der Wecker war nicht abgelaufen. Er stand auch nicht auf dem Tisch, da lag nur das Heft. Ich hatte vergessen, den Wecker vom Schrank zu nehmen und ihn einzustellen. So wie Großvater vielleicht damals vergessen hatte, die Uhr aufzuziehen. Ich hatte auch vergessen, mich einzuschließen. Oder nicht, vielleicht hatte ich den Schlüssel absichtlich nicht umgedreht, damit ich im Notfall schneller in der Diele und in Nicoles Zimmer war.

»Ich habe schlecht geträumt«, erklärte ich.

Nicole ging zurück in den Keller, brachte ihre Morgenwäsche zu Ende. Es war alles in Ordnung. Sie war aufgewacht, als Herr Genardy kurz nach fünf das Haus verließ. Sie war gleich aufgestanden, weil sie dringend aufs Klo musste. Sie hatte kurz zu mir hereingeschaut und einen Blick auf den Wecker geworfen. Sie hatte sich gedacht, es lohne nicht mehr, noch einmal ins Bett zu kriechen, und war hinuntergegangen, um sich zu waschen. Und vorher hatte sie mir noch ihr Aufsatzheft auf den Tisch gelegt. Ich sollte unterschreiben, zum Beweis, dass ich die Zwei gesehen hatte. Der Rest war nur ein Traum, einer von vielen Albträumen.

So früh am Morgen und in der Gewissheit, dass wir allein

im Haus waren, sah alles ein bisschen anders aus. Ich machte uns Frühstück. Ich saß mit Nicole am Küchentisch. Ich hörte mir an, dass Denise den Aufsatz mit einer schwachen Vier zurückbekommen hatte. Und innerlich war ich über Nacht ein wenig härter geworden, vielleicht versteinert.

Mit einem Mörder unter einem Dach? Völlig ausgeschlossen! Ich doch nicht, das hätte ich doch gefühlt, gleich im allerersten Augenblick, als ich ihm die Tür öffnete. Vorausgesetzt natürlich, ich hatte wirklich eine kleine Antenne für die negativen Ausstrahlungen, und ein Mörder musste eine sehr negative Ausstrahlung haben.

Auf der Fahrt zur Arbeit versuchte ich noch einmal, vernünftig über alles nachzudenken. Und den halben Vormittag tat ich auch nichts anderes. Hedwig war da, sie kam kurz nach mir in den Aufenthaltsraum, ganz normal gekleidet, grauer Rock, helle Bluse, darüber eine leichte Jacke. Die vertauschte sie gegen einen frischen weißen Kittel, dann geisterte sie den ganzen Vormittag wie ein Gespenst zwischen den Regalen umher. Einmal sprach ich kurz mit ihr.

»Ich kann es mir nicht leisten«, erklärte sie, »daheim zu bleiben. Nachher bekomme ich die Kündigung. Und es muss ja irgendwie weitergehen.«

Sie hatte Recht, es musste irgendwie weitergehen. Hinaufgehen vielleicht. An die Tür klopfen. Herr Genardy, ich muss Sie bitten, die Wohnung wieder zu verlassen. Es tut mir sehr Leid, aber es handelt sich um einen Notfall. Betrachten Sie es als eine Kündigung wegen Eigenbedarf. Aber ich kann meine Kollegin jetzt nicht im Stich lassen. Ich hoffe, Sie verstehen das. Oder besser noch: Mein Freund und ich haben uns entschlossen, zu heiraten, da brauchen wir die Räume selbst.

Vernünftig über alles nachdenken, über Träume und Gefühle, über Pläne. Wie kriege ich ihn raus? Es wird aufhören, wenn er weg ist, ich weiß es. Es hat mit ihm angefangen.

Nicole saß jetzt in der Schule. Zwei Stunden Deutsch, danach große Pause. Für mich Frühstückspause, weiterdenken, Regale auffüllen, Ware auszeichnen und immer noch denken. Jetzt ist Schulschluss. Jetzt gehen Nicole und Denise heim. Ich hatte ihr morgens endlich das Donnerstag-Höschen in den Ranzen gepackt, während sie in der Diele bereits ihre Jacke überzog.

»Da ist ein Höschen von Denise in deinem Ranzen, Gib es ihrer Mutter. Und frag sie, ob sie dein Freitag-Höschen gefunden hat.«

»Aber das habe ich nicht bei Denise gelassen. Ich habe es Denise auch nicht geliehen. Das muss hier sein.«

Meine Mittagspause war fast zu Ende, als Günther anrief. Ich musste ins Büro des Abteilungsleiters, um mit ihm zu sprechen. Sie sahen das nicht gerne, wenn Privatanrufe kamen. Aber es war das erste Mal, dass Günther mich während der Arbeitszeit zu sprechen verlangte. Da gab der Abteilungsleiter sich noch gönnerhaft großzügig.

Nicole aß jetzt bei Frau Kolling zu Mittag, anschließend machte sie zusammen mit Denise die Hausaufgaben. Schnell und korrekt, sauber und ordentlich, wie Frau Humperts es ihr beigebracht hatte. Es war alles in Ordnung, hundertfünfzig Mark mehr im Monat. Wollte ich darauf wieder verzichten? Bis jetzt hatte ich sie noch nicht einmal gesehen, diese hundertfünfzig Mark. Aber wenn ich am Mittwoch zur Bank ging, würden sie auf dem Konto sein. Und nicht nur sie, der Rest auch.

Günther war sehr kurz angebunden. »Ich komme heute Abend noch zu dir. Es wird spät werden, aber ich denke, da sind ein paar Dinge, über die wir mal reden sollten.« Dann war die Leitung auch schon tot.

Seinem Ton nach zu schließen, war er ziemlich sauer. Vielleicht hätte ich darüber nachdenken sollen, vielleicht tat ich es auch, und es ging nur im Allgemeinen Wust unter. Abends hatte der Zug Verspätung, fast eine halbe Stunde. Mein Bus in Horrem war natürlich weg. Ich musste auf den nächsten warten und kam mehr als eine Stunde später daheim an.

Nicole wartete in ihrem Zimmer auf mich. Sie saß auf dem Bett, das Pferdebuch auf dem Schoß. Die Tür stand offen, und Herr Genardy stand davor und unterhielt sich mit ihr. Er grüßte freundlich, als ich hereinkam, schaute mich mit einem Hauch von Mitgefühl an.

»Sie haben aber wirklich einen sehr langen Tag«, stellte er fest.

Bevor ich ihm antworten konnte, ich hätte auch nicht gewusst, was ich ihm auf seine Feststellung erwidern sollte, fragte Nicole: »Warum kommst du denn so spät?«

Ich erklärte es ihr, nickte Herrn Genardy noch kurz zu. Dann gingen wir ins Wohnzimmer, und er ging hinauf. Ich machte mir einen Kaffee und ein belegtes Brot.

»Muss ich gleich ins Bett«, fragte Nicole, »oder darf ich noch ein bisschen aufbleiben?«

»Was wollte Herr Genardy von dir?«

»Nichts, wir haben uns nur unterhalten.« Nicole schien erstaunt über meine Frage.

»Worüber denn?«

Sie zuckte mit den Achseln. »Nur so. Dass ich jetzt immer bei Denise bin und dass wir nicht mehr hier spielen. Wo doch bei Denise das Zimmer so klein ist und die Brüder uns immer zanken. Aber Denise will ja nicht mehr hier spielen, nur sonntags noch.«

»Warum will Denise nicht mehr hier spielen?«

Noch ein Achselzucken, Nicole betrachtete meine Kaffeetasse und schürzte die Lippen dabei. »Weiß ich nicht. Sie will eben nicht mehr. Manchmal ist sie richtig doof. Beim Rechnen heute hat sie so komische Männchen in ihr Heft gemalt. Und als sie Schimpfe dafür bekam, hat sie geheult.«

»Hat Herr Genardy dir etwas angeboten? Limonade oder Saft?«

Sie schüttelte den Kopf, blieb noch eine halbe Stunde bei mir sitzen, dann schickte ich sie ins Bett.

Noch ein Mosaiksteinchen mehr. Denise will nicht mehr hier spielen, malt komische Männchen ins Mathematikheft, weint grundlos. In dem Alter reagieren sie schon empfindlich, wenn sie angefasst werden. Und wer weiß, wie er sie angefasst hat. Vielleicht hat er sie sogar verletzt. Ich sollte mit Denise reden, sie ganz gezielt fragen. Mit Verständnis und dem beruhigenden Ton in der Stimme, der einem Kind Sicherheit und Vertrauen gibt.

Als Günther kurz nach elf kam, konnte ich ganz ruhig und flüssig über alles reden. Er war tatsächlich sauer, wollte erst einmal nur wissen, warum ich gestern so kommentarlos aufgelegt hatte. Ob ich mich etwa noch weiter in meinen Wahnsinn hineinsteigerte. Und was Herr Genardy damit zu tun hatte. Dann hörte er mir eine halbe Stunde lang zu, ohne mich einmal zu unterbrechen.

Erst als ich wirklich alles gesagt hatte, machte er seinem Ärger ein wenig Luft. »Das sind doch zum größten Teil Hirngespinste, können wir uns wenigstens in dem Punkt einigen?«

»Nein, können wir nicht. Es sind keine Hirngespinste, es sind Gefühle. Ich sehe da einen Unterschied. Ich weiß, dass du an diese Dinge nicht glaubst, aber ich habe nun einmal damit zu tun. Und ich habe das Gefühl, dass Herr Genardy sich gerne mit kleinen Mädchen beschäftigt, um es einmal dezent auszudrücken.«

»Na schön«, brummte Günther, »du hast das Gefühl.« An seinen Wangenmuskeln konnte ich erkennen, wie er auf dem Gefühl herumkaute.

Ich sprach trotzdem unbeirrt weiter. »Wenn du dich damit nicht auseinander setzen kannst, dann musst du es eben lassen. Du kannst jederzeit sagen, das war's dann, Sigrid. Mit Verrückten gebe ich mich nicht ab.«

»Red doch keinen Quatsch«, brummte er unwillig.

Ich ließ ihm noch ein paar Sekunden, sah, wie er sich sammelte. Es schien ihn eine Menge Überwindung zu kosten, aber endlich brachte er es heraus. »Also gut, du hast Gefühle. Aber Beweise hast du nicht. Und nur mit Gefühlen allein kannst du nicht zur Polizei gehen.«

»Das habe ich auch nicht vor. Aber ich habe auch nicht vor, zu warten, bis er sich so an einem Kind vergreift, dass es sich nicht mehr davon erholt. Ich bin überzeugt, er war an dem Mittwochabend in Nicoles Zimmer. Er muss irgendetwas mit Denise gemacht haben. Und er hat auch gestern etwas mit Mara gemacht. Ich kann es nicht beweisen, vielleicht will ich das auch gar nicht.«

»Na schön«, murmelte Günther noch einmal, fragte etwas lauter: »Was willst du dann?«

»Ihm kündigen.«

Günther grinste flüchtig. »Mit welcher Begründung? Stell dir das nicht so einfach vor.«

»Einen Grund finde ich. Hast du am Mittwoch Zeit?«

»Warum?«

Weil ich den Schrank auseinander nehmen musste, völlig auseinander nehmen und von der Wand abrücken. Wenn ich die Schlüssel im Schrank nirgendwo fand, dann lagen sie vielleicht dahinter. An manchen Stellen hatte sich die Rückwand gelöst. Und wenn sie auch nicht dahinter lagen, dann hatte ich einen mehr als triftigen Grund. Günther sah das wohl ebenso. Er begann zu nicken. Sekundenlang nickte er vor sich hin, als könne er gar nicht damit aufhören.

»Na schön«, meinte er schließlich zum dritten Mal, »dann

erzähle ich dir jetzt mal was. Ich wollte es eigentlich für mich behalten, bis ich mehr darüber weiß. Ich dachte mir, mit deinem sechsten Sinn bekommst du es am Ende nur in die falsche Kehle. Aber dass er nicht im Telefonbuch steht, hast du inzwischen ja schon selbst rausgefunden. Er ist auch nicht bei der Post beschäftigt, ganz bestimmt nicht als höherer Beamter. Obwohl die Möglichkeit besteht, dass er mal bei dem Verein tätig war. Ich habe mit einem Herrn Wellmann gesprochen. Und ich hatte das Gefühl, dass der Name Josef Genardy bei ihm gewisse Aversionen auslöste.«

Fabrikarbeiter! Als ich zu lachen begann, stutzte Günther, starrte mich im ersten Augenblick wütend an, holte dann von irgendwoher ein müdes Grinsen auf sein Gesicht. »Der Punkt geht an dich. Willst du wissen, wie ich darüber denke?«

Ich nickte, und er fuhr fort. »Er war mal bei der Post und ist aus irgendeinem Grund gegangen worden. Und jetzt gibt es zwei Möglichkeiten. Entweder er war nur Angestellter. Es ist ja nicht gleich jeder kleine Zusteller ein Beamter. Dann konnten sie ihn ohne weiteres für eine kleine Verfehlung auf die Straße setzen. Oder er war Beamter, als solcher war er unkündbar. Es sei denn, er hat sich etwas Gravierendes zuschulden kommen lassen. Da müsste es dann aber irgendwo etwas Schriftliches geben. Die Frage ist nur, ob ich da rankomme. Und das glaube ich nicht. Das wäre was für die Polizei.«

»Und das nur, weil er nicht im Telefonbuch steht«, sagte ich leise. Günther zuckte einmal kurz mit den Achseln.

»Als ich dich gestern anrief, wusstest du da schon, dass er nicht mehr bei der Post beschäftigt ist?«

Jetzt schüttelte er den Kopf, gleichzeitig erklärte er: »Langsam, Sigrid. Nicht mehr, das ist eine reine Spekulation. Vielleicht war er nie dort beschäftigt. Mir kam die Reaktion von diesem Herrn Wellmann ein bisschen merkwürdig vor. Aber das beweist noch nichts. Tatsache ist lediglich, dass Herr Genardy ein bisschen geflunkert hat, als er nach seinem Beruf gefragt wurde. Vielleicht ist er nichts weiter als ein kleiner Hochstapler, der gerne Eindruck schindet. Ich meine, wenn ich mir so vorstelle, wie er hier gesessen hat, deiner Mutter gegenüber. Da hätte ich auch nicht gesagt, ich arbeite bei der Müllabfuhr. Aber was er beruflich macht, das kriege ich raus, ist gar kein Problem. Ich sage Dettov Bescheid, und der hängt sich mal an ihn ran. Und das mit deinem Schrank, das vergessen wir erst mal, ja? Selbst wenn du den Schlüssel morgen zwischen der Wäsche findest, du wirst nicht raufgehen. Versprichst du mir das?«

»Nein«, sagte ich. Und daran hielt ich mich auch.

8

Ich ging gleich am Dienstagabend hinauf, nachdem Nicole zu Bett gegangen war, natürlich ohne Schlüssel. Ich hatte mir gar nicht erst die Mühe gemacht, zwischen der Wäsche danach zu suchen. Ich wusste auch nicht genau, wozu es gut sein sollte, hinaufzugehen. Aber gehen musste ich. Weil Günther mich mittags angerufen hatte. Weil ich von Günther Dinge erfahren hatte, die ich gar nicht alle auf einmal begreifen konnte. Darüber nachdenken konnte ich immer noch nicht. Aber da war das Gefühl: Geh rauf zu ihm, Sigrid. Du musst zu ihm gehen. Du musst etwas tun. Jetzt musst du.

Den halben Nachmittag hatte ich mir überlegt, welch einen Grund ich nennen konnte, wenn ich plötzlich vor seiner Tür stand. Einfach die Wahrheit?

Guten Abend, Herr Genardy, entschuldigen Sie die Störung. Ich will Sie nicht lange aufhalten. Ich bin nur gekommen, um Ihnen zu sagen, dass Sie ausziehen müssen, gleich morgen. Da habe ich meinen freien Tag und kann Ihren Auszug überwachen. Vor allem kann ich sicherstellen, dass Sie nicht noch Duplikate von den Schlüsseln anfertigen lassen. Ich nehme an, die Idee dazu ist Ihnen bisher noch nicht gekommen. Es war ja nicht damit zu rechnen, dass ich Sie so plötzlich wieder hinauswerfe.

Aber, liebe Frau Pelzer, was ist denn in Sie gefahren? Haben Sie wieder eine Ihrer schrecklichen Visionen? Sie sollten wirklich einmal mit einem Arzt über Ihre Probleme reden, bevor Sie harmlose Mitbürger damit belästigen. Habe ich Ihnen vielleicht dumme Fragen gestellt?

Nein, Herr Genardy, das haben Sie nicht. Sie haben mich nur belogen. Sehen Sie, mein Freund hat ein bisschen hinter Ihnen herspionieren lassen. Er rief mich heute Mittag an. Wir sprachen gestern Abend bereits darüber, dass Sie vielleicht nur ein kleiner Hochstapler sind. Mein Freund hat dann anschließend noch einen jungen Reporter damit beauftragt, sich heute früh an Ihre Fersen zu heften, was dieser auch tat. Wir wissen jetzt also, dass Sie in einem Lager beschäftigt sind, als Hilfsarbeiter. Und wir wissen noch viel mehr.

Es gibt keinen Wolfgang Weber, der Fotograf ist, für Versandhauskataloge arbeitet und einen Stiefvater namens Genardy hat. Aber es gibt eine Tierhandlung im Erdgeschoss eines Hauses, das einem Mann mit dem Namen Wolfgang Weber gehört. Und die Wohnung direkt über der Tierhandlung ist an einen Josef Genardy vermietet. Aber wem erzähle ich das, nicht wahr?

Im Dachgeschoss des gleichen Hauses wohnte bis vor kurzem ein junger Mann. Er wohnt zurzeit nicht dort, weil er in Untersuchungshaft sitzt. Er wird des Mordes an Nadine Otten verdächtigt. Ich habe Ihnen ja von der Tochter meiner Kollegin erzählt.

Und wissen Sie, Herr Genardy, dieser junge Reporter, der Ihnen heute früh nachgefahren ist, hat bereits über den Mordfall berichtet. Er hat gute Kontakte zur Polizei. Und als mein Freund ihm Ihren Namen nannte, da kannte er den bereits. Er kannte ihn als den Namen des Zeugen, auf dessen Aussageprotokoll die Polizei so lange warten musste, weil er zu Besuch bei seiner Tochter in Norddeutschland sei.

Aber tatsächlich war der besagte Mann gerade bei mir eingezogen. Meine Großmutter sagte früher immer, wer lügt, der stiehlt auch. Und das kommt ja noch dazu. Seit Sie hier eingezogen sind, vermisse ich zwei Schlüssel. Sie verstehen sicher, dass ich unter diesen Umständen keinen Wert darauf lege, das Mietverhältnis fortzusetzen. Und ich hoffe, Sie machen mir keine Schwierigkeiten. Wir können das regeln wie erwachsene Menschen.

Günther war mittags am Telefon so kurzatmig gewesen. »Kann ich mich darauf verlassen, dass du ihn vorerst in Ruhe lässt, Sigrid? Wir machen das am Wochenende, okay? Bis dahin hat Dettov vielleicht noch mehr in Erfahrung gebracht, womit wir ihn ein bisschen unter Druck setzen können. Ich habe Dettov zur Post geschickt. Da wird es ja noch ein paar mehr geben als diesen Wellmann, und die sind vielleicht etwas zugänglicher. In dem Lager arbeitet Genardy noch nicht so lange. Wenn er davor bei der Post war, kriegen wir das raus. Und wir kriegen auch raus, warum er geflogen ist. Und dann rede ich mit ihm. Sieh es einfach mal so. Du hast deine Gefühle nicht ganz zu Unrecht. Er hängt in einem Mordfall drin. Er kennt den Mörder, aber mehr ist es wahrscheinlich nicht. Und um den Rest kümmere ich mich am Wochenende. Bis dahin lässt du ihn in Ruhe. Kann ich mich darauf verlassen?«

»Nein!«

Ist lieb von dir, dass du plötzlich Beschützerinstinkte entwickelst, aber es ist zu spät. Ich habe auch Beschützerinstinkte.

Und im Zug war mir dann eingefallen, welchen Grund

ich nennen konnte. Ich war nervös, als ich die Treppe hinaufstieg. Ich wusste nicht, ob ich mich gut genug unter Kontrolle halten konnte. Fang bloß nicht an zu schreien, Sigrid. Wenn du nicht locker sein kannst, dann bau das Zittern einfach ein.

Es ging ganz leicht. Ich klopfte an und hörte ihn auf die Tür zukommen. Er öffnete die Tür, nicht sehr weit, und den Spalt verdeckte er noch mit seinem Körper. Ich konnte nicht einmal über seine Schulter sehen, weil er ein gutes Stück größer war als ich und weil ich zudem noch eine Treppenstufe unter ihm stand.

»Entschuldigen Sie die Störung, Herr Genardy.«

Es ging wirklich ganz leicht. »Es ist mir furchtbar peinlich, ich weiß gar nicht, wie ich es sagen soll.«

Als er mir die Tür geöffnet hatte, hatte er gelächelt. Das tat er vielleicht immer noch. Ich wollte ihm nicht ins Gesicht sehen und hielt den Kopf gesenkt.

»Ich war letzten Mittwoch auf der Bank, da war die Miete noch nicht gutgeschrieben. Meine Tochter hat Ihnen vielleicht erzählt, dass wir finanziell nicht so gut gestellt sind. Also mit anderen Worten, die Miete ist immer mein Haushaltsgeld, und letzte Woche konnte ich keines mitnehmen. Ich hatte noch ein bisschen Geld, es war nicht so schlimm.«

Zwischendurch musste ich auch einmal Luft holen. Herr Genardy nutzte die Gelegenheit zu einer erstaunten Äußerung.

»Das verstehe ich nicht. Das Geld hätte doch auf Ihrem Konto sein müssen. Ich habe es rechtzeitig überwiesen. Ich werde mich gleich morgen früh darum kümmern. Geben Sie mir zur Sicherheit noch einmal Ihre Kontonummer und die Bankleitzahl. Es kann sich da nur um ein Versehen handeln. Vielleicht ist das Geld falsch überwiesen worden. Aber das lässt sich ja nachprüfen.«

Ich nickte. »Haben Sie etwas zu schreiben?«

Ich rechnete fest damit, dass er ins Wohnzimmer oder in die Küche gehen würde. Und ich wollte ihm nachgehen. Mich einmal umsehen, wenn ich schon nicht mehr tun konnte. Vielleicht einen Anhaltspunkt finden, einen Ansatz, der es mir erlaubte, ihm ein bisschen von dem unter die Nase zu halten, was ich gestern und heute erfahren hatte, ohne Günther dabei zu erwähnen. Er sollte erst gar nicht auf den Gedanken kommen, ich sei auf die Unterstützung eines Mannes angewiesen, der nur am Wochenende ein bisschen Zeit für mich hatte.

Aber er ging nicht in die Küche oder ins Wohnzimmer. Er zog ein zusammengefaltetes Blatt Papier aus der einen Hosentasche, suchte in der anderen Tasche herum und brachte die Hand mit einem Bleistiftstummel wieder zum Vorschein.

Und ich hatte meine Kontonummer nicht im Kopf. Mir fiel im Moment auch nichts Besseres ein als Nicoles Geburtsdatum. Das nannte ich ihm, setzte einfach die Elf davor und kam so auf zehn Zahlen, die durchaus eine Kontonummer hätten sein können. Die Bankleitzahl, dafür fasste ich mir kurz an die Stirn, stotterte ein wenig herum. »Es tut mir Leid, aber ich komme jetzt nicht darauf.«

»Es macht ja nichts«, meinte Herr Genardy, »ich kann nachsehen lassen. Es war doch die Kreissparkasse.«

»Ja.«

Als ich ihm dann doch noch ins Gesicht schaute, lächelte er wieder oder immer noch. »War sonst noch etwas, Frau Pelzer?«

Noch eine ganze Menge.

»Eigentlich nicht«, sagte ich, senkte den Kopf wieder. »Es ist nur so: Wenn das Geld morgen auch noch nicht gutgeschrieben ist, wissen Sie, ich …«

Noch ein bisschen gestottert, es wirkte vermutlich glaubhaft. »Ich brauche morgen ein bisschen Geld. Und da wollte ich fragen, ob Sie mir vielleicht zweihundert Mark leihen können? Wenn das Geld auf dem Konto ist, gebe ich es Ihnen natürlich sofort zurück. Aber wenn es nicht da ist, ich muss morgen ein paar Einkäufe machen, und meine Mutter möchte ich nicht darum bitten. Und meine Schwester ist ja zurzeit nicht da. Und …«

Und zweihundert Mark hast du garantiert nicht in deiner Hosentasche. Hundert schon eher, aber damit lasse ich mich nicht abspeisen. Du wirst ins Wohnzimmer gehen, und ich komme dir nach. Und dann werde ich irgendeine Bemerkung über den alten Krempel machen, von dem Frau Hofmeister gesprochen hat.

Ich hatte ihn aus der Fassung gebracht. Sein Lächeln war verschwunden, die Miene unbewegt.

»Ich weiß gar nicht, ob ich so viel Bargeld hier habe«, sagte er. »Einen Moment, ich sehe nach.«

Ich stellte einen Fuß auf die letzte Treppenstufe, schob ihn ein bisschen vor. Es wäre sehr unhöflich, mir die Tür vor der Nase zuzumachen, Herr Genardy. Das wissen Sie, nicht wahr? Da könnte ich doch stutzig werden, wenn Sie das tun.

Das tat er auch nicht, er drückte die Tür nur ein bisschen mehr zu. Ich drückte sie wieder auf. In der Diele brannte eine schwache Glühbirne, eine nackte Birne in der Fassung. Er war ins Wohnzimmer gegangen und hatte dort die Tür hinter sich geschlossen. An den Wänden der Diele hingen noch die Tapeten von Frau Humperts. Ein Stuhl stand nicht mehr da.

Aber rechts neben der Tür waren mehrere kleine Haken in die Wand geschraubt. An einem davon hing sein Schlüsselbund, und gleich daneben hingen zwei einzelne Schlüssel. Der mit dem runden Kopf für die Haustür, der mit dem eckigen Kopf für die, vor der ich gerade stand.

Ihn vom Haken zu nehmen war nicht einmal eine Sache der Überlegung. Dabei konnte ich auch einen Blick in die Küche werfen. Zu sehen gab es überhaupt nichts, nur Fußboden und die offene Tür, die den Blick auf die Wand verwehrte.

Herr Genardy kam zurück, ein paar Geldscheine in den Fingern, eine Miene aufgesetzt, mit der man ungehorsamen Kindern klar macht, dass man nicht einverstanden ist mit ihrem Tun.

Natürlich entging ihm nicht, dass ich auf der letzten Stufe und damit direkt in der offenen Tür stand. Und er sah auch meinen Blick in Richtung Küche. Er dachte wohl, dass ich mehr gesehen hätte als den Fußboden. Diesmal lächelte er nicht. Er streckte mir mit einer Hand das Geld entgegen, deutete mit der anderen zur Küche hin.

»Sechs Wochen Lieferzeit, das ist eine Zumutung, oder sind Sie anderer Meinung? Die Diele kann ich erst renovieren lassen, wenn die Küche aufgestellt ist. Sonst werden mir am Ende die Wände gleich wieder zerschlagen.«

Irgendwie bewunderte ich ihn. Du hast auch auf alles eine Antwort. Mal sehen, was dir einfällt, wenn ich das nächste Mal komme, um mit dir zu reden.

»Soll ich Ihnen eine Quittung geben?«, fragte ich.

Er winkte ab und fand sein Lächeln dabei wieder. Aber ich meinte, es wäre ein wenig spöttisch gewesen. Wenn er jetzt nur nicht auf die Haken schaute.

»Ich denke, das können wir uns ersparen. Und ich hoffe nur, dass Sie morgen auf der Bank eine Gutschrift vorfinden. Wenn nicht, dann sagen Sie mir doch bitte sofort Bescheid.«

»Das mache ich bestimmt«, sagte ich.

Dann ging ich wieder hinunter, in einer Hand die Geldscheine. Zwei Fünfziger, der Rest in Zehnern und Zwanzigern. Ich hatte nicht einmal nachgezählt. Was verdient ein Hilfsarbeiter in einem Lager?

In der anderen Faust den Schlüssel.

9 Nachdem Nicole mittwochs zur Schule gegangen war, saß ich noch eine Viertelstunde lang in der Küche. Er war nicht da. Er war ganz bestimmt nicht da. Ich hatte gehört, wie er das Haus verließ, wie er die Garage öffnete, den Motor anließ, kurz nach fünf. Ich war auch nicht mehr eingeschlafen danach. Trotzdem ging ich über die Terrasse zur Garage, spähte durch das kleine, vom Schmutz fast blinde Fenster hinein. Dann erst ging ich hinauf.

Und wenn er nun zurückkommt, Sigrid? Wenn er dich dabei erwischt, wie du in seinen Sachen schnüffelst? Er kommt nicht zurück. Er ist noch nie am Vormittag zurückgekommen. Woher willst du das so genau wissen? Du bist nur an einem Vormittag in der Woche daheim.

Ich hatte Herzklopfen, als ich den Schlüssel einsteckte, umdrehte, als die Tür vor mir nach einem leichten Stoß aufschwang, so starkes Herzklopfen, dass mir die Fingerkuppen taub wurden davon. Und meine Zunge hob sich bei jedem Schlag ein wenig an, krampfte sich anschließend zusammen.

Die Tür ließ ich weit offen, den Schlüssel ließ ich von außen stecken. So ist es richtig, du Idiot, wenn er kommt, muss er dich nur einschließen, dann sitzt du fest. Alles nur für den Notfall, ich würde den Wagen hören, wenn er tatsächlich kommen sollte. Er würde nicht kommen, er würde nicht. Und dann vergaß ich es.

Dass in der Diele noch nichts getan worden, dass die Küche noch nicht eingerichtet war, wusste ich. Es war dennoch ein kleiner Schock, zu sehen, dass an den Küchenwänden noch der Platz jedes einzelnen Schrankes von Frau Humperts zu erkennen war. Ein paar winzige Fettspritzer dort, wo ihr Herd gestanden hatte. Und rund um den Lichtschalter herum ein dunkler Kranz von Fingerspuren.

Der alte Stuhl mit dem geklebten Riss in der Sitzfläche

stand unter einer Steckdose, auf dem Stuhl eine einsame Kochplatte. Und unter dem Wasserhahn ein Eimer.

Der hat sich doch nicht wirklich eine neue Küche bestellt. Eine Einbauküche kostet ein paar Tausend, das kann er sich gar nicht leisten. Er lügt, wie es ihm gerade in den Kram passt. Er ist Hilfsarbeiter in einem Lager. Warum hat er seine Küche denn nicht mitgebracht?

Neben dem Eimer stand ein wenig benutztes Geschirr auf dem Fußboden, eine Kaffeetasse, ein Teller, auf dem ein paar Besteckteile lagen. Daneben stand ein Karton mit Lebensmitteln, daneben ein weiterer, der war leer bis auf ein paar Messer, Löffel und Gabeln, die am Boden lagen.

Es waren Kartons von der gleichen Art wie der, mit dem er am Montag der Vorwoche das Haus verlassen hatte. Ich erkannte die Aufschrift wieder. Aber die beiden hier schienen mir doch etwas größer. Neben dem mit den Besteckteilen standen zwei kleinere Töpfe und eine Pfanne auf dem Fußboden.

Ich wusste nicht genau, womit ich gerechnet hatte. Vermutlich genau mit dem, was ich fand. Im Badezimmer nur ein Handtuch und ein benutztes Stück Seife. Kein Rasierapparat, kein Kamm auf der Ablage unter dem Spiegel. Und ein Schränkchen gab es nirgendwo. Er ist wieder weg, Sigrid, zumindest für ein paar Tage. Hat ihm wohl nicht gefallen, dass du ihn angepumpt hast. In der Ecke unter dem Waschtisch ein Häufchen Schmutzwäsche neben einem Waschmittelkarton. Über der Wanne war eine Plastikleine gespannt. Dafür hatte er zwei Haken in die Wände geschlagen, aber schön in die Fugen zwischen den Fliesen.

Herr Genardy wird seine Wäsche aus dem Haus geben, hörte ich meine Mutter sagen. Du müsstest dir das hier ansehen, du wärst begeistert von seinen Antiquitäten, Mutter, die Augen würden dir aus dem Kopf fallen.

Im Schlafzimmer ein schmales Bett. Es war ordentlich gemacht. Aber es wirkte so mickrig, weil es mit dem Fußteil in den Raum hinein und mit dem Kopfteil mitten an der Wand stand. Rechts neben dem Bett eine kleine Kommode, links ein alter Stuhl mit gepolsterter Sitzfläche, darauf das Hemd, das er am Abend zuvor getragen hatte, und auf dem Hemd ein Paar Socken. Links neben der Tür ein zweitüriger Kleiderschrank. Und kein Fetzen neuer Tapete an den Wänden, nirgendwo, auch im Wohnzimmer nicht.

Da standen zwei Sessel und ein Tisch und an einer Wand eine Anrichte, höchstens einen Meter breit, zwei Türen, zwei Schubfächer darüber. Dann gab es noch ein paar größere Kartons mit Wäsche; Bettbezüge, Laken und Handtücher. Alles schon älter und reichlich verschlissen, wie der Kragen von seinem Sonntagshemd.

Hundertfünfzig Mark mehr im Monat! Du wärst besser erst zur Bank gegangen, Sigrid, um wie viel willst du wetten, dass nichts auf dem Konto ist? Denk lieber schon mal darüber nach, wen du anpumpen kannst. Diesen Monat hältst du dich selbst über Wasser. Die Vierhundert, die du letzte Woche mitgenommen hast, kannst du von der eisernen Reserve wieder auffüllen, dann stehst du wenigstens nicht im Soll. Und was machst du ab Juni?

Anke, ich habe ein Problem. Tut mir Leid, dass ich mich neulich wegen Mara so quer gelegt habe. Mutter hat es dir doch bestimmt erzählt. Aber er hat ihr ja nichts getan, jedenfalls nichts, was mir aufgefallen wäre.

Hinter den Türen der Anrichte stand ein bisschen Geschirr, nicht einmal ausreichend für sechs Personen, aber offenbar noch aus besseren Zeiten stammend. Mutter sammelte seit Jahren an einem kompletten Service, das unter jeder Tasse und jedem Teller solch ein Stempelchen trug.

In den Schubfächern lagen Besteck und ein Schnellhefter aus Pappe, der offensichtlich auch schon seine Jahre auf den

Deckeln hatte. Er enthielt ein paar private Papiere, nichts Aufsehen erregendes. Beim Durchblättern stieß ich auf einen handschriftlichen Kaufvertrag für das alte Auto. Dem Datum nach zu urteilen, fuhr Herr Genardy die Kiste noch nicht einmal zwei volle Jahre.

Ich fand Kaufbelege für eine Couchgarnitur, bestehend aus Dreisitzer – wo war der denn abgeblieben? – und zwei Einzelsesseln, sowie einen Tisch und den WZ-Schrank Modell Genua. Und wo war der? Irgendwo eingebaut, vermutlich im Kopf von Herrn Genardy.

Ansonsten gab es im Wohnzimmer nichts von Bedeutung. Das bisschen Inhalt der Anrichte war übersichtlich gestapelt. Und in der Zuckerdose vom Kaffeegeschirr lagen keine Schlüssel, nur ein paar Zuckerwürfel.

Ich ging noch einmal ins Schlafzimmer, öffnete dort zuerst den Schrank. Einen Parka gab es nicht. Ich hatte fest damit gerechnet, einen zu finden. Und wenn ich einen gefunden hätte, hätte ich wahrscheinlich auch sofort Wolfgang Beer angerufen. Sehr wahrscheinlich, mit ihm hätte ich doch offen darüber reden können. Aber es gab keinen, und das hatte etwas Beruhigendes. Dass er ihn vielleicht in der alten Wohnung gelassen oder weggeworfen hatte, daran dachte ich nicht.

Da hingen sieben Kleiderbügel mit Querstangen, wie man sie braucht, um Anzüge aufzuhängen. Aber es gab nur zwei einzelne Hosen aus Stoff, die Cordhose und drei Hemden. Auf einem Brett darüber noch ein paar Hemden aus dickem Wollstoff. Sie waren gefaltet, anscheinend seine Arbeitsbekleidung. Zwei Blaumänner gab es auch und ein Häufchen dicker Stricksocken, ein bisschen Unterwäsche. Unten im Schrank standen zwei Paar Schuhe.

Inzwischen dachte ich kaum noch einmal daran, dass er zurückkommen und mich überraschen könnte. Selbst als auf der Straße ein Auto vorbeifuhr, machte mich das nicht für einen Augenblick nervös.

Ich holte mir den Stuhl, stieg hinauf und untersuchte das Ablagebrett im Kleiderschrank. Doch außer den Kleidungsstücken gab es darauf nichts zu finden. Ich kontrollierte sogar sämtliche Hosentaschen, stieß in einer davon auf zerknüllte Papiertücher, auf sonst nichts. Blieb noch die Kommode neben dem Bett. Warum ich mir die für den Schluss aufgehoben hatte, wusste ich nicht genau. Vielleicht aus einer Art Scheu heraus, im Gedenken an das zerfledderte Heftchen, in dem Franz sich seine Träume angeschaut hatte. Aber dann war es doch fast schon Routine, das Schubfach aufzuziehen. Und es war noch etwas hinzugekommen. Ein bisschen Mitleid möglicherweise.

Irgendwo und irgendwie verstand ich ihn, glaubte zumindest, ihn zu verstehen. Ich kannte das Gefühl so gut, wenn ich abends aufs Haus zukam. Dieses prachtvolle Haus, dem von außen kein Mensch ansah, welch ein Balanceakt es war, die Hypothek zu tilgen. Ich hatte doch auch Klimmzüge gemacht, um es behalten zu können. Und er hatte wohl bessere Zeiten gehabt, dafür stand allein das Porzellan in seinem Wohnzimmer, auch das Besteck war nicht aus Blech. Beamter im höheren Dienst, und dann war es bergab gegangen.

Vielleicht würde Hans Werner Dettov den Grund herausfinden. Kein Sohn in einem großen Haus. Nur eine Tochter in Norddeutschland, die vielleicht nichts mehr mit ihm zu tun haben wollte. Enkelkinder, die er nie zu Gesicht bekam, von denen er nur träumen konnte.

Vielleicht war er wirklich nur ein harmloser und einsamer alter Mann. Vielleicht erklärten sich meine Gefühle ihm gegenüber tatsächlich in der simplen Tatsache, dass er im gleichen Haus lebte wie der Mörder. Gelebt hatte. Aber

ER hatte im gleichen Haus gelebt wie ein Mörder, nicht ich. Ich hockte auf Knien neben seinem Bett, wühlte in seinen Sachen herum und dachte, warum hat er dann nichts davon erwähnt, als ich ihm von der Tochter meiner Arbeitskollegin erzählte? Er hätte doch sagen können: Was es für Zufälle gibt. Ich habe das Kind mehrfach gesehen. Oder etwas Ähnliches in der Art. Aber er hatte nur gesagt: »Das gibt es doch nicht.« Und war er nicht auch ein bisschen blass geworden oder zumindest kurz zusammengezuckt?

Unten in der kleinen Kommode stand ein Körbchen, darin lagen etliche Paar recht neuer Baumwollsocken in dezenten Farben, alle passend zum braunen Anzug. Dann stand da eine kleine Schmuckdose. Inhalt: Zwei Manschettenknöpfe, sie waren immerhin aus Gold, wie der Stempel bewies.

Fünfhundertfünfundachtzig, sagte Hedwig irgendwo in meinem Kopf und schrie mich an: »Bist du verrückt? Damit es nachher heißt, sie hat geklaut wie eine Elster …« Die Manschettenknöpfe hatten eine dezent geriffelte Oberfläche und jeweils in einer Ecke ein kleines Steinchen. Ich kannte sie bereits. Er hatte sie an dem Sonntag getragen, als er sich vorstellte. Nur hatte ich sie mir da nicht so aus der Nähe ansehen können. Und vom Ansehen bekam ich doch ein klein wenig Herzklopfen. Hedwig hatte mir die Krawattennadel nicht gezeigt. Nur die Unterschriften. Aber warum sollte nicht auch ein Student eine goldene Krawattennadel mit einem kleinen Diamanten besitzen? Er musste sie ja nicht unbedingt auch tragen. Junge Männer trugen so was nicht. Ein Erbstück möglicherweise.

Die Schmuckdose stand auf einer Wärmflasche. Und dieser Gummibeutel beruhigte mich erneut. Er war so alltäglich, so normal. Warum sollen nicht auch einsame alte Männer manchmal kalte Füße haben? Blieb noch das Schubfach. Es war mit allerlei Kleinkram gefüllt. Ein altes, nicht mehr funktionierendes Feuerzeug mit den Initialen J. G. Ein schmales Fotoalbum, die Bilder darin waren noch sämtlich Schwarz-Weiß-Fotografien mit gezackten Rändern.

Herr Genardy als junger Mann von höchstens dreißig Jahren mit Frau und Tochter, mit Kinderwagen und vor einem Reihenhäuschen älterer Bauart. Es gab ein gutes Dutzend solcher Aufnahmen, der Rest in dem Album waren nur noch Kinderfotos.

Das obligatorisch nackte Baby auf dem Teppich, in der Badewanne, auf einer Decke im Garten. Als etwa zweijähriges Kind vor einem Planschbecken und mit weit gespreizten Beinchen darin, das kleine Gesicht mit blinzelnden Augen angehoben.

Man setzt ein kleines Kind nicht mit Windeln ins Wasser. Natürlich nicht, aber man lässt es auch nicht unentwegt nackt herumlaufen.

Weiter hinten im Schubfach lag eine stattliche Anzahl von Medikamentenschachteln, kleine, blau-weiße Pappdosen. Ich zählte insgesamt elf Schachteln – will der Mann eine Apotheke aufmachen? Ich steckte mir eine in die Rocktasche.

Dann lag da noch ein Umschlag, ein Briefumschlag, der ebenfalls Fotografien enthielt. Polaroidaufnahmen, mit einer Sofortbildkamera gemacht, offensichtlich neueren Datums. Zuerst dachte ich wirklich noch, es wären vielleicht Fotos seiner Enkelkinder.

Als ich den kleinen Packen aus dem Umschlag zog, lag ganz oben das Bild eines Babys von etwa achtzehn Monaten. Jedenfalls war das Kind auf dem Bild noch nicht so alt wie Mara. Und es war nackt. Ein kleines Mädchen, das über einen sehr bunten Teppich krabbelte, das rosige Hinterteil der Kamera zugewandt. Das Kind schaute über die Schulter zurück, als habe der Fotograf nach ihm gerufen, bevor er auf den Auslöser drückte.

Aber das Kind auf dem nächsten Foto mochte im gleichen Alter sein wie Nicole. Und es lag auf einer Wiese, so nackt wie das Baby. Es lag da wie weggeworfen. Die Augen geschlossen, den Kopf zur Seite gelegt. Und die Beine … Missbraucht und erwürgt, etwas anderes konnte ich nicht denken. Mir wurde übel, so furchtbar übel, dass ich glaubte, mich gleich neben seinem Bett übergeben zu müssen. Die Fotos waren fast alle gleich, nur die Kinder darauf waren immer andere. Es hätte mich nicht gewundert, wenn ich in einem der kleinen Gesichter Hedwigs Tochter erkannt hätte.

Ich hatte mich nicht getäuscht. Er war wie Franz. Nein! Er war schlimmer. Und trotz der Übelkeit und des Ekels, trotz der Panik im Innern fühlte ich mich plötzlich ganz sicher. Groß und stark, erwachsen eben. Andere konnten Fremdsprachen, Steno und Auto fahren. Ich konnte fühlen, wenn etwas nicht in Ordnung war. Das war mehr als nichts.

Ich steckte den Packen zurück in den Umschlag, obwohl ich dachte, ich sollte ihn vielleicht besser an mich nehmen, nach nebenan zu Hofmeisters gehen und Wolfgang Beer anrufen. Aber vielleicht dachte ich das auch erst viel später. Und als ich den Umschlag zurück ins Schubfach legte, sah ich in der hintersten Ecke die beiden Schlüssel und ein Stückchen weißen Stoff. Unser Freitag-Höschen!

Die Schlüssel nahm ich. Das Höschen ließ ich zurück. Bevor ich die Wohnung verließ, hängte ich den Schlüssel, den ich abends genommen hatte, zurück an den Haken. Und wenn er die andern beiden vermisste, dann sollte er doch kommen.

10

Ich wollte noch zur Bank, bevor Nicole aus der Schule kam. Aber ich schaffte es nicht. Es war elf vorbei, als ich hinunterkam. Mir zitterten die Knie so stark, dass ich mich erst einmal setzen musste. Es war noch ein kleiner Rest Kaffee vom Frühstück übrig. Er war eiskalt und schmeckte entsetzlich bitter, aber er half auch ein bisschen gegen den Ekel.

Während ich ihn trank, las ich den Beipackzettel aus der blau-weißen Pappschachtel. Sie enthielt fünf Streifen mit jeweils zehn kleinen Pillen. Ein starkes Beruhigungsmittel! Was passiert, wenn man einem Kind eine davon gibt? Schläft es dann ein? Frag in der Apotheke, wenn du in die Stadt gehst.

Wozu braucht er das Zeug? Für sich ganz bestimmt nicht. Er ist doch nicht nervös. Und was jetzt, Sigrid?

Das ist doch wohl klar! Wenn er heute heimkommt, gehst du zu ihm und wirfst ihn raus. Wenn du dir das nicht zutraust, wenn du befürchtest, dass er sich von dir nichts sagen lässt, dann musst du eben bis zum Wochenende warten und es Günther überlassen. Der fehlende Rasierapparat und der fehlende Kamm schraubten die Wahrscheinlichkeit in die Höhe, dass ich es ohnehin Günther überlassen konnte. Aber ganz recht war mir das nicht. Ich weiß nicht, warum. Es war eben so eine Sache für sich, wer sich die Suppe einbrockt, der muss sie auch auslöffeln.

Als Nicole heimkam, saß ich immer noch am Küchentisch vor einem Restchen kaltem Kaffee und den fünf unberührten Streifen aus der Packung. »Bist du krank, Mama?«

»Nein.«

»Dann ist es ja gut.«

Sie war enttäuscht, dass ich noch nicht gekocht hatte. Ich machte uns rasch ein paar Pfannkuchen. Sie holte ein Glas Apfelmus dazu aus dem Keller, brachte auch ein Paket Milch mit hinauf, weil ich den Rest aus dem Kühlschrank für den Teig gebraucht hatte.

Sie wollte das Paket gleich öffnen. Ich nahm es ihr aus der Hand, hielt es seitlich, nach unten, nach rechts und links, in alle möglichen Richtungen, und drückte dabei unentwegt auf die Packung. Es bildete sich nirgendwo auch nur ein Tröpfchen. Nicole betrachtete mein Tun argwöhnisch.

»Hatten wir in letzter Zeit mal eine kaputte Milch, ich meine, eine, die nicht ganz dicht war?«

Nicole schüttelte den Kopf.

»Da muss man nämlich aufpassen«, sagte ich. »Sie wird nicht gleich sauer, wenn die Packung undicht ist. Aber es können alle möglichen Keime eindringen.« Themenwechsel. »Hat Denise dir eigentlich mal erklärt, warum sie nicht mehr hier spielen will?« Wieder nur ein Kopfschütteln.

»Ich frage nur, weil mir da etwas aufgefallen ist. Sie kommt nämlich nicht mehr, seit sie sich an dem Samstag ihr Bein aufgeschlagen hat. Danach war sie nur noch einmal hier, gleich an dem Sonntag. Oder hast du mich angeflunkert? Seid ihr doch mal hier gewesen, und du willst es mir nur nicht sagen, weil du denkst, ich schimpfe dann?«

»Nein, bestimmt nicht. Und ich konnte nichts dafür, dass sie hingefallen ist. Das hat Herr Genardy auch gesagt.«

»Natürlich konntest du nichts dafür. Aber vielleicht hat Herr Genardy ihr wehgetan, als er ihr die Verbände machte.«

Nicole zuckte mit den Achseln und setzte sich schon einmal erwartungsvoll an den Tisch, häufte drei Löffel Apfelmus auf ihren Tellerrand und schaute zum Herd hinüber. »Mach ihn mir nicht zu braun. Ich mag ihn lieber, wenn er noch hell ist.«

Ich wollte mit ihr über Herrn Genardy reden, warnen wollte ich sie. Aber das war nicht so einfach. Und ich dachte doch auch, dass er weg war, mindestens für ein paar Tage.

Zur Bank ging ich kurz nach zwei, Nicole machte währenddessen ihre Schularbeiten. Es war keine Gutschrift erfolgt. Ich hatte wahrscheinlich auch gar nicht mehr damit gerechnet, nicht nach den »Antiquitäten« von Herrn Genardy. Ich ging noch rasch zur Apotheke.

Also müde mache das Medikament schon, allerdings reagiere da jeder Organismus anders. Bei Schlafstörungen solle man sich deshalb lieber etwas anderes verschreiben lassen.

Der Apotheker hielt mich wohl für übergeschnappt, als ich fragte, ob man einem kleinen Kind von den Tabletten geben könne. Sein Blick hatte etwas vom göttlichen Strafgericht.

Kleinen Kindern gibt man überhaupt keine Medikamente. Es sei denn, sie sind krank, und der Arzt hat es ausdrücklich verordnet.

»Aber was passiert denn, wenn man einem Kind eine davon gibt?« Günther, du wirst mir verzeihen, wenn ich dich in die Pfanne haue. »Es ist nämlich so, meine Nichte war vor ein paar Tagen über Nacht bei uns. Sie wollte nicht einschlafen, brüllte die ganze Zeit. Mein Freund hat ihr Tee gegeben, und danach war sie plötzlich still. Es kam mir komisch vor. Sie war auch am nächsten Morgen so apathisch.«

Dazu konnte der Apotheker mir nichts sagen. Aber seine Miene machte mehr als alles andere klar, dass ich mich besser von diesem Freund trennen sollte. Warum hielt ich mich überhaupt noch mit solchen Nebensächlichkeiten auf, wo doch die Fotos allein schon ausgereicht hätten, ihm die Polizei auf den Hals zu hetzen? Ich weiß es nicht genau. Vielleicht hatte es etwas mit Franz zu tun.

Als ich heimkam, stand Günthers Wagen vor dem Haus. Er selbst saß im Wohnzimmer, mit ganz kleinen Augen. Ich hatte Angst in dem Moment. Angst, dass ich ihm etwas erzählen würde. Ich wollte ihm nichts erzählen. Nichts von dem, was ich in Herrn Genardys Wohnung gefunden hatte. Ich wusste nicht, warum. Es war eben so eine verdammt persönliche Angelegenheit.

»Schönen Gruß von deiner Tochter«, murmelte er, als ich hereinkam, »die Hausaufgaben sind exzellent. Ich habe schon nachgeschaut. Und jetzt hätte ich gerne einen Kaffee. Ich hatte ungefähr drei Stunden Schlaf, also sei nicht geizig mit dem Kaffeepulver. Ich mach's auch irgendwann wieder gut.«

Ich ging in die Küche und tat ihm den Gefallen. Entgegen seiner Gewohnheit folgte er mir nicht. Ich war ganz froh darüber. Wenn er mir gefolgt wäre, wer weiß, vielleicht wäre da doch plötzlich etwas aus mir herausgeplatzt.

Günther hing in der Couchecke; er war wirklich sehr erschöpft. Es fiel ihm gar nicht auf, dass ich so still war. Er sprach einfach weiter: »Ich war um vier daheim, um halb fünf im Bett, und kurz vor acht klingelte mich unser rasender Reporter wieder raus. Ich hätte ihn würgen können, hätte ich vielleicht auch getan, wenn ich nicht so müde gewesen wäre. Er hatte Neuigkeiten. Dein Herr Genardy ist schon eine Nummer für sich. Dettov hat jedenfalls Blut geleckt, den braucht man gar nicht mehr antreiben.«

Günther sprach gerade so laut, dass ich ihn eben noch verstand. Nachdem die Kaffeemaschine in Betrieb war, ging ich zurück ins Wohnzimmer.

»Soll ich einfach mal der Reihe nach aufzählen?«

Als ich nickte, begann er. Hans Werner Dettov hatte mit seinem jugendlichen Charme eine ältere Dame bei der Post eingewickelt. Er hatte sich als Bekannter von Genardys Tochter ausgegeben. So nach dem Motto, Eltern seit ewigen Zeiten geschieden, Tochter hat seit langen Jahren keinen Kontakt zum Vater. Aber jetzt, nach dem Tod der Mutter, möchte sie ihn gerne wieder sehen. Sie weiß jedoch nur, dass er früher wahrscheinlich bei der Post war.

Die Dame war dann sehr mitteilungsfreudig geworden. Genardy war tatsächlich Beamter bei der Post. Er war es bis vor fünf Jahren gewesen, dann hatte er von sich aus gekündigt. Es stand zu vermuten, dass er sich irgendwas hatte zuschulden kommen lassen. Irgendeine Unregelmäßigkeit, jedenfalls etwas, das man nicht gern an die große Glocke hängen wollte. Dass er freiwillig gegangen war, daran glaubte Günther nicht. Ich auch nicht. Das hätte er vermutlich nur getan mit einem besseren Job in Aussicht, und den hatte er nicht gehabt. Er musste danach eine ganze Weile arbeitslos gewesen sein.

Günther strich sich mit einer Hand über die Augen, horchte in Richtung Küche. »Ich glaube, der Kaffee ist durch. Spielst du für mich mal die Kellnerin?«

Während ich ihm den Kaffee aus der Küche holte, kramte er in seinen Hosentaschen nach den Zigaretten. »Vielleicht solltest du mit diesem Polizisten, diesem, wie heißt er noch, Beer, einmal über Herrn Genardy sprechen. Er ist doch bei der Kripo. Da könnte er seinen Kollegen doch erklären, dass einer ihrer Belastungszeugen nicht ganz astrein ist. Die interessieren sich bestimmt dafür, zu hören, dass er nicht bei seiner Tochter in Norddeutschland war. Dass er stattdessen im Hauruckverfahren gerade mal das Nötigste zusammengepackt hat, als sie zum ersten Mal auftauchten.«

Wahrscheinlich hatte Wolfgang Beer seine Kollegen längst informiert. Und ebenso wahrscheinlich war das für die nebensächlich. Ein paar kleine Schwindeleien waren kein Fall für die Kripo. Und als Flucht konnte man einen Umzug auch nicht bezeichnen.

Ich füllte eine Tasse, und Günther sprach weiter, trank dazwischen in kleinen Schlucken.

Genardy war Zusteller gewesen. Was aus ihm geworden war, wusste die freundliche Dame leider nicht. Aber seine frühere Adresse hatte sie Dettov gegeben. Ein Mietshaus, sechs Parteien. Dort hatte er fast zwanzig Jahre lang gelebt. Einer von den älteren Mietern erinnerte sich noch gut an ihn. Genardy war immer allein gewesen. Aber ganz zu Anfang hatte er mal erzählt, dass seine Frau ihn verlassen habe: ein anderer Mann. Die gemeinsame Tochter habe sie mitgenommen. In den letzten Jahren, die er dort gelebt hatte, war er häufig am Wochenende weggefahren, auf Besuch zu Tochter, Schwiegersohn und Enkelkindern. Als er die Wohnung kündigte, gab er an, dass er jetzt zu seiner Tochter ziehe. Möglicherweise hatte er das tatsächlich getan, zwischen seinem Auszug dort und dem Einzug in die Wohnung über der Tierhandlung lag rund ein Jahr. Aber das konnte er auch sonst wo verbracht haben.

Günthers Blick wanderte von mir zum Schrank hinüber. »Hast du den Schlüssel inzwischen gefunden?«

»Nein.« Ich konnte es ihm einfach nicht sagen. Alles in mir sperrte sich dagegen.

»Und du bist immer noch der Meinung, er hat ihn sich geholt«, stellte er fest.

»Ich weiß nicht. Vielleicht habe ich ihn nur verlegt.«

Günther seufzte nachdrücklich. »Vielleicht«, murmelte er, sprach leise weiter. Bei der Polizei lag bisher nichts gegen Genardy vor. Absolut reine Weste, auch von seinen Nachbarn hörte man nichts Negatives über ihn. Dettov wollte sich am späten Nachmittag in Genardys ehemaligem Zustellbezirk umhören. Wenn er es schaffte, wollte er noch bei mir vorbeikommen. Günther hatte ihm gesagt, wo er zu finden sei.

Kleine Pause, winziger Seufzer, es klang ein bisschen nach Erleichterung. »Ach, da ist noch was, es wird dich sicher freuen, das zu hören. Genardy hat seine alte Wohnung bisher nicht gekündigt.«

»Er hat auch bisher die Miete nicht gezahlt«, sagte ich.

Zuerst zuckte Günther nur mit den Schultern, dann erkundigte er sich zögernd: »Bringt dich das in Schwierigkeiten?«

»Nein. Ich habe ein paar Rücklagen.«

»Gut«, sagte er und nickte einmal kurz dazu. »Wenn er nicht zahlt, ist das wohl Grund genug, ihn vor die Tür zu setzen. Und du findest einen vernünftigen Mieter, das ist kein Problem.«

»Hedwig wollte unbedingt hier einziehen.«

»Na siehst du, das wäre doch eine optimale Lösung. Jetzt sehen wir erst einmal zu, dass wir ihn auf die Straße kriegen. Wann kommt er gewöhnlich?«

»Kurz nach fünf, nehme ich an.«

»Da haben wir ja noch ein bisschen Zeit«, meinte Günther nach einem kurzen Blick zur Uhr. Es war vier vorbei. Seine Müdigkeit schien zur Hälfte verflogen. Die zweite Hälfte bekämpfte er mit einer weiteren Tasse Kaffee, lehnte sich auf der Couch zurück, erklärte: »Vielleicht sollte ich ihm einfach sagen, was wir in Erfahrung gebracht haben, und ihn bitten, seinen Kram zu packen, am besten gleich. Er hat sich ja ohnehin nur provisorisch hier eingerichtet. Da wird er ja nicht so viel zu packen haben. Was hältst du davon?«

Bevor ich ihm antworten konnte, meinte er nachdenklich: »Das stört mich so an der Sache. Warum hat er die Wohnung nicht gekündigt? Er muss doch wissen, dass er sich das gar nicht leisten kann, an zwei Stellen die Miete zu bezahlen. Er bewirbt sich um die Wohnung hier, gleich nachdem die Vermisstenmeldung bekannt gegeben wurde. Und dann zieht er ausgerechnet an dem Montag hier ein. an dem die Polizei anfängt, Fragen zu stellen. Aber wenn er selbst etwas auf dem Kerbholz hat, hätte er doch versucht, so schnell wie möglich und völlig von der Bildfläche zu verschwinden. Oder wollte er erst sehen, wie sich die Lage entwickelt?«

Wieder so ein Blick, als erwarte er von mir eine Antwort. Dann ein Schulterzucken. »Seine Aussage hat den Studenten erheblich belastet. Gut, nicht nur seine; was seine Nachbarn vorgebracht haben, hätte auch schon gereicht. Aber er war letzte Woche Montag noch mal im Präsidium, hat seine erste Aussage wiederholt und um ein paar Details ergänzt. Frag mich nicht, um welche Details, so genau wird die Presse nun auch nicht informiert.«

Günther lächelte geistesabwesend, sprach weiter, fast wie zu sich selbst: »Der Student hat übrigens inzwischen zugegeben, dass das Kind zuletzt an dem bewussten Donnerstag bei ihm in der Wohnung war. Angeblich nur für eine halbe Stunde, zwischen fünf und halb sechs. Es hätte ihm die ganze Zeit von seinem Großvater erzählt. Und es hätte ihn zweimal gefragt, ob wirklich nichts dabei sei, wenn ein Großvater ein Kind badet. Es hätte auf ihn einen sehr erleichterten Eindruck gemacht, als er geantwortet hätte, es sei überhaupt nichts dabei, es sei völlig normal. Irgendwie merkwürdig, ich meine, wie kommt der Knabe auf die Idee, plötzlich einen Großvater ins Spiel zu bringen? Er wusste genau, dass das Kind gar keinen Kontakt mehr zu seinen Großeltern hatte. Da wären ein paar Mathematikaufgaben doch glaubhafter gewesen, finde ich.«

»Woher weißt du das? Wenn die Presse doch nicht genau informiert wird?«

»Dettov hat es von einem Kripomann gehört. Er träumt ja immer noch von seinem großen Artikel. Jetzt spielt er mit dem Gedanken an ein Exklusivinterview. Aber solange der Student nicht gesteht, wird wohl nichts daraus.«

»Und wenn er gesteht?«

Günther hob die Achseln, schaute mich nachdenklich an. »Warum sollte er? Sie können beweisen, dass das Kind in seiner Wohnung war. Und sie können beweisen, dass es von einem Mann missbraucht wurde, der die Blutgruppe A hat. Die hat er, aber die habe ich auch. Und ich möchte nicht wissen, wie viele andere sie noch haben. Sie haben in dem Garten so gut wie nichts an Spuren sicherstellen können. Es hat ja häufig geregnet in der Woche. In der Laube selbst war es auch nicht so üppig. An der Kleidung des Kindes haben sie ein paar Kopfhaare sichergestellt. Die sind nicht von dem Studenten. Die können theoretisch von jedem sein, der mal in der Straßenbahn neben dem Kind gesessen hat. Es hat den Pullover mindestens drei Tage hintereinander getragen. Was der Student braucht, ist nur ein guter Anwalt.«

»Und Herr Genardy«, fragte ich, »du meinst, er hat auch die Polizei belogen?«

»Kann er sich eigentlich nicht leisten«, meinte Günther. »Seine Aussage deckte sich wohl auch mit der Aussage der Nachbarn.«

11

Herr Genardy kam nicht um fünf, und um sechs war er auch noch nicht da. Günther wunderte sich und lästerte ein wenig darüber. »Der wird ja wohl nicht auch einen sechsten Sinn haben oder hellsehen können.«

Ich glaubte eher, dass Herr Genardy den leeren Haken neben seiner Tür bemerkt hatte. Aber hätte er in dem Fall nicht die verräterischen Fotos und Nicoles Höschen verschwinden lassen? Vielleicht kam er einfach deshalb nicht, weil er wusste, dass ich völlig umsonst auf der Bank gewesen war. Es gab einige Möglichkeiten.

Nicole kam wie üblich um sieben heim. Günther blieb bis kurz nach acht, wartete auf Hans Werner Dettov, der sich jedoch ebenfalls nicht blicken ließ. Günther wirkte besorgt, richtig beunruhigt. Mehrfach murmelte er vor sich hin, dass ihm das alles gar nicht gefiele.

Als Nicole nach dem Zähneputzen noch einmal erschien, um endgültig gute Nacht zu sagen, ging er mit ihr in ihr Zimmer. Ich hörte sie da eine Weile miteinander reden und mit irgendwas hantieren. Dann kam Günther und holte einen Küchenstuhl. Er grinste mich im Vorbeigehen an.

»Nur um allen Eventualitäten vorzubeugen«, sagte er. »Ich bringe ihr gerade bei, wie man einen Stuhl richtig unter die Türklinke klemmt. Aber dazu brauchen wir einen mit vier Beinen und nicht mit fünf Rollen.«

»Bring ihr auch bei, wie sie den Stuhl wieder wegnehmen muss. Ich habe keine Lust, sie morgen früh durchs Fenster herauszulotsen.«

Günther lachte. Ich lachte ebenfalls. Der Schlüssel zu Nicoles Zimmertür lag zwischen meiner Unterwäsche im Schrank, zusammen mit dem dritten Wohnungsschlüssel. Ich hatte mir vorgenommen, Nicole einzuschließen, nachdem sie eingeschlafen war. Das tat ich auch so gegen zehn, bevor ich mich selbst hinlegte, obwohl Herr Genardy bis dahin noch nicht im Haus war. Sollte sie brüllen, wenn sie nachts mal aufs Klo musste. Sie brüllte nicht, schlief mit dem Küchenstuhl unter der Türklinke bis zum Morgen durch.

Ich schlief nicht sehr gut in der Nacht. Die Bilder aus Herrn Genardys Schubfach gingen mir nicht aus dem Sinn. Warum hatte ich sie nicht erwähnt, solange noch Zeit dafür gewesen war? Da war wieder so ein Rest Vernunft, der gegen einen großen Brocken ansprach.

Man kann es auch übertreiben mit dem Erwachsenwerden. Man kann nicht grundsätzlich alles alleine regeln. Günther gibt sich doch Mühe, das kannst du nicht bestreiten, wenigstens ihm hättest du sagen können, sagen müssen, was du in der Kommode von Herrn Genardy gefunden hast. Er hätte dann schon alles Nötige in die Wege geleitet. Eben! Er hätte.

Nach einem halben Jahr hätte er endlich. Und jetzt brauchte ich das nicht mehr, dachte ich. Nicht von ihm und nicht von Wolfgang Beer. Und nicht von Anke und nicht von Mutter. Ich hatte es geschafft. Ich konnte es alleine; ganz allein fertig werden mit Männern, wie Franz einer gewesen war. Dass ich darüber nicht einschlafen konnte, war nicht so wichtig.

Fast pünktlich auf die Stunde schielte ich mit einem Auge zum Wecker hinüber. Die Nacht wollte einfach kein Ende nehmen. Zwei Uhr, drei Uhr, vier Uhr, Totenstille im Haus.

Und morgen sagst du zu Hedwig: Du kannst schon mal kündigen, Hedwig. Du bekommst die Wohnung. Den Mann, der bei mir eingezogen ist, den werfe ich wieder raus. Das bin ich dir schuldig.

Und Hedwig schaut mich aus wunden Augen an und schüttelt den Kopf. Du glaubst doch nicht, dass ich da leben kann, wo er vorher war?!

Aber natürlich kannst du, Hedwig. Sieh mal, er ist ja nicht der Mörder, er ist nur ein Zeuge. Und genau genommen ist er nur ein armer Hund, genauso ein armer Hund wie Franz. Bei Franz habe ich auch so ähnliche Bilder gefunden. Und ich habe auch mal gedacht, Franz hätte sich an Nicole vergriffen, hat er aber nicht. Er hat es mir selbst gesagt, dass er sie nie angerührt hat. Und ich glaube ihm. Warum soll ein Toter lügen?

Fünf Uhr. Ich stand auf, ging in die Diele und schloss Nicoles Tür auf. Dann ging ich in den Keller. Hier hat er sich auch herumgetrieben, hat sich gründlich umgesehen und das Höschen mitgenommen. Das muss in der Nacht gewesen sein, als ich ihn so lange da oben herumlaufen hörte. Als er gegen drei seine Tür öffnete. Er ist doch heruntergekommen.

Beim Frühstück besprach ich mit Nicole ihren Tagesablauf.

Langer Donnerstag, ein Schwachpunkt in unserer Kalkulation. Sie konnte längstens bis um acht bei den Kollings bleiben.

»Du wirst um acht Uhr zu Oma gehen, ist das klar?« Sie nickte, zeigte mir dabei allerdings mit deutlich frustrierter Miene, was ich ihr zumutete.

»Und du wirst dort warten, bis ich dich abhole. Ist das auch klar?« Noch ein Nicken.

»Und wenn Oma sagt, ich soll nach Hause gehen?«

»Gib mir deinen Schlüssel, dann ist das Problem bereits erledigt. Du kannst Oma einen schönen Gruß von mir bestellen. Ich werde ihr bei Gelegenheit mal erzählen, wie kultiviert manche Leute sind. Da werden ihr die Augen übergehen.«

»Was heißt das?«

»Oma weiß schon, was es heißt, das reicht. Jetzt beeil dich, es wird Zeit.«

Im Zug überlegte ich, ob ich wirklich schon einmal mit Hedwig reden sollte, vielleicht nur, um sie ein bisschen aufzumuntern. Drei Monate Kündigungsfrist für eine Wohnung. Und ich konnte Hedwig nicht zumuten, drei Monate lang doppelt zu bezahlen. Vielleicht war die Idee doch nicht so gut.

Ich hinkte da wohl auch ein wenig hinter der Gegenwart her. Sah mich im Geist mit einer Hedwig zusammen einen Kuchen backen, die es gar nicht mehr gab. Es war eine Sache, für eine halbe Stunde während der Mittagspause mit ihr zusammenzusitzen. Es war eine ganz andere Sache, sie dann jeden Abend um sich zu haben und dafür zu sorgen, dass sie ein bisschen aß. Sie hatte ein belegtes Brot dabei. Das packte sie nur aus, und dann lag es da vor ihr auf dem Tisch.

»Hier, iss doch, Hedwig, du musst etwas essen!«

»Ich habe überhaupt keinen Hunger.« Der weiße Kittel machte sie noch blasser und schien ihr um drei Nummern zu groß. Ihre Finger zupften am Butterbrotpapier und waren so dünn geworden, nur noch Haut und Knochen. Ich nahm ihr das Brot weg, wickelte es wieder ein und schob ihr den Joghurtbecher hin, den ich mir zum Nachtisch geleistet hatte. »Hier, iss das, es rutscht besser.«

»Aber das ist doch deiner.«

»Jetzt iss schon!« Und das dann jeden Abend, vielleicht sogar morgens schon zum Frühstück. Nein, Sigrid, das kannst du nicht.

Mit Günther hatte ich vereinbart, dass ich ihn um halb zwei anrufen sollte. Er war schon mit dem ersten Klingelzeichen am Apparat, klang ein bisschen atemlos. »Ist er noch gekommen?«

»Nein.«

»Dann hat er garantiert in seiner alten Wohnung übernachtet. Gestern Abend war er da, zwar nicht in seiner eigenen Wohnung, aber bei seiner Nachbarin. Dettov hat bis kurz vor elf vor dem Haus gewartet. Da war bei ihm immer noch kein Licht. Vielleicht hast du Glück, und er verzieht sich von selbst wieder. Seine Nachbarin hat anscheinend ein Auge auf ihn geworfen. Bisher konnte er sich wohl nicht für sie entscheiden. Aber jetzt, wo er deine Mutter etwas besser kennen gelernt hat, überlegt er sich das vielleicht anders.«

Günther lachte einmal kurz. Dann sagte er mir, was Hans Werner Dettov in Genardys ehemaligem Zustellbezirk in Erfahrung gebracht hatte. Es wohnten natürlich nicht mehr alle Leute dort, die Genardy gekannt hatten. Etliche waren verzogen, aber einige erinnerten sich lebhaft.

Ein lieber Mensch, der frühere Postbote, immer geduldig, immer freundlich und hilfsbereit. Und so gut zu den Kindern. Er war sehr beliebt gewesen, hatte nicht einfach eine Nachricht in den Briefkasten gesteckt, wie der Neue das tat. wenn man nicht daheim gewesen war, um ein Päckchen in

Empfang zu nehmen. Und mit der Nachricht musste man es sich dann persönlich abholen.

Das hatte es bei Herrn Genardy nie gegeben, der war zur Not auch dreimal gekommen. Kannte jeden persönlich, sprach jeden mit Namen an, erkundigte sich nach dem Wohlbefinden von Eltern, Kindern und Enkelkindern, Onkeln, Tanten und Großmüttern, Hunden, Katzen, Wellensittichen und dem Gedeihen von Schrebergärten. Der Garten, in dem man Nadine Otten gefunden hatte, hatte auch dazugehört.

Günther erwähnte es ganz beiläufig. »Wenn er sich auch heute und morgen nicht bei dir blicken lässt«, sagte er, »dann brechen wir am Samstag die Tür auf. Ich besorge einen Wagen. Wir fahren ihm seine provisorische Einrichtung direkt vor die Tür. Wir tragen sie ihm sogar hinein, wenn es sein muss.«

»Glaubst du, er hat etwas mit dem Mord an Hedwigs Tochter zu tun?«

Sekundenlang war es still, als müsse Günther erst noch über meine Frage nachdenken. Dann kam ein Seufzer. »Er ist bisher nie in Erscheinung getreten, nicht in dieser Hinsicht, du weißt, was ich meine. Und wer so veranlagt ist, der muss doch irgendwann mal auffallen.«

»Franz ist auch nie aufgefallen.«

»Das kannst du doch nicht vergleichen, Sigrid. Franz war nicht allein, Genardy ist es seit ewigen Zeiten. Du musst auch mal so denken, die Polizei ist nicht blöd. Die schauen sich die Leute schon sehr genau an. Das mit dem Garten kann Zufall sein. Es kann auch sein, dass Genardy mal mit dem Studenten über den Garten gesprochen hat. Sie kannten sich ja gut. Und gegen Genardy liegt nichts vor, absolut nichts.«

Plötzlich lachte er. »Du hast mich schon angesteckt mit deinen Gefühlen. Und Dettov erst, mit dem solltest du dich mal unterhalten. Der ist der Meinung, er ist einem ganz dicken Hund auf der Spur.«

»Aber wenn dir das Kind von solch einem Hund genommen wird«, sagte meine Großmutter. Arme Hedwig, es war nicht deine Schuld, und jetzt iss den Joghurt. Na los doch, ein Löffelchen für Sigrid, ein Löffelchen für Wolfgang, ein Löffelchen für den netten Abteilungsleiter, ein Löffelchen für Herrn Genardy, von dem alle nur Gutes sagen können.

12

Meine Mutter öffnete mir die Tür mit einer Miene aus Eis und Essig. Mara schlief wohl schon im ersten Stock. Nicole saß mit untergezogenen Beinen auf der Couch vor dem Fernseher, bereits mit der Jacke bekleidet, Ranzen und Schuhe griffbereit vor sich auf dem Boden. Ihre Miene glich der büßenden Magdalena. »Können wir gehen, Mama, ich bin sehr müde.«

»Fünf Minuten Zeit wirst du ja wohl noch haben«, warf Mutter zur Couch hinüber, dann saugte ihr Blick sich an mir fest.

»Sag mal, was erzählt das Kind mir da für einen Unsinn? Gibt es Unstimmigkeiten zwischen deinem Bekannten und Herrn Genardy? Du wirst dir ja wohl keine Vorschriften machen lassen von einem Menschen, den du nur alle nasenlang mal zu Gesicht bekommst!«

»Ich lasse mir von niemandem Vorschriften machen, Mutter.«

Ob sie auf Anhieb verstand, weiß ich nicht. Es zuckte kurz auf in ihrem Gesicht. Achtung, Sigrid, jetzt kommt das: Sag mal, wie redest du denn mit mir? Aber das kam nicht, noch war Mutters entrüstete Neugier nicht besänftigt. »Was ist denn nun mit Herrn Genardy?«

»Er gibt seine Wäsche nicht aus dem Haus«, sagte ich. »Das würde sich auch nicht lohnen, so viel ist es nämlich nicht. Den Rest erzähle ich dir bei einer besseren Gelegenheit. Ich muss jetzt wirklich los, sonst wird es für Nicole zu spät. Sie schläft ja fast im Sitzen ein. Und ich habe noch nicht zu Abend gegessen.«

»Soll sie jetzt jeden Donnerstag bei mir warten, bis du heimkommst?«

»Nein, das war eine Ausnahme heute. Nächste Woche vielleicht noch mal, wenn es nicht so läuft wie geplant. In vierzehn Tagen ist Anke ja sicher wieder daheim.«

Ich hätte mir selbst applaudieren können für den nüchtern sachlichen Ton. Doch Mutters Miene war schon Applaus genug. Ich verabschiedete mich mit einem Lächeln von ihr. Nicole zog ihre Schuhe an, den Ranzen nahm ich.

»Was hast du Oma erzählt?«, fragte ich auf dem Heimweg.

»Nichts, ich habe nur gesagt, dass Herr Genardy vielleicht wieder auszieht. Sie fragt mich doch immer nach ihm. Und Günther hat gesagt, er zieht bald wieder aus. Und bis er ausgezogen ist, soll ich den Stuhl unter die Klinke stellen. Aber von dem Stuhl habe ich Oma nichts gesagt, ehrlich.«

Es war niemand im Haus, wie ein Blick durchs Garagenfenster zeigte. Sicherheitshalber nahm ich mir noch den Schlüssel fürs Garagentor aus dem Kästchen und ging nachsehen, während Nicole sich rasch die Zähne putzte. Kein altes grünes Auto. Sei dir deiner Sache nicht zu sicher, Sigrid, vielleicht steht es wieder in einer Querstraße. Na schön, um es mit Günthers Worten zu sagen.

»Du brauchst heute keinen Küchenstuhl, Ich werde deine Tür von außen abschließen. Wenn du mal aufs Klo musst, rufst du laut, ich höre dich schon. Und sag keinem Menschen, dass ich den Schlüssel habe, keinem, hörst du, auch Günther nicht. Das bleibt unser Geheimnis.«

Nicole schlüpfte unter die Decke, sichtlich angetan von der Tatsache, dass wir jetzt ein Geheimnis hatten. »Warum müssen wir denn so vorsichtig sein? Was hat Herr Genardy denn gemacht?«, flüsterte sie mit glänzenden Augen.

»Er hat nichts gemacht. Er hat nur die Miete nicht bezahlt, deshalb möchte ich, dass er wieder auszieht.«

»Meinst du, er hat gar kein Geld? Meinst du, er würde uns was klauen? Er wollte mir doch das Pferd schenken.« Nach zwei Sätzen voll Sensationslust klang die Enttäuschung durch.

»Wenn er kein Geld hat, kann er dir auch das Pferd nicht kaufen. Schlaf jetzt. Vielleicht kaufe ich es dir. Nicht morgen und nicht nächste Woche. Wir müssen jetzt erst einmal ein bisschen sparsam sein. Aber irgendwann wird es wieder besser, das verspreche ich dir.«

Als ich dann ihre Tür verschlossen hatte, ging ich nach oben. Ich klopfte nicht erst an, schloss gleich auf, trat ein, machte Licht in der Diele. Mein Herz schlug wie ein Dampfhammer, der Mund war ganz trocken. Doch das ging vorbei. Er war nicht da.

In der Diele steckte ich dann den Schlüssel von innen in die Haustür, so war das Schloss von außen blockiert. Bis halb zwölf saß ich da und horchte. Ruhige Wohngegend, nur zweimal ein Auto in der Zeit. Und bei jedem näher kommenden Motorgeräusch das große Zittern, der Dampfhammer in der Brust.

Ich wünschte mir fast, der Braune wäre noch einmal gekommen, um mir noch einmal zu zeigen, dass mir ein Tod bevorstand, wenn ich das Rätsel nicht löste. Wäre er gekommen, hätte er mir damit gezeigt, dass ich es noch nicht gelöst hatte. Aber er kam nicht, und ich wollte es doch nicht gelöst haben. Mit dem Tod unter einem Dach gelebt, ein entsetzlicher Gedanke.

Dann der Freitag. Es war schon fast Gewohnheit, Nicole mit verschlafenem Gesicht und Quengelei am Frühstückstisch sitzen zu sehen. Sie überließ es mir, ihre Badetasche zu packen, gab allerdings die Anweisungen dazu.

»Hast du auch mein Handtuch reingetan? Und den Badeanzug? Den Bikini hatte ich letzte Woche an. Der ist mir zu eng geworden. Ich muss einen neuen haben.«

Auch sonst alles normal. Das Gespräch mit Günther in der Mittagspause. Ich habe Sehnsucht nach dir. Herr Genardy war tatsächlich in seiner alten Wohnung. Ich will nicht immer nur über Herrn Genardy mit dir reden. Ich bin müde. Und erwachsen geworden. Ich habe es geschafft, und du bemerkst es nicht einmal. Es interessiert mich nicht, ob die Staatsanwaltschaft die Anklageschrift vorbereitet. Ich will auch nicht wissen, ob die Standesämter Auskunft geben. Ich will dich. Und wenn du meinst, du bist deiner Exfrau etwas schuldig, dann zahlst du eben weiter für sie. Für mich brauchst du nicht zahlen. Ich komme allein zurecht.

Und Herr Genardy war einmal verheiratet gewesen, vor endlos langen Jahren. Eine Tochter hatte er auch. Das weiß ich doch alles schon.

»Sie ist in deinem Alter«, erklärte Günther eifrig. »Aber sie lebt nicht in Norddeutschland, sondern hier in Köln. Sie ist nie aus der Stadt weg gewesen, seine Frau auch nicht. Die hat wieder geheiratet, und Genardys Tochter bekam dann den Namen des Stiefvaters. Dettov hat wahre Fleißarbeit geleistet, sage ich dir. Sie ist verheiratet, Genardys Tochter meine ich. Dettov will sehen, ob sie bereit ist, morgen mit uns zu reden, am Nachmittag vielleicht. Er hat auch die Adresse seiner geschiedenen Frau ausfindig gemacht. Aber die will sich nicht äußern. Weißt du, was sie am Telefon zu Dettov gesagt hat? Sie hat den Namen Genardy aus ihrem Gedächtnis gestrichen und möchte durch nichts und niemanden an ihn erinnert werden.«

Schön, gut, freut mich für dich. Aber ich bin immer noch müde. Und ein bisschen weich innen drin. Ich würde mich jetzt gerne in ein Bett legen, in ein richtiges Bett, weißt du, wo Platz genug ist für uns beide. Und dann mit dir schlafen, richtig schlafen.

»Die Sache mit dem Umzug verschieben wir um ein paar Tage, einverstanden? Ich habe mir für Montag und Dienstag Urlaub genommen. Ich erledige das, du kannst dich darauf verlassen. Ich komme morgen, wann genau weiß ich noch nicht. Wahrscheinlich so wie üblich, dann sprechen wir noch einmal in aller Ruhe. Vielleicht habe ich dann ja noch mehr Neuigkeiten. Vorausgesetzt, Genardys Tochter ist bereit, mit uns zu reden. Alles okay bei dir?«

»Ja.«

Noch so ein Abend. Den Schlüssel in der Haustür stecken lassen. Horchen, bis die Ohren davon dröhnen. Angst. Ja, ich hatte Angst, ich hatte entsetzliche Angst. Ich hatte das Gefühl, dass mir etwas Entsetzliches bevorstand. Die Nacht war ein einziges Fiasko, ein bisschen dösen, ein paar wirre Bilder.

Hedwig mit meinem Joghurtbecher neben einem weißen Sarg mitten in Nicoles ehemaligem Kinderzimmer, das jetzt noch das Schlafzimmer von Herrn Genardy war. Und die Kinderfotos waren oben auf dem Sarg verteilt. Es war auch eins von Mara dabei.

Das Grab auf dem Friedhof mit dem schwarzen Stein am Kopfende und die goldene Inschrift auf dem Stein. Unvergessen. Franz Pelzer. Und Anke neben dem Grab mit einem Monsterheftchen in der linken Hand, mit ihrem prallen Leib, mit Mara auf dem rechten Arm. Und Mara hielt sich eine Milchflasche an den Mund und saugte aus Leibeskräften. Aber es war gar keine Milchflasche, wie ich dann erkannte. Und Mara blutete, ihr kurzer Hals war eine einzige große Wunde.

Wie konntest du das zulassen, fragte Anke. Dann sah ich die Hand, die sich aus der Erde wühlte, die Seifenreste unter den Fingernägeln. Ich habe dir immer gesagt, Franz war ein Trampel, sagte Anke.

Gegen Morgen wurden die Bilder blasser, das Laken war schweißnass. Mein Haar klebte am Kopf. Ich war so müde. Lauwarm und kalt im Wechsel die Dusche. Zwei Tassen Kaffee zum Frühstück, die auf der Zunge klebten, hungrig war ich nicht. Ich aß nur aus Gewohnheit eine halbe Scheibe Brot mit Erdbeerkonfitüre.

Nicole verließ das Haus mit mir zusammen. »Bis heute Nachmittag, Mama.« Sie lief winkend auf die Ecke zu. Da hatte ich das Gefühl, dass ich ihr nachlaufen und sie mitnehmen müsse, mit mir nach Köln. Spiel ein bisschen hinter der Käsetheke, mein Schatz, und pass auf, dass der Abteilungsleiter dich nicht sieht. Er mag es nicht, wenn wir unsere Kinder mitbringen.

Was ist das jetzt wieder?

Die Fahrt im Bus ein Albtraum. Du hättest Nicole sagen müssen, dass sie auf gar keinen Fall nach Hause gehen darf. Dass sie bei den Kollings auf dich warten muss. Sie kann nicht nach Hause gehen, sie kann doch nicht rein, du hast ihr den Schlüssel weggenommen. Sei still! Sei still, es kann überhaupt nichts passieren.

Aber es war schon etwas passiert.

13

Hedwig kam nicht zur Arbeit. Der Abteilungsleiter regte sich nicht weiter darüber auf. Er bewunderte Hedwig für die paar Tage, die sie durchgehalten hatte. In der Frühstückspause versuchte ich, bei ihr anzurufen. Es nahm niemand ab. Aber sie musste da sein. Gestern hatte sie gesagt: »Bis morgen.«

»Bis heute Nachmittag, Mama«, hatte Nicole gerufen.

Ich suchte Wolfgang Beers Nummer aus dem Telefonbuch. Bei ihm hob auch niemand den Hörer ab. Die letzte Möglichkeit, das Polizeipräsidium. Es war sehr dringend, weil meine Großmutter mir die ganze Zeit etwas von dem Hund erzählte, der einem das Kind genommen hatte.

»Mein Name ist Pelzer. Ich hätte gerne Herrn Beer gesprochen, Wolfgang Beer.«

Und warten. Mindestens einmal pro Sekunde sagte meine Großmutter: »Das überlebt man nicht.« Ein Mann meldete sich, ich verstand seinen Namen nicht. Noch einmal: »Mein Name ist Pelzer, ich hätte gerne Herrn Beer gesprochen.«

»Ist für dich, Wolfgang«, rief der Mann in den Hintergrund. Und endlich hatte ich ihn in der Leitung.

»Was ist mit Hedwig? Sie ist nicht zur Arbeit gekommen. Und sie geht nicht ans Telefon.«

Wolfgang Beer musste es ebenso fühlen wie ich. Er stieß einen Fluch aus, bedankte sich hastig bei mir. Während er auflegte, hörte ich ihn noch sagen: »Ich muss weg, eine dringende Sa…« Dann war die Leitung tot, mitten im Wort abgeschnitten.

Geschnitten, dachte ich, die Pulsadern.

Aber es waren nur die Tabletten gewesen. Kurz nach elf kam Nachricht von Wolfgang Beer aus einer Klinik. Hedwig hatte noch einmal Glück gehabt, auch wenn sie noch nicht wieder bei Bewusstsein war.

»Ich hätte nicht gedacht, dass sie so was tut.« Wolfgang Beer war voller Vorwürfe gegen sich selbst. »Gestern Abend kam sie mir sogar ein bisschen fröhlich vor. Sie hat gelacht. Sie hat mir erzählt, dass Sie sie mittags mit einem Joghurt gefüttert haben.«

Gefüttert hatte ich sie gar nicht. Und außerdem: »Das war aber schon am Donnerstag.«

»Ja, das hat sie auch erzählt. Es fiel ihr nur erst gestern Abend wieder ein, und sie lachte darüber. Ein Löffelchen für Sigrid, ein Löffelchen für Wolfgang.«

Mir war nach Schreien. Ich hatte Hedwig nicht gefüttert, und ich hatte das nicht laut ausgesprochen. Nur gedacht hatte ich es. Ein Löffelchen für Herrn Genardy, von dem alle Leute nur Gutes sagen. Und seine Frau hat ihn aus ihrem Gedächtnis gestrichen.

»Hedwig sagte«, sprach Wolfgang Beer in meine Gedanken hinein, und es klang so sehr nach einem Schluchzen, »ist es denn schon so weit mit mir gekommen, dass ihr mich behandeln müsst wie ein kleines Kind?«

Du würdest ein kleines Kind damit umbringen. Jetzt hatte Hedwig versucht, sich damit umzubringen. Limbatril.

»Die Ärzte meinen, sie kommt durch«, flüsterte Wolfgang Beer. »Sie muss etwa zwanzig von den Dingern geschluckt haben. Und ich Trottel hatte ihr auch noch Schlaftabletten besorgt, weil ich sie von diesem Teufelszeug runterbringen wollte. Die hat sie auch genommen, fünf Stück.«

»Machen Sie sich keine Vorwürfe«, sagte ich, »das konnte doch niemand ahnen. Vielleicht hat sie es gar nicht mit Absicht gemacht. Vielleicht war es nur ein Versehen.«

Aber an ein Versehen glaubte Wolfgang Beer nicht, ich eigentlich auch nicht. Kein Mensch schluckt aus Versehen fünfundzwanzig Tabletten.

»Können Sie zu ihr, Frau Pelzer, wenn Sie gleich Feierabend haben? Ich hole Sie ab und bringe Sie hin. Ich fahre Sie auch heim.«

Was versprichst du dir davon, Wolfgang Beer, mich neben Hedwigs Bett zu setzen? Was soll ich denn tun? Soll ich ihr wieder erzählen, dass sie ihre Tochter zu mir schicken kann?

»Ja natürlich«, sagte ich. Und Nicole winkte mir von der Straßenecke aus noch einmal zu. »Bis heute Nachmittag, Mama.«

Ich rief gleich bei den Kollings an, sagte Bescheid, dass ich später heimkommen würde. »Wann genau, weiß ich noch nicht«, sagte ich. »Eine Kollegin hatte einen Unfall. Ich fahre jetzt ins Krankenhaus.«

Herr Kolling war am Telefon. Im Hintergrund hörte ich das Kreischen von kleinen Kindern und die Stimme seiner Frau. »Das ist nicht zu heiß. Jetzt halt still, sonst kriegst du den Schaum noch in die Augen.«

»Ja, das ist aber schlecht«, erwiderte Herr Kolling in seiner phlegmatischen Art. »Wir wollen nämlich gleich weg. Mein Vater hat Geburtstag, müssen Sie wissen. Da sind wir natürlich eingeladen. Wir wollten so um drei los.«

»Dann schicken Sie Nicole bitte zu meiner Mutter.«

»Geht in Ordnung«, sagte er.

Es ging nicht in Ordnung. Es ging alles durcheinander. Ein Anruf bei Mutter. »Natürlich bin ich heute Nachmittag daheim. Natürlich kann das Kind bei mir bleiben, bis du kommst.«

Wieso denn plötzlich natürlich? Und der Abteilungsleiter mit seiner ungewohnten Freundlichkeit. »Aber natürlich können Sie die halbe Stunde früher gehen, Frau Pelzer. Das ist ja wohl selbstverständlich. Und richten Sie Frau Otten aus, wir denken alle an sie.« Ja, tut das, vielleicht merkt Hedwig sogar was davon. Sie kann das. Gedanken lesen, meine ich. Meine liest sie auch.

Wolfgang Beer mit seinem starren Gesicht und der zerkauten Unterlippe, den Händen, die sich um das Lenkrad krampften, dass die Knöchel weiß und spitz hervortraten.

»Dieser verfluchte Hund ahnt gar nicht, was er alles kaputtgemacht hat. Ich bin nur froh, dass ich nichts mehr mit dem Fall zu tun habe. Ich hätte ihm längst ein Geständnis aus den Rippen geprügelt. Ist gar nicht so einfach, wenn man vor so einem Bürschchen sitzt und ihm ständig gut zureden muss, und er schüttelt zu allem nur den Kopf.«

»Und wenn er es wirklich nicht war?«

Der fassungslose Blick, den er mir zuwarf, das höhnische Lachen. »Wer soll es denn sonst gewesen sein?«

»Mein Mieter könnte es gewesen sein, Herr Genardy.«

»Wie kommen Sie denn auf solch eine Schnapsidee?«

»Ich habe Fotos in seinem Nachttisch gefunden. Pornografien von Kindern. Aber keine normalen Pornografien. Entweder waren die Kinder auf den Bildern tot, oder sie waren bewusstlos. Er hat ein ganzes Arsenal von Medikamenten in seiner Kommode, die müde machen. Er hatte den Schlüssel vom Zimmer meiner Tochter an sich genommen. Und er hat mir Unterwäsche aus dem Keller gestohlen. Ein Höschen von Nicole.«

»Ach«, brachte Wolfgang Beer heraus, nachdem ich meine Aufzählung beendet hatte. Er warf mir wieder einen kurzen, diesmal leicht misstrauischen Blick zu. Ich war ganz sicher, dass sein Misstrauen nicht mir galt. Und dann ritt mich der Teufel.

»Sie müssten diese Sorte Höschen eigentlich kennen. Hedwig hatte für ihre Tochter die gleichen gekauft. Sie sind mit den Wochentagen bedruckt. Montag, Dienstag, Mittwoch. Und jeweils ein Tiermotiv.«

»Und so eins haben Sie bei ihm gefunden?« Es klang sehr gepresst, als fehle ihm der Atem.

Ich nickte schwerfällig und so, als habe ich niemals von Hedwig gehört, welch ein Höschen ihre Tochter am Tag ihres Todes getragen hatte. Ich brachte sogar einen lang gezogenen Seufzer zustande und murmelte: »Ja, ein Donnerstag-Höschen. Ich war am Mittwoch in seiner Wohnung, weil mir da ein paar merkwürdige Dinge aufgefallen sind. Ich wollte dann gleich am Mittwochabend mit ihm reden, damit er wieder auszieht. Aber er kam nicht. Er war auch gestern und vorgestern nicht da.«

Dann schwieg ich, ließ das Höschen wirken. Nun komm schon, Wolfgang Beer, du bist Polizist, zieh die richtigen Schlüsse. Du musst doch wissen, welches Kleidungsstück nicht bei der Leiche gefunden wurde.

Aber anscheinend wusste er es nicht genau. Und es dauerte eine Weile, ehe ich ihn überzeugt hatte.

Drei Stunden lang saß ich an Hedwigs Bett. Ich auf der einen Seite, Wolfgang Beer auf der anderen. Hedwig kam nicht zu Bewusstsein. Ab und zu flüsterten wir über sie hinweg. Dabei hätten wir uns auch anbrüllen können, sie wäre bestimmt nicht aufgewacht davon.

Wolfgang Beer stellte Fragen, ich beantwortete sie. Zählte der Reihe nach auf, was Hans Werner Dettov bisher in Erfahrung gebracht hatte. Manchmal wirkte Wolfgang Beer sehr nachdenklich, manchmal nickte er versonnen vor sich hin. Dass Herr Genardy es mit der Wahrheit nicht so genau nahm, hatten seine Kollegen bereits festgestellt. Aber Herr Genardy hatte ihnen einen triftigen Grund nennen können, als sie ihn auf seine Flunkereien ansprachen. Seine Nachbarin, die nicht unbedingt wissen musste, dass er nicht nach Norddeutschland verzog, sondern ganz in der Nähe blieb. Weil er ganz in der Nähe eine reizende Bekanntschaft gemacht hatte. Eine Dame in seinem Alter, eine sehr gepflegte Erscheinung. Mutter wäre bestimmt begeistert gewesen, hätte sie zuhören dürfen, wie Herr Genardy sich in Lobeshymnen über sie erging, um ein paar Polizisten Sand in die Augen zu streuen.

Kurz nach drei verließ Wolfgang Beer das Zimmer, um zu telefonieren. Er sagte mir nicht, wen er anrufen wollte, ich wusste es auch so. Ich wusste, dass jetzt ein paar Polizisten losfahren würden. Zu dieser Wohnung über der Tierhandlung. Und dass sie ihn mitnehmen würden, wenn er da war.

Ein bisschen war ich erleichtert, und ein bisschen verschwand die Erleichterung unter dem Druck der Gewissheit, mir stand noch ein Tod bevor. Wen wollte der Braune haben, Hedwig?

Die Ärzte hatten gesagt, sie käme durch. Sie sei über den Berg. Sie brauche jetzt nur Zuspruch, einen Halt, jemanden, der ihr beistand, wenn sie erst wieder aufwachte. Aber sie wachte nicht auf.

Um halb fünf verabschiedete ich mich. Wolfgang Beer zeigte Verständnis, dass ich mich auch um meine Tochter kümmern musste. Ich erklärte, dass ich die Straßenbahn und den Zug nehmen würde, dass er getrost bei Hedwig bleiben könne.

»Ich werde ihr sagen, dass Sie die ganze Zeit hier waren, wenn sie aufwacht.«

Wenn sie aufwacht, dachte ich, arme Hedwig.

Kurz vor fünf war ich am Bahnhof. Dann saß ich im Zug, dann im Bus, dann stand ich auf der Straße. Es hatte alles etwas länger gedauert als sonst. Samstags sieht es mit dem Nahverkehr nicht so rosig aus. Und während ich mich auf den Weg zu Mutter machte, stieg Nicole in eine Badewanne.

Ich weiß es so genau, weil sie das noch erzählen konnte. Das noch und auch, dass Herr Genardy ihr ein Glas Orangensaft ins Bad brachte. Es war nicht irgendein Mixgetränk, keine mit Wasser und Zucker vermischte Brühe. Es war reiner Orangensaft, aus Konzentrat hergestellt, mit Stückchen vom Fruchtfleisch darin und dem typisch herben Geschmack. Weil Frau Humperts ihr doch beigebracht hatte, wie wichtig gesunde Zähne sind.

Den Rest erzählte Mutter. Dass Herr Genardy so gegen vier zu ihr gekommen war. Den Polizisten, die nach Wolfgang Beers Anruf aufgebrochen waren, um sich noch einmal ausführlich mit ihm zu unterhalten, ganz knapp entwischt. Und die wussten dann nicht, wo sie nach ihm suchen sollten. Sie waren wohl mal kurz bei mir an der Tür. Das erfuhr ich später von Frau Hofmeister, die den Gehweg gefegt und sie gesehen hatte, zwei Männer in Zivil und ein Auto mit Kölner Kennzeichen.

Zu der Zeit saß Herr Genardy noch ganz gemütlich im Wohnzimmer meiner Mutter. Einen Kaffee getrunken, ein bisschen geredet. Über Mara, die ganz friedlich in einer Zimmerecke gespielt hatte, bis Herr Genardy erschien. Die ihn dann immer wieder fragte: »Pulla?« Sodass Herr Genardy sich zu einer Erklärung genötigt sah. Seine Schwiegertochter hatte Mara ein wenig Limonade aus einer Flasche trinken lassen. Ihm persönlich war es ja nicht recht gewesen, man sollte einem Kind erst gar nicht solche Unarten beibringen, nicht wahr? Seine Schwiegertochter hatte manchmal recht legere Ansichten. Aber dass die Kleine sich noch so genau daran erinnerte, wo es doch wirklich nur ein winziges Schlückchen gewesen war.

Nicole saß dabei und hörte zu. Dann musste Herr Genardy aufbrechen. Er hatte noch etwas für seinen Sohn zu erledigen, Fotos abliefern bei einem Gestüt. Er zeigte Mutter die Bilder, schöne Aufnahmen in Postkartengröße, die Rückseite war auch gemacht wie eine Postkarte. Es waren wohl Postkarten, die kann man überall kaufen, mit kleinen Katzen darauf, mit Hunden oder eben mit Pferden. Aber Mutter war zu blöd, das zu begreifen.

Und Nicole, mein Gott, sie war doch erst acht, wie hätte sie es denn begreifen sollen? Ich hatte sie doch nicht einmal richtig gewarnt. Ich hatte ihr nie erklärt, was genau ein erwachsener Mann tut, wenn er sich an einem Kind vergreift. Sie hat trotzdem sehr lange gezögert, ehe sie ihn fragte, ob dort, wo er jetzt hinführe, richtige Pferde seien. Und sie sagte wohl noch, dass sie Pferde über alles liebt, dass sie gern mal auf einem richtigen Pferd sitzen würde. Als ob er das nicht längst gewusst hätte.

Ja, und Mutter hatte nichts dagegen. Warum auch, wo sie sich doch wieder so gut mit ihm unterhalten hatte. Auch über mich und meinen Bekannten, der mir anscheinend einen Floh ins Ohr gesetzt hatte. Mutter gibt es nicht zu, das wird sie niemals tun. Aber ich denke, sie hat ihn vor Günther gewarnt. Und vielleicht dachte Herr Genardy, jetzt oder nie.

14 Als ich bei Mutter ankam, war es fast sieben. Und als Mutter mir dann erklärte, warum Nicole nicht mehr bei ihr war, stand ich plötzlich auf dem verschneiten Bahndamm. Mutter hatte mir die Tür geöffnet und dabei etwas in der Hand gehalten.

»Kommst du noch einen Moment herein«, fragte sie, »oder hast du keine Zeit? Wie geht es denn deiner Kollegin? Was war das denn für ein Unfall?«

Und ich starrte auf das Höschen in ihrer Hand. Nicole hatte es mitgebracht, hatte es von Frau Kolling in die Hand gedrückt bekommen. »Hier, nimm es wieder mit und sag deiner Mutter, sie hat sich geirrt. Das ist nicht von Denise, es ist deins.«

Ausgetauscht, dachte ich noch ganz flüchtig. Er hat die Höschen ausgetauscht, hat mir das von Hedwigs Tochter auf die Leine gehängt, dafür unser Freitag-Höschen genommen und gedacht, ich würde es nicht bemerken. Ich drückte Mutter von der Tür weg und hatte auch schon das Telefon in der Hand. Günther war nicht zu erreichen. Die Nummer der Klinik musste ich nachschlagen. Die Stationsschwester holte Wolfgang Beer ans Telefon.

»Er hat meine Tochter«, sagte ich, vielleicht weinte ich es

auch. »Er ist heute Nachmittag bei meiner Mutter aufgekreuzt und hat sie mitgenommen. Er wollte ihr Ponys zeigen, Pferde. Nicole liebt Pferde. Angeblich hat sein Sohn Aufnahmen auf einem Gestüt hier in der Nähe gemacht. Er sollte die Aufnahmen dort abliefern. Er hat doch gar keinen Sohn.«

Was Wolfgang Beer mir antwortete, hörte ich gar nicht mehr. Mutter wollte unbedingt, dass ich bei ihr blieb, dass ich ihr alles erklärte. Sie wollte mir sogar einen Kaffee machen. Aber ich hatte keine Zeit für Kaffee und Erklärungen, ich musste doch rennen. Den verschneiten Bahndamm entlang, der in Wirklichkeit die Straße war. Und während ich rannte, fuhren etliche Streifenwagen los, aber sie wussten gar nicht genau, wohin sie fahren sollten. Es gab mehr als ein Gestüt in der Nähe, und dabei glaubten sie nicht einmal, dass er wirklich zu einem Gestüt gefahren war. Aber da hatten sie sich getäuscht.

Kein richtiges Gestüt, nur eine Weide mit Ponys darauf. Und kein Mensch in der Nähe. Er setzte Nicole auf eins der Tiere, ohne Sattel, ohne Decke. Es hat ihr bestimmt gefallen. Er ließ das Tier im Kreis herumlaufen, hielt es wahrscheinlich an der Mähne fest. Und anschließend roch Nicole ein bisschen nach Pferd. Als er dann mit ihr heimfuhr, sagte sie: »Ich dusche mich am besten gleich, bevor Mama kommt.« Aber sie badete viel lieber. Und das hatte sie ihm bereits erzählt.

Als ich das Haus erreichte, kam mir nicht der Gedanke, in der Garage nachzusehen. Ich ging hinein, ging gleich in die Küche und nahm mir ein Messer aus dem Schubfach. Eins von den großen, den scharfen, eins von denen, die ich früher benutzt hatte, um ein Stück Rindfleisch damit in Gulaschwürfel zu schneiden.

Es war so still wie in einer Leichenhalle. Überall Brausen und Summen und Rauschen, nur das eigene Blut in den Ohren, wie es durch den Kopf donnerte und all die Gedanken verschluckte.

Ich bringe dich um, wenn du sie angerührt hast, ob du nun Franz heißt oder Josef. Ich hatte die Schuhe ausgezogen, als ich die Diele betrat, aber das merkte ich erst, als ich die Treppenstufen unter den Fußsohlen spürte. Sie waren so kalt.

Ich rechnete nicht wirklich damit, dass er daheim war. Es war nur so ein Zwang, hinaufgehen und baden. Auf Franz warten, der mir immer den Rücken waschen wollte. Und auch vorne ein bisschen. Nur ein bisschen, Siggi, es ist doch nichts dabei. Heute nicht, wenn du die Bürste anrührst, hau ich dir die Hand ab. Ich steche gleich zu. Dass ich das Höschen noch in der Hand hielt, wusste ich gar nicht. Ein Donnerstag-Höschen. Meine Damen und Herren Geschworenen, hier sehen Sie den letzten Beweis.

Dann war die Tür auf. Ich wusste auch nicht, dass ich den Schlüssel aus dem Schrank genommen hatte. Und es war nicht mehr still im Haus. Franz keuchte mir wieder die Ohren voll. Er schwitzte stark, immer wieder fiel ein Tropfen von seinem Gesicht auf meins. Ich fand es widerlich, so widerlich wie die Dellen seiner Finger in der Cremedose. Ich bin auch ganz vorsichtig, Siggi, ich will dir nicht wehtun.

Er war nicht vorsichtig. Das war er wahrscheinlich nie, wenn er zum Äußersten ging. Was kümmerte es ihn denn noch, wie ein kleines Mädchen sich dabei fühlte? Er kniete auf seinem Bett, und seine Hüften stießen immer wieder vor. Unter jede Achsel hatte er sich ein Bein geklemmt. Auf dem rechten Knie war ein blauer Fleck. Da hatte sie sich vorgestern gestoßen, auf dem Schulhof, sie hatte es mir erzählt.

Warum schreit sie denn nicht? Er tut ihr doch weh. Auf dem Friedhof hatte ich sie schreien hören, aber jetzt war sie ganz still. Und dann schaute er mich an. Vielleicht hatte ich geschrien. »Lass sie los.«

Ich weiß nicht, wie es kam, aber für einen Moment dachte ich, es wäre Franz. Er war ihm so ähnlich in diesen Sekunden, so furchtbar ähnlich. Sein Gesicht wirkte sehr erstaunt, irgendwie lächerlich. Eins von ihren Beinen fiel auf das Laken. Es lag da wie weggeworfen. Da schlug ich zu. Und weil er gerade sein Gesicht wieder von mir wegdrehte, traf ich ihn seitlich am Hals.

Der Polizei sagte ich später, ich hätte gar nicht gewusst, dass ich ein Messer in der Hand hielt. Aber ich wusste es ganz genau.

Es dauerte so entsetzlich lange. Ich hatte nicht gewusst, wie lange ein Mensch bluten muss, ehe er endlich umkippt. Und die ganze Zeit über schaute er mich an. Und als ich schon dachte, dass man ihn gar nicht umbringen konnte, dass er vielleicht eins von diesen tausendjährigen Ungeheuern war, von denen Anke früher so gern gelesen hatte, da kippte er endlich zur Seite. Er kippte ganz langsam. Und er hielt immer noch ein Bein unter seiner Achsel fest, presste sich die freie Hand gegen den Hals und grinste. Wirklich, er grinste. Vielleicht kam es mir auch nur so vor.

Nachdem er dann zur Seite gekippt war, zog ich Nicole vom Bett und legte sie daneben auf den Boden. Ich konnte sie doch nicht neben ihm liegen lassen. Sie war sehr blutig. Ihr Gesicht und ihr Oberkörper, ihr Haar und die Arme, aber auch die Beine, der Bauch. Ich wollte sie waschen und konnte sie nicht tragen. Ich holte nur ein Tuch aus dem Bad und sah das Wasser in der Wanne stehen.

Als ich dann wieder neben ihr war, sah ich das Höschen bei der Tür auf dem Boden liegen. Es war ganz sauber, hatte nicht einen Spritzer abbekommen. Aber es lag ja auch gut zwei Meter vom Bett entfernt. Ich hatte es wohl fallen lassen.

Ich hob es auf, nachdem ich mir die Hände gründlich an dem nassen Tuch abgewischt hatte, und legte es in das Schubfach der Kommode. Nicoles Höschen nahm ich heraus und brachte es gleich nach unten.

Dann ging ich wieder hinauf, wusch Nicole und brachte auch sie hinunter. Plötzlich ging es, sie kam mir so leicht vor. Ich legte sie auf ihr Bett und deckte sie zu. Anschließend ging ich zu den Hofmeisters hinüber. Ich muss entsetzlich ausgesehen haben, vielleicht ein bisschen verrückt und sehr blutig. Nur im Kopf war ich ganz klar, irgendwie leicht und frei, endlich frei.

Herr Hofmeister telefonierte für mich. Er ging dann auch mit mir hinüber. Seine Frau kam wenig später nach. Herr Hofmeister ging gleich nach oben. Er blieb nicht lange, als er wieder herunterkam, war er sehr blass. Er nickte mir zu, beugte sich über Nicole, legte ihr die Finger an den Hals und flüsterte: »Wie geht's dem Kind?«

Als ob ich das gewusst hätte.

»So was«, flüsterte Herr Hofmeister, als er sich wieder aufrichtete. »Er kam mir ja gleich ein bisschen komisch vor. Aber das bildet man sich wahrscheinlich nur ein.«

Zuerst kam der Krankenwagen, dann der Notarzt und mit ihm auch ein Streifenwagen mit zwei uniformierten Polizisten. Sie waren verhältnismäßig jung, stellten keinerlei Fragen. Es kam mir sehr merkwürdig vor.

Der Arzt untersuchte Nicole, mir wollte er eine Spritze geben, ich wollte das nicht. Ich brauchte keine Spritze, ich war ganz ruhig. Nicole wurde weggebracht. Ich wäre gern mitgefahren, aber als ich aufstand, um meine Tasche zu holen, stellte sich mir einer der Polizisten in den Weg.

Der Arzt sprach mit ihm, aber sie bestanden darauf, dass ich bleiben müsse. Die Kollegen würden gleich kommen. Sie kamen dann auch wenig später. Noch mal zwei Polizisten, in Zivil diesmal und nicht aus Köln. Sie wussten nicht viel von Hedwigs Tochter und hatten keine Ahnung, dass der Student immer noch leugnete. Aber er leugnete ja gar nicht, er sagte die Wahrheit. Ich hatte ein bisschen Zeit gehabt und mir überlegt, was ich ihnen sagen sollte. Es ging dann ganz flüssig.

Dass Herr Genardy vor einigen Wochen bei mir eingezogen war. Dass ich ihn gleich in der ersten Woche abends im Zimmer meiner Tochter angetroffen hatte, als ich von einem Besuch bei meiner Schwester zurückkam. Dass er mir erzählt hatte, Nicole hätte im Schlaf geschrien, und er hätte nur einmal nach ihr sehen wollen, weil ich nicht da war.

Dass ich ihm das nicht geglaubt hatte, weil ich die klebrige Feuchtigkeit auf dem Pullover entdeckte. Dass mir das jedoch so ungeheuerlich vorkam, dass ich es mir einfach nicht vorstellen konnte. Obwohl er meiner Tochter auch gleich ein paar großartige Geschenke versprochen hatte und ihr immerzu irgendetwas anbot. Zum Beispiel das Baden in seiner Wanne. Und dass ich dagegen gewesen war. Strikt dagegen.

Ich erzählte ihnen, dass ich am Dienstagabend zu Herrn Genardy gesagt hatte, er müsse wieder ausziehen. Dass ich gestern Abend in der Wohnung gewesen war, um nachzusehen, ob er schon ausgezogen war. Dass ich bei der Gelegenheit einen Umschlag mit Fotos gefunden hatte und ein Höschen von meiner Tochter.

Ich erzählte ihnen auch, dass ich erst vor ein paar Stunden mit einem Polizisten über meinen Verdacht gesprochen hatte. Dass ich gleich die Polizei alarmiert hatte, als ich erfuhr, dass Herr Genardy sie mitgenommen hatte. Dass ich dann ins Haus kam und ein Geräusch von oben hörte. Dass ich mir den Ersatzschlüssel genommen hatte, um nachzusehen. Und dass ich mich gar nicht daran erinnern konnte, was dann noch passiert war. Sie glaubten mir das auch.

15 Es gab natürlich eine Untersuchung. Dabei wurde noch einmal festgestellt, was bereits der erste Augenschein gezeigt hatte. Eine reine Notwehrsituation, noch dazu unter starker seelischer Anspannung, eine emotionale Ausnahmesituation, sagten sie dazu. Ich habe mir trotzdem eine Menge anhören müssen, weil ich nicht gleich bei den ersten Anzeichen die Polizei informiert hatte.

Welche Anzeichen denn? Hätte ich ihnen etwa von dem Braunen erzählen sollen? Oder von der Sache auf dem Friedhof? Von Hedwigs Tochter, die Nacht für Nacht an Hedwigs Bett erschien, um zu fragen, wo Hedwig gewesen war?

Ich jedenfalls war da gewesen, als es darauf ankam. Und außer mir weiß nur Günther, dass ich nicht aus reiner Notwehr gehandelt habe.

Ihm habe ich zwangsläufig erklären müssen, wie ich in die Wohnung gekommen bin. Günther war mehr als nur wütend auf mich, weil ich ihm meinen ersten Besuch dort oben, weil ich ihm die Fotos verschwiegen hatte. Hätte ich nicht geschwiegen, sagte er, wäre Nicole vieles erspart geblieben.

Ja, das wäre es wohl.

Nicoles Verletzungen sind geheilt. Sie weiß gar nicht, was mit ihr geschehen ist. Die Ärzte meinten, es sei besser für sie, wenn wir es ihr nicht gleich sagen, vielleicht später, irgendwann einmal.

Wir haben ihr gesagt, sie sei in der Wanne eingeschlafen. Daran erinnert sie sich auch noch, dass sie müde wurde. Und ich habe ihr gesagt, dass Herr Genardy sie aus der Wanne heben wollte, dabei ausrutschte, mit ihr hinfiel, dass sie sich dabei verletzte, dass ihr wahrscheinlich davon der Bauch so wehtat, als sie aufwachte.

Das war so gegen zehn am Abend. Sie fragte gleich nach

mir, und ich war nicht da. Günther war bei ihr, wenigstens er.

Psychische Schäden hat Nicole nicht davongetragen. Während sie noch in der Klinik lag, hat sich ein Kinderpsychologe um sie gekümmert, sich ein paarmal mit ihr unterhalten. Mir sagte er dann, ich müsse mir keine Sorgen machen. Und sollte Nicole nach Herrn Genardy fragen, sollten wir ihr einfach sagen, er sei ausgezogen. Und die Wahrheit irgendwann einmal.

Die Wahrheit! Vielleicht gibt es gar keine Wahrheit. Es gibt Zeugenaussagen. Die von einer jungen Frau, die in ihren ersten Lebensjahren mit Nachnamen Genardy hieß. Sie hat Günther und Hans Werner Dettov erklärt, dass sie sich nicht an ihren Vater erinnert.

Die von Nachbarn und Kollegen, Hausbesitzern und Vorgesetzten, und alle sagen sie übereinstimmend: Er war zuverlässig, freundlich, hilfsbereit, ein liebenswürdiger und unauffälliger Mann Ende fünfzig. Und ich habe ihn getötet.

Und es gibt Indizien. Eine Blutgruppe, ein paar Kopfhaare an einem Pullover, eine goldene Krawattennadel mit dezent geriffelter Oberfläche und einem kleinen Diamanten. Sie gehört zu einem Paar Manschettenknöpfe.

Und es gibt Irrtümer. Ein Donnerstag-Höschen, es gehörte nicht Hedwigs Tochter. Ich hatte mich geirrt, als ich annahm, Nicoles Höschen läge im Schrank. Einer von der Polizei sagte: »So blöd war er nicht, dass er das aufgehoben hätte.«

Sie sagten auch, dass ihnen solch ein Fall noch nicht untergekommen wäre. All die Jahre, so viele Kinder, und nie hatte er einen Fehler gemacht. Bis auf einen, und den hatten seine damaligen Vorgesetzten vertuscht.

Für die Fotografien aus seiner Kommode haben sie das Bundeskriminalamt eingeschaltet. Die Kinder auf den Bildern leben über die Bundesrepublik verstreut. Sie sind nicht so glimpflich davongekommen wie Nicole, einige von ihnen haben wochenlang um ihr Leben kämpfen müssen.

Aber sie leben, bis auf zwei. Ein Mädchen von neun Jahren, das geistig ein wenig zurückgeblieben war. Dessen Leiche man vor gut zweieinhalb Jahren im Stadtwald fand. Missbraucht und mit einem Stein erschlagen. Und Hedwigs Tochter. Von ihr gab es allerdings kein Foto.

Hedwig kam erst am späten Sonntagabend zu sich. Wolfgang Beer war bei ihr und erzählte ihr, was geschehen war. Sie hat vielleicht nicht auf Anhieb alles begriffen. Aber als ich sie mittwochs besuchte, hielt sie die ganze Zeit meine Hand fest, die rechte. Und zweimal fragte sie mich: »Hast du wirklich mit der zugeschlagen?«

Und wenn ich dann nickte, lächelte Hedwig. Das immerhin hat sie begriffen.

Das war vor vier Wochen. Letzten Sonntag haben wir den Mietvertrag aufgesetzt, die gleiche Summe, die auch Frau Humperts gezahlt hat. Hedwig hat sich die Wohnung angesehen, vor allem das Schlafzimmer. Es war frisch renoviert, neue Tapeten, neuer Teppichboden. Günther hatte das erledigt, er hat mir auch das Geld dafür vorgestreckt, obwohl er selbst nie welches hat.

Hedwig schaute sich um und nickte immerzu. »Ist ein komisches Gefühl«, sagte sie. »Meinst du, sie kommt auch hierher, um mich zu fragen, wo ich war? Im Krankenhaus war sie zweimal bei mir.«

»Wenn sie hierher kommt«, antwortete ich ihr, »schick sie einfach zu mir nach unten.«

Hedwig nickte. Dann ging sie zum Fenster und nahm Maß für die Gardinen. Wir gingen wieder hinunter, nachdem sie zusammen mit Wolfgang Beer auch die anderen Räume ausgemessen hatte. Ich machte Kaffee. Günther trank noch eine

Tasse mit, dann musste er zum Dienst. Und kaum war er fort, kamen Nicole und Denise. Sie hatten sich mit den kleinen Brüdern gezankt und wollten bei uns auf der Terrasse spielen. Hedwig bekam ganz große Augen.

»Sie ist niedlich, deine Kleine«, sagte sie, »die andere auch, wirklich niedlich. Man merkt ihr gar nichts an.«

Gestern ist Hedwig gleich von der Arbeit aus mit mir gefahren. Sie hat auf einer Luftmatratze geschlafen, und jetzt ist sie oben und streicht die Küche. Man hört nicht viel von ihr, nur manchmal ein paar Schritte. Nicole war nach Mittag eine ganze Weile bei ihr, bevor sie zu Denise ging. Als sie herunterkam, hatte sie weiße Farbe auf den Wangen.

»Die Frau ist ja nett«, meinte sie, »aber ich finde sie auch ein bisschen komisch. Sie will mich immer drücken.«

Angst? Ja, ich habe Angst. Ich weiß nicht, ob es richtig ist, was ich gemacht habe. Richtig für Nicole, für Hedwig, für mich. Letzte Nacht habe ich wieder geträumt, nur ein ganz normaler Albtraum.

Ich war auf dem Friedhof und schaufelte wie besessen an einem Grab. Aber das Loch wurde einfach nicht tiefer. Dabei musste es sehr tief werden, weil ich so viele zu begraben hatte. Meinen Vater, meinen Großvater, all die alten Leute, das Mädchen aus meiner Schulklasse, Franz, und Herrn Genardy.

Sie lagen alle auf einem Haufen, wie von einem Lastwagen hingekippt. Und ganz obenauf lag Hedwigs Tochter und gleich neben ihr Nicole. Dann sah ich auch, warum ich nicht schneller graben konnte, weil ich einen Packen Fotos in der rechten Hand hielt.

Ich bin schreiend aufgewacht. Günther hielt meine Hände fest. Ich hatte im Traum nach ihm geschlagen. Er war ein bisschen blass um die Nase. »Was ist los? Hast du wieder geträumt, doch nicht etwa von deiner Uhr?«

Ich habe nur den Kopf geschüttelt, reden konnte ich nicht gleich. Von deiner Uhr! Es war doch nicht meine Uhr, sie gehörte Großmutter, bis der Braune zum ersten Mal kam.

Und wenn er noch hundertmal kommt, ich werde es nie schaffen, ihn als einen Freund zu sehen, der mich nur warnen will.

Wie könnte ich auch? Er kündigt den Tod an.

Kaiser und Könige, Huren und Häscher – und eine Frau in tödlicher Gefahr

Uwe Westfehling
TANZ DER DÄMONEN
Historischer Roman
688 Seiten
ISBN-13: 978-3-404-15525-5
ISBN-10: 3-404-15525-4

Köln 1531. Heilloses Gedränge in den Gassen. Kaiser Karl V. und sein Gefolge erregen die Neugier der Schaulustigen. Im Schutz einer Gauklertruppe hat sich auch die junge Katerine van der Weyden in die Domstadt aufgemacht, nicht ahnend, dass ihr Weg sie an den Hof des Herrschers führen wird – und in tödliche Gefahr. Denn auf der Suche nach ihrem Vater rührt sie an finstere Geheimnisse und entfesselt die Dämonen einer chaotischen Zeit.

Bastei Lübbe Taschenbuch

»Niemand beherrscht die Klaviatur des Schreckens so wie Hilary Norman«

DAILY TELEGRAPH

Hilary Norman
TEUFLISCHE LIST
Thriller
432 Seiten
ISBN-13: 978-3-404-15515-6
ISBN-10: 3-404-15515-7

Abigail Allan hütet ein dunkles Geheimnis: Als Dreizehnjährige ist sie für den Tod ihrer Eltern und ihres Freundes verantwortlich gewesen. Es war zwar ein Unfall, aber die schrecklichen Ereignisse haben sie geprägt. Schuldgefühle sind ihr ständiger Begleiter bis zu dem Tag, als sie den Fotografen Silas Graves kennen lernt. Silas weiß um ihre Vergangenheit, und er hat seine eigenen Geheimnisse. Er ist der Meinung, dass ihn alle, denen er bisher seine Liebe schenkte, betrogen haben. Abigail scheint anders zu sein als seine bisherigen Partnerinnen. Sie würde ihn niemals betrügen. Und falls doch, würde sie sich in tödliche Gefahr begeben ...